本书的出版得到了国家社会科学基金青年项目《中国现代作家旅行活动与文化关系研究》（15CZW039）的资助

九州文库

旅行书写与现代性想象

1919—1949年中国游记散文研究

林 铁 著

九州出版社
JIUZHOUPRESS

图书在版编目（CIP）数据

旅行书写与现代性想象：1919—1949 年中国游记散
文研究／林铁著 . ﹣﹣北京：九州出版社，2021. 11
ISBN 978-7-5225-0660-9

Ⅰ.①旅… Ⅱ.①林… Ⅲ.①散文—文学研究—中国
—1919-1949②游记—文学研究—中国—1919-1949 Ⅳ.
①I207. 65

中国版本图书馆 CIP 数据核字（2021）第 231721 号

旅行书写与现代性想象：1919—1949 年中国游记散文研究

作 者	林 铁 著
责任编辑	王 佶
出版发行	九州出版社
地 址	北京市西城区阜外大街甲 35 号（100037）
发行电话	（010）68992190/3/5/6
网 址	www.jiuzhoupress.com
印 刷	唐山才智印刷有限公司
开 本	710 毫米×1000 毫米 16 开
印 张	16
字 数	287 千字
版 次	2022 年 1 月第 1 版
印 次	2022 年 1 月第 1 次印刷
书 号	ISBN 978-7-5225-0660-9
定 价	95. 00 元

推荐语

本书抓取 1919—1949 这 30 年的游记散文的现代性文化症候，力图呈现中国现代性整体的特殊品格，是一次很有意义的尝试。

暨南大学党委书记、博士生导师　蒋述卓教授

本书突破了传统的散文文体研究范式，聚焦于游记书写中所隐含的文化背景和主题，总体上为现代散文研究提供了新的范式。

复旦大学博士生导师　张业松教授

本书提取了现代游记散文中的启蒙意义、政治经验和生命形态，提升其思想意义和艺术价值，这也是对现代游记散文研究的一种贡献。

北京师范大学博士生导师　刘勇教授

作者把"现代性"想象和现代知识分子精神形态投射到游记散文写作中，从中发现现代知识分子的旅游行为所蕴涵的时代精神。

中山大学博士生导师　高小康教授

作者对旅行活动之于文化、历史、政治的诠释，之于个体生命现代体验意义的剖析，对于时下风行的旅行文艺的解读具有启发意义。

吉首大学原正校级督导、中国乡村旅游研究院院长　张建永教授

序言一

2011年秋天，林铁考到暨南大学，成为我的博士生。也就是在那个时间前后的样子，陈坤的"行走的力量"如火如荼地酝酿，我有幸加入，并且开始主编《行走》，从此，接下来时光中很大一部分精力，无论书内与书外，都沉浸于行走相关联的活动中。

事实上，1990年代末和2000年代初的时候，我曾在《天涯》等杂志上连续写了一组与行走相关的散文。后来结集出版，名为《零度出走》。后来，我还在广东旅游出版社出过一本《人文江南》，我是浙江湖州人，书里都是我童年的记忆、故乡的印象。吃穿住行、遗迹风貌、风月传奇等等，这些住在老一辈人世界里的诗情画意，如今都似乎不易搜寻，我记下来，让它们随着我中年的行走步履，娓娓叙来。

林铁之前工作的湘西，我也去过。路过凤凰，路过沈从文一路写出《湘行散记》的那条河。我深感，旅行也许真的是文艺生产最入心的方式。近些年，旅游蔚然成风，游记的出版也成为文化界的一大可看之景。这一方面当然是经济物质水平提升的结果，另一方面，也与当代社会的生活压力和存在状态息息相关。旅行之所以有趣，往往不只是因为所到之处的风景体验。2013年我再度出版《行走指南》，我重申着我多年以来坚持的认定：我的兴趣不在于某时某地，而在于作为一种存在状态的路上所包含的生命秘密。换言之，我并不着意于常规形式上的游记，我希望通过"行者""乐园""山水""路遇""道路"等等一系列与旅行相关的元素，试图剖析背后的生命意义。我相信，真正的行走能够打开生命的某扇门，让我们觉察本属于自己的丰盛。

林铁的选题，以1919年到1949年为区界，是很有意义的。按照王德威的研究，中国现代性的全面展开当属于晚清。清廷一大批开明知识分子远赴欧美，考察西方社会现代性的成果，探究于中国的可行性路径。他们的所见所闻，留下一大批游记。这些文献，成为我们研究中国现代性无可替代的对象。1919 年"五四"新文化运动再度引发一股走出国门的热潮，同时，因为民国政府的基础建设、旅游设施和交通条件的逐渐提升，国内民众的旅行热忱被激发。旅游的主体，由贵族大臣官员，扩大到普通知识分子、商人、革命青年以及一般民众。"五四"新文学意识的觉醒与推波助澜，也使得游记这一文献记录式的边缘性文体成为现代散文板块中一个审美性很强的文学文体。同时，这期间国内社会时局的波诡云谲，为民众的旅行赋予了极为复杂的文化意义乃至政治色彩。旅行，在 1919—1949 年的呈现，既是一种现代生活的表达，也是与世界意识相联系的文化体验，同时革命话语、国族意识裹挟其中，又成为一种政治话语。更为值得注意的是，面对现代文明的冲击，社会变迁和文化裂变的语境，现代人的旅行又无可避免地被赋予了感伤、漂泊和孤立无依的生命色泽。这些，在林铁的这本专著里，都被敏锐地捕捉到了。

正是因为旅行承载着这么多复杂而丰厚的内涵，林铁选择以游记散文为着眼点，来透视中国现代性的文化品格才具有其独特价值。现代文体的生长如此广泛，为什么选择游记散文呢？民国时期的文学批评家方非曾在《散文随笔之产生》中回答过散文这一文体在五四运动时期繁荣之由：浪漫主义对应于诗歌，因其以情感又好怀旧，自然主义对应于小说，特别是短篇小说，因其对丑恶现实的批判。"我们现在已处于资本主义社会之烂熟时期，人们无不感觉烦忙、苦闷、憔悴，因之，无一不灰心、丧志、乏勇气、无朝气、无恒心、无耐性，其作品便必然以短小精悍见长而又能即物言志之随笔文为文坛上之一主要形式了。"这一表述未必确切和周正，但他的批评策略却值得借鉴。他将文学形式的变迁归因于社会的变迁。在他的逻辑中，正是因为游记有利于回应现代中国特殊的社会形态和生活方式，有利于表达现代人的心灵状态和情感体验，它作为一种文体在现代中国文学史上才得以延续并繁荣起来。这也是游记作为一种散文形态，尤其是作为一种现代性文类，可以被重视和研究的根由。

林铁在本书中，以游记散文的形式背后的现代性社会内涵为研究起点，拒绝一种封闭、凝固的文体观，从而赋予游记这一在古典文学中已然十分繁盛的文体，更为现代性的审美内涵。他的研究思路也不再是传统的文学研究思路，而是借鉴了文化研究的路径。对于文学的现代性问题研究来说，这一思路无疑是可取的，也是必要的。由此，我们在他的著述中能看到，游记散文与启蒙、异国情调、革命、边疆以及都市生活等等中国现代性的典型要素融汇于一体。我们从而知道，现代文学的生产，实际上无法脱离于现代性的社会语境而独立存在。它牵连了深厚而复杂的社会转型、民族命运以及个体的生命状态等问题。在不断被建构的流动状态中，游记散文诠释了世界敞开、价值崩裂、国家动荡和个体孤依这一洪流激荡的三十年里丰渥的时代讯息。

今天的我们同样在旅行。为了追寻历史旅行，为了看世界旅行，为了休闲和放松旅行，为了挣脱某种束缚和规则而旅行，为了看异域的风景，为了遇见不同的人，或者，为了回到自己的本然。又或者，今天的旅行，也可以变为一种消费景观，成为身份地位的变现方式，变成一种自拍的时尚可能。万千世相，都在旅行中一一呈现了。也许，怎样的出发，便意味着怎样的我们吧。

在林铁的《旅行书写与现代性想象》付梓之际，我想说的是，无论是民国，还是今天，旅行，都是携带着不同价值观的我们，在行色各异的路途中，拥有的奇遇、惊喜、孤独、解放或者其他使命。可能最重要的不是目的地，而是处于行走状态的我们当时的内心。今天的语境固然已经发生了翻天覆地的变化，但现代性的问题依然处于未完成状态。我相信，现代性的指向最终都要回到个体的生命中来，所以，林铁对旅行活动的诗学解读，也还可以继续。

是为序。

暨南大学教授、作家、《行走》主编　费勇

2021年3月于广州番禺

序言二

读万卷书，行万里路。

百度解释，"万卷原指皇帝的试卷，读万卷书意为读书为了进京赶考，金榜题名。行万里路意为走入仕途，为皇帝办事"。现在的解释则是"读万卷书是指要努力读书，让自己的才识过人。行万里路是指让自己的所学，能在生活中体现，同时增长见识，也就是理论结合实际，学以致用"。也有人认为，读万卷书，指的是知，行万里路，指的是行。读万卷书，行万里路，指的是知行合一，学习与实践的统一。这两种解释都是正确的，但我更喜欢那种也许更为幼稚的字面解释：边行走，边看书，旅游的同时进行学习。自然，这书不仅仅是书本，它也可以是自然、社会和人生。

从广义说，任何离开自己常住地方的在外行走，特别是较长时间的在外行走都是旅游。从这个意义上说，现代的我们都在旅途之中，或即将踏上旅途。

然而，旅游是与时代联系在一起的。不同的时代，社会的发展程度不同，交通条件不同，旅游的状况也不同。古代，交通不便，旅游设施不发达，地区之间缺乏沟通，统一的规范缺如，人们视离家远行为畏途，所谓"在家千日好，出门事事难"，安土慎迁成为常态。而今天全球一体，交通发达，我们又太不把远游当成一回事，上午还在长沙，下午就到了北京，或者今天还在中国品茶，明天就在美国喝咖啡了。我们匆匆地从一个地方赶往另一个地方，渴望着踏上新的土地，看到新的奇观，而来不及品味自己的感受，理解旅行的内涵。而后者才是旅游的精华。凡尔纳的《八十天环绕地球》之所以至今仍有艺术魅力，绝不是因为其围着地球绕了一圈，而是因为主人公福格和他的仆人路路通在旅途中的经历、见闻和感受。

从这个意义上说，最能感受旅游的魅力的，应该是存在一定困难，但又不至于使人感到畏惧的远行。这样的时代我总觉得非 19 世纪下半叶和 20 世纪上半叶莫属。这一时期，火车、汽车、轮船等现代交通工具已经产生，地区性乃至全球性的旅游规范已经形成，基本的旅游设施已经差强人意；然而旅游并不轻松，飞机尚未普及，高铁还未产生，高速公路也还没有踪影。从长沙到北京，坐着老式的火车慢慢腾腾地要走三天两夜，走公路花的时间就更长。但毕竟可以在几天之内比较安全、快捷地到达，不必像古时赶考的士子在路上跋涉数月，既担心盘缠和食宿，又害怕强盗与土匪。因此，20 世纪上半期的中国文人大多是旅游爱好者，也大多颇具旅行的感受。试想，在汽车上慢慢地摇上几天，与在高铁上两个小时一晃而过，谁对旅行更有感受？自然是前者。有感受自然就有文字，舞文弄墨是文人的天性与特长，何况当时还没有影像来与文字争锋。因此这一时期的中国文坛，各种游记层出不穷。

不过，自古以来，游记很难进入文学的正宗，因而也较少受到研究者的注意。虽然也有苏轼的《前后赤壁赋》、王安石的《游褒禅山记》等名篇脍炙人口，但总被看作娱情遣兴之作，与那些纵论家国大事、记载历史风云的论说文、史传文相比，还是难入学者们的法眼。然而，游记往往是游记作者丰富心灵的展示、瞬间体验的流露，里面有着丰富的内容，给人无数的启迪。学术研究忽略了这一领域，不免使人感到遗憾。

好在 20 世纪下半叶之后，游记的重要性逐渐为学界认识，相关的研究著作也日益增多。林铁博士的著作就是其中有分量的一本。作者选择了中国游记史中最有趣味的一个时段——现代中国（1919—1949）——作为研究对象，通过对数百篇散文体现代游记的解读、分析，为读者勾画了一幅现代中国游记的画图。虽然只是一个侧面，但通过这个侧面，我们却能看到现代中国旅游的全貌，感受到现代中国社会的脉搏，和现代中国知识分子旅人的心灵。

林铁博士的这本专著，以旅行和现代性作为研究的切入点，从现代游记的启蒙意义、现代游记的政治经验、现代游记的流动性品格三个方面，深入剖析了现代游记散文对于现代中国人的精神状态和文化心理的呈现，展示了有关现代性的中国经验品格的具体性、丰富性和复杂性。专著关注的不是游记中的见闻本身，或是游记所描写的自然山水，而是这些游记中所蕴涵、体现的中国现代知识分子对于社会、人生的体验与思考，对于国家、民族的发现与认同，对于文化、政治的感受与建构。而正是在这些思考、发现与建构中，体现出现代中国知识分子旅人思想、情感、性格中的强烈的现代性，以及本书作者对这种现代性的深入反思。本书的学术价值也就于此突显出来。相信林铁博士在今后的学术生涯中会有更多更好的作品问世。

湖南师范大学教授　赵炎秋

2021 年 3 月于长沙岳麓山下

前　言

　　游记散文对于旅行活动的书写，并不仅仅是一项个体的文学行为，也呈现为一种文化症候和社会意识形态特性。一直以来，对于现代游记散文的研究，过多地倾向于从题材角度进行审美品格、艺术趣味、形式特征的概括，不利于从更深广的意义上理解游记散文的文化内涵和时代价值。本书是基于现代性视域的游记散文研究，以探讨 1919—1949 年这三十年游记散文在中国文化转型、时局动荡、社会变迁的历史语境呈现出的现代性特征为宗旨，从社会历史形态的更迭、旅行经验与旅行功能本身的变化以及散文形式的现代嬗变这三大视角出发，借助文化社会学与文本细读的方法，深入剖析现代游记散文如何以自身独特的书写方式和体验形态来呈现现代中国人的精神状态和文化心理，并通过这一剖析来回答关于现代性的中国经验品格的具体性、丰富性与复杂性。

　　基于现代中国意义危机的语境，旅行实际上是知识分子进行生活认知与文化建构的方式。作为一种现代性活动，旅行的启蒙意义表现为个性的发现、生活的发现和世界的发现。现代旅行的大众性、平民性以及休闲娱乐性使得现代游记散文所呈现的，不仅仅是对于自然山水的沉浸与游赏，更是基于以游的方式来解放传统礼教束缚下的人性，突破传统伦理阈限下对人的空间上的绑定，来完成对一种自由和愉悦的生活方式的塑造。只不过这种以个体觉醒与个性解放为基调的闲适生活方式，是在民族救亡的叙事张力中进行的。

　　现代中国的旅行也是一种跨文化行为。现代游记散文中的异国情调，不仅仅是对异国进行纪实性书写，而更多地代表着世界意识下对他者形象的建构行为，这种建构一方面基于对充满差异性的他者文化价值形态的吸收和判断，另一方面通过对他者带有审美趣味的描述，来传递一种审美价值，在更深处，更意味着通过对他者的文化利用来确定对自我的认同。

民族危难与国家未来的谋划语境中，现代旅行伴随着强烈的政治意识与体验。现代游记散文的书写史，实际上也呈现为一部现代中国的政治理想史。现代中国的旅行行为，无异于现代中国政治的谋划实践。基于中国革命的具体选择与独特性质，知识分子由城市走向乡村，走向革命大众，成为革命话语中旅行书写的基本逻辑。同时，在对革命乌托邦的理想召唤中让渡了知识分子的个性。

通过对国家疆域内的旅行记录与描写，对于不同地点人情风土、社会经济的考察，对历史遗迹与集体记忆的缅怀与整理，现代游记散文初步建立起对一个国家的整体经验和认知方式，来唤醒民众的民族自觉与国族认同，以完成对危机语境下的民族精神的凝聚和爱国情感的动员。

现代性又意味着社会总体结构与个人之间的关系松脱和碎片化，意味着意义价值的先赋性被剥夺，在现代游记散文中，无论生活事件的构成方式还是意识情感状态，都存在着一种与游相契合的孤立、瞬间性、暂时性的文学体验。从现代中国的游记散文中，可以透视到充满偶然性、碎片性和不确定性的现代生活。无论是山水风光，还是旷野漂泊，还是都市踽行，无论是还乡，还是异域离散，现代知识分子在他们的游记中敞开对现代生活的细致感觉，奋力从那些片段性的、稍纵即逝的视觉瞬间，发现现代生活图景的审美内蕴，从碎片中触摸时代的总体性，从游荡中弥补、修复甚至治愈现代社会给予人们的精神困厄与情感伤痕。

目 录
CONTENTS

绪　论

　　游记是对旅行或者旅游行为活动的记录，无论旅行和旅游行为本身存在何种差异，① 作为一种散文文体，游记并不仅仅是一项个体的文学行为，也呈现为一种文化症候和社会意识形态特性。本书的主要研究对象确定为自 1919 年梁启超发表《欧洲心影录》，至 1949 年中华人民共和国成立，这三十年左右中国作家刊发和出版的近 600 篇②游记散文作品。在这三十年中，诞生了周作人、郁达夫、朱自清、郭沫若、瞿秋白、茅盾、巴金、沈从文、冰心、俞平伯、徐志摩、邹韬奋、艾芜等名家的一大批游记散文的名篇，游记散文既是现代散文发展格局中极为重要的板块，也是整个现代文学繁荣蓬勃发展态势中极为汹涌的一支力量。

　　纵观 20 世纪的中国现代作家，鲜见固居于一地者，旅行成为其生活经历与文学经验中不可缺少的一部分。旅行实际上变成了现代知识分子触摸时代、感知社会和承担责任的实践方式。他们的游记散文，实际上成为中国现代性体验的重要窗口。卡林内斯库认为，作为一种研究视域，现代性能够让我们看到"一位艺术家，无论他喜欢与否，都脱离了规范性的过去及其固定标准，传统不具备提供样板让其模仿或提出指示让其遵行的合法权利……现代性强调的是……重要的文化转变，即从一种由来已久的永恒性美学转变到一种瞬时性与

---

① 比如郑焱认为："旅行的重点在'行'字，人们是要通过'行'来进行政治、宗教、学术、商务等活动，游览并不是它的主要目的；而旅游的重点则是在'游'字，游览就是它的最终目的。"参见郑焱：《旅游的定义与中国古代旅游的起源》，《湖南师范大学学报》1999 年第 4 期。比如，陈涛也认为旅行和游览既有联系又有区别。"从联系说，'游'寓于'旅'中，游览者必定是旅行者；从区别而言，'旅'未必有'游'，它还含有谋生、发展的内容，因此旅行者不一定是游览者。"因此他建议对旅游者最好进行广义上的定义，"凡离家客处于异地的人都称作旅游者"。参见陈涛：《旅游文学：现代的理论阐释》，《西南民族学院学报》2000 年第 1 期。本书着眼于从历史转型和旅行文化透视现代游记散文的特征，主张在更开放的立场上理解旅行与旅游的关系。

② 贾鸿雁：《中国游记文献研究》，南京：东南大学出版社，2005，第 115 页。

内在性美学,前者是基于对不变的、超验的美的理想的信念,后者的核心价值观念是变化和新奇"。① 本书试图以现代性为视域,探讨这三十年游记散文在中国文化转型、时局动荡、社会变迁的历史语境呈现出的现代性特征。基于社会历史形态的更迭、旅行经验与旅行功能本身的变化以及散文形式的现代嬗变,剖析现代游记散文如何以自身独特的书写方式和体验形态来呈现了现代中国人的精神状态和文化心理,并通过这一剖析,来回答关于现代性的中国经验品格的具体性、丰富性与复杂性。

现代游记散文的研究方式,既可以从旅游文学的发展视野出发,将游记散文视为旅游文学的一个重要子类来分析,也可以从现代文学特别是现代散文发展的视野出发,将游记散文视为现代散文文体的重要类型来分析,同时,也可以将游记散文视为一个文化文本,来阐释和挖掘其关于历史与时代的某种症候。不一样的研究方式服务于不一样的问题诉求。目前,在中国现代游记散文的研究版图中,以下几种研究路径占据了突出的位置。

当前学界对于旅游文学的定位一直是存在争议的。既有较为宽泛的边界设定,比如金颖若从文学与旅游要素的结合方式入手,认为旅游文学应该包括三大类,基于文学和旅游资源的关系——"直接构成旅游吸引物或吸引因素的文学作品",基于文学与旅游者的关系——"以旅游为审美对象的文学作品",基于文学与旅游业的关系——"旅游业务、旅游服务类文学作品"。② 第一类常见的就是旅游景区的诗词碑文,第三类常见的就是导游词,而游记散文则属于文学与旅游主体相结合的这一类。乔正康支持这一观点,在他看来,"具有地方特色、历史意义的跟旅游点有关的戏曲、小说、人物传记等等"都属于旅游文学范畴,由此推广至"一切跟旅游或旅游服务有关的文学作品"③ 都可以称为旅游文学,宽泛的边界设定④的侧重点在旅游活动层面,一切与景点、游客、旅游活动等相关联的文学书写,都被视为旅游文学。而更多的学者则倾向于从文学的层面来把握旅游文学的定义。比如,许宗元认为旅游文学是"记述旅途见

① [美]卡林内斯库:《现代性的五副面孔》,顾爱彬等译,北京:商务印书馆,2002,第9页。
② 金颖若:《试论中国旅游文学的含义和范围》,《贵州民族学院学报》1997年第2期。
③ 乔正康:《中国旅游文学》,北京:中国展望出版社,1990,第1页。
④ 类似的观点还有谢鹤林,他认为旅游文学"不限于山水文学和游记散文,……故事传说、对联、碑文都应引入其范围"。见谢鹤林:《文学与旅游》,《旅游论丛》1985年第6期。江文波也认为"凡以大旅游行业的生活、旅游者的所见所闻所思,风景名胜、风土民情以及有关事物为表现对象的文学作品……都可以纳入旅游文学的范畴"。见江文波:《关于旅游文学的思考》,《中国旅游报》1989年1月4日。

闻，描写旅游地各种自然与人文景物，记叙、评介旅游地现实状况、社会习尚、风土人情、历史沿革、名胜古迹等，表达作者由旅游活动而产生的思想、感情、见解的文学"。① 形式包括散文、诗词乃至影视文学等。黄卓才、邢维认为旅游文学"是记录旅行者旅游经历的美妙乐章，是创作主体行走于天地人间，用形象和艺术语言将所见、所闻、所感、所思通过语言艺术再现出来的一个文学类别。它既可以怡情养性、愉悦身心、交流思想和心得，又可以为旅游事业的发展推波助澜。它既是旅游工作者的专业写作，也是广大旅行者和文学爱好者的休闲写作和个性写作"。② 陈涛注意到兼顾旅游与文学的特点来把握旅游文学，他认为："旅游文学是旅游性和文学性的统一。"旅游性作为文学类的区分标准，只是，这一区分不在于题材意义上，其更深的内涵在于：旅游者兼顾文学的主体和叙述主体，又必须是旅游主体。他特别提到，旅游文学的本体结构在于游踪，旅游文学的叙述世界必须是"实构的旅游世界"，任何想象虚构是不被允许的，"旅游文学的文学形态是丰富多样的，绝非仅仅是散文游记，凡具备文学性的旅游记录，不论是什么文体，都应包含在旅游文学范畴之中"。③

学界基于旅游文学研究的路径，对游记散文的研究主要从三个层面进行。

一、游记散文审美特征的界定与争议

第一是理论层面对游记散文文体概念的界定和审美特征的分析概括。无论将游记散文归属于以旅游活动为主导的边界宽泛的旅游文学范畴，还是归属于以文学审美特质为主导的边界狭窄的旅游文学范畴，对游记散文研究的定位都主要围绕以下两对关键词。

首先是真实性与想象性的关系。黄卓才认为游记是一种"纪实性的散文"，④ 从写作的方式来看，要么写在游览之后，要么是游览之中，但不能未游先记或不游而记，亲见真闻是游记写作的根本。虚构性不能成为游记的内在品格。杨剑龙认为游记"注重亲历性、纪实性，其真实性更在于注重游记中作者的真感受、真情感、真体悟、真性情，才能在真实性基础上创作出精品佳作。写出超乎常人更深细而新奇的感受，乃游记真实性的重要因素。游记创作应融入作者的真情感，此乃游记之血脉。游记在描述风光中应该给读者有所启迪，使游记具有深刻的内蕴。游记还要努力表现作者的真性情，这构成了不同作者

① 许宗元：《旅游文学论纲》，《上海师范大学学报》2006年第5期。
② 黄卓才、邢维：《旅游文学写作教程》，广州：中山大学出版社，2007，第1页。
③ 陈涛：《旅游文学：现代的理论阐释》，《西南民族学院学报》2000年第1期。
④ 黄卓才：《略论游记的写作特点》，《暨南学报》1982年第4期。

游记写作的独特风格"。① 但游记写作的真实性是有争议的。② 杨保林认为真实再现对于游记来说是不可能的,真正的游记写作无法做到非虚构性,他更倾向于游记文学的想象性特征。他的理由是"旅行文学的真实性受作者意识形态的影响,反映的不一定就是真理,相反,旅行文学中关于异域的知识往往基于作者对异域的想象性建构"。③ 黄卓才的纪实性定位涉及游记写作过程中旅行行为的真实性,而杨保林的想象性定位涉及游记写作过程中的写作主体本身的复杂性。无论怎样存在差异,有一点是必须确定的,那就是对于游记来说,亲历性是基础,至于写作过程中意识形态的影响以及文学想象的作用,都是发生在亲历旅行之后。周景行从游记的沿革考察,认为"游记是伴随着人类的旅游活动而产生和发展起来的一种文体,人类的旅游活动是游记的源泉,任何游记作品,都与作者的旅游活动有着不可分割的联系。……游记游记,必须先'游'后'记'。'记'的内容就是'游'的内容,这种'记录''游览'内容的特性,我们姑且称它为'纪游性'罢"。④ 基于这一亲历的存在,在众多研究者那里,游踪成为游记散文的核心概念。李文初则进一步缩小游记散文的内在界定,认为游记散文主要是指山水游记,即"以山水作为散文艺术表现的对象,以审美的眼光观察、反映自然景物"。⑤ 在散文化的书写中对亲身游览的见闻、感受进行艺术描述,这种对自然风光之美的描述一般要以游踪为主要线索。同时特别提出游记写作"不得虚构"。

陈涛尤其主张旅踪结构是旅游文学区别于其他文学类型的最基本的结构。"这是旅游世界的本体结构在旅游文学中的审美反映,正如故事结构之于小说,冲突结构之于戏剧,韵律结构之于诗歌一样,旅踪结构在旅游文学中同样具有本体意义……在旅踪结构中,旅游者是导线,他有时直接出现在画面上导游,有时隐藏在画面背后作解说,有时在现实画面中身游,有时在历史画面上心游,由此来营造种种旅踪结构。"⑥ 他总结出了线踪模式、点踪模式和心踪模式三种

① 杨剑龙:《论现代游记创作中的真实性》,《广东社会科学》2007 年第 6 期。

② 西方学者简·波姆(Borm Jan)在此意义上甚至取消游记的文类意义,视之为一个集合术语,认为游记指向"那些以旅行为主题的虚构或非虚构作品"。Jan Borm, "Defining Travel: On the Travel Book, Travel Writing and Terminology," *Perspectives on Travel Writing*, ed. by Glenn Hooper and Tim Youngs (Burlington: Ashgate Publishing Company, 2004), p. 13.

③ 杨保林:《旅行文学三题》,《中南大学学报》2010 年第 6 期。

④ 周景行:《试论游记的基本特征》,《四川师范大学学报》1990 年第 6 期。

⑤ 李文初:《中国山水文化》,广州:广东人民出版社,1996,第 323 页。

⑥ 陈涛:《旅游文学:现代的理论阐释》,《西南民族学院学报》2000 年第 1 期。

游踪结构。当然这样一种根据游踪的变化而呈现的不同写作方式对游记散文的审美结构的阐释是十分有必要的，但必须注意，这一旅游活动本身的踪迹和写作方式上对这一踪迹的处理是存在差异的，在陈剑晖看来，"'游'的过程中由各种生活事件构成的一个整体存在形态"可以称为游记散文的结构，这"不仅指游记散文的外部组织形式，而且是创作主体思想、意识、情感，特别是独特的生命体验转化为物质形态的一种'有意味的形式'"。① 由此，根据多游踪的处理方式，又衍生出游记书写不同的叙述策略。喻大翔认为游记是一种"写境文本，不是纯写意体裁"。游记写境受自然生命、主体生命、文史背景与时代氛围的约定，加上游记作者预设的审美功利效应，无论学者还是非学者文本，主体语陈说方式最常见的有释放陈说、发现陈说、交流陈说和融合三者多语陈说等数种。② 他将游记的结构基于心灵秩序与时空秩序的强弱差异，区分为心随时空游和时空随心游两种方式。李一鸣在其现代游记的研究中，将古代游记的结构概括为"定点式""动点式""全方位式"，而将现代游记的结构模式归纳为"散漫化结构""冥想型结构""意象型结构"乃至对话型、寓言型、戏剧体、音乐体等结构。看到了现代游记结构"从封闭向开放突破，从单一向多元拓展，从严整向散漫转变"③ 的特点。

其次是感性与知性的关系。余光中专文书写游记研究的四大篇章《杖底烟霞》《中国山水游记的感性》《中国山水游记的知性》《论民初的游记》等，对游记散文的感性与知性，做过最为仔细的研究和探讨，他认为，游记散文的主体应当富有感性，"所谓感性就是敏锐的感官经验。……在写景叙事上强调感官经验，务求读者如见其景，如临其境，如历其事"。④ 在余光中看来，感性经验应当调动人的视觉、听觉、触觉等肢体感官，给游记的书写创造一种更生动的现场感和直接性。包泉万认为，旅游文学的基本特点就是"对于自然景观和人文景观的再现，旅游文学的美感也主要来自对美好的客观景物的真实再现"。⑤ 再现性体现了游记散文的书写的形象性和直接性，而其他研究论者对景观、游踪以及感怀做了强调，比如王立群就严格限定了山水游记的三个要素，"就山水游记的特质来说，须有三个要素：第一，对游历途中的山川景物作了具体而真

① 陈剑晖：《中国现当代散文的诗学建构》，南昌：江西高校出版社，2004，第185页。
② 喻大翔：《现代中文散文十五讲》，上海：同济大学出版社，2008，第345~349页。
③ 李一鸣：《中国现代游记散文整体性研究》，济南：山东人民出版社，2013，第281页。
④ 余光中：《从徐霞客到梵谷》：台北：九歌出版社有限公司，1994，第33页。
⑤ 包泉万：《试论旅游文学的再现性》，《旅游学刊》1989年第4期。

实的描绘；第二，有游踪的记途；第三，有作者的思想感情寄托"。① 实际上也是对游记感性的强调。这似乎更体现了游记散文不同于其他散文品类的一个重要的书写特点。对于知性的把握学界的争议较大，余光中认为，"游记的知性有两端：一端是所游名胜的地理沿革、文物兴替，另一端是游后的感想，常从个别的事例归结到普遍的道理，也就是以殊相来印证共相"。② 而实际的写作中这两端的权重是不易把握的，前一端过重，容易将游记散文变成地方志，而后一端过重，则容易将游记散文变成论说文，沦为"对无辜的风景训话"。正因为此，有些研究者主张游记散文"不得借用别人考察、游历的现成资料"，③ 等于取消余光中对前一端的容纳。许宗元强调游记的情感性，也重视游记的丰富性，他认为游记的丰富除了对象的丰富之外，就是知识的丰富，"所涉及的知识面广泛、拥有的知识之丰富，也冠于其他文学种类"。④ 正因为此，古今中外的游记散文作为旅游文学的典型形式，在娱乐之外，就必然承担了重要的认识功能、教育功能、旅游功能以及政治功能。钱谷融曾提出：游记"有很大一部分是以描绘山川名胜、自然风物为主的，写景抒情之作，一向是游记文学的正宗。对于自然风景的欣赏，我们中国人是别具会心的，远非西方人所能比拟"。⑤ 他认为西方对于自然景色的摹写，一般未能与作者的情态相互结合，止于观察与描绘，缺乏反照与解会。在此，游记的反照与解会的强调即是需要在感官摹写自然风光的同时，传递如是我思如是我悟的情态与心得。喻大翔在此基础上继续挖掘，他试图在游记散文的人文情怀与哲学意蕴上提升其知性的内涵，他对游记散文做出了一个不能忽略的定义，那就是"游记是创作主体游走于天地人间，在同游客体或主体的亲证之下，将所见、所闻、所感、所言、所想（景、物、事、情、思）等，以自己擅长的语体风格，在超越的哲学之境中作艺术化表现的散文体裁"。⑥ 这一定义，除了强调游记书写的主体、对象、表达方式等，更强调游记对天地人合一哲学之境的诉求，既强调对柳宗元所谓"心凝形释，与万化冥合"的膜拜，也强调"游走于天地人间"的时间、空间、心间的三重追问，对游记内涵的感性与知性关系有了一个较为理性的把握。

① 王立群：《论山水游记的起源和形成》，《南京理工大学学报》1997 年第 4 期。
② 余光中：《从徐霞客到梵谷》：台北：九歌出版社有限公司，1994，第 52 页。
③ 李文初：《中国山水文化》，广州：广东人民出版社，1996，第 323 页。
④ 许宗元：《旅游文学论纲》，《上海师范大学学报》2006 年第 5 期。
⑤ 钱谷融：《现代作家国外游记选》，上海：上海文艺出版社，1983，序言，第 3 页。
⑥ 喻大翔：《现代中文散文十五讲》，上海：同济大学出版社，2008，第 338 页。

二、现代游记散文的历史评价与个案研究

第二是文学史层面对现代游记散文作家、流派、历史阶段性成果和价值的总结与评价。目前学界对中国旅游文学做史的梳理的研究成果更多地集中于古代旅游文学史，以"旅游文学"命名的著作、教材、选本等均以古代旅游文学名家名篇为对象。而对游记散文在现代文学史上的地位和成就一直缺少较为系统而整体的评价，以至于有学者评价，"迄今为止中国还没有一本完整意义上的旅游文学史，究其原因主要是旅游文学作为一种文学类型的概念是现代才提出的"。① 综观而论，目前以现代游记作为研究对象的文学史著作较少，最早的一本是朱德发主编的《中国现代纪游文学史》，从而开创了中国现代旅游文学历史研究的先河。该书认为现代纪游文学"不仅遵循继承并发扬光大了中国古代纪游散文的优秀惯例、规范和文体传统，也继承并光大了文论中并不重视的中国传统的纪游诗和纪游小说，并在传统基础上使各种纪游文学体式有了'更新换代'的超越和发展，不仅纪游文学的载体出现了多样化，纪游文学形态也出现了多元化。这就迫使我们对传统的纪游文学定义作出新的解释，从各形态的纪游作品出发作出多角度的考察和探究"。② 还分析了现代纪游文学与传统纪游文学之间传承与超越的关系，总结了现代纪游文学的特征，基于"社会旅行"与"山水游记"的两个路向，梳理了包括小说、诗歌、小品文、报告文学等不同文体形式的现代纪游文学在特定的历史时代背景下呈现的文学风格、美学品格、社会风尚与文化价值。并将现代纪游文学的发展分为黎明时期（1917—1927）、发展期（1927—1937）和转折期（1937—1949），概括了各时期的主要特征以及作家作品的创作样态，影响了之后的研究者对现代旅游文学的历史把握。只不过，该书并非是对现代游记散文的专文论述，对现代纪游文学的审美内涵进行了统一的把握，没有区分各文体之间对于旅行书写的差异，也留给了学界一些争论。

王兆胜的《论20世纪中国纪游散文》专注于现代纪游文学中的散文文体，探讨其对中国古代纪游散文传统的继承和突破，特别注重现代意识和现代社会、历史和文化的复杂性对现代游记散文的影响与呈现。认为"不论时代多么的不同，也不论作家的创作有多少差异，但为了个人、家庭、民族、国家和人类不停地漂泊、流浪、歌吟、寻找和追求着，这是20世纪中国纪游散文演进的基本

---

① 陈涛：《旅游文学：现代的理论阐释》，《西南民族学院学报》2000年第1期。
② 朱德发：《中国现代纪游文学史》，济南：山东友谊书社，1990，第7页。

精神线索"。①王兆胜认为纪游散文在继承了中国古代纪游散文优良传统的同时，又突破了以往的山水写景和抒怀传统，以现代意识来观照历史、社会以及文化的复杂信息。

梅新林、俞樟华主编的《中国游记文学史》是一部关于中国旅游文学的通史性著作，该书将中国游记文学的发展分为诞生期（魏晋）、成熟期（唐）、高峰期（宋）、复兴期（元明）、衰变期（清）、新生期（现当代），一共分 13 章对各个时期的游记文学成就、问题进行阐发与评述。"现代新型游记的正式诞生则是'五四'新文化运动的直接成果。""五四"新文化运动成就了古典游记向现代游记从语言语体、体式到内容主题到观念意识等多维度的转型。"作为中国知识分子面对西学东渐而走向世界的重要窗口与艺术成果，旅外游记出现了空前的繁荣。"该著将现代游记划分为"关注社会的'人生派'游记与回归心灵的'艺术派'游记"②两大类别，将朱自清和郁达夫视为现代游记创作的两大高峰。同时对冰心、谢冰莹、庐隐等的现代女性游记创作进行了阐述。马力的《中国现代风景散文史》立足于现代风景散文的发展历程，将现代风景散文的发展划分为发生期（1919—1929）、繁盛期（1929—1939）、延展期（1939—1949），钩沉 200 余位作家的风景散文作品，书中界定了风景散文的概念内涵，阐释了现代风景散文的审美特征，并分析了风景散文创作的社会历史背景，同时也探讨了风景要素在散文、诗歌、小说等文体中呈现的差异。该著认为现代风景散文"对比古代记游之文，他们创作的风景散文，多乐观舒朗之情，少感时忧世之态，在中国旅游文学发展史上具有里程碑的意义"。③该著专注于模山范水的现代风景散文的研究，视野恢宏，材料翔实，但现代风景散文与现代游记散文尽管在内容上有所交叉，一方面不能代表现代游记散文的整体成就，另一方面对现代风景散文中自然风景的文化意义和审美品格的内涵阐释（比如乐观、比如超然）是值得学界商榷的。

徐慧琴的《百年游记散文研究》是国内首部 20 世纪游记散文的研究专著。该书全息展示了 1900—1999 百年来中国游记散文的创作面貌，概述了百年游记的发展分期，即发端期（1900—1927）、发展期（1928—1937）、转折期（1938—1976）、复苏和开拓期（1977—1999），认为"用真性的生命力来思悟，用充满情智的话语来表达，用对思想性意义的开掘和心灵的独特发现来拓展百

---

①　王兆胜：《论 20 世纪中国纪游散文》，《海南师范学院学报》2001 年第 3 期。

②　梅新林、俞樟华：《中国游记文学史》，上海：学林出版社，2004，第 12 页。

③　马力：《中国现代风景散文史》，北京：中国社会科学出版社，2011，第 3 页。

年游记散文的艺术表现和审美空间，使游记散文创作在时代的呼唤中逐渐走向成熟与理性"。① 该著划分了山水型游记散文、社会型游记散文和文化型游记散文三大类别，剖析了百年游记散文中的自然生命意识、知识分子的主体精神，分析现代游记超越于古典游记散文的文体特征和文化意涵，总结了百年游记散文的缺失。李一鸣的《中国现代游记散文整体性研究》是一部对现代游记散文研究的专论，将现代游记散文创作发展划分为发端期（1917—1927）、繁荣期（1928—1937）和转折期（1937—1949），总结其阶段性的特征，认为中国现代游记散文"在承继传统游记中丰富和超越，在借鉴西方游记中发展与提升，表现了现代中国人在重大社会变革中看世界的心灵图景，展示了独具特色、影响深远的诗学特征和文体追求，涵容了深广而复杂的美学思想"。② 该著剖析了现代游记散文作家山水自然游走、社会人生漂泊与文化行旅背后的精神镜像和文化心理，同时也阐述了现代游记散文的审美品格、艺术趣味和意象营造以及在结构、语言和叙事层面的文体追求，完成对现代游记散文认知框架的整体建构。另外也有一些硕士论文从历史的层面对现代游记散文的审美特征和价值进行了分析。比如胡红萍的《艰难的远行——中国现代游记散文研究》，③ 余婷婷的《1912—1932 年中国游记研究》，④ 王松毅的《现当代游记创作中的家园情结》⑤ 等也从 20 世纪的宏观视野把握现代游记散文的创作特质、时代特征和文化主题。

　　还有一类现代游记散文的历史研究是基于中国现代散文发展的史学视野，将现代游记散文作为现代散文的一个特殊文类进行阐述。比较有代表性的著作有，俞元桂主编的《中国现代散文史》，将现代游记散文归于记叙抒情散文之列，在"繁英绕甸竞呈妍——开创时期的记叙抒情散文"用了两节讨论"五四"时期域外和国内的游记创作，同时阐发了知识分子旅行漂泊者的希望与哀歌，在"芙蓉翠盖石榴红——记叙抒情散文的兴盛"中讨论 1930 年代海外旅游散记和国内山水游记的创作，在"战地黄花分外香——记叙抒情散文的拓展"中又以流寓生活的纪实为主题探讨抗战背景下的游记散文创作。该著基于"中国现代散文的发展必然要受时代的制约，这是中国现代史、散文文体和中国现

---

① 徐慧琴：《百年游记散文研究》，太原：山西人民出版社，2012，第 199 页。
② 李一鸣：《中国现代游记散文整体性研究》，济南：山东人民出版社，2013，第 331 页。
③ 胡红萍：《艰难的远行——中国现代游记散文研究》，硕士学位论文，复旦大学，2005。
④ 余婷婷：《1912—1932 年中国游记研究》，硕士学位论文，华侨大学，2006。
⑤ 王松毅：《现当代游记创作中的家园情结》，硕士学位论文，西北师范大学，2010。

代知识分子的特点所决定的"① 这一立论基调,对各个时期游记散文的题材对象、审美特征、社会功能、思想诉求进行了深入细致的分析。傅德岷的《中国现代散文发展史》则将游记散文归于报告文学之列,认为 1930 年代"出现了大量的旅外游记,丰富了报告散文的形式,使报告散文结出了新的硕果"。② 专门开辟一节讨论邹韬奋《萍踪寄语》和范长江《中国的西北角》为代表的旅行记,考察了他们对世界各国政治制度、经济发展、生活方式、民俗风景和对国内革命形势的考察与分析,对游记散文的纪实价值做出了中肯的评述。而刘勇、邹红主编的《中国散文通史·现代卷(下)》包括杂文、小品文、记叙抒情类散文和纪实散文四大板块,将现代游记散文归于记叙抒情类散文之列,并认为中国现代散文中的"记叙抒情散文,首先起先于众多的纪游之作"。③ 现代游记散文与社会开放和中外沟通的历史条件息息相关,同时现代游记中漂泊记与流浪记也是现代知识分子理想求索、浪漫感伤和释愤抒情的真实写照。该著辟专章讨论冰心、徐志摩、郁达夫、朱自清、钟敬文以及艾芜等人游记散文的写作方式、情感特征和社会内涵。

　　另外,在历史视野下,文学批评层面对现代游记杰出作家作品进行个案式的分析解读也取得了一定的成绩。这些解读的对象主要围绕郁达夫、朱自清、艾芜、冰心、茅盾、沈从文、瞿秋白、徐志摩等名家的游记加以评述,涉及这些作家游记书写背后的时代症候、社会心理、童年故乡记忆、文化理想以及审美价值等等。研究郁达夫的就有朱正红《郁达夫游记的思想和艺术》,④ 何江《人格和心灵的真实披露——论郁达夫的游记散文》,⑤ 林莹《郁达夫游记个人话语探寻》,⑥ 朱慧玲《现代才子气与郁达夫的游记散文创作》,李继平《郁达夫游记的文学语言修辞美》,⑦ 吴晓东《郁达夫与中国现代"风景的发现"》⑧等,深入阐述了现代游记第一名家郁达夫创作的心理动因、文化根由以及哲学

---

① 俞元桂:《中国现代散文史》,济南:山东文艺出版社,1997,第 7 页。

② 傅德岷:《中国现代散文发展史》,成都:四川教育出版社,1997,第 277 页。

③ 刘勇、邹红:《中国散文通史·现代卷(下)》,合肥:安徽教育出版社,2013,第 4 页。

④ 朱正红:《郁达夫游记的思想和艺术》,《华南师范大学学报》1985 年第 1 期。

⑤ 何江:《人格和心灵的真实披露——论郁达夫的游记散文》,《榆林高专学报》1997 年第 7 期。

⑥ 林莹:《郁达夫游记个人话语探寻》,《宁波教育学院学报》2002 年第 3 期。

⑦ 李继平:《郁达夫游记的文学语言修辞美》,《湖北大学成人教育学院学报》2005 年第 5 期。

⑧ 吴晓东:《郁达夫与中国现代"风景的发现"》,《中国现代文学研究丛刊》2012 年第 5 期。

思想资源和现代商业化语境的影响。研究朱自清游记的就有王宜早《一幅精致的工笔画——读朱自清的〈威尼斯〉》，张仁健《巧运灵思出真趣——读朱自清〈松堂游记〉》，① 王尔龄《朱自清笔下的"海中的城"——著名游记〈威尼斯〉赏析》，② 程挹云《朱自清〈松堂游记〉的艺术辩证法》，③ 孙桂芬《游记与说明的巧妙融合——浅析朱自清游记散文〈威尼斯〉》，④ 孟华《从艾儒略到朱自清：游记与"浪漫法兰西"形象的生成》，⑤ 王晓红《质朴简洁蕴含新奇——朱自清〈松堂游记〉的语言特色》⑥ 等，主要涉及朱自清的旅欧游记作品以及部分国内游记，对朱自清作品中的传统文化元素以及跨文化视域进行了深入的阐述。对沈从文游记研究的就有陆文绖《名篇，而非杰作——读〈湘行散记〉〈湘西〉随想》，⑦ 松涛《中国现代散文的奇花——读〈湘行散记〉〈湘西〉之一》，⑧ 夏逸陶《恒久的太息与惆怅——沈从文〈湘行散记·老伴〉内蕴浅析》，⑨ 彭荆风《〈湘行散记〉的艺术构思》，⑩ 哈迎飞《论沈从文游记体散文的文体特征》，⑪ 张军《爱与美的人生——沈从文〈湘行散记〉散论》，⑫ 赵顺宏《〈湘行散记〉的审美意蕴》，胡秦葆、刘丽明《试论〈湘行散记〉的江湖特色》，⑬ 胡友笋、郑伯斐《论沈从文的散文还乡》，⑭ 吴投文《写实与"造梦"

---

① 张仁健：《巧运灵思出真趣——读朱自清〈松堂游记〉》，《名作欣赏》1982 年第 4 期。
② 王尔龄：《朱自清笔下的"海中的城"——著名游记〈威尼斯〉赏析》，《语文学刊》1983 年第 2 期。
③ 程挹云：《朱自清〈松堂游记〉的艺术辩证法》，《盐城师专学报》1985 年第 6 期。
④ 孙桂芬：《游记与说明的巧妙融合——浅析朱自清游记散文〈威尼斯〉》，《黑龙江教育学院学报》1995 年第 6 期。
⑤ 孟华：《从艾儒略到朱自清：游记与"浪漫法兰西"形象的生成》，《中国比较文学》2006 年第 1 期。
⑥ 王晓红：《质朴简洁蕴含新奇——朱自清〈松堂游记〉的语言特色》，《安阳师范学院学报》2006 年第 1 期。
⑦ 陆文绖：《名篇，而非杰作——读〈湘行散记〉〈湘西〉随想》，《中国现代文学研究丛刊》1984 年第 3 期。
⑧ 松涛：《中国现代散文的奇花——读〈湘行散记〉〈湘西〉之一》，《吉首大学学报》1986 年第 3 期。
⑨ 夏逸陶：《恒久的太息与惆怅——沈从文〈湘行散记·老伴〉内蕴浅析》，《名作欣赏》1992 年第 2 期。
⑩ 彭荆风：《〈湘行散记〉的艺术构思》，《吉首大学学报》1992 年第 6 期。
⑪ 哈迎飞：《论沈从文游记体散文的文体特征》，《中国现代文学研究丛刊》1997 年第 3 期。
⑫ 张军：《爱与美的人生——沈从文〈湘行散记〉散论》，《社会科学家》2002 年第 1 期。
⑬ 胡秦葆、刘丽明：《试论〈湘行散记〉的江湖特色》，《广西社会科学》2005 年第 6 期。
⑭ 胡友笋、郑伯斐：《论沈从文的散文还乡》，《湖南农业大学学报》2007 年第 6 期。

的诗意融合——沈从文〈湘行散记〉和〈湘西〉散论》,① 刘学云《沉痛隐忧与乡土悲悯——〈湘行散记〉：归乡主题的再演绎》,② 蔡颖华《借鉴与超越——〈湘行散记〉的风景描写》,③ 姚喆《论〈湘行散记〉中的风景抒写》。④主要对沈从文游记的代表作品《湘行散记》《湘行书简》《湘西》涉及的童年记忆、乡土意识、传统文化与现代文化的冲撞、生命理想等问题进行深入的探讨和评价。研究艾芜的有吴进《论沈从文与艾芜的边地作品》,⑤ 陈志《深隐的世界——艾芜"游侠"情结试探》,⑥ 张建锋《从他乡到故乡：艾芜的精神之旅》,⑦ 霍小娟《超越苦难的生命之歌——论艾芜的流浪作品》,⑧ 曹灿《艾芜南行系列小说与散文研究》,⑨ 陈国恩、陈昶《从"游民"到左翼作家——论艾芜 20 世纪 30 年代的创作》⑩ 等，主要以流浪和漂泊为主题词研究艾芜游记对动荡的现代中国的呈现，以及背后蕴含的民族精神和政治诉求。研究冰心游记的就有艾北《冰心三寄小读者》,⑪ 祝敏青《试论〈寄小读者〉的语言艺术》,⑫罗勋章《冰心游记的艺术特色》,⑬ 陈爱莉《试论冰心〈寄小读者〉的思想艺术特色》,⑭ 董国超《〈寄小读者〉的复调分析》,⑮ 王金禾《〈寄小读者〉文化价

① 吴投文：《写实与"造梦"的诗意融合——沈从文〈湘行散记〉和〈湘西〉散论》,《南京农业大学学报》2008 年第 2 期。
② 刘学云：《沉痛隐忧与乡土悲悯——〈湘行散记〉：归乡主题的再演绎》,《名作欣赏》2009 年第 8 期。
③ 蔡颖华：《借鉴与超越——〈湘行散记〉的风景描写》,《宜宾学院学报》2011 年第 2 期。
④ 姚喆：《论〈湘行散记〉中的风景抒写》,《文学评论丛刊》2011 年第 3 期。
⑤ 吴进：《论沈从文与艾芜的边地作品》,《中国现代文学研究丛刊》1988 年第 2 期。
⑥ 陈志：《深隐的世界——艾芜"游侠"情结试探》,《宜宾师范高等专科学校学报》2000 年第 6 期。
⑦ 张建锋：《从他乡到故乡：艾芜的精神之旅》,《西华大学学报》2008 年第 6 期。
⑧ 霍小娟：《超越苦难的生命之歌——论艾芜的流浪作品》,《牡丹江师范学院学报》2006 年第 2 期。
⑨ 曹灿：《艾芜南行系列小说与散文研究》,硕士学位论文,四川师范大学,2012。
⑩ 陈国恩、陈昶：《从"游民"到左翼作家——论艾芜 20 世纪 30 年代的创作》,《江汉论坛》2013 年第 2 期。
⑪ 艾北：《冰心三寄小读者》,《新闻战线》1979 年第 2 期。
⑫ 祝敏青：《试论〈寄小读者〉的语言艺术》,《福建师范大学学报》1988 年第 6 期。
⑬ 罗勋章：《冰心游记的艺术特色》,《写作》1999 年第 6 期。
⑭ 陈爱莉：《试论冰心〈寄小读者〉的思想艺术特色》,《西南民族学院学报》2002 年第 6 期。
⑮ 董国超：《〈寄小读者〉的复调分析》,《哈尔滨学院学报》2004 年第 1 期。

值论》,① 闵军、沈茜《论冰心早期儿童散文的抒情性——读〈寄小读者〉》,②
庄美芳《论冰心〈寄小读者〉的审美世界》③ 等,主要对冰心的游记通讯作品
《寄小读者》等作品的审美主义、文化价值以及语言艺术成就等方面进行深入的
评价。主要研究瞿秋白游记的有刘小中《从〈饿乡纪程〉、〈赤都心史〉看瞿秋
白早期散文理念的独特性和文体的独创性》,④ 张历君《镜影乌托邦的短暂航
程——论瞿秋白游记中的乌托邦想象》,⑤ 胡明《文学才情与政治选择——重读
〈饿乡纪程〉、〈赤都心史〉》,⑥ 陈春生《革命影像与革命话语——重读〈饿乡
纪程〉与〈赤都心史〉》,⑦ 陈晓兰《徘徊于理论与现实之间——20 世纪 20 年
代中国旅苏游记中的苏联形象》,⑧ 陆克寒《瞿秋白"苏俄形象"的跨文化建
构——〈饿乡纪程〉〈赤都心史〉新论》,⑨ 郭长宝《从〈饿乡纪程〉到〈赤都
心史〉——试论瞿秋白思想和心灵的发展轨迹》,⑩ 代静《乌托邦的建构与消
解——瞿秋白、本雅明、纪德苏俄游记的比较研究》,⑪ 邓静《苏联的感受与叙
述——以中国现代游记为考察对象》,⑫ 任俊经《瞿秋白游记中的苏俄形象研
究》⑬ 等,主要对瞿秋白的《饿乡纪程》与《赤都心史》中的政治建构、革命

① 王金禾:《〈寄小读者〉文化价值论》,《江西社会科学》2001 年第 1 期。
② 闵军、沈茜:《论冰心早期儿童散文的抒情性——读〈寄小读者〉》,《贵州大学学报》
   1988 年第 3 期。
③ 庄美芳:《论冰心〈寄小读者〉的审美世界》,硕士学位论文,浙江大学,2007。
④ 刘小中:《从〈饿乡纪程〉、〈赤都心史〉看瞿秋白早期散文理念的独特性和文体的独创
   性》,《西南民族大学学报》2004 年第 10 期。
⑤ 张历君:《镜影乌托邦的短暂航程——论瞿秋白游记中的乌托邦想象》,《当代作家评
   论》2006 年第 1 期。
⑥ 胡明:《文学才情与政治选择——重读〈饿乡纪程〉、〈赤都心史〉》,《陕西师范大学
   学报》2006 年第 5 期。
⑦ 陈春生:《革命影像与革命话语——重读〈饿乡纪程〉与〈赤都心史〉》,《湖北师范
   学院学报》2008 年第 2 期。
⑧ 陈晓兰:《徘徊于理论与现实之间——20 世纪 20 年代中国旅苏游记中的苏联形象》,
   《兰州大学学报》2008 年第 3 期。
⑨ 陆克寒:《瞿秋白"苏俄形象"的跨文化建构——〈饿乡纪程〉〈赤都心史〉新论》,
   《中国现代文学研究丛刊》2010 年第 1 期。
⑩ 郭长宝:《从〈饿乡纪程〉到〈赤都心史〉——试论瞿秋白思想和心灵的发展轨迹》,
   《黑龙江社会科学》2010 年第 1 期。
⑪ 代静:《乌托邦的建构与消解——瞿秋白、本雅明、纪德苏俄游记的比较研究》,硕士
   学位论文,中南大学,2007。
⑫ 邓静:《苏联的感受与叙述——以中国现代游记为考察对象》,硕士学位论文,西南大
   学,2007。
⑬ 任俊经:《瞿秋白游记中的苏俄形象研究》,硕士学位论文,山西大学,2010。

思想以及跨文化视域中的异国形象等问题进行了深入的分析。

三、游记书写的文类渗透

第三是从比较文类层面将游记对其他文类的影响与渗透进行分析，以此展示游记在具体的历史背景下对文学其他文类文体发展变迁的价值与意义。在西方学者看来，西方的游记无论是虚构还是非虚构文本，实际上都融合了近代西方宗教、文学与科学的内涵，同时影响到各个领域，比如坎贝尔认为：游记影响到了许多文学形式的创新发展，它"不仅影响了人类学的出现，同时也影响了近代小说的出现，它与英雄传奇的再生有关，并且也是科学地理的基础之一"。①

在中国学者看来，游记散文对小说的影响尤甚，特别是在近现代国门打开，中国融入世界性社会变迁的语境下，游记对小说叙事的影响被逐渐注意。比如陈平原认为游记对近现代小说的创作的重大影响就是，作家能在历史裂变的时代背景下，借助于"旅行者"的眼光来表达对新事物的发现，"并获得一种颇有诱惑力的陌生感和新鲜感"。同时，在小说的叙事中，旅行这一无限延伸的行为成为记录人物心灵和性格发展演变历程的载体以及人物命运突变的叙事契机，"旅行者置身于一个陌生的世界里，得以观察、思考、分析那些前所未见的新鲜事物，进而获得一种新的人生感悟"。在一个主张去旧迎新的时代，陈旧的、熟悉的、古老的、成模式的固定状态早已让人厌倦，而旅行创造的新鲜刺激能带给人耳目一新的体验，正因为此，晚清以降，旅行者成为重要的叙事主体，其优势正在于"这种新的刺激，逼得他抛弃或者暂时搁下旧的思维框架，得以从一个新的角度来思考存在的价值和意义"。② 夏志清认为旅行者成为叙事者对小说叙事的最大变化就是打破传统叙事视角，更为集中，作品中的一切人物形态、事件进展以及其他景物场景的变化，都出自旅行者一个人，这样对叙事线索的把握与控制强化了小说章节之间的连续性，带来叙事的简约风格与紧凑结构，"这游记对于布局或多或少是漫不经心的，又钟意貌属枝节或有始无终的事情"，③ 这使得游记与现代抒情小说接近，而远离于中国传统小说。李岚认为游记散文影响小说的叙事存在正反两面性，不利的方面在于游记强调旅行者的单

---

① M. Campbell, "The Witness and the Other World: Exotic European," *Travel Writing*, 400-1600 (Ithaca and London: Cornell University Press, 1988), p. 166.
② 陈平原：《20 世纪中国小说史》第 1 卷，北京：北京大学出版社，1989，第 227 页。
③ 夏志清：《〈老残游记〉新论》，选自刘德隆等主编《刘鹗及〈老残游记〉资料》，成都：四川人民出版社，1985，第 480 页。

一视角，所见所闻系于一人，弱化了叙事线索的丰富性，"游记体小说不容易谋篇布局，因为以游踪为线索看似简单，却不利于情节有层次、有深度地铺设，也不利于较大人物体系的建立，这都被旅行者的单线视角局限了"。而有利的一面在于单一视角带来的亲历性和现场感，无论现实题材还是奇幻题材，都能带来"有真实、线索清晰的好处，领人沿途入境"。① 正如日记体小说的主体对于个体心路历程代入式的叙述一样，游记体小说的魅力在于旅行者沿途观感的真实性。秦剑蓝认为，游记对近现代小说的创作的革新性变化不仅仅是叙事层面的，在文化层面上，旅行者的叙事经验创造的是"一种'流动'的个体体验以及个体与外部世界关系的新变化"，因为叙事视角、叙事对象的变化，不仅仅改变的是叙事的节奏与结构，更深的变化是审美体验上的，"当旅行者与外部世界的关系，甚至旅行者的心灵变化成为叙事的焦点时，一种新的时代体验和文化价值观念便随之产生并得以呈现了"。②

本书探讨的是，游记作为现代中国社会极具特色的文学形式，它与中国现代性的兴起、演变构成怎样的互动关系，在对现代性的危机反思中又担当着怎样的地位和角色；以及 1848 年以降，特别是"五四"以来，在中国传统社会解体，政治气象波诡云谲，整体性的文化体系开始流散和崩溃，新的价值模式亟待建立的时代关口，游记作为一种文类，所表现出的文体演进和形式特色，以及传达出的历史承担和扮演的文化角色。

一般而言，文学研究通常在两个层面上讨论文学形式问题。一是基于形式主义、新批评以及叙事学的理论出发，从类型、结构、修辞、形象等元素进入文学内部，以共时性的方式剖解文学文本的本质特征。另一种考察形式的路径以卢卡奇、巴赫金、威廉斯、詹姆逊等为代表，从历史哲学的意义上解读文学形式的功能。在他们看来，文学形式是基于具体社会形态的一种回应。由于"资产阶级社会的壁垒和禁锢"这一愈渐深化的现代性事实，人们的"经验再也不是完整的了，我们再也不能在对个人生活的关注之间找出任何觉察得到的联系"。③ 现代生活的碎片化、原子化的形态无法在人们的观念意识之中集聚凝合为一个卢卡奇意义上的"总体"。从而，作为一个完整、独立的存在，来应对乃至抗拒现代社会冷漠的、同质化的历史现状，便成为社会时代带给文学形式的

---

① 李岚：《中国游记体小说的现代转型与文化想象》，《湖北经济学院学报》2010 年第 10 期。

② 秦剑蓝：《"流动"的旅行者和"想象"的乌托邦》，《云梦学刊》2006 年第 2 期。

③ ［美］弗雷德里克·詹姆逊：《语言的牢笼：马克思主义与形式》，钱佼汝、李自修译，南昌：百花洲文艺出版社，1995，第 8 页，第 264 页。

使命。这显然是一种基于现代性语境的文学形式的研究路径。它打破了形式研究的静态、封闭传统，也尊重作家个性的积极影响，而更注重文学形式演进的具体语境，从历史性和实践性的角度，解读文学形式的特点。

作为文化研究的代表人物，威廉斯通过对 18 世纪英国戏剧形态的变迁研究，发现"王政复辟时代的戏剧是建立在一个贵族的、时髦的观众群基础上的，随着它的终结，一种以更广泛的社会群体为基础的极为混杂的中产阶级戏剧便取而代之"，不同于之前在艺术形式内部讨论艺术特征的批评方式，他试图在社会结构、阶级形态、经济、宗教等要素的演绎中寻找答案，在他看来，一种艺术形式发生变样的原因，并非"某种技巧高超、极其成熟"与"那些相对粗糙的、失败的艺术形式"之间的较量，认定"艺术形式的变化是社会变化的直接结果"。①

显然，这一研究路径提问方式的特别之处在于，认为形式并非本质主义意义上一成不变的文体审美特性，这一具体的形式并非先验存在，为何偏偏如此，有何为，其发展演变的背后基于怎样的社会、文化以及时代精神的具体根由。这一研究路径在近年来的文学研究中日渐被重视，比如，陈建华对茅盾早期小说的研究，基于作为现代性展开的小说形式，通过对茅盾小说叙事要素（人物、情节、结构和修辞）的历史化追溯和比较，指出了茅盾对"五四"时代女性群像塑造的"陌生化"的文学成就。再比如，新加坡学者张丽华从近代中国的社会转型语境出发，探索短篇小说这一文学形式在现代中国的发生与演进，将现代社会的复杂形态与现代文学观念的形成与成熟落实到短篇小说的文体内涵中，做出了丰富饱满的研究结论。另外，李茂增通过分析卢卡奇、本雅明、巴赫金等人的小说理论，梳理了现代性语境下小说形式的文化应对策略与存在功能。②

概言之，从历史社会形态的复杂语境中研究文学形式的路径，并非否定形式主义、新批评的形式研究，对文学形式内部结构形态特征的看护，实际上有利于回到文学自由的层面而具有审美现代性的意义；同时，注重文学形式与历史社会形态的互动关系，并非简单的社会决定论式的，它依然回到文学形式的具体问题中，其核心之处在于捍卫"文学形式的诞生及其演变与意义生产息息

---

① [英] 威廉斯：《漫长的革命》，倪伟译，上海：上海人民出版社，2012，第 272 页。
② 陈建华：《革命与形式——茅盾早期小说的现代性展开》，上海：复旦大学出版社，2007 年；张丽华：《现代中国"短篇小说"的兴起：以文类形构为视角》，北京：北京大学出版社，2011 年；李茂增：《现代性与小说形式——以卢卡奇、本雅明、巴赫金为中心》，上海：东方出版中心，2008 年。

相关。文化赋予世界各种意义，文学形式局部地承担了意义生产的使命"。① 文学形式是对世界意义、时代精神、生活方式、存在价值等问题的探索与表征，隐含着人类对自我命运的追问。真正的形式研究必须将形式置于具体的社会文化之中，因为"艺术的自主自立是以它同文化整体的关联，以它在整体中既特殊又必要，且又不可替代的地位为基础、为保证的"。② 其现代性意义在于，文学形式的演进，都可以视为社会文化变迁的历史体现。从而，并非所有的既存的文艺形式都能够成为表达现代人心灵体验、生活方式和精神状态的形式。现代文化必然生发并展开属于它自己的文学形式。

从文体、文类或体裁的角度切入文学研究，是文学史研究、文学形式研究的重要方式。巴赫金注意到"诗学恰恰应从体裁出发"，因为"每一种体裁都具有它所特有的观察和理解现实的手法"，艺术家也总是"用体裁的眼光来看现实"。③ 所以他认为对文学史的考察以及对文学表征的分析，需以对文体的认识为前提，文体中蕴藏着特定时代文学的特征，甚至时代的思想及思维方式的全部特征也可能包含其中。

将文类归结为与某种历史思潮的共生结果的做法，在"五四"时期就已经被学者们注意，批评家方非在《散文随笔之产生》中解释为什么散文（随笔、小品文）这一文体在"五四"时期繁荣时就曾指出：浪漫主义对应于诗歌，因其以情感又好怀旧，自然主义对应于小说，特别是短篇小说，因其对丑恶现实的批判。"我们现在已处于资本主义社会之烂熟时期，人们无不感觉烦忙、苦闷、憔悴，因之，无一不灰心、丧志、乏勇气、无朝气、无恒心、无耐性，其作品便必然以短小精悍见长而又能即物言志之随笔文为文坛上之一主要形式了。"④ 转型时期的历史现状与社会心态决定了散文形式在新文学创作中的流行。梁实秋对此也有过相当严厉的批判，他认为，现代中国文学被"印象主义"所支配，"近来游记的发达，也是印象主义的一个征候。游记是最不负责任的文学……游记可以描写风景，亦可以抒发感慨，总之你信笔写下去，印象不竭，游记便写不完"。"游记是'走马看花'的文章，也是印象主义赤裸裸的表现的

---

① 南帆：《历史与语言：文学形式的四个层面》，《文艺争鸣》2007 年第 11 期。

② ［俄］巴赫金：《文学作品中的内容、材料与形式问题》，晓河译，载《巴赫金全集》第 1 卷，石家庄：河北教育出版社，1998，第 310 页。

③ ［俄］巴赫金：《文艺学中的形式主义方法》，李辉凡等译，桂林：漓江出版社，1989，第 174 页。

④ 方非：《散文随笔之产生》，载俞元桂主编《中国现代散文理论》，南宁：广西人民出版社，1984，第 78 页。

所在。"①

　　这也正是本书考察现代中国游记散文的基本动机。如果关于游记形式研究遵循一个恒定而封闭的模式，这固然可以较为清晰地把握游记普遍性的审美特征，但另一方面也会掩盖这一形式背后传统与现代人的精神差异。也就是说，正是因为游记有利于回应现代中国特殊的社会形态和生活方式，有利于表达现代人的心灵状态和情感体验，它作为一种文体在现代中国文学史上才得以延续并繁荣起来。西方现代游记的繁荣，实际上与西方的地理扩张紧密联系在一起，体现了资本主义上升时期的政治热望。当代西方学者卡特指出，游记综合了历史、科学和文学的知识，融合日记、回忆录以及传奇浪漫故事等特点，最为重要的是将西方殖民拓展与现代性建构结合于一体，"探险家作家既是历史学家又是地理学家，既是浪漫的骑士又是经验主义的科学家，是殖民文化的集中象征"。② 从某种意义而言，游记本身就是现代性的后果之一。资本主义秩序的全球化展开、现代主体精神的塑造、对异文化的想象等等现代性主题都可以从游记文学中找到。

　　换个角度而言，形式的社会文化内涵，本来就是关于"文体"的题中应有之意。一般而言，文体既包含了作品的语言秩序、语言体式等表层意义，也指向其负载着的社会文化精神和作家、批评家的个体的人格内涵等深层意味。所以，文体就是"指一定的话语秩序所形成的文本体式，它折射出作家、批评家独特的精神结构、体验方式、思维方式和其他社会历史、文化精神"。③ 文体不只是作为某种文学样式，简单地呈现为"文学"条目下抽象的文本划类，文体的产生、繁盛、传承与突变，都承载着丰富复杂的社会文化信息。所以，文体从某种意义上可以视为一种"文学交流的现实"，也就是形成于具体的社会历史语境，对于作者、读者和文学界都有秩序化作用的话语属性，由此，"文类在各自的社会与文化语境中被形构的'历史'，便可以通过考察这一话语属性如何被制度化而得到具体而微的呈现"。④ 这样切入文体研究的益处在于，有利于我们跳出新文化运动以来主题性的、同一化地对时代转型和文化裂变的主流表述模

---

①　黎照编：《鲁迅梁实秋论战实录》，北京：华龄出版社，1997，第 21 页。

②　P. Bishop, The Myth of Shangri-La: *Tibet, Travel Writing, and the Western Creation of Sacred Landscape* (London: Anthlone Press, 1989), p. 3.

③　童庆炳：《文体与文体的创造》，昆明：云南人民出版社，1994，第 1 页。

④　张丽华：《现代中国"短篇小说"的兴起：以文类形构为视角》，北京：北京大学出版社，2011，第 4~5 页。

式，回归到一个语境化的视域中，来考察"五四"以来的关于现代新文学的制度与观念、审美形式以及文化内涵等各个层面的变革。

陈平原在《中国散文小说史》中基于文类研究的特点，提出过两种不同的研究策略，"追求建立理论性文类（theoretical genres）者，更愿意强调不受时空影响的'散文特性'或'小说特性'；相反，如果着眼于历史性文类（historical genres），则不能不突出渲染古今散文或中外小说之歧异"。① 这两种研究策略也被视为逻辑文类学和历史文类学的分野，② 二者各有合理性。本书研究是从现代性视域切入游记散文的研究，考察作为一种文类的游记在中国社会文化转型所扮演的文化角色和文体审美特性，必然要更倾向于一种历史文类学的研究方式。一个不容忽视的事实就是，文体的建构和演变既是一个文学内部更迭发展的现象，对于 20 世纪视野下的中国文学来说，更是"中国文学告别古典时代逐步走向现代的历史进程中一个不可忽视的方面"。③ 在此观照下，作为一种文类的游记散文，其在现代文学史上的合法化路径并不是不言自明的。"五四"以降，新文学制度的建构和博弈，游记散文的创作实绩，以及中国现代性的展开，深深影响了现代游记散文的文学史中的格局。

显然，中国散文的现代性之路是曲折而多变的。中国散文的文体发展自古就充满着文体越界与互文性的开放姿态。"五四"以降，"与诗、小说、戏剧按照西方文类观念先验地界定其外延与内涵，并以之去进行现代化改造不同，散文的现代合法化，不是一时间就完成的，而是在长时间里通过各种书写实践与文学话语的对话而积累起来的"。④ 考察中国现代散文史，会发现一个现代性意

---

① 陈平原：《中国散文小说史》，上海：上海人民出版社，2004，第 1 页。
② 在此意义上，陶东风将文类研究划分为逻辑文类学和历史文类学。"逻辑文类学侧重从共时角度划分文类之间的特征与区别；而历史文类学则从历时的角度对文类特征的形成与演变作历史的说明。因此，从逻辑文类学向历史文类学的过渡也就是从诗学向文学史的过渡。"见陶东风：《文体演变及其文化意味》，昆明：云南人民出版社，1994，第 50 页。这一基于文类研究的矛盾性同样被海外汉学家宇文所安注意到，他认为"现代文学理论在宣称文体的自成系统与宣称某一时期所有文化再现样式都享有共同的历史渊源这两极之间摇摆。前者确信诗歌、小说或戏剧是相当独特的，它主要关注的是拓展其自身的文体潜能，回应其自身的文体发展历史。后者将所有同时代的话语形式都看成是分享着超越了文体形式的某种历史决定因素。文学理论要求我们在这些相互对立的可能性之间做出抉择，或是试图调和它们"。见［美］宇文所安：《中国"中世纪"的终结：中唐文学文化论集》，北京：生活·读书·新知三联书店，2006，第 2 页。
③ 孙宝林：《近现代文体演变的历史鸟瞰》，《中国现代文学丛刊》1999 年第 4 期。
④ 夏晓虹等：《文学语言与文章体式：从晚清到五四》，合肥：安徽教育出版社，2005，第 117 页。

义上的文学悖论，那就是，一方面受益于现代社会对"个人""人性"的解放，催生了现代散文千姿百态的个性主义魅力；另一方面与古代散文延绵不断的深厚传统，在新文学知识建构中又横遭边缘化。一方面因其开放性和适应性的文体特征，不断被各类意识形态所征用，表现出鲜明的时代性和介入性品格，倍受受众欢迎；另一方面，又因文体边界的模糊性和多变性，在现代性自律的理论视域中又遭遗弃。现代散文的合法化过程伴随着这一矛盾纠葛，中国现代作家们几乎人人都写散文，他们本身对散文充满着矛盾和复杂的理解，现代散文实际上是一种在理论争辩与实际创作的漫长旅程中完成的文学想象。

"五四"时的散文创作无疑是取得了令人瞩目的成绩的。当时的评论家大多这样判定，"在中国新文学运动中最有成就的，莫过于小品文。三十年来小品文中确实有许多优秀的作品，与外国的名家比较，绝无逊色。不像诗歌、小说，戏剧，至今还没有产生一部杰作，可以拿出去和人抗衡的"。① 这样的断语同样可见于鲁迅、胡适、周作人、朱自清等人的评述中。而在其中，游记散文在现代文学史上的繁荣之景象是不容被忽略的。赵家璧主持编纂的《中国新文学大系》，分别由周作人、郁达夫选编了一集、二集，共涉及了 33 位作家的 202 篇散文精品，其中游记散文 50 余篇，占近四分之一强。

然而，一个吊诡的现象是，随着"五四"新文化运动的开展，游记散文在创作上的卓越成就与其在新文学制度中的卑弱地位却形成了鲜明的对比。一方面，新文学中散文创作的实绩不断被学界认可，另一方面，散文作为一种传统中国文学中的主要文体，在现代文学知识体系中被边缘化。也就是说，"五四"文学革命出于打破传统的文化策略，所建立的新文学体系在文类格局上几乎借用了西方的模式，在这个被刘禾所称为"自我殖民的规划"② 的文学制度的建构中，是以小说地位的日渐中心化和散文的逐渐边缘化为特征的。

作为文学制度现代性的后果，散文在新文学知识体系中甚至有一度被排除在纯文学之外的危机，张崇玖在其编写的《文学通论》中就曾论道："我国的学术，浩如烟海，文学的作品，也汗牛充栋，要像西方文学的分类，以诗歌、小说、戏剧，为纯文学，实在不易。"③ 其言外之意便在于，散文不在纯文学之

① 味橄：《谈小品文》，选自俞元桂主编《中国现代散文理论》，南宁：广西人民出版社，1984，第 120 页。
② ［美］刘禾：《跨语际实践》，宋伟杰等译，北京：生活·读书·新知三联书店，2008，第 324 页。
③ 张崇玖：《文学通论》，上海：乐华图书公司，1930，第 31 页。

列。夏炎德的《文学通论》，其论述结构展开的思路依次是诗歌、小说、戏曲，不设散文专章。潘梓年的《文学概论》，将文学分为三类：小说、诗歌、戏剧，当然，他对散文也有所补充，"自然论文、杂记，以及小品文等，也可以包括在文学之内"，① 不过未做论述。而即便进入了文学理论家的论述视野，散文也是位列末端。钱歌川在其《文学概论》中，基于文学是"以言语为媒介而作成的东西"的定义，以言语的意义和音调作为文类划分的标准，将散文化为"以言语的意义为主的文学"，位列叙事诗、叙事文学之后。② 还是"以言语的音调为主的文学"，赵景深编《文学概论讲话》，将文学分为五类，依次是诗、小说、戏剧、散文、文学论著。③ 1930 年代，朱自清在清华大学开设"中国新文学研究"课程，讲述研讨的次序也是诗、小说、戏剧、散文。宇文所安考察了民国时期中国文学史编纂情况，注意到，"民国的作品编选者和文学史家总是要和文学过去之每一个组成部分的固定传统进行一番较量"。④ 这其实就是用现代西方文学标准定义模式和文学体例区分模式对中国文学传统进行了重新理解与规范，重新组织、评价文学作品，以建立属于新文学语境下的新经典、新权威。

更为尴尬的是，散文从某种意义上变成了一种无法直接定义的文类。其自身就是散文大家的朱自清这样表述："按诗与散文的分法，新文学里小说、戏剧、（除掉少数诗剧和少数剧中的韵文外）'散文'，都是散文。……那是与诗、小说、戏剧并举，而为新文学的一个独立部门的东西，或称白话散文，或称抒情文，或称小品文。这散文所包甚狭，从'抒情文''小品文'两个名称就可知道。小品文对大品而言，只是短小之义，但现在却兼包'身边琐事'或'家常体'等意味，所以有'小摆设'之目。"⑤ 同时在他看来，包括游记在内，散文的范围漫无边际而无以准确定义："凡是篇幅较短，性质不甚严重，起于一时兴会的文字似乎都属于小品文，所以书信游记书序语录以至于杂感都包含在内。如果照这样看，中国书属于'集'部的散文可以说大部分都是小品文。"⑥

---

① 潘梓年：《文学概论》，上海：北新书局，1928，第 109 页。
② 钱歌川：《文艺概论》，上海：中华书局，1930，第 43~45 页。
③ 赵景深编：《文学概论讲话》，上海：北新书局，1933，第 56 页。
④ ［美］宇文所安：《过去的终结：民国初年对文学史的重写》，《中国学术》第 5 辑，北京：商务印书馆，2001。
⑤ 朱自清：《什么是散文》，选自俞元桂主编《中国现代散文理论》，南宁：广西人民出版社，1984，第 120 页。
⑥ 朱自清：《论小品文》，选自俞元桂主编《中国现代散文理论》，南宁：广西人民出版社，1984，第 125 页。

　　这是散文在现代文学知识格局的命运，由一种传统的"文类之母"演变为一种"残留的文类"，被排除在现代诗学的知识建构中。这种命运或许令人沮丧，20世纪以来现代散文研究（更遑论游记散文的研究）远远薄弱于小说、诗歌、戏剧的研究的根源也许在于此。但这对于20世纪现代散文的创作未必是一件多么不幸的事情。"散文不会成为时代的主流话语，这是由其文体特性决定的。但……真正伟大的散文是包含时代，又能超越时代的，他必须用强大的心灵之光去照耀生活的时代。"① 散文文体的边缘化、自由化、个性化、包容性或许正是现代散文在20世纪中国文学史上留下丰厚实绩的缘由。散文的文类属性意味着，散文的理论远离体系化的理论构建。"诗学之中没有散文的位置。散文的文体旨在颠覆文类权威，逸出规则管辖，拆除种种模式，保持个人话语的充分自由。"②

　　中国文学现代性充满多重矛盾的复杂品格决定了散文在中国现代诗学中的边缘地位。"五四"新文化运动给中国文学现代性出示一个世纪性的矛盾，那就是在启蒙的社会关怀和时代意识（"救亡图存""民族重造"等）与审美的艺术自律与多样化之间，相互纠葛而徘徊未定。也就是说，文学现代性与社会现代性在现代中国语境下是融合在一起的，文学的现代性就表现为与社会现代性相呼应、相适应的诸多文学特征，从而始终无法避开社会现代性的价值尺度，"文学现代性是社会现代性的派生物，它是与社会现代性相适应的，或者说社会现代性决定了文学现代性，文学现代性是社会现代性的反映"。③

　　于是，一方面新文学旨在打破传统文学建制，散文作为传统诗文体系中扮演"经国之伟业"、抒发作者家国抱负的"硬文学"④ 的功能被小说、诗歌所取代。另一方面，新文学不断追求文学自律的审美主张，散文又比其他文体在回到"个人""人性"，回到生活本身方面要更加灵活便捷。同时，散文文体的包容性和无可定义性，又使得其在文体探索中具备了更加自由的可能。这就造就了散文在现代诗学理论中与创作实绩的不对称。

---

① 王兆胜：《关于散文文体的辩证理解》，《文艺争鸣》2005年第1期。
② 南帆：《文类与散文》，《文学评论》1994年第4期。
③ 王学谦：《社会现代性与文学现代性》，《文艺争鸣》2000年第5期。
④ 顾凤城在其主编的《新文艺辞典》中提到，所谓"硬文学"，即从前文学别为两种：一是以利天下国家的，另一则是以娱人生的。前者名之曰硬文学，后者便是软文学。凡是评论之类的，比较地敢有硬性的文学，即属于前面的一个范围之内。详见顾凤城：《新文艺辞典》，上海：光华书局，1933，第297页。

　　现代游记散文从属于中国现代散文的发展进程，一方面受制于中国社会现代性对散文文体创作的整体性影响，作为一个有着深厚历史传统的文类，在古典游记向现代游记的转型过程中，承担着复杂的文化责任。另一方面，游记文体自身的特点，又使得它在现代社会转型中贡献着属于自己的话语模式。"新的美学形式的创造，不仅改造着原有的审美经验和感知，而且必然牵动人类其他社会经验乃至日常生活意识和感知方式的变动。"① 本书的研究，就是剖析现代游记在文体蜕变、意象结构、生命体验、文化想象等方面所显现出的现代性品格。

---

　　① 赵宪章：《西方形式美学——关于形式的美学研究》，上海：上海人民出版社，1996，第415页。

第一章

中国现代散文发展格局中的游记文体

散文是所有文类中最具创造性、自由性、融合性的文学样式。本雅明将散文视为所有"文学形式的创造性的土壤"，因为散文"整个结构都表露出它是流动的产物"，能够自我限制、自我收缩，素材任意奔放、任意凝结，充满弹性而不受限制，因而是"不可估量的原野，是最原本的意义上的无限的领地。可以把这种更高级的文学称为无限的文学"。① 作为散文亚文类的游记散文，无论从它的散文整体属性上，还是自身的文体演变传统来看，都不具备单一性和恒定性的特色。现代游记一方面继承了传统游记的杂文学特点，在文学与历史之间不断穿行，同时在现代文学语境下又交叉于小说、戏剧、诗歌等文类的边缘之处，在真实与想象中完成其独特的文学样式的建构，同时这一相互混杂和融合的文体特征，也是游记在矛盾交织复杂多变的现代中国社会语境中的时代症候。

普实克在评价"五四"新文学的转型时对什么才是创造"新文学的必要前提"这一问题，曾表示一方面是那种"对世界主观性的""抒情性的"，又是"理智的"文人集团的文学；另一方面，是说书人史诗文学中那种"灵活的""生动的"，兼收并蓄的，"便于采用"的形式，② 他认为只有将这两方面的传统熔铸综合，才是最终答案。这同时也道出了中国传统文学形式的现代转型过程中的一个重要特点，就是必须打破传统的文体边界，积极融入复杂多变的社会现实。这也使得文体之间的互渗化成为"五四"新文学的一个重要特点。雅与俗之间，虚构与纪实之间，抒情与叙事之间，等等，不断交叉越界，构成了一个"兼收并蓄"的互文性文体现象。

互文理论强调一种开放性的文本观，最早由法国后现代主义理论家克里斯蒂娃在《符号学》中提出，其内涵既可指两个具体文本之间的相互关联指涉，

---

① [德] 本雅明：《经验与贫乏》，王炳钧译，天津：百花文艺出版社，1999，第 116 页。
② [捷] 雅罗斯拉夫·普实克：《普实克中国现代文学论文集》，李燕乔译，长沙：湖南文艺出版社，1987，第 108 页。

又可指某一文本通过重复、修正等方式向其他文本扩散，"文本会利用交互指涉的方式，将前人的文本加以模仿、降格、讽刺和改写，利用文本交织和互相引用、互文书写，提出新的文本、书写策略与世界观"。① 另外，互文还可以呈现为对不同文本的形态要素之间的交叉与混杂，"从组成文本的形态各异的素材的字里行间，我们可以看到不同的话语"。② 现代游记的创作，取材广泛，书写自由，结构灵活，其语体交融、文类跨界的特点一直伴随着这一互文性现象。

第一节　互文性与现代游记的文体融合

游记在传统文学格局中一直也是边界模糊的。有人曾对古今纪游文学的不同做过这样的比较："前人的游记，多归入'杂记类'中，就它的文体和题材看，原是记叙文中描写自然环境的一种；拿绘画来譬喻，这好像'野外写生'那一种作品。"③ 但实际上，在姚鼐关于散文的十三类文体格局中，序跋、书牍、赠序、传状、碑志、杂记、哀祭等事实上都有游记的作品。④ 从历代游记的演变历程来看，游记在各体裁之间的穿插融合千姿百态，形态各异，代表性的就有"综合性游记、条块式游记、日记体或书信体游记，单篇游记或系列式游记，考证式游记或图舆性游记等"。⑤

从"游"的历史传统来看，出于"观乎人文以化成天下"的政治目的，天子巡游，官吏采风以及外交出使等成为游记的一大重要来源。这个时候因"游"而产生的社会文化、风俗民情的记录就常常保存在史书、地理志、方志的文献记录里。比如像《穆天子传》，马第伯《封禅仪记》这类记录与天子出征、出巡的游记，"华夏民族'游'的早期文献才没有出现类似《奥德赛》那样颂扬

---

① 廖炳惠：《关键词 200：文学与批评研究的通用词汇编》，南京：江苏教育出版社，2006，第 137 页。
② ［法］蒂费纳·萨莫瓦约：《互文性研究》，邵炜译，天津：天津人民出版社，2003，第 94 页。
③ 举岱：《〈游记选〉题记》，选自俞元桂主编《中国现代散文理论》，南宁：广西人民出版社，1984，第 392 页。
④ 古代游记佳品中，赋有东汉班彪的《北征赋》、晋张载的《叙行赋》、魏曹丕的《登城赋》、曹植的《节游赋》、应贞的《临丹赋》；序有晋石崇《金谷诗序》、孙绰和王羲之的同题《三月三日兰亭诗序》、庐山诸道人《游石门诗序》、陶渊明《游斜川诗序》，南朝宋谢灵运的《归途赋并序》，记有宋欧阳修的《于役志》、陆游的《入蜀记》和范成大的《吴船录》，清洪亮吉《游天台山记》等等不一而足。
⑤ 廷青：《游记文学纵横谈》，《南昌大学学报》1988 年第 1 期。

人的主体性的'游'的故事，而有的是显露世态民风的诗歌和史官的记录"。① 当然，这类作品是否可以视为游记在学界一直存在争议。② 另外还有学者王立群将"游踪、景观、情感"作为游记的三大文体要素，③ 并按照三要素演进的程度与表达的详略，来描述游记文体的形成和文类的划分。其中以记载地理知识和地理考订为主的被称为地学游记，这一游记文类的特点就是地理与文学的交互，在游踪与游感的文学穿行中更看重地理区位、地域疆划、水流聚分、山脉走向以及地理沿革等地理常识与历史的记载与考证，其列举的地学游记的代表作——徐弘祖的《徐霞客游记》实际上也可称为地理学著作。

特别值得注意的就是笔记文学对于游记的渗透。"笔记"最早出自魏晋，《艺文类聚》卷四九梁王僧孺《太常敬子任府君传》赞赏任昉"辞赋极其精深，笔记尤尽典实"，而刘勰《文心雕龙·才略》中"路粹杨修颇怀笔记之工；丁议邯郸亦含论述之美，有足算焉"。④ 笔记作为一种书写方式"书记"，其内蕴旨意指向了真实。到宋代，笔记作为一种专门的文体形式初步显现，最早以笔记作为书名的是宋祁的《笔记》，笔记文是一种随笔而录，以见闻杂感为主的杂谈琐语性质的散文，可长可短，不拘体例，内容宽泛，涵盖考证、议论、叙事等方式的杂录、札记等等。同一时期，笔记形式的游记大量出现，代表作如苏轼的《东坡志林》，周密的《观潮》《记游松风亭》等。另外，"笔记作品中的内容，为后世文学创作提供了丰富的素材，这是笔记文学另一重要文学价值"。⑤ 中国古代内容庞杂的神话故事、民间传说、历史故事、奇闻逸事等等，在笔记文学中比比皆是，为后世包括游记在内的文学创作提供丰富的素材，成为旅行者寻景访故的一个重要的文本参照。

游记基于"记"的文体渊源，使得游记一开始便以"真实"为文体之本。现代游记继承了传统的"记"的这一文体传统，在以"抒情的国民文学""立诚的写实文学""通俗的社会文学"为主张的"五四"新文学浪潮中，发扬得淋漓尽致。沈从文写《湘西》这本集子时怀有一个纪实的目的：说出湘西的"常识"与"真相"——在纪游中将湘西的生产、建设、教育、文化等方面一

① ［新］孔新人：《"游记"的历史分型》，《中国文学研究》2007 年第 3 期。
② 见吕虎：《古代游记的历史地理文献地位》，《杭州教育学院学报》2000 年第 5 期；皋新、沈新林：《古代游记发展初探》，《苏州大学学报》1998 年第 4 期；倪其心等选注：《中国古代游记选》（上下），北京：中国旅游出版社，1985，前言。
③ 王立群：《游记的文体要素与游记文体的形成》，《文学评论》2005 年第 3 期。
④ ［南朝］刘勰撰：《文心雕龙今译》，周振甫译注，北京：中华书局，1986，第 428 页。
⑤ 魏福忠：《笔记文学的特点及社会价值》，《社会科学辑刊》1993 年第 3 期。

一呈现，沈从文开篇就将这本集子定性为"杂记"，"我这本小书只能说是湘西沅水流域的杂记，书名用沅水流域识小录，似乎还切题一点"。其目的是在纠正外界对湘西的误会，"减少旅行者不必有的忧虑，补充他一些不可免的好奇心，以及给他一点来到湘西为安全和快乐应当需要的常识"，① 通过亲身沿着沅水由常德至凤凰一程又一程游走，实录当地百姓的生活方式及其所思所想，和他们现今生活中遇见的诸多社会问题。王德威认为这部作品"由一组类似方志的文章结集而成，缺乏明显的一致结构"。这种游记文体形式与传统笔记无二致。而其功能就在于补充官方文字之不确与不足，是对家乡人文地理的纪实，"如果说《湘行散记》的书写延伸了桃花源神的遥想与失落，那么《湘西》则尝试深入'黑暗的心'"。②

这种真实性的追求是现代游记文体在文学与非文学（历史、地理乃至社会学等）层面上互文性的表达，以一种文学的实录精神来传达作者游历时的人文关怀。而古代的游记文本以及古代游记文本中的史料等信息，进入现代游记文本的现象同样十分常见。互文性强调各文本的并列，突出其并列与异质性的特色，将读者的目光引向不同的空间。比如郁达夫《游黄山札记》，就分别借用和移植了元《安徽通志》中的《游黄山记》，南宋《宁国府志》中的《游黄山记》以及明清的《游黄山略》和《黄山纪游》等多个文本。特别是郁达夫记游故乡富春江，在《还乡后记》中将南朝吴均的《与朱元思》并录，形成一个文白对照、古今呼应的互文结构。吴均在山水之间的超然避世、沉醉自然的心态和骈体文流光溢彩的整饬节奏，与郁达夫美景当前的孤独感伤和白话文自然恣肆的行文方式，形成了一个意蕴深长百感交集的张力结构。不同文本，不同的韵致，互文之间，文学的想象空间被丰富地打开了。

---

① 沈从文：《沈从文全集》第11卷，太原：北岳文艺出版社，2002，第327~329页。
② 王德威：《写实主义小说的虚构：茅盾，老舍，沈从文》，上海：复旦大学出版社，2011，第282页。《黑暗之心》（Heart of Darkness）是19世纪末20世纪初波兰裔英国作家约瑟夫·康拉德的一部中篇框架小说，讲述了在刚果河运送象牙的船員马洛的故事。这本书中马洛的游历见闻和遭遇，探索了人潜在的、固有的黑暗面，涉及了殖民主义、种族主义、野蛮、文明等多个主题。沈从文在《论进步》一文中表达过"凡希望重造一种新的经典，煽起人类对于进步的憧憬，增加求进步的勇气和热情，一定得承认这种经典的理想，是要用确当文字方能奏功"的文学主张，他特别引用了康拉德的格言，"给我相当的字，正确的音，我可以移动世界"。在社会重塑与人性反思的文学诉求上，两位文学大师确有相同之处。沈从文：《沈从文全集》第16卷，太原：北岳文艺出版社，2002，第486页。

第二节　游的叙事形式与现代性机制

　　至于文学内部体裁与体裁之间的互文则更为常见。日记、书信形式对游记书写的渗透也是十分常见，日记体游记如孙熙的《山野掇拾》，由 72 篇他在《晨报副刊》连续刊载的游历日记汇编成书；书信体佳作如冰心的《寄小读者》、周作人的《济南道中》、沈从文的《湘行书简》、孙伏园的《长安道上》、郁达夫《扬州旧梦寄语堂》等，不一而足。

　　当代关注中国现代游记文学史的第一批学者很早就注意到，从文体流变上来看，传统游记延绵千年，至"五四"之后，其散文的文体特征发生了复杂的变化，"不仅突破了'散文中的文体之一'的说法，与散文中的其他文体联姻交媾变形而产生出一种新型纪游体，而且也冲出了散文家族的大门，与诗歌、小说相结合，大大拓宽了纪游文学体裁的领域"。① 现代游记实际上为中国现代文学的知识生产贡献了十分独特的文体范例。

　　李欧梵认为，中国传统游记是"一种散文和诗的混合体裁，是一种反映人和自然的密切关系的灵活形式"。② 这是基于中国传统文化中的"天人合一"的宇宙观念，对古代游记中主观性因素和客观性因素的艺术糅合方式的一种判定。传统文人的人生抱负的抒发与自然山水之景、仕途坎坷与游踪的迷幻曲折之间形成隐喻结构。很多游记散文佳品如柳宗元《永州八记》、苏轼《前赤壁赋》等实际上和诗歌的意趣无异。

　　晚清以降，除了诗歌，小说与游记之间的关系成为一种引人注目的文体融合现象。游记小说应运而生，吴趼人《二十年目睹之怪现状》、苏曼殊《断鸿零雁记》、刘鹗《老残游记》等都是代表作。"五四"之后，钱锺书的《围城》在某种意义上也是继承了这一传统，米列娜把晚清以降小说的这一游记结构的出现归结为现代性的后果。它反映了一个处于现代化进程中的国家，其"流动性正在日益增长"。小说人物自由穿行于各省城乡各地，"观察或参与关系到整个中国的事件"，③ 纪游笔法从此大量渗入小说，在人物设计上出现了各种各样的旅行者，对新小说的线性发展结构、叙事角度的主体单一化转变，以及新的文

---

① 朱德发：《中国现代纪游文学史》，济南：山东友谊书社，1990，第 2 页。
② 李欧梵：《现代性的追求》，北京：生活·读书·新知三联书店，2000，第 70 页。
③ ［捷］米列娜：《从传统到现代——19 至 20 世纪转折时期的中国小说》，伍晓明译，北京：北京大学出版社，1991，第 8 页。

化价值的展示与判断，产生了十分重要的影响。这也正说明了文体史的发展与社会史的演变存在着某种同构性。正如吴承学所言，文体史同样也是人类感受世界、把握世界的历史。"文体具有特定的文化上的指向，文体指向一般说来与特定时代的文化精神是同一的。文体产生与演变也同样指向时代的审美选择与社会心态，所以文体史研究与文学史研究也是共通的。"① 游记小说在晚清的兴盛是中国现代性发生的一个表征。陈平原发现"作家借助于'旅行者'的眼光来发现新事物，并获得一种颇有诱惑力的陌生感和新鲜感"。正是这种新与异的刺激，迫使作者"抛弃或者暂时搁下旧的思维框架，得以从一个新的角度来思考存在的价值和意义"。② 陈平原在此看到旅行叙事对于中国文学转型的现代性转型的艺术价值和文化功能。

而反过来，小说对游记散文的渗透同样明显。作为现代文学史上有名的文体大家，沈从文一直呼吁打破文学形式各种惯常的秩序，他的游记作品在散文与小说之间不断进行文体交叉，沈从文十分欣赏屠格涅夫《猎人笔记》的散文写法，那就是将"散文和小说故事而为一，使人事凸浮于西南特有明朗天时地理背景中。一切还带点'原料'意味"，③ 而他也承认《湘行散记》的写作正是出于对《猎人笔记》式的文体探索。这种以小说的方式进行游记写作的文体特点就是："半叙景物，半涉人事，安置人事爱憎取予，于特具鲜明性格景物习惯背景中，让它从两相对照中形成一种特别空气，必然容易产生动人效果。"④ 这使得沈从文在游记中将旅行中的景致风光与个人的感怀穿插于地方性宗教信仰、风俗以及当前人物世情乃至个人的故事融合进来。保留了游历对象的"原料"意味，又充满了个性主义的想象气质，同时那些拼接穿插进来的故事让其游记充满了神秘而引人入胜的叙事节奏。

游记与各文类之间的交叉互文关系充分显示了现代游记在文体上的自由、开放。达维德·方丹在《诗学：文学形式通论》中认为体裁指向了一种身份的中间性或公共性，是"文学和普遍性之间的桥梁"，"无论从哪方面讲，体裁都处于中间地位，介于文学的普遍性和作品的特殊性之间，介于可进行历史定位的文化传统和永恒的语言类型之间，介于写作要求和解读契约之间"。⑤ 这同时

① 吴承学：《中国古代文体形态研究》，广州：中山大学出版社，2002，第3页。
② 陈平原：《20世纪中国小说史》第1卷，北京：北京大学出版社，1989，第227页。
③ 沈从文：《沈从文全集》第17卷，太原：北岳文艺出版社，2002，第461页。
④ 沈从文：《沈从文全集》第17卷，太原：北岳文艺出版社，2002，第470页。
⑤ ［法］达维德·方丹：《诗学：文学形式通论》，陈静译，天津：天津人民出版社，2003，第107页。

也是某一种文体保持灵活性的可能。任何一种体裁的互文性强化了这一"公共性"的审美效果，游记的这一互文性文体特征，为读者建构了一个深厚而多样的意义的栖息之所与经验的庞大矩阵，在片段化与随意性的表述中丰富了作者的经验含蕴和读者的感知方式。

游记散文的这种文体互文性，也许因边界模糊，妨碍了其在文体自觉的自律性上，如同其母类散文一样，使其在现代文学知识生产中总是弱于小说、诗歌和戏剧而处于边缘化的地位。但事实上，这也正是游记散文在现代文学创作中发达兴盛的原因。"体裁的主要价值不是它们的分类功能。"① 重要的是通过对体裁分类的考察，探究出具体历史背景下所隐藏的文化机制和审美意图。在以"人"的发现为最根本特征的五四时代，人同样成为文体的尺度，正如郁达夫所说，"文艺是天才的创造物，不可以规矩来测量的"。② 现代游记的互文特点实际上反映出现代中国新文学转型中创新与传统、未来与历史、进步与保守、抒情与纪实、个人与时代等等相互纠葛的特点，同时也显现出现代人在想象机制、情感机制，描写机制、表达机制等方面对社会生活复杂而非单一的应对表现。"新文学在文体上有一个根本性的追求，那就是强调以具体、复杂的对象描写来表现细致、精密的思想感情，……它不但要求新文学创作在文体表层结构上有一个全新的面貌，更重要的是在文体深层结构和物化机制上来一次质的飞跃，这是中国文学结构向现代转换的关键所在。"③ 现代游记的跨文体特征、多样灵活的形式、张弛有度的书写方式，贴近时代也贴近个人，使得它在意识形态复杂、社会生活动荡的现代中国，显现出令人难以忘怀的勃勃生机。

第三节 现代传媒与游记的文体越界

"五四"新文化运动一个十分重要的特点就是，基于启民之蒙的需要，传统的文化等级化制度在"民主"与"科学"的旗帜下，被"平民主义""个性主义"等瓦解。这一点对新文学的影响就是文学的通俗化趋势。正如普实克的敏锐见解所言："以散文和不同形式的诗歌为代表的传统文学失去了其重要作用，小说和短篇小说却成为当时文学的主要表现手段……属于下层的和民间的文学

---

① ［加］马克·昂热诺等：《问题与观点：20 世纪文学理论综论》，史忠义、田庆生译，天津：百花文艺出版社，2000，第 100 页。

② 郁达夫：《文艺私见》，《郁达夫文集》第 5 卷，广州：花城出版社，1983，第 117 页。

③ 朱德发、张光芒：《五四文学文体新论》，《中国社会科学》1999 年第 5 期。

潮流现在文学中占据了统治地位。"① 诗歌、包括游记在内的小品文等文体的文化意涵从贵族圈子转向全民大众,通俗化催生更自由的文体创新,成为文体融合的动力机制。同时,通俗化并非一个空洞的文化机制,现代传媒的发展为散文的通俗化提供了便利的物质条件。反过来,作为一种伴随现代传媒发展的散文文体,现代游记深深烙上了传媒的时代烙印。本雅明认为:"在一个半世纪中,日常的文学生活是以期刊为中心开展的,本世纪 30 年代这种情况有了改变。专栏在每天出版的报纸上为美文提供了一个市场。这一文化分支的导言为七月革命带给出版业的变化做了总结。"② 这种判断昭示出现代文学与古代文人写作的一个重要区别就在于,传媒作为文化传播的重要载体,完全修改了一个时代文化组织与文化生产的生产结构和体验模式。因此有人认为,没有报馆这些现代媒介的推动,中国的散文在近现代是不可能崛起得这么迅速,发展得这么繁荣。"强调报馆改造文体的重要性,最简单的例证是,二十世纪中国的散文,绝大部分首先作为报刊文章而流通,而后才结集出版。这种生产方式,不能不影响其文章的体式与风格。"③ 现代中国散文的性质,自一开始就被认定具有现代传媒的属性,"小品文学往往是报纸文学的重要部分"④ 或者"小品文是报章文学和纯文学中间的汇合处"。⑤

传播学者麦克卢汉在文化生态学的意义上解读了媒介与人的关系:"任何媒介(即人的任何延伸)对个人和社会的任何影响,都是由于新的尺度产生的;我们的任何一种延伸(或曰任何一种新的技术),都要在我们的事务中引进一种新的尺度。"⑥ 在此意义上,现代传媒对于文学的意义就不仅仅是传播载体和传播技术层面上的,而是"一种新的尺度"的引进,即传媒引入的新的生活方式、体验方式以及社会关系和所蕴含的文化价值观念会给文学创作带来深广的影响。与传统散文较为封闭的写作和传播格局相比,大众传媒从某种意义上释放了散文文体的自由特性,让现代散文呈现出与时代和社会更加相契合的特点,"大众

---

① [捷] 雅罗斯拉夫·普实克:《普实克中国现代文学论文集》,李燕乔译,长沙:湖南文艺出版社,1987,第 29 页。

② [德] 本雅明:《发达资本主义时代的抒情诗人》,张旭东译,北京:生活·读书·新知三联书店,1989,第 44 页。

③ 陈平原:《中国散文小说史》,上海:上海人民出版社,2004,第 193 页。

④ 化鲁:《中国的报纸文学》,《文学旬刊》第 46 期,1922 年 8 月 11 日。

⑤ 夏征农:《论小品文》,选自俞元桂主编《中国现代散文理论》,南宁:广西人民出版社,1984,第 115 页。

⑥ [加] 埃里克·麦克卢汉等:《麦克卢汉精粹》,何道宽译,南京:南京大学出版社,2000,第 226 页。

传媒加大了散文的信息量，使其知识与文化在更短的时间内达成共享；大众传媒使散文关注共同的时代和社会问题，起到一呼百应之效；大众传媒还能使散文灵活多变、摇曳生姿，以自由的身份进行自由表达"。① 当然，传媒与散文相互纠葛的复杂关系使得现代散文在问题上不断显现出融合与越界的特点。

一方面，传媒面向大众的生产逻辑会使得现代文艺具有广泛性、普遍性和通俗化的倾向，以此在现代文化启蒙运动中扮演不可或缺的角色，这使得传媒语境下的文艺创作由个人写作走向公共性。游记文体被近现代以来的报刊所钟爱之处就在于，游记以对一种别处生活的书写来完成对大众市民生活的塑造。学界一般从公共空间的开拓这一层面上注意到"随感""杂谈"式的评论性栏目和文体在近现代报刊出现的启蒙性意义，而忽略了游记的文化价值。事实上，自近代以来，游记一直是各报纸副刊和杂志专栏的重要文体。以《申报·自由谈》为例，其公布的投稿要求除了短篇创作小说，讨论妇女、家庭、儿童、青年等问题之文字等等之外，就有"关于世界各国风土人情等之记述。文字优美且具特殊见地之游记、印象记等"。不否认这种征稿的要求有猎奇的成分，但这也表明读者的需求乃至整个大众市民社会对旅游、对异国与异地的向往与认知需求，成为现代大众传媒的重要生产动力。

伊格尔顿说："一个社会采用什么样的艺术生产方式——是成千本印刷，还是在一个风雅圈子里流传手稿——对于'生产者'与'消费者'之间的社会关系是一个非常重要的决定性因素，也决定了作品文学的形式本身。"② 传媒的社会公共性影响了作者与读者的关系。对于游记来说，旅行以及对旅行的言说就不再是简单的只是一个人的凭吊与抒怀。现代游记的创作区别于古代游记的一个重要变化就是，在文本的内部会出现一个潜在的听众，尤其表现为第二人称出现在游记的叙述中。比如林语堂《谈牛津》的开篇"你到了牛津大学，就同到了德国一个中世纪的小城一样。有僧寺式的学院……"再比如郑振铎的《黄昏的观前街》，全文主要叙说"我们"一家对观前街的游览感知，却总是将"你"置入文本："这一个黄昏时候的观前街，却与白昼大殊。我们在这条街上舒适的散着步……半里多长的一条古式的石板街道，半部车子也没有，你可以安安稳稳的在街心蹓方步。灯光耀耀煌煌的，铜的，布的，黑漆金字的市招，密簇簇地排列在你的头上，……你在那里，走着，走着，你如走在一所游艺园

---

① 王兆胜：《活力与障力——大众传媒对散文文体的深度影响》，《天津社会科学》2006年第 2 期。

② ［英］特里·伊格尔顿：《马克思主义与文学批评》，戈宝译，北京：人民文学出版社，1980，第 73 页。

中。你如在暮春三月，迎神赛会的当儿，挤在人群里，跟着他们跑，兴奋而感到浓趣。……你白天觉得这条街狭小，在这时，你才觉这条街狭小得妙。"这种第二人称参与叙述的方式在现代游记散文随处可见，"你"的出现，丰富了"五四"以降对散文"个人"性的表现维度，"散文个人性的实现并不由散文作家的一厢情愿所决定，而是由历史与主体共构的特殊可能所生成的"。① 现代传媒的出现强化了"个人性"中对公共受众存在的认同，在一个公共话语汇集的文化场域内，游记文本叙述的私我化和封闭性被打破了。

现代旅游业的兴起，旅游交通设施的改善，旅游配套服务的进步，以及对旅游目的地的宣传，催生了传媒对于旅游活动与游记文体的重视。1927 年，当时国内第一家也是最大的旅行业务机构中国旅行社推出旅游专刊《旅行杂志》，从此，专门性期刊成为旅行推介的重要载体。此外，《旅行月刊》《旅行岭东周报》《旅行周报》《旅行》《旅行卫生》《旅行天地》《旅行便览》《旅光》等旅行期刊陆续发行，共同构成了现代中国异彩纷呈的旅游文本景观。作为发行最久、影响最大的期刊，《旅行杂志》丝毫不掩饰商业性目的，杂志的出品方上海银行总经理陈光甫这样定位了杂志的宗旨：

> 夫足涉全国者，省份之见自消，遍游世界者，国疆之念渐泯，谚云：百闻不若一见，盖旅行不特可以辟眼界，且足以拓思想，其益之大，有如是者。敝行创办贰旅行部以来，辄就舟车旅费，行李方面，为商旅谋利益，惟以筹备未周，贡献甚少，深引以为憾。今者汇编《旅行杂志》，借供社会之参考。对于国内外交通之状况，商业之情形及民情风俗，悉加调查而载录之，东鳞西爪，固不足以称商旅之指南针，然冀由此引起国人对于旅行之观感，以推求其益之普及，此为敝行服务社会之微旨也，谨志数语以明之。②

从 1927 年至 1949 年，《旅行杂志》历经战火仍不遗余力地致力于旅行生活的推介，宣传国内名胜古迹，搜集各类图影图景，每期杂志以百余面 16 开的铜版纸精美印刷，同时穿插十余幅名家版画，风靡一时。

国内外期刊对旅行活动的服务性目的，也影响了游记文体的写作。一方面强化了对作为一种现代生活方式的旅行的观念引导，主要集中于对旅行作为一

---

① 丁晓原：《论现代散文的公共性与个人性》，《江海学刊》2008 年第 1 期。
② 陈光甫：《发刊词》，《旅行杂志》春季号，1927 年 1 月。

种生活之"闲"、日常之"余"的内涵的诠释与塑造。比如，赵尔谦的《我的旅行哲学》，就是从国家、社会、文化不能封闭的角度论及旅行对于个人的意义，"我以为旅行的真正目的在使我个人精神上智识上经验上体制上增加无限的好处"，其中最大的益处就是，暂时离开习以为常的固有生活模式，认识别人，开拓心胸，丰富人生的经验，旅行成为一种生活情趣和生命的修行方式，被提倡和引导。另一方面，旅游杂志的介入，强化了游记文体的知识性、服务性，主要是基于旅行作为一种现代商业活动的出发点，通过游记的方式，以召唤更多的人参与到旅游的消费中来。由此，游记的信息含量，比如人文历史渊源、自然风光的别致之处，季节气候、游踪的细节、相关的交通工具的选择，饮食风味、住宿方式、地方风俗以及特色土产等等，被巧妙地编织进入文本的叙事，以完成游记服务于旅游行为的休闲娱乐以及实用功能。

　　媒介对整个文学写作语境的塑造，修改了游记散文的话语形态。读者的需求、出版市场的规训，都能反馈到和影响游记写作行为本身。"如果一个文本的话语符合人们在特定的时间阐释他们社会体验的方式，这个文本就会流行起来。"① 否则，就会被这一文化机制所遗漏。现代传媒对游记文体的另一影响就是，强化了游记本身的叙事性。不是简单的游踪记录，不是单纯的模山范水，也不是一味地抒怀畅咏，而是必须将对作为一种生活方式的旅行的日常性、社会意味和生活况味，在细节中把握出来。比如林语堂在《记纽约钓鱼》中对美国人钓鱼习惯、钓鱼故事的描述，并对中国知识分子"文人不出汗，出汗不文人"的生活方式进行了一番调侃，谈出钓鱼就是与自然相乐的人生况味。

　　这种对叙事性的强化常常会使游记转向一种世情风俗的纪录，即以游历的方式来全息描绘一个城市、乡村的社会世相、社会问题。现代中国的动荡时局常常催迫知识分子们在工作、生活上四处奔波，流离失所，这同时方便了他们在流动中观察到更丰富的社会世相和百态人生，听到更多人的悲欢苦乐，认识到现代中国更深处的社会沉疴。由此，游记的写作逐渐融合进了现代传媒的新闻通讯的文体特点。"散文叙事功能的强化，是现代散文发展过程中，散文体式与新闻报纸等现代媒介结合的产物，它在借助现代化传播媒介的同时，将新闻通讯的写作体式融合进现代散文中来，这是现代散文适应报纸副刊的发展所做出的新变。"② 1930 年代，沈从文的《湘西》、李健吾的《威尼市游札》、巴金

---

① ［美］戴安娜·克兰：《文化生产：媒体与都市艺术》，赵国新译，南京：译林出版社，2001，第 97~98 页。

② 周海波、杨庆东：《传媒与现代文学之间》，北京：中国社会科学出版社，2004，第 122 页。

的《旅途随笔》、朱自清的《伦敦杂记》、徐讦的《北平的风度》、郁达夫的《南游日记》等等皆出自生活书店的《文学》杂志的连载，这些游记实际上可以成为当时中国百姓了解国内社会和国外生活的一个重要视窗。

郁达夫在宏观把握"五四"以来散文的新变化时这样认为："统观中国新文学内容变革的历程，最初是沿旧文学传统而下，不过从一个新的角度而发现了自然，同时也就发现了个人；接着便是世界潮流的尽量吸收，结果又发现了社会。而个人终不能遗世而独立，不能餐露以养生，人与社会，原有连带的关系，人与人类，也有休戚的因依的。"① 散文对社会关系、时代心态、生活世情的把握在游记中体现得淋漓尽致，其社会价值一点都不亚于专业新闻通讯。特别值得一提的是，像瞿秋白、邹韬奋等这样的本身就是出身报社的记者，他们的游记作品实际上就是用通讯的形式来完成的。瞿秋白 1920 年代一度作为北京晨报馆和上海《时事新报》外派记者，旅居苏俄，写下《饿乡纪程》和《赤都心史》两部游记散文集，以鲜明的政治倾向描写了第一个社会主义国家的社会阶级、经济生活、文化状况等，同时借此相对照，以激情澎湃的革命主义精神深刻批判了当时中国日益不堪的社会现状。邹韬奋 1920 年代自主编《生活》开始投身媒介，1933 年流亡海外，写下《萍踪寄语》《萍踪忆语》等数十余万字纪游文字。足迹遍布南洋、印度、欧美以及苏联，将自己对时局的观察判断、问题追踪融入国际社会生活的动态画面中，"这些寄语虽是拉杂写来的零篇短简……在持笔叙述的时候，心目中却常常涌现出两个问题：第一是世界大势怎样，第二是中华民族的出路怎样"。② 以记者理性的思考加上翔实生动的描写，生动再现了一个波澜壮阔的世界性的时代场景，这对当时国内的民众的吸引力和影响力是巨大空前的。"现代散文在借助现代化传播媒介的同时，将新闻通讯的写作体式融合进现代散文中来，一切可以用来叙事的艺术手段全都被运用到了散文创作当中，在开拓散文创作的题材领域的同时，拉近了读者和报纸的距离。"③ 瞿秋白、邹韬奋加上茅盾等这样有着媒体从业经验的知识分子，他们的游记散文更强调对散文叙事的追求和对时代精神的扣合，显示出一种与新闻通讯相齐观的文体魅力。

现代小品文英年早逝的才子梁遇春曾经这样看待现代散文与传媒的发展紧

---

① 郁达夫：《中国新文学大系·散文二集》，影印本，上海：上海文艺出版社，2003，第10页。

② 邹韬奋：《萍踪寄语初集弁言》，《韬奋文集》第2卷，北京：生活·读书·新知三联书店，1955，第4页。

③ 谭雪芳：《大众传媒与现代散文生态的变革》，《福建论坛》2006年第12期。

紧相连的命运。"小品文的发达是同定期出版物的盛行做正比例的。"并延伸出这样一个结论，因为"定期出版物篇幅有限，最宜于刊登短隽的小品文字，而小品文的冲淡闲逸也最合于定期出版物口味"。① 因为现代传媒特别是报纸出版的快捷性，与传媒的联姻就使得现代游记的形式更加地灵活、轻快并且多变，以至于当时的评论家将游记划为速记（sketch）一类，"小品文在别的国家，是指的一种速写（sketch）。在形式上，是较短小峭拔的；内容上，只是客观地对于各种社会相的摄取。游记、印象记便是属于这类的文字"。② 游记作为现代小品文的重要文体形式，短隽灵活也是对大众市民这一传媒受众的文体适应。"所谓小品，是指 sketch 一类的轻松而又流动的作品，如杂感、见闻录、旅行记、讽刺文等都是。这一类的文学，往往是普通阅报的所最喜读的，而且也只有在逐日刊行的报纸，才有刊载的价值，所以这一类的材料，在报纸文艺栏里是最为相宜的。"③ 很明显，游记被作为具有鲜明的即时性特征的"sketch"来书写，是特定的历史语境下火热激荡的社会生活对文学提出的要求，这一要求在 1930、1940 年代左翼文学中屡见不鲜，茅盾甚至鼓呼当时的游记写作放弃小品文那种幽默、超然的风格，转向与时代和生活更相切近的文体品格，"我们也要写游记。我们要用满洲游记，长城游记，闸北战壕游记等等来振发读者的精神。我们要写铁工场，码头，矿穴……等等的 sketch 来照明'小品文'的每一个角落的幽默"。④ 报刊媒体的社会属性满足并强化了战争语境下游记写作的社会动员诉求，并使游记写作一度新闻化，正如朱自清所言："只能老老实实写出所见所闻，像新闻的报道一般。"⑤

　　总之，游记的知识性、短小快捷性、叙事性以及对人称叙事的变化，无不体现了现代传媒对于游记文体的影响规制。这也说明游记散文文体的可塑性。俞元桂认为，游记体裁借助于丰厚的古典传统，使得它具备丰富的艺术表现力，从而使得"现代散文能够比较顺利地根据时代对它的要求，改造它的内容和形式，利用新兴的报刊，采取随笔的笔调或短篇连续报道的方式"。⑥ 因为现代媒

① 梁遇春：《〈小品文〉序》，选自俞元桂主编《中国现代散文理论》，南宁：广西人民出版社，1984，第 7 页。

② 夏征农：《论小品文》，选自俞元桂主编《中国现代散文理论》，南宁：广西人民出版社，1984，第 114 页。

③ 化鲁：《中国的报纸文学》，《文学旬刊》第 46 期，1922 年 8 月 11 日。

④ 沈雁冰：《关于小品文》，《文学》第三卷第一号，1937 年 7 月。

⑤ 朱自清：《〈伦敦杂记〉自序》，《朱自清全集》第一卷，南京：江苏教育出版社，1990，第 379 页。

⑥ 俞元桂：《中国现代散文史》，济南：山东文艺出版社，1997，第 29 页。

体对于文学生产的整体性介入，现代游记散文不断地在追求自我个性的纯文学属性和具有强烈社会诉求和生活向度的媒体文学属性之间游走和越界，本身显示出中国文学现代性的复杂之处，显示出现代中国的文学创作对于时代精神和文化发展的承担。正如学者指出："游记不仅是一个文学文本，同时也是一个文化文本，它具有巨大的文化包容性与文化涵化力。通过这一'文学-文化'文本，我们可以从一个特定的视角更好地理解中国文化，理解中国文化精神。"①

_____

① 梅新林、崔小敬：《游记文体之辨》，《文学评论》2005 年第 6 期。

第二章

旅行的社会文化语境与中国现代性的悖论品格

19世纪末20世纪初发生的历史大变革，在社会政治体制结构和道德信仰意识两个层面上彻底瓦解了中国传统社会的根基，其引发的现代中国的危机意识伴随着20世纪中国现代性展开的全过程，同时也引发出中国现代性与西方现代性相差异的特质。社会学家认为，社会转型意味着社会整体结构多层面意义上的重组和变迁，"既包括社会的基本价值、社会生活方式等显性结构的改变，也包括社会文化心理、道德价值信仰等隐性结构的改变。这一转型过程需要内部动力与外部压力的共同作用"。① 如果两力相契，社会转型的过程就会变现为有序与平稳；否则就会走向失序和散失。很显然，晚清以降，中国现代性在外部压力和内部动力两个层面上促动和伸展状况一直是不平衡的，社会政治作为一种显性结构的存在一直在传统与现代的模式中纠葛不清逡巡不前，而文学作为一种隐形结构上的存在一方面表现出对社会现实的拒绝和超离姿态，更大程度上又表达出对民族国家、社会政治的深切关联。和西方现代性表现出来的文学现代性对社会现代性的反叛与反思不同的是，对现代民族国家的想象构成了中国现代文学文化书写的主流基调。"现代一些伟大的文学作品深刻关切着社会变革，关切着传统价值与现代价值的冲突，关切着处于一个特别缺乏稳定行为规范的时代的人之命运。在所有这些方面，人的本质，人的生活，人的前景，成了现代思想关切的核心。"② 这几乎成为现代中国文化价值领域中基于对民族危机的一个共识性的回应。

无论是吉登斯将现代性描述为"脱域"，还是马克斯·韦伯描述成"解魅"，还是滕尼斯描述成"共同体"走向"有机社会"，都表达了现代性的一个共同特质，即传统模式的瓦解，新的社会组织模式和意识形态机制的发生。而

---

① 万俊人：《"现代性"与"中国知识"》，《学术月刊》2001年第3期。
② ［美］C·E·布莱克：《现代化的动力》，段小光译，成都：四川人民出版社，1988，第18页。

对于中国现代性来说，无论学界在其发生问题上是"内源性"的，还是"外源性"的观点有多少争论，有一个事实是确定的，那就是中国现代性的展开，是基于现代中国的危机语境，即中国传统文化崩裂的意识危机和民族生存的现实危机。这种危机呈现的是一个在政治、经济、文化各领域都充满剧烈动荡的历史景观，构成了那个时代人文意识和人们行为活动的根本语境。现代意义上人的存在状态、旅行的精神特点和文学书写，与这个大动荡时代的历史语境息息相关。

　　林毓生在《中国意识的危机》中，将19世纪末以来发生的这种历史大动荡表述为"卡里斯马"的崩溃。"卡里斯马"出自早期基督教语汇，意为"神圣的天赋"，指向神助的人物，有振臂一呼、啸聚天下的能力。在马克斯·韦伯的引申阐述中，"卡里斯马"具有创造力与权威性之源的意涵，是统一一定范围内社会组织和精神意识的根本动力，"当危机出现时，不管是心理的、生理的、经济的、伦理的、宗教的或是政治的，此时，'自然的'领导者就再也不是被任命的官职人员，也不是现今我们所谓的'职业人'，而是肉体与精神皆具特殊的、被认为是'超自然的'禀赋的人"。① 美国社会学家希尔斯同样从社会结构的层面，将"卡里斯马"的内涵引向了作为社会核心价值体系的根源性存在，"卡里斯马"决定了将社会生活经验秩序化的航标，是信仰、价值、符号等意义生产的元话语，因而是与"'终极的''根本的''主宰一切的'产生秩序的权力有联系"。② 在希尔斯视野中，"卡里斯马"实际上意味着社会稳定结构的定海神针。林毓生在此意义上将"普遍王权"视为中国社会语境下的"卡里斯马"，他认为中国传统社会的稳定得益于"传统中国的普遍王权的持久的稳定性与优势……普遍王权在促使社会-政治和文化-道德这个秩序的整合方面发挥着巨大的作用"。③ "卡里斯马"的崩溃其实就是帝制王权以及孕育它的儒家意识形态的整体性衰亡。伴随着封建科举的废除，封建王朝国家的推翻，宗法家族制度的衰朽，数千年封建时代演变形成的社会结构、政治经济模式和价值观、世界观以及普遍而稳定的思想范式，历经辛亥革命和五四新文化运动，受到了毁灭性的摧毁。

　　19世纪末20世纪初发生的这次危机不同于以往中国历史上的任何一次王朝

---

① ［德］马克斯·韦伯：《支配社会学》，康乐译，桂林：广西师范大学出版，2004，第262页。

② E. Shils, "Centre and Periphery," *The Logic of Personal Knowledge* (1961): 127.

③ 林毓生：《中国意识的危机："五四"时期激烈的反传统主义》，贵阳：贵州人民出版社，1986，第16页。

更替或者农民起义带来的社会动荡，因为王权"卡里斯马"的破灭，整个民族在社会结构秩序和道德信仰意义双重意义上面临着一次彻底的脱序。在张灏看来，可以表现为，在道德取向上，以礼为基础的规范伦理和以仁为基础的德性伦理被否定；在精神取向上，天地人合为一体的宇宙观、生命观、人生观被否定；在文化认同上，以华夏中心主义独尊于世的天下观念被作为世界一个构成部分的国际观念所取代。① 危机成为转型时代中华民族的基本语境，也成为中国现代性发生和展开的最根本的动力之源。这种源于传统价值体系崩溃和制度性社会模式脱序的现代性焦虑，构成了整个 20 世纪中国文化的典型症状，并呈现为持续不断难以遏止的危机意识。民族危机意识毫无疑问成为 20 世纪中国现代性的根本品格。

危机昭示着传统社会文化的衰朽，昭示着纷乱、无序的时代状态，也昭示着具有重新秩序化作用的启蒙话语的文化主题内涵。

然而，发生在 20 世纪初的中国启蒙运动实际上也是包含着诸种悖论的。启蒙并没有带给现代中国秩序化的社会结构与文化形态，反而使得现代中国的文化以及个人充满着分裂。其表现有三点，本章的三节将分别阐说。

第一节　民族主义与对个人话语碰撞中的个体矛盾

刘小枫认为，"在现代社会形态中，个人在空间上、经济上、精神上都超出了原有的所属关系的界限。因此，个体的生成可以视为现代性的标志"。② 现代个人的发现在"五四"新文化运动中占据着重要的地位。"五四"启蒙知识分子从西方人道主义的角度出发，呼吁人的解放、价值发掘，肯定人格的平等，尊重人格的独立，正如余英时所论断的，"'五四'以来倡导的新价值尽管名目繁多，但从根源上说，都可归结为一个中心价值即个人的自作主宰"，③ 以人作为新的尺度作为启蒙的基本原则。当然，"五四"新文化运动对人的发现，是通过解构传统社会文化中的非人的制度和因素来完成的。

在中国传统社会基于血缘、族缘乃至地缘而形成的"人的依赖关系"中，宇宙本身意味着一个终极的目的与秩序结构，天地之间每一个人都从属于先天

---

① 张灏：《中国近现代思想史的转型时代》，香港《二十一世纪》1999 年 4 月号。
② 刘小枫：《现代性社会理论绪论》，上海：三联书店，1998，第 22 页。
③ 余英时：《现代儒学论》，上海：上海人民出版社，1998，第 158 页。

固有而永恒的角色和位置，中国传统文化价值体系，在某种意义上都依照此天地人的角色与秩序衍生出了相应的合乎道德（伦常）的生活方式和社会形式，以强化人的依附性。启蒙运动彻底打破了这一秩序结构，重新设定了现代意义上的人与社会的关系。传统社会文化的各种禁锢被打碎，个人拥有自我主宰和自我选择的权利；个人的自由、平等、独立等，彰显出"五四"启蒙现代性的鲜明标志。

　　然而关于"五四"个人主义话语的言说，和西方个人主义的发生是有区别的。"五四"对个体自由、自主的召唤，并没有诉诸一种体系化的思想建构，五四知识分子并没有形成关于"个人"逻辑相一致的思想体系，当然也没有诉诸个人主义赖以生存的社会经济条件、社会关系的土壤，"个人"只有在与其批判的对象——封建王权国家、传统文化相对应时，才获得其革命性意义和言说的有效性。关于"个人"的言说与态度，在民族生存危机的时刻，随时被收编到民族主义的话语中去。五四关于"个人"的一切言说，尽管有"晚明"的那一路传统根由，但是，更直接的关系，是因为外在的危机造就的。区别于西方诞生于传统的"个人"与"上帝"之间的历史关系，或者源于科学主义的知识进化结果，或者产生于资本主义经济发展，资产阶级登上历史舞台而建立起来的新的生产关系，"五四"个人话语更主要的是在民族的危机和民族文化的危机中发展起来的。以"个人"主张为核心的五四启蒙思想，从属于救亡图存的民族主义运动。在这个意义上，汪晖认为，"五四"个人话语，只是"一种'精神'，或'态度'……悖论矛盾在于：'五四'人物在表述他们的个体独立性的同时，事实已经把个体的独立态度建立在这种个体意识和独立态度的否定性的前提——民族主义的前提之上"。①

　　高力克将"五四"新文化运动视为一场中国式的启蒙运动，和欧洲18世纪的启蒙运动相比，都具有打破封建黑暗制度、高举科学理性和人文理性的旗帜这一特征，但是，其区别是不能掩盖的。"如果说欧洲文艺复兴式启蒙人文主义的精髓在于人超越了'种族的成员'而成为'精神的个体'，这种'人的发现'是'个人的发展'的现代表征，那么五四式启蒙人文主义则是近代中国寻求富强的历史进化语境的产物，其'个人的觉醒'只是'民族的觉醒'的曲折表现。"②

　　20世纪特别是前半段的中国社会转型与变革，实际上就是危机时代的民族

---

① 汪晖：《汪晖自选集》，桂林：广西师范大学出版社，1997，第321页。
② 高力克：《求索现代性》，杭州：浙江大学出版社，1999，第113页。

想象与文化想象。这也构成了李泽厚所称的时代"中心"的基调。在《中国近代思想史》中，李泽厚描述了中国近现代是一个"动荡的大变革时代"，政治、经济、文化各方面剧烈地震荡、变革，尽管如此，时代都会有其最重要的一环，决定了这个时代基本的特色。对于近代以来的中国来说，"这一环就是关于社会政治问题的讨论了。燃眉之急的中国近代紧张的民族矛盾和阶级斗争，迫使得思想家们不暇旁顾，而把注意和力量大都集中投放在当前急迫的社会政治问题的研究讨论和实践活动中去了"。① 这实际上就是 20 世纪中国现代性品格的最本质的概括。也就是"民族救亡"成为统一、收编和整合各阶段政治势力、经济机制和纷乱的文化思想的最终主题。正如许纪霖所言："在近代中国的社会变迁中，民族主义往往成为现代化的最为有效的社会动员工具，成为凝聚人心、整合社会的意识形态符号。……民族主义作为一种手段对现代化起到了神魔般的社会动员功能。……作为现代意义上的民族主义，主要不是以文化、宗教或人种作为认同符号，而是忠实于自身的民族国家，因而不一定排斥外来的观念和文化，具有开放的性格。"② 在此意义上，民族主义话语完成了对以西方人道主义思潮为主要内容的个人主义话语的收编。所谓个体独立、个体自由的个体意识，也无法实现对集体性、普遍性的民族主义话语的对抗。

换言之，就关于个体的观念而言，尽管"五四"新文化运动比中国历史上任何一个时期对个人价值的尊重与强调要更积极更重视，然而，"不可剥夺的个人权利这一法律概念的缺乏，实际上反映了自我和个体的观念是如何在社会实践中经由文化构建并在政治上实施的。由于不可剥夺的权利这一概念的缺失，个人将无法获得真正的自决。因此，在中国，西方的个人主义从未被理解为一种可以解放中国个体的反传统思维模式；相反，它是作为救亡图存、建设强大民族国家的工具而被引介、使用的"。③ "五四"个人主义话语是为了唤醒国民的意志以实现民族的振兴与重建这一宏大目的的。和西方自由主义追求的个人的独立与自主基于个人本身价值的体认所不同的是，"五四"对个人的独立与自主的强调，其反抗传统的"破"之意义，要压过构建新个人的"立"之意义，个人不是作为目的，而是作为手段，成为民族主义话语的附属品和衍生物，从

---

① 李泽厚：《中国近代思想史》，北京：生活·读书·新知三联书店，2008，第 485~486 页。

② 许纪霖：《中国现代化的历史反思》，《许纪霖自选集》，桂林：广西师范大学出版社，1999，第 15 页。

③ ［挪］贺美德、鲁纳编著：《"自我"中国：现代中国社会中个体的崛起》，许烨芳等译，上海：上海译文出版社，2011，第 29~30 页。

而使得"五四"新文化的个人，实际上是未完成的个人。这也是文学革命走向革命文学的重要症候。

第二节 理性主义与非理性主义交织中的生命困境

不可否认，区别于传统中国文化，"五四"以降新文化的一个重大转向就在于，"在中国文化传统中并未得到突显的理性精神在中国近现代文化中逐渐得到显发，……素重'德性'的中国文化传统正在逐渐演变为一个为'理性'所浸润的价值系统"。① 然而，这个转向过程是极其复杂而曲折的，因为参与德性改造的思想资源并非全然来自西方的启蒙理性精神。郑伯奇在评述"五四"新文化运动创造社的文学创作时曾这样挖掘其思想根源："因为他们在外国住得长久……当时外国流行的思想自然会影响到他们。哲学上，理知主义的破产；文学上，自然主义的失败，这也使他们走上了反理知主义的浪漫主义的道路上去。"② 抛开流派之间的复杂纠葛，这个锐利的判断其实显现出"五四"新文化运动的一个重要特点，那就是，以"科学""民主"为启蒙旗帜的"五四"运动，在引进西方文化思想资源的过程中，既吸收了达尔文、罗素、杜威等为代表的理性主义思想，又吸收了20世纪以来以尼采、叔本华、柏格森、弗洛伊德为代表的非理性思想。换言之，宣扬理性精神与宣扬对理性的反思的非理性精神，同时构成了"五四"新文化运动一个充满悖论的内核。

基于批判封建主义，吁请现代性的基调，"五四"新文化运动通过对传统文化的反思和批判，反抗封建宗法礼教，倡导人道主义和个性解放，重造民族品格和国民性，在此意义上，"五四新文化运动是中国的启蒙运动"③ 这一性质定位是合理的。启蒙精神引入中国，企图用西方理性主义思潮来建立新的国家、新的民族、新的文化和个人，但是，这些西方理性思潮引入中国的1919年也就是一战结束的时期，正值西方理性思潮备受质疑和反思的时候，这就导致了引入中国的启蒙主义精神，提到的更多的是非理性主义的思潮，比如尼采、柏格森等。理性主义思潮和非理性主义思潮都参与到启蒙运动中来共同建构了五四

① 李翔海：《中国文化现代化历程的哲学省思》，《中国社会科学》2002年第6期。
② 郑伯奇：《〈小说三集〉导言》，《1917—1927中国新文学大系导言集》，天津：天津人民出版社，2009，第103页。
③ 杨春时：《现代性与中国文学思潮》，北京：生活·读书·新知三联书店，2009，第96页。

"个人"话语。

在"危机"四伏的历史时刻，中国"五四"启蒙运动表现出区别于西方启蒙运动的一个重要特点，就是非理性主义思潮成为启蒙的武器，运用于抨击封建社会传统伦理道德对人的禁锢与戕害。以"五四"的重要旗手陈独秀、李大钊、鲁迅为例，在他们对新文化运动的思想鼓与呼中，非理性思想是一道不可抹灭的印记。比如陈独秀为反抗传统文化对个人意志的压抑，疾呼将"兽性主义"作为中国新教育的重要主张："兽性之特长谓何？曰意志顽狠，善斗不屈也，曰体魄强健，力抗自然也，曰信赖本性，不依他为活也，得顺性率真，不饰伪自文也。白种之人，殖民事业遍于天地，唯此兽性故。日本称霸亚洲，唯此兽性故。"① 这种破旧劈腐的主张自然有对旧传统"存天理、灭人欲"之深恶痛绝的理性思考，但其非理性主义指向是很明显的。陈独秀、李大钊都推崇过柏格森的生命哲学。

李大钊早在 1915 年即发表《厌世心与自觉心》，以柏格森之自由意志、生命冲动、创造进化论为乱世迷局中的青年树立觉醒与自强的信心，"吾民具有良知良能，乌可过自菲薄，至不侪于他族之列。他人之国，既依其奋力而造成，其间智勇，本不甚悬，舜人亦人，我何弗若？"② 柏格森将意识的绵延看作时间的本质，是不受过去和现在任何封闭与禁锢的永远不绝的生命之流动。由此，危机时代的中华民族更应该超越逆境，奋起反抗，打破黑暗世界，迎接美好未来。这些非理性主义的思想被片段性地撷取，基于"五四"启蒙之功利目的，以救亡图存为现实需要，对抨击旧文化传统和树立新人生观发挥着重要的影响。

鲁迅早期在《摩罗诗力说》中对"掊物质而张灵明，排众数而任个人"的呼告，其重主观重意志尊个人的主张表现出对尼采超人学说的极大认同。郁达夫摒弃一切对文学艺术的规训与辖制，让文艺回到生命的原初，主张"艺术既是人生内部深藏着的艺术冲动，即创造欲的产物"。"真正的艺术家，是非忠于艺术冲动的人不可的。若有阻碍这艺术的冲动，不能使它完全表现的时候，不问在前头的是几千年传来的道德，或几万人遵守的法则，艺术家应该勇往直前，——打破，才能说尽了他的天职。所以人家说：艺术家是灵魂的冒险者，是偶像的破坏者，是开路的前驱者。"③ 主张文学的个体性、感性化以及对自然状态的人的生命尊重，将文艺指向一种非理性的生命冲动，这在以打破传统、解放

---

① 陈独秀：《今日之教育方针》，《青年杂志》第 2 期，1915 年。
② 李大钊：《李大钊全集》第 1 卷，北京：人民出版社，2006，第 139 页。
③ 郁达夫：《文学概说》，《郁达夫全集》第 10 卷，杭州：浙江大学出版社，2007，第 319 页。

人性的"五四"新文学运动中，其反封建的启蒙号召力和影响力是巨大的。

汪晖认为，以鲁迅为代表的"五四"一代文学家们对非理性主义思潮的吸收是令人值得称赞的，因为他们的思想受到现代人本主义思潮千丝万缕的影响，鲁迅对人生与世界独特的思考方式和内容都打上了非理性主义哲学深深的烙印。只不过，"中国现实社会的落后状况与中国知识分子特有的'实用理性'，使得这一思想体系没有像柏格森、海德格尔、雅斯贝尔斯、梅洛·庞蒂、萨特和加缪那样，充分发展出一整套关于'存在'和生命的深邃的非理性思考，恰恰相反，这一体系才在实践过程中逐步地与18世纪以来的理性启蒙传统相趋近，引申出一整套关于改造国民灵魂的理性主义思想体系"，① 历史时代的召唤掩盖了其理论发展的逻辑悖论。

然而，不得不指出的是，西方非理性主义思潮更关注人的心灵意识，强调"心灵的主要性质，显于更原始的平面上——显于非理的欲望中，显于感官的知觉中，显于盲目的意志中，显于本能或生命中"。② 而且，西方非理性主义的诞生，是对以启蒙理性为基础建立起来的资本主义现代文明的反思与批判为前提的，西方现代性的社会危机与人的危机成就了非理性主义思潮。现代战争对生命的毁灭，理性对人的个性、丰富性与偶然性的掩盖，信仰的虚无、人存在价值感的破灭，等等，成为非理性思潮在20世纪流行的主要动因。叔本华、尼采、柏格森、克尔凯郭尔等人关注生命内在的分裂感、孤独感、碎片感和虚无感，打破了从培根、笛卡尔、莱布尼茨至黑格尔理性主义对自我意识的全部自信，打破了主体主宰客体世界的神话。这种被郁达夫理解和吸收的所谓"世纪末思潮"深深影响了"五四"新文学运动中的一代知识分子。"因产业革命的结果，在文明烂熟、物质进步、人性解放了的现代，个人的自我主张，自然要与古来的传统道德相冲突的。……在物质文明进步，感官非常灵敏的现代，自然要促生许多变态和许多人工刺激的发明。这一种世纪末的精神与物质上的现象，是人类进步不停止一天，在这世上也决不会绝迹的。"③ 这种世纪末思潮的本质就是非理性主义，以对人的理性的怀疑为旨归，从而，我们完全可以从"五四"一大批文学家的言论与文学作品中看到一个矛盾的现象，那就是，充满理性的、积极的、破旧立新的主体性主张，与充满焦虑、孤独、迷茫、虚无、

---

① 汪晖：《反抗绝望——鲁迅及其文学世界》，石家庄：河北教育出版社，2000，第94页。
② ［德］艾尔弗雷德·韦伯：《西洋哲学史》，詹文浒译，上海：华东师范大学出版社，2007，第614页。
③ 郁达夫：《怎样叫做世纪末文学思潮》，《郁达夫全集》第10卷，杭州：浙江大学出版社，2007，第210~211页。

感伤和悲剧性的文学创作同时出现在同一位作家身上。

钱理群、黄子平、陈平原在整体性描述"二十世纪中国文学所特具的有着丰富社会历史蕴含的美感特征"时，使用了"悲凉""焦灼"等判断语。"五四"启蒙运动以降的中国现代文学呈现出来的时代品格，既区别于欧洲"文艺复兴"时期那种打破中世纪宗教体制的黑暗所带来的个性解放的喜悦，也区别于法国启蒙运动所宣扬的那种严密完备而自信的理性精神，而造就了一个充满悖论与纠葛的社会后果，"个性解放带来的苦闷和彷徨总是多于喜悦；启蒙的工作始终做得很差，理性的力量总是被非理性的狂热所打断和干扰；超出常规的历史运动带来了巨大的进步同时也带来巨大的失误"；① 快速发展与凝固保守一体，灾难的罪魁祸首不仅仅是邪恶也有受害者本身，这种理性与非理性相互纠缠的转型期的文化形态与社会心态，深深影响了"五四"以降文学创作的精神品格。

由此，我们也就不难看到，以启蒙为主导的"五四"新文化运动和西方启蒙运动在文学上的一个重要差异就在于，并不像西方启蒙文学思潮中涌现出积极理性的启蒙英雄比如鲁滨逊（笛福《鲁滨逊漂流记》）、格列佛（斯威夫特《格列佛游记》）、琼斯（菲尔丁《汤姆·琼斯》）、费加罗（博马舍《费加罗的婚礼》）乃至浮士德（歌德《浮士德》）等等，而更多地是以封建社会的被侮辱者和被迫害者（鲁迅《阿Q正传》《祝福》）、失意落魄的青年知识分子（鲁迅《在酒楼上》、郁达夫《沉沦》等）、有抱负却无力抗争的民族资本家吴荪甫（茅盾《子夜》）、奋力反抗却阴郁疯狂的繁漪（曹禺《雷雨》）等等，更多地体现出一种愤懑、感伤乃至颓废和荒诞的人物群像和时代气质，其改造国民性和重造民族的文学努力走向一种悲剧性和感伤化的气韵，而无法呈现出一个如鲁迅自己所呼告过的那种"朕归于我""人各有己"② 式的，或者郭沫若赞颂过的"我把一切的星球来吞了，我把全宇宙来吞了"那种天狗式的，被启蒙精神唤醒的理性的、豪迈的、崇高的、有开拓精神的、具有时代进步节奏的、积极进取的文化品格。这显然是"五四"启蒙文化运动中理性主义思潮与非理性主义思潮矛盾交织影响的结果。

从某种意义上说，"五四"新文化运动的一个悖论就在于，"人"被发现、被塑造的同时，又面临着自我的怀疑与分裂。在此意义上，"五四"启蒙思想充

---

① 钱理群、黄子平、陈平原：《二十世纪中国文学三人谈》，北京：人民文学出版社，1988，第 16 页。

② 鲁迅：《鲁迅全集》第 8 卷，北京：人民文学出版社，1981，第 24 页。

满着内在复杂性与矛盾感，缺少共同的社会哲学基础，不存在统一完整的思想逻辑体系，汪晖认为"五四"启蒙思想运动的危机正是来自自身内部，"在'态度的同一性'基础上形成的启蒙思想运动，同时包含了对启蒙思想原则的否定"。① 从而，我们可以看到，"五四"启蒙运动实际上没有建构出一个属于新时代的完整意义上的个体，启蒙思想内部的矛盾扩大了新文化运动自身的意义危机，成为"五四"以降，各种感伤、漂泊、孤独等文学体验的精神根源。

第三节　传统与现代经验融合中的文化冲突

毫无疑问，以民族救亡与文化启蒙为目的的"五四"新文化运动，在新兴知识分子的激情鼓呼下，其来自西方的各种新价值观念和价值目标成为席卷20世纪中国的现代性浪潮的动力资源，破旧立新，唤醒民众，改变现状，重造民族，成为中国社会现代性（包括文化现代性）的宏大主题。以至于白吉尔断定："在本世纪初，支配着中国社会进步的，并不是工业化，而是一种变革社会的有益的思想，即现代化的进程。"② 这个断语同时暗含的意思即是，作为后发现代性国家，中国现代性尽管有晚明的萌芽和晚清的准备，但更大程度上，是一次基于外国坚船利炮击穿封建帝国稳定结构转而在欧风美雨中寻求新生的大变革。放在20世纪世界大变革的格局中也不难看到，由于历史沉疴积弊太深，中华民族对于20世纪初的现代性转型缺少足够的物质基础和精神准备，与西方现代性相比，中国现代性缺少资本主义经济发展的生产力条件和生产关系，缺少内生的韦伯所谓新教伦理的精神资源和文化积淀，也不是基于发展相对成熟的市民社会与公共空间及其相联系的价值观念的驱使，其外生性与被动性的特征是无法掩盖的，从而导致"五四"以降中国现代性的进程更大意义上是知识分子③这一观念型而非行动型群体引导思想观念意识层面上的努力。

中国现代性的这一特征无可避免地导致了两个结果，一是来自中国传统的

---

① 汪晖：《汪晖自选集》，桂林：广西师范大学出版社，1997，第339页。

② ［法］白吉尔：《中国资产阶级的黄金时代》，张富强等译，上海：上海人民出版社，1994，第60页。

③ 许纪霖认为：从启动现代化的动力群体来看，西欧属于资产阶级主导型，日本属于政府官员主导型，南美（20世纪六七十年代）一些国家属于现代军官主导型，中国则可称为知识分子主导型。参见许纪霖、赵立新：《中国现代化史》第一卷，上海：三联书店，1995，第29页。

精神文化必然会参与和影响中国现代性思想意识的资源建构；一是中国传统文化的演绎模式会影响中国现代性的推进模式。这造就了中国现代性又一悖论结构，那就是传统与现代的纠葛构成了 20 世纪中国现代进程的一大特征，我们谈论中国现代性时，实际上无法泾渭分明地去讨论此为传统、彼为现代。从而，必须认识到，中国现代性的展开，无法绕开现代性和传统性这两个维度的交织过程。正如学者所言，"现代性和传统性其实都已经内在化于现代中国的社会历史实践之中，与 20 世纪中国历史发展的逻辑完全纠结在一起，构成的是一种剪不断，理还乱的错综复杂的关联图景"。我们唯一能做的就是将现代性问题历史化和语境化，在 20 世纪的历史叙述中，传统和现代性倘若相互剥离，就会彼此无可独立和自足的，"考察到底有没有一个自足的传统以及有没有一个理想的现代性，即使不是不可能的，也是没有多大意义的。我们的出发点和归宿都应该是 20 世纪中国的历史语境与现实处境，是 20 世纪中国的历史语境与现实处境的传统与现代性"。①

　　当然，我们无可否认，以"断裂"作为重要特征的现代性品格，这是我们讨论现代性问题的前提。"现代性以前所未有的方式，把我们抛离了所有类型的社会秩序的轨道，从而形成了其生活形态。"② 吉登斯的判断是基于社会学意义上的，在思想文化领域，现代性其实也在一定程度上意味着对传统的断裂。20世纪初，中国传统帝制社会的瓦解，"普遍王权"的覆灭，同时也使得与其相互依存的传统价值体系面临着崩塌与消散的后果。从词源学来讲，传统是对一种模式或一种信仰的传承，是在世代延续更替中的传承。它意味着对某种权威的效忠和对某种根源的忠诚。③"五四"新文化运动的领军悍将如陈独秀、鲁迅、胡适等莫不是以全面抨击传统为旗帜的。然而，正如吉登斯自己也认识到的，"人类总是与他们所做事情的基础惯常地'保持着联系'"，现代性是不可能脱离传统而凭空产生的。因为"传统是一种将行动的反思监测与社区的时–空组织融为一体的模式，它是驾驭时间与空间的手段，它可以把任何一种特殊的行为和经验嵌入过去、现在和将来的延续之中，而过去、现在和将来本身，就是由

---

① 吴晓东：《现代中国文学的"传统"与"现代"问题》，《江汉论坛》2003 年第 2 期。
② ［英］安东尼·吉登斯：《现代性的后果》，田禾译，南京：译林出版社，2000，第 14 页。
③ ［法］贡巴尼翁：《现代性的悖论》，周宪编《文化现代性精粹读本》，北京：中国人民大学出版社，2006，第 229 页。

反复进行的社会实践所建构起来"。① 在吉登斯看来，传统无法保持全然的静态，每一次代际间的继承都会发生新生代的创造。一般而言，基于特定的时代任务，传统不会也不能抗拒变迁的发生。也就是说，现代性的"断裂"并非是对传统要素的根除，相反，可能是需要和依赖。

区别于西方现代性结构关系中文化与社会（政治）的对立与批判，中国文化现代性与社会（启蒙）现代性的合流同一的特征，决定了"五四"以降中国文化转型与文学艺术的创作无法避开民族重造、国家救亡即民族国家的现代化的根本主题。而思想界也已经意识到这一现代性模式的一个后果，那就是，中国现代性实际上陷入了传统（前现代）与现代纠结的复杂语境中。民族主义成为民族国家话语得以建构的基础，其特征在于"以现代为形式，却以前现代为实质"。现代形式在于"提供普遍而平等的成员身份，将个人由传统、自然的关系中解放出来，代之以政治性的身份界定"；它的前现代实质在于"民族主义的论述，莫不企图提供某种自然的、文化的或者历史哲学式的超越建构，作为民族的集体身份所寄"。② 事实上，这一混杂着现代与前现代的特征，给民族国家的现代性走向带来极大的影响，给传统文化参与中国现代性的建构留下足够辽阔的空间，从而影响了中国现代性在20世纪呈现的特殊品格。

宋剑华在考察"五四"知识分子的新文化背景时，理性而清醒地指出，由于自身英语语言能力的障碍，"五四"精英知识分子根本没有系统地研读和引介过西方现代文化思潮，也没有直接彻底浸身于西方思想文化语境中，较为完整、全面地阅读、诠释西方经典名著的文本，而更多地只是碎片化地接触，或者更多意义上是借助于日本对西方思想文化文学的体验，来完成其思想启蒙的历史任务。因此，必须看到，在短促而特殊的历史时刻，完全实现中国新文学与西方现代文学的对接与融汇，只能是不切实际的想象。反而是，中国新文化运动"激进的外部征候，客观上赋予了新生代精英知识分子一种本土化的'现代'意识，并帮助他们顺利完成了中国文学的话语转换而不是思想转型"。由此，宋剑华给了学界一个重要的提醒，五四文学精神资源包含着西方的观念意识是不言自明的（尽管是有距离、有选择、有偏向的借鉴和吸纳），但同时更包含着中国

---

① ［英］安东尼·吉登斯：《现代性的后果》，田禾译，南京：译林出版社，2000，第32~33页。

② 钱永祥：《现代性业已耗尽了批判意义吗？》，贺照田编《后发展国家的现代性问题》，长春：吉林人民出版社，2002，第7页。

本土的，"即以传统文化为立足点，以中国人的眼光和心灵去接受和体悟"。同时，更为切要的是，"无论五四文学表现得多么'前卫'或'西化'，都不可能成为本土文化完全异己的力量。尽管先驱者的'西化'意识为新文学提供了一个全新的理论参照系，但儒家'经世致用'的人文传统也是它不可忽略的重要精神资源"。① 他认为，民族传统文化的巨大力量，是构成中国文学现实与历史对话的根本要素。基于此，剥离中国文化传统资源来讨论中国现代性问题就显得南辕北辙。

除了思想资源意义上传统对现代的影响，传统文化对中国现代性的推进模式的影响也是异常明显的。无论是蔡元培的"以美育代宗教"，还是鲁迅的国民性批判和"必尊个性而张精神"的呐喊——"凡一个人，必以己为中枢，亦以己为终极：即立我性为绝对之自由者也"，② 以及周作人"人的文学"的呼告——"用这人道主义为本，对于人生诸问题加以记录研究的文字，便谓之人的文学"，新文学应以转向于"一种个人主义的人间本位主义"③ 为最高宗旨。还有沈从文对人性的关怀与看护——"憎恶这种近于被阉割过的寺宦观念，应是每个有血性的青年的感觉……这观念反映社会与民族的堕落"，"一个作者同时还可以称为'人性的治疗者'"④ 等等，不一而足，"五四"新文化运动中的启蒙知识分子在中国现代性的推进模式上，更强调人的内部变革，这一由内而外的方式，被林毓生称为"借思想文化作为解决问题的途径"，而这一现代性推进模式源于传统的"心学"，即"强调心的内在的道德功能，或强调心的内在思想经验的功能"的内圣而外王、修身而齐家治国平天下的儒家思维模式，这一模式的根本要义"是一种强调必须先进行思想和文化改造然后才能实现社会和政治改革的研究问题的基本设定"，⑤ 在林毓生看来，这样一种以文化-政治的整体性思维模式，即将封建政治、社会、经济和文化视为一体，寄望于由内而外，以思想革命的方式来达到社会革命和政治革命的结果，反叛传统，走出传统社会的陈弊，这种由内而外的模式，本身恰恰是"前现代性"的超越方式。

---

① 宋剑华：《五四文学精神资源新论》，《中国社会科学》2006 年第 1 期。
② 鲁迅：《文化偏至论》，《鲁迅全集》第 1 卷，北京：人民文学出版社，1995，第 46 页。
③ 周作人：《人的文学》，《新青年》第 5 卷第 6 号，1918 年。
④ 沈从文：《八骏图·题记》，《沈从文全集》第 8 卷，太原：北岳文艺出版社，2002，第 195 页。
⑤ ［美］林毓生：《中国意识的危机："五四"时期激烈的反传统主义》，穆善培译，贵阳：贵州人民出版社，1986，第 44~45 页。

必须承认的是，这种由内而外的整体性乃至一元化的以前现代性方式完成救赎的现代性文化思维，深深影响中国现代性的展开路径。因为一般而言，现代性的文化发展应当是分化的。分化是完成合理性这一现代性基础逻辑的必然路径。在马克斯·韦伯看来，分化是社会从传统形态向现代形态转化的重要动力。现代性就是要区别于传统社会那种混沌不分的整合的形而上世界观，打破所有活动或价值领域的合理性皆诉诸宗教的证明方式，而走向知识、道德伦理、艺术审美和个人世界等各领域的相对自治。哈贝马斯这样讨论韦伯以分化为前提的现代性内涵："只有在生活世界的符号化结构自身充分地自我分化之后，那种形式化的自我组织起来的行动领域才能从生活世界的范围中分离出来。社会关系的法制化需要一个较高程度的价值普遍化，需要社会行动更加广泛地从规范领域中摆脱出来。"① 现代性的基础即在于知识系统、表意系统和意识形态的结构性的分化。

然而，令人不得不深思的是，中国现代性在这一转型过程中，其价值意识层面的分化是远远未能完成的。由于那样一种以文化-政治的整体性思维模式作为现代性救赎的主要路径，加上特殊而复杂的外部社会环境的刺激以及更为紧迫的民族救亡，现代性的分化努力被抑制，而新的文化以一种科学主义的整体有机方式被一元化。"知识系统道德化、政治化，不能严守'价值中立'的立场；伦理价值又受到严重的意识形态污染，不能实现对现实世界的精神超越；而意识形态又被道德化，往往以善恶的标准替代历史或政治的合理性尺度。这就使中国文化的内在危机始终不能得以消解，并在历史表层引起周期性的文化震荡。"② 这种前现代的现代性解决方式，影响到理性精神的建构和独立个人的生成，并最终影响到文化现代性对社会现代性的反思功能的力度。同时，也是20世纪中国现代性的展开始终伴随着传统与现代相互纠缠的后果。

当然，从某种意义上，传统并非就是现代的对立面。"传统不是一件外在于我们的衣服，而是一组内在于我们心里并且构成我们的自我的观念、价值、世界观等类的东西。"③ 正因为如此，伊夫·瓦岱在《文学与现代性》的论述中就曾提醒我们，"即使传统看上去按部就班地在现代性面前不断后退，但它并不因

---

① Habermas, *The Theory of Communicative Action*：*Volume*2（Boston：Beacon Press，1987），p. 469~470.
② 许纪霖、赵立新：《中国现代化史》第一卷，上海：三联书店，1995，第30页。
③ 石元康：《从中国文化到现代性：典范转移》，北京：生活·读书·新知三联书店，2007，第44页。

此失去了它在现时和当代历史时期中的作用。……它随时准备在人们意想不到的地方重现，首先是通过思想模式的渠道出现在我们每个人的身上，思想模式与我们潜意识里保持着千丝万缕的联系"。① 根据雷蒙·威廉斯的观点，传统本身并非一种固定不变、自行消失、自生自灭的形态，"因为 tradition 的意涵就是指'在进展中的过程'"。② 传统在特定而具体的历史语境中，出于相关的目的可以不同程度被修改、整合甚至创造以满足现在的现实需要。在此意义上，"传统成为一种意识形态，一种它作为目标或合法性基础而发挥作用的活动程序"，因此，"将传统与现代性设置于互相对立状态的一般实践忽视了现实中它们互相融合、互相渗透的一面。……否定了可以将过去作为现在与将来的一种必需的与可用的支持方式，尤其是在价值观和政治合法化领域内"。③ 基于现代性的目的，完全否定传统，显然是不明智也是不可能的，东西方的历史可以证明，现代性的进程其实是需要从传统的文化因子中找到支持的。有学者就指出，中国的历史文化毋庸置疑给中国现代性的展开带来了无限深重的负面效应和阻抗力量，但也不能忽略，中国传统中的某些因子是可以通过转换来完成现代性建构的。"推动社会变迁的某些要素又是在中国自身的传统中提炼、转换而来的，诸如蕴含着现代'工具理性'的'经世致用'思想，在现代商品经济氛围中所激发起来的儒家资本主义精神，替代身份等级制的阶层流动与普遍成就取向。"④

所以，现代性事实上无法避开传统的纠葛，尽管这是彻底不同的两个意义坐标和价值衡量体系。没有对传统的断裂就不可能走向现代性。但必须注意的是，现代与传统的断裂是整个价值体系在结构和机制上的对立，而并非组成要素之间彻底的决裂或绝缘。在舍勒的观念中，价值体系的建构依托于多元化的价值以优先性法则被统合和建构，"不同的价值体系有着不同的价值核心，正是这价值核心成为一整套价值体系的决定性因素，诸具体价值要求在价值优先性法则之下通过此价值核心，获得自身存在的合理性根据及具体规定"。⑤ 由是观之，中国现代性的文化转型发生在整体层面，意味着文化在结构方式、模式类

① ［法］伊夫·瓦岱：《文学与现代性》，田庆生译，北京大学出版社，2001，第25页。
② ［英］雷蒙·威廉斯：《关键词：文化与社会的词汇》，刘建基译，北京：生活·读书·新知三联书店，2005，第492页。
③ ［美］约瑟夫·古斯费尔德：《传统与现代性：社会变迁研究中误置的两极》，谢立中、孙立平编《二十世纪西方现代化理论文选》，上海：三联书店，2002，第327页。
④ 许纪霖、赵立新：《中国现代化史》第一卷，上海：三联书店，1995，第4页。
⑤ ［德］马克斯·舍勒：《价值的颠覆》，罗悌伦译，北京：生活·读书·新知三联书店，1997，第51~52页。

型、认知方式和感知形态上的突变，但并不意味着中国现代文化以及现代知识分子与传统文化和传统士大夫文人之间就彻底无关。"中国现代文化是在文化机制上与西方文化具有相同性的意义上而被称为具有现代性，而不是在特征和内容上与西方文化具有同一性而被称为具有现代性。""中国现代文化与中国古代文化的断裂关系是机制上的，而不是具体因子上的。"① 在这个意义上，必须看到脱离了传统文化机制的传统文化要素，被置于现代文化机制语境下时，所显现出来的现代性功能。传统与现代的这一互相纠葛的关系，同时也显示出现代性并非一个本质主义概念，而是一个历史概念，既是一个观念性的概念，也是一个实践性的概念。在不同的社会语境和时代条件下，现代性必然会呈现出更复杂的意味和品格。

伊夫·瓦岱明确指出不应再把现代性与古代性视为相互对立的存在，而"应该试着把现代性（它在不断地变化并将我们带向没有确定方向的地方）与永恒性（它使我们与所有的时代保持联系）放在一起来考虑"。② 在姚斯看来，波德莱尔正是从现代性滚滚向前转瞬即逝的洪流中感知到了静态，那种不断丢弃过去的节奏中呈现出来的静态，"对生产艺术家来说，朝生暮死、短暂只是艺术的一面，它的另一面，即持久、不朽、诗学，必须首先从中提炼出来。类似地，现代性体验包括了作为其对立面的永恒性"。③ 姚斯在《现代性与文学传统》考察了文艺复兴以来西方文学经典的更新与继承关系，发掘出现代性与传统之间相互纠察的品格，现代性合法性的获取与完成并非出于与传统的对立，反而必须借助于传统来获得合法标准与创新动力。

对于风卷残云一般轰轰烈烈的"五四"知识分子来说，在他们身上乃至其文学创作中，传统的文化品格和现代精神交叉显现，"五四"启蒙知识分子一方面渴望打破封建家庭的禁锢，解放个性，独立自主，另一方面，要拯救民族，改造国家。其文学"作品所表现的道义上的使命感，那种感时忧国的精神"，④ 这种来自中国文化中"怨愤"和"忧患"传统的精神品格，深深影响了现代文

---

① 黄曼君：《中国20世纪文学现代品格论》，武汉：武汉大学出版社，2007，第129~135页。

② ［法］伊夫·瓦岱：《文学与现代性》，田庆生译，北京：北京大学出版社，2001，第113页。

③ ［德］姚斯：《现代性与文学传统》，周宪编《文化现代性精粹读本》，北京：中国人民大学出版社，2006，第161页。

④ 夏志清：《中国现代小说史》，上海：复旦大学出版社，2005，第357页。

学的表现模式，现代文学中启蒙庸众、批判国民性和重造民族的"介入"方式，与传统知识分子"经国之大业，不朽之盛事"的"载道"传统紧密相连。郭沫若等多数"五四"知识分子，尽管他们的引述中西方学者的名字屡屡可见，但是却无法在他们与以批判与反思为症候的西方人文传统建立必然的联系。其《女神》中的不羁与狂放，固然有拜伦、雪莱的个性主义因素，但更多地还是承接了来自李白、李贽的精神气质，而其《屈原》《高渐离》等戏剧作品也更多地承载了来自以屈原、杜甫为代表的传统知识分子的人格气质，道家的出世与儒家的入世精神在他身上交相辉映。而同样，郁达夫的作品中很容易看到西方现代主义那种颓废、病态、扭曲、感伤的精神气脉，可以看成是现代性都市文明进程中的自我反思。但是，也不能忽略，其伤悼、悲情、怀远的气质何尝不是充满了竹林七贤、扬州八怪式的清高与放浪形骸，在他以及相当一批"五四"知识分子身上，常常能显现高举批判精神的现代知识分子、浪漫主义的洋绅士与传统士大夫文人合为一体的复杂品格。

　　王德威在考察现代文学中的抒情问题时有一个这样的发现，他认为"中国现代性的抒情表征有一个二律背反的吊诡的层面，就是现代中国文人一方面反传统，一方面运用中国古典文学文论里的抒情观念的模式来彰显干预传统，冲破罗网的用心"。① 也就是说，中国启蒙知识分子用于打破传统的思想资源、价值观念与思维方式中，并非只是西方的启蒙精神和浪漫主义思潮，抒情的观念，在高举反传统旗号的背后，其实更多地承接着来自传统的资源。中国传统的老庄道家哲学和文学史延绵不绝的言情传统，实际上都参与现代主体精神的发掘与审美人格的塑造。但又都超越了传统抒情的文化结构和审美伦理的限制。王德威极为认同胡兰成的观点，而认为，"在开创新声、从无到有的意义上，'现代'可以被视为一个'兴'的时代。但另一方面，文人感时忧国、独立苍茫的怨离之情又每每凌驾其上，成为创作的前提。这样的怨声不仅反映在个人与社会的疏离上，更点出时间断裂——'我们回不去了'（张爱玲《半生缘》）——为抒情主体所带来的空前危机意识。唯其有了'兴'的发动创造能力，才能有了气象一新的诗情或壮志；但也唯其有了'怨'的意识，抒情主体的发声方式就不仅是纯粹自然的创造，而有了回应历史——及其所带来的不安和不满——的沉重负担"。② 由此观之，在中国由传统转向现代的历史进程中，单由传统或单从现代

---

① 王德威：《抒情传统与中国现代性》，北京：生活·读书·新知三联书店，2010，第79页。
② 王德威：《抒情传统与中国现代性》，北京：生活·读书·新知三联书店，2010，第48页。

的角度定义"抒情"变得毫无意义，因为抒情在复杂的历史语境中，已超出了唤醒个体主体的单一意义，而"成为一种言谈论述的方式；一种审美愿景的呈现；一种日常生活方式的实践；乃至于最重要也最具有争议性的，一种政治想象或政治对话的可能"。①

　　当然，重视传统对于中国现代性的建构的作用，并非是否认西方现代性思想资源的重要性，也并非是以传统来掩盖现代性的断裂性，当然更不是主要以传统来替代西方现代性，直接回到传统。显而易见的是，现代中国那一批以看护传统文化为信仰的知识分子比如京派文人等其他保守主义或自由主义文人，对传统文化的痼疾的认识也不亚于鲁迅等激进主义知识分子。沈从文曾写下过《读英雄崇拜》《谈保守》《中国人的病》一批杂文，其对传统文化的批判力度与深度不弱于鲁迅的杂文。沈从文文化因子与文学资源中对传统的继承，丝毫不影响他对传统的批判，他认为传统的儒道释文化始终无法安顿现代中国人的灵魂。"'生命流转，人性不易'，佛释逃避，老庄否定，儒者戆愚而自信，独想承之以肩，引为己任，虽若勇气十足，而对人生，惟繁文缛礼，早早地就变成爬虫类中负甲极重的恐龙，僵死在自己完备组织上。"② "不要为回忆把自己弄成衰弱东西，一切回忆都是有毒的。不要尽看那些旧书，我们已没有义务再去担负那些过去时代过去人物所留下的趣味同观念了。""一个民族的命运……不是仅仅保守那点遵王复古的感情弄得好的。"③ 这表明传统的文化机制与价值体系和传统的文化要素与价值因子之间是有差异的，在现代性面前，前者必然被颠覆，后者则会成为养料被活用。

　　总之，传统与现代的纠葛必然成为中国现代性的一个重要的悖论性的品格，作为危机时代的文化想象方式，传统的文化因子在现代人对生存状态的认知、情感的体验、人生意义的寻求与皈依等方面，必然会扮演极为重要的角色。在此意义上，中国现代性的问题，在沧海横流万象更新然而又复杂矛盾的历史语境中，并非是一个不证自明的问题，因此，有学者提醒我们，"我们所理解的现代性是在不断分离和断裂的历史片断中重新组装的一种状态（精神、气质、态

---

① 王德威：《抒情传统与中国现代性》，北京：生活·读书·新知三联书店，2010，第72页。
② 沈从文：《〈看虹摘星录〉后记》，《沈从文全集》第16卷，太原：北岳文艺出版社，2002，第346页。
③ 沈从文：《一周间给五个人的信摘录》，《沈从文全集》第17卷，太原：北岳文艺出版社，2002，第181页。

度、风格等等），它是我们思考的一个参照系，而不是我们要论证的一种历史实在"。① 在文学的意义上探讨现代性，不是去还原现代性的那些观念，而在于建立一种关于现代性的精神图谱或情感系谱学。回到文本，回到具体的历史细节中，我们才能真正抓住中国现代性的真实品格和那个时代更为生动的情感结构与精神谱系。

---

① 陈晓明：《现代性与中国当代文学转型》，昆明：云南人民出版社，2003，第 22 页。

第三章

现代生活方式与游记散文中的审美解放

　　旅行作为一个现代性事物，首先是基于它成为现代日常生活的一部分。回到日常生活，本身就是现代性的内涵之一。正如施特劳斯所言："现代性是一种世俗化了的圣经信仰；彼岸的圣经信仰已经彻底此岸化了……不再希望天堂生活，而是凭借纯粹人类的手段在尘世上建立天堂。"① 在现代性的意义上讨论游记散文，也就意味着考察散文对于旅行生活的呈现。现代性所引发的个体的觉醒、个性的解放，都会诉诸对日常生活的表达。对于旅行来说，这样一种日常生活，既是对传统社会等级秩序之下旅行的非大众性和非日常性的逆反，也是对传统伦理意识阈限下对感性快乐禁锢的突破，同时，对站在"五四"新文化运动这一从传统走向现代的历史浪潮中的现代中国知识分子来说，也存在着一种对传统士大夫文人那种闲适、超然、忘我的悠游之乐的承袭与向往。现代游记散文基于闲适美学建构起来的生活方式，也就存在着这样一种传统与现代之间的纠葛。同时，在民族危亡的时代语境下，这样一种闲适，无时不处在一种逍遥与承担交互之间的阵痛中。基于闲适旅行建构起来的现代审美人格的设计，在自我意识的觉醒的背景下，也就充满了生活围困与个体解放相交互的仪式性的文化意义。

　　另外，晚清以降，知识分子的海外旅行，实际上成为 19 世纪末 20 世纪初中国现代性发生和展开的重要方式。"随着近代中国社会的动荡以及地理状况的改善，晚清域外游记的数量遽然增多，其基本功能也从增广天下见闻、备述异国风情，渐渐过渡到察考政俗制度、推动社会进步。"② 他们的海外游记书写，实际上成为世界观念传播的最为重要的载体，一方面，记录、介绍和分析了西方世界的国家形态，另一方面，迫使"夷狄-天朝"不平等关系的破灭和倒置，

---

① ［美］施特劳斯：《现代性的三次浪潮》，丁耘译，贺照田编《西方现代性的曲折与展开》，长春：吉林人民出版社，2002，第 87 页。
② 朱平：《晚清域外游记中的观念演变》，《齐鲁学刊》2008 年第 6 期。

构成了对封建王朝体制最初的反思形态。同时，也从另一方面促发了对民族自尊和文化自觉意识的觉醒。晚清以降的游记成为西方文化和先进社会经验模式的记录者、引导者和宣传者，直接迫使清王朝的统治者和精英阶层开始破除华夏中心主义和西方文化"奇技淫巧"的幻想与误读，而采用更为开放的心态学习西方，走向世界。而任何关于空间的经验都会呈现为一种意识形态的表达结果，"空间不是一个非物质性的观念，而是种种文化现象、政治现象和心理现象的化身……在某种程度上，空间总是社会性的空间。空间的构造，以及体验空间、形成空间概念的方式，极大地塑造了个人生活和社会关系"。① 现代中国的作家，大多数都有旅外的人生经历，他们的旅外游记书写既是一次个体的体验，更代表着特殊的历史语境下，一种源自民族共同命运观照下的社会建构行为；既能在风格各异的异国情调中呈现出作家的个体品性，同时也可以说是一次现代中国的知识分子面对世界、思考未来、追问自我的集体书写，从而使得现代中国的旅行书写，在中国现代性的建构中，成为一个极具特色的部分。

　　1919 年以降，从朱自清、俞平伯、周作人、林语堂、冰心等等知识分子的游记文本中，我们既可以看到那种隐遁山林或者徜徉于云水之间的闲逸情怀，还可以看到作为一种都市文明产物的旅行生活方式的逍遥之道，当然，也能看到在这种闲适之趣与安享之乐之外，自我在民族危亡与社会文化转型突变语境中那种撕裂之痛与承担之重。由此，基于启蒙意义上的现代旅行，裹挟着个性和生活、闲适和承担、乐与逍遥和苦与疼痛之间的复杂意味。在他们的游记书写中，旅行对于日常生活的回归与出走，显示出现代中国知识分子对于传统文化压抑与社会禁锢的文化解放的努力，也显示出在意义危机与社会危机阴霾笼罩中对现代审美人格塑造的努力。

第一节　人的觉醒与游记散文的生活转向

　　人的觉醒，是现代性萌发的重要标志。"五四"新文化运动首当其冲的卓越业绩，正在于其对个体的解放、个性的解放。无论是鲁迅名之为"首在立人"②的开创性意义，还是胡适所谓这是"一场自觉地把个人从传统力量的束缚中解

---

① ［英］丹尼·卡瓦拉罗：《文化理论关键词》，张卫东等译，南京：江苏人民出版社，2005，第 180 页。

② 鲁迅：《文化偏至论》，《鲁迅全集》第 1 卷，北京：人民出版社，1973，第 54 页。

放出来的运动"，① 还是周作人"用这人道主义为本，对于人生诸问题加以研究的文字"的"人的文学"的所谓"个人主义的人间本位主义"② 的口号，都指向"五四"新文化运动的最鲜明的革命性历史地位。差异在于，这场撕裂传统、破旧立新的重塑国民、重造民族的运动对新的个人的理解各不相同，其现代性设计蓝图各有侧重，历史也赋予了这场文化运动色彩纷呈的意识形态力量，但有一点是共同的，那就是对现代生活的重新认知。普实克通过对中国"五四"新文学运动诸文艺思潮的考察，认为"人"的觉醒是现代中国文学的最大成就，只不过，在关于个人觉醒与解放的呼告中，我们更应当清醒地看到，个人、个性等等并非是孤立的存在，"现代人的个人主义的、革命的态度，取决于个人是否能透过笼罩在一切事物之上的传统的哲学和宗教信念的烟幕而看到生活的本来面目"。③

　　基于生活方式的角度来认知人的存在，是现代性的题中之义。查尔斯·泰勒认为西方启蒙运动铸造了一个现代性的主体，其内涵呈现为："'个人'被赋予一个具有深度的'自我'；日常生活的肯定；'自然'所体现的内在道德资源。"④ 在这一理解中，基于自我深度、日常生活以及对自然的道德观照而建构起来的西方现代主体，在反抗传统的进程中，充满了理性、世俗精神以及感性力量相混合的气质。而英国社会学家吉登斯更是直接地指出，现代性作为一种"后传统"的秩序，"'我将如何生活'的问题，必须在有关日常生活的琐事如吃穿行的决策中得到回答，并且必须在自我认同的暂时呈现中得到解释"。⑤ 日常生活形式成为与自我认同密切关联的问题。正是在这样的意义上，"五四"新文化运动的意义，并非在于空喊关于个人解放的口号，而在于不断地在历史给予的具体语境中试图完成对现代生活的设想。李欧梵这样把握中国现代性的品格："从 20 世纪初期开始的，是一种知识性的理论附加在其影响之下产生的对

①　胡适：《中国的文艺复兴》，载欧阳哲生编《中国的文艺复兴》，北京：外语教学与研究出版社，2001，第 181 页。

②　周作人：《人的文学》，《中国新文学大系·建设理论卷》，影印本，上海：上海文艺出版社，2003，第 196 页。

③　［捷］雅罗斯拉夫·普实克：《普实克中国现代文学论文集》，李燕乔译，长沙：湖南文艺出版社，1987，第 17 页。

④　Charles Taylor, *Sources of the Self: The Making of the Modern Identity* (Cambridge, Mass.: Harvard University Press, 1989), pp. ix-x.

⑤　［英］安东尼·吉登斯：《现代性与自我认同》，赵旭东译，上海：三联书店，1998，第 15 页。

于民族国家的想象，然后变成都市文化和对于现代生活的想象。"① 与民族国家想象的宏观叙事相比，现代生活的想象更具有贴近个人的微观意义。

区别于诗歌，在传达生活方式的意义上，现代散文显现出无可匹配的文体优势，在理论家们看来，散文"往往是作者对于实际生活中间所接触的真实事物、事件、人物，以及对四周的环境或自然景色所抒发的感情与思想的记录，是一种比较素静的和小巧的文学形式"。② 在"五四"新文化运动发起以来的第一个十年，如周作人、朱自清等人之盘算，散文成就远远胜于小说和诗歌。1935 年，赵家璧出版《中国新文学大系》时，散文以两卷结集入选。郁达夫在总结现代散文优于传统散文的特点时指出其最大魅力一方面在于"个人"的发现与个性的解放，另一方面在于"人性，社会性，与大自然的调和"。③ 林语堂认为现代散文的要诀在于"性灵"二字，"吾知此二字将启现代散文之绪，得之则生，不得则死"。④ 这也是现代散文成就个人笔调的基本。郁达夫的观点则将个人与个性延伸到社会生活中来，不割裂个人与社会的关系。

在郁达夫看来，传统的散文书写中，自然与人、人情与天下国家彼此不可兼及，作为一种"经国之大业、不朽之盛事"的文体，传统散文承载着过多社会性的宏大功能，而鲜见个性和人性，现代散文则逆转了这一状况，"作者处处不忘自我，也处处不忘自然与社会"，就算风花雪月式的抒情，"也总要点出人与人的关系，或人与社会的关系来，以抒怀抱，一粒沙里见世界，半瓣花上说人情，就是现代的散文特征之一"。⑤ 也就是说，现代散文的演进路径就是对个性与日常生活的双重回归，从生活中显现出人性、人品，从个性中显现出不同样态的生活。

文学内容的转变恰恰是文体转变的一个重要内容，对于新文学而言，"强调以具体、复杂的对象描写来表现细致、精密的思想感情……它不但要求新文学创作在文体表层结构上有一个全新的面貌，更重要的是在文体深层结构和物化

---

① 李欧梵、季进：《现代性的中国面孔：李欧梵、季进对谈录》，北京：人民日报出版社，2011，第 86 页。

② 葛琴：《略谈散文》，俞元桂主编《中国现代散文理论》，南宁：广西人民出版社，1984，第 138 页。

③ 郁达夫：《中国新文学大系·散文二集》，影印本，上海：上海文艺出版社，2003，导言，第 9 页。

④ 林语堂：《论文》，俞元桂主编《中国现代散文理论》，南宁：广西人民出版社，1984，第 58 页。

⑤ 郁达夫：《中国新文学大系·散文二集》，影印本，上海：上海文艺出版社，2003，导言，第 9 页。

机制上来一次质的飞跃，这是中国文学结构向现代转换的关键所在"。① 这也就要求新文学在情感表达、想象方式和描写方法等问题上进行相应的转变。在此意义上，胡梦华首次将对中国现代小品文有极大影响的英文称谓"Familiar essay"翻译为"絮语散文"。"絮语"既显现散文的个性上的随意与差异性，又显现出散文的一种日常性与平民性。胡梦华郑重提示："不要误会絮语散文是这样简单的，是这样平淡无奇的。它自有它文学上一定的美质……特质是个人的，一切都是从个人的主观发出、非正式的。"② "絮语"作为一种诠释现代散文文体的概念，既是形式上的，也是美学内涵意义上的，它颠覆和瓦解了传统散文宏大壮阔以及漂亮精致的文体诉求，③ 解放了传统散文的文化禁锢，让散文的书写回到了丰富、细碎以及复杂而俗常的生活中来，充满了对个体性灵和日常生活的看护，并以此以小见大，透过一孔来显现出整个社会关系和时代精神的深广意味。郁达夫正是以此为切入点，在总结现代中国新文学在内涵品格上的变迁轨迹时发现，现代文学"从一个新的角度而发现了自然，同时也就发现了个人；接着便是世界潮流的尽量地吸收，结果又发现了社会。而个人终不能遗世而独立，不能餐露以养生，人与社会，原有连带的关系，人与人类，也有休戚的因依的"。④

顺着现代散文的发展逻辑，区别于传统游记，现代游记的魅力在于对一个新环境或者一处陌生地方的游览和介入，更为要害之处在于，现代游记呈现出来的惊奇效果，并非一般意义上的自然景色和人物风情，"比起山光水色有时会给我们更新鲜的印象，更深刻的刺激，于是我们运用这些材料写成游记，便成为各地各式的'社会相'了"。⑤ 也就是说，从以自然风景为主转向以生活呈现

---

① 朱德发、张光芒：《五四文学文体新论》，《中国社会科学》1999 年第 5 期。

② 胡梦华：《絮语散文》，《小说月报》第 17 卷第 3 号，1926 年 3 月 10 日。

③ 当然，并不是说所有古代散文都以宏大和壮丽为美，钱锺书先生就曾指出："在魏晋六朝，骈体已成正统文字，却又生出一种文体来，不骈不散，亦骈亦散，不文不白，亦文亦白，不为声律对偶所拘，亦不有意求摆脱声律对偶，一种最自在，最萧闲的文体，即我所谓家常体，试看《世说新语》，试看魏晋六朝人的书信，像王右军的《杂帖》。"参见钱锺书：《近代散文钞》，《新月》第 4 卷第 7 期，1933 年 6 月 1 日。钱锺书在此意义上也点出古代随笔的家常与闲适意义。只不过，这种家常性，尽管区别于古代主流散文政治功用的特点，但和文化总体性崩溃、主体觉醒的现代语境中的家常与闲适相比，还是存在文化上和内涵上的差异。

④ 郁达夫：《中国新文学大系·散文二集》，影印本，上海：上海文艺出版社，2003，导言，第 10 页。

⑤ 举岱：《〈游记选〉题记》，俞元桂主编《中国现代散文理论》，南宁：广西人民出版社，1984，第 392 页。

的"社会相"为主，是现代游记散文超越传统游记在内容上的特点。举岱甚至提出对于一种生活方式的呈现，"好的游记，不在贪婪于景物的叙写而完全忘却了自己，最重要的，还是要写出自己在新的环境中，所得到新的观感，新的发现"。① 因此，在游记散文的书写中，旅行和旅游行为本身并非是生活的内容或者对象，而本身就是作为一种内蕴丰富的生活方式。"旅游本质上是一种生活方式，它是作为生活本体而存在的。所谓生活本体，指的是一个完整的生活系统。旅游并不与政治、经济、军事、宗教、艺术、哲学等并列，在旅游中，它包含了上述诸种生活内容在内的生活的全部的丰富性和复杂性。"② 现代游记散文的魅力正是这种基于人性觉醒和生活回归的写作意旨，来完成对现代生活方式的塑造，以及对现代社会文化的独特洞见。

　　在一些学者看来，旅游行为本身就应该从生活的意义上去定义。"旅游是现代社会中居民的一种短期的特殊的生活方式。这种生活方式的特点是：异地性、业余性和享受性。"③ 近代以来，国内交通设施建设逐渐有了可观的局面，酒店、旅馆等服务设施同样有了长足的进步，特别是 1927 年，中国第一家国有旅行社中国旅行社开办以来，国内的旅行事业获得了空前的发展，旅行成为一种生活的风尚，逐渐成为现代中国人生活的一部分。"很多远的地方没去过……现在想起来，还是手头的几卷旅行杂志，常常陪伴着我，闲来时展读一下，天下的名胜山水，世界各地的风土人情，一一在眼前映现着。它是一个游侣，又是一个向导，而最难得的，它能创造和激发最崇高，最优美的'旅行意义'。"④ 在此意义上，旅行既是一种生活方式，也是一种发现生活的方式。"旅行是人生最快乐不过的一种生活，也是人生最难长期享受的一回事情。"⑤

　　现代旅游文学正是一种反映旅游生活的文学。同时，区别于古代人隐逸、游荡的生活，旅游作为一种现代生活方式的特点在于，"其一，旅游是千百万人的社会生活，而古人隐逸只是少数人的活动；其二，旅游是独立的，它不依附于别的社会活动，……为了追求美的享受和新奇满足；其三，旅游是以游览为中心的综合生活方式，范围大大超出游山玩水。旅游文学就是这种新型的现代

---

① 举岱：《〈游记选〉题记》，俞元桂主编《中国现代散文理论》，南宁：广西人民出版社，1984，第 393 页。
② 陈涛：《旅游文学：现代的理论阐释》，《西南民族学院学报》2000 年第 1 期。
③ 于光远：《掌握旅游的基本特点，明确旅游业的基本任务》，《旅游时代》1986 年第 1 期。
④ 孙恩霖：《片段的回忆》，《旅行杂志》第 10 卷第 1 期，1936 年。
⑤ 郭锡麒：《中国亚洲第一步行团》，《旅行月刊》第 5 卷第 7 号，1931 年。

生活方式的产物"。① 在此意义上，旅行或者旅游作为一个现代性的产物而被认定，换言之，旅游之所以被称为一种现代生活方式的理由在于，它的大众性、平民性以及它基于都市文化背景下的休闲娱乐性。现代游记散文所呈现的，固然不可缺少对于自然山水的沉浸与游赏的传递，但在深层次上，基于以游的方式，来解放传统礼教束缚下的人性，突破传统伦理阈限下对人的空间上的绑定，来完成对一种以自由和愉悦的生活方式的塑造，在此意义上，现代游记散文获得了一种突破传统文化与社会禁锢的审美解放意义，它促使着以旅行作为一种审美形式来建构一种适合现代人的生活与生命。

第二节　闲适与承担：现代知识分子的悠游心态

　　旅游作为一种生活方式被看待时，更大意义上是被描述为一种休闲生活。休闲的最终旨趣"在于还原日常生活世界的诗性，通过去除日常生活世界的'平庸'而体验它的'神奇'"。② 在此意义上，休闲不是取消或者否定日常生活的方式，而是重新进入或者理解日常生活的方式。旅行作为一种休闲方式，力在改变人面对生活的态度，以顺向自然、适意而行的方式去获取主体精神的放松和心灵愉悦。旅行与休闲相关联，是出于"游"自古至今的文化本义。换言之，"游"，作为一种休闲方式，既有古典传统，又有现代精神内涵。

　　愉悦与自由一直都是"游"本有的精神含义。先贤有云，"游，不系也"（《庄子·外物》注）以及"游，乐也"（《吕氏春秋·贵直》注）等等，在中国传统文化的语境中，"休闲表达的是一种优游闲暇的存在方式和生命态度"。③我们可以看到，早在《诗经》中，先人即已记载"游"作为一种娱乐闲适的生活方式——"悠游"，如"有卷者阿，飘风自南。岂弟君子，来游来歌，以矢其音。伴奂尔游矣，优游尔休矣。岂弟君子，俾尔弥尔性，似先公酋矣"（《诗经·大雅·卷阿》），即尽述"悠游"之乐。而游也是一种驱遣忧伤、寻求快乐的途径。如"泛彼柏舟，亦泛其流。耿耿不寐，如有隐忧。微我无酒，以敖以游"（《诗经·邶风·柏舟》）。一生都在周游列国的孔子，同样对于"游"在生活中的重要性也有过深入的分析，"志于道，据于德，依于仁，游于艺"

---

① 夏林根：《旅游文学概论》，太原：山西教育出版社，2003，第34页。
② 赖勤芳编：《休闲美学读本》，北京：北京大学出版社，2011，第6~8页。
③ 张野：《中国文化语境下的休闲及相关概念的考察》，《旅游学刊》2013年第9期。

(《论语·述而》)，在他看来，游乐与人格境界的提升是一致的。儒家美学传统的"比德"意识，即强调游山玩水亲近自然这种旅行的实践与人的道德品格内化之间的契合关系。自然之美与人的品德之美，个体的情操与社会关系之间一起构成了互融关系。在游乐的过程中实现人生意义和社会价值。

庄子在《逍遥游》中，以大鹏"御风而行"来表达一种对不受约束和自由自适的"逍遥"生命状态的向往，他主张"若夫乘天地之正，而御六气之辩，以游无穷者，彼且恶乎待哉！故曰：至人无己，神人无功，圣人无名"（庄子《逍遥游》）。这是一种超离于世俗束缚的旅行方式。在庄子看来，休闲之游乐是一种绝妙的人生境界，"大知闲闲，小知间间。大言炎炎，小言詹詹"（庄子《齐物论》）。这种放下各种名执的观念对后世的影响颇大。在战乱频仍的魏晋时期，竹林七贤为守住个体的自由，纵情山水和酒乐，与世无争，"游目骋怀，足以极视听之娱"（王羲之《兰亭集序》），特别是嵇康那种"游山泽，观鱼鸟，心甚乐之，一行作吏，此事便废，安能舍其所乐，而从其所惧哉"（嵇康《与山巨源绝交书》）式的适居世外的人生选择，成为后人效仿对象。

台湾学者龚鹏程曾历数中国传统旅游的三种形态：一是以游为生活，"悠游"，即"吾与点也"式的"代表宽松和豫的生活方式"；二是以游为工具，治愈式的出游，借旅行来摆脱束缚，宣泄忧烦和愁郁；三是以游为价值，"超越世俗之遁思与遐心"，"有意慎勉而为的一种人生价值选择"。① 在《列子·仲尼篇》曾记载列御寇与其师壶丘子之间的交谈，几乎概括了中国传统文化对于游的境界的精神设定：

> 初，子列子好游。壶丘子曰："御寇好游，游何所好？"列子曰："游之乐所玩无故。人之游也，观其所见。我之游也，观其所变。游乎游乎！未有能辨其游者。"壶丘子曰："御寇之游，固与人同欤？而曰固与人异欤！凡所见亦恒见其变，玩彼物之无故，不知我亦无故。务外游，不知务内观。外游者求备于物；内观者取足于身。取足于身，游之至也。求备于物，游之不至也。"于是列子终身不出，自以为不知游。壶丘子曰："游其至乎！至游者不知所适，至观者不知所视。物物皆游矣，物物皆观矣，是我之所谓游，我之所谓观也。故曰：游其至矣乎！游其至矣乎！"（《列子·仲尼篇》）

---

① 龚鹏程：《游的精神文化史论》，石家庄：河北教育出版社，2001，第60页。

在壶丘子看来，有外观的游，也有内观的游，外观的快乐在于观看外界的事物以及它们变迁，而内观的游，在于精神自足，认识自我。而游乐之最高境界在于，"不知所至"和"不知所适"的"至游"。快乐的游，是自由自在的，无目的无功利的。

清代康熙年间，还有人专门陈述休闲之乐与旅行的条件关系，"文人达士，多喜言游。游，未易言也：无出尘之胸襟，不能赏会山水；无济胜之肢体，不能搜剔幽秘；无闲旷之岁月，不能称性逍遥；近游不广，浅游不奇，便游不畅，群游不久；自非置身物外，弃绝百事，而孤行其意，虽游犹弗游也"（清潘耒《徐霞客游记》序言）。这既是一个热爱游山玩水、足迹同样遍及五湖四海的旅行家对前朝的旅行家的敬仰，更是道出了悠游美学的绝妙法门，旅行之快悦，不过在于心态、身体以及时间这三条件齐备。

总之，"游"在中国文化传统里，充满了闲适、愉悦以及自由的品性。"'游'的意涵在中国文学中的生发首先具有伦理学维度。"[1] 这使得"游"既是提升人格内涵和生命品质的实践方式，也是知识分子内心皈依的人生信仰，所有这些过程，充满了生命的快适感。它释放了中国人内心的世俗欲求，这一放松，并非是降低，而是一种自我人格的提升，"把闲适作为一种欲望方式来看待。闲适欲望浸透着中国人对完满人性的理解和预设，体现了一种从容不迫的生活态度、修身养性的个人选择以及自我满足的人生状态"。[2] 强调"游"的快乐闲适维度，既是通过对自然万物的欣赏、对人生百态世俗常情的端详来完成人格气质的内在修炼，也是在一种人与自然、生活、社会之间的互动中，完成对心灵的大自由、个性的大释放的绝佳路径。而这，对现代中国知识分子的旅行行为和现代游记散文书写方式的影响，也是极大极深的。

一些旅游学者基于快乐的根本性目的这样定义了旅游的内涵，"旅游是个人以前往异地寻求愉悦为主要目的而度过的一种具有社会、休闲和消费属性的短暂经历"。[3] 这是一种基于日常生活的理想表达，将内心的愉悦作为沟通生活各个方面的方式，既是对现实生活的补偿，也是对理想生活方式的期待。再比如秦理斋对于莫干山的向往，莫干山距杭州一百余里，坐汽车也有两小时，距上海四百余里，要十余小时，但是这个偏离城市的名胜，却成为游人络绎不绝奔赴的去处。因为此处和城市相比，"气候凉爽，盛夏最热时，不过华氏表八十余

---

① ［新加坡］孔新人：《"游记"的历史分型》，《中国文学研究》2007年第3期。
② 刘小平：《二十世纪中国文学的闲适欲望话语及其精神特质》，《阜阳师范学院学报》2006年第6期。
③ 谢彦君：《基础旅游学》，北京：中国旅游出版社，2004，第1页。

度，早晚常在七十度以下"，特别是，"山中多竹与泉，到处绿竹漪漪，清流涓涓，凉爽青翠，复绝尘寰"，所以成为华东地区人们避暑的首选之地，"岁往僦居者不下数百家，游历者恒数千人，间有终岁居山不去者"。① 秦理斋在此既点出了民国旅行之风在苏浙地区的盛行，更点出了旅行是一种奔向异地的休闲。

在现代中国的大变局中，传统的乡土伦理受到极强的冲击，地缘和血缘对人身体的束缚在松动，旅行逐渐成为一种寻找新生活和享受新生活的社会流动。在这一过程中，异地的风景，以及别处的生活，不断丰富旅行者的生命体验和生活想象。现代游记散文呈现了知识分子对一种理想生活的想象图景，甚至纯粹到这样一种愉悦和趣味本身，因为在一些旅行者看来，愉悦与趣味本身就是生活的一部分，"我喜欢旅行，可是我的旅行并没有什么目的，仅仅因为趣味的追求而已。旅行的趣味决不是简单的笔墨所能形容，而且各人有各人的心绪，各人有各人的感觉。很多人不辞长途的跋涉，寒暑的催迫，绕着地球步行；很多人冒着生命的危险，费了大宗的金钱，攀登最高的山峰，也都是为了趣味的追求"。②

现代交通工具的发展和旅游服务设施的建设，逐渐提升了旅行在物质条件上的舒适度，这使得现代知识分子能够在更为便捷和轻松的条件下游山玩水，品味异地的生活。时人时常对这样一种快悦的现代旅行表达由衷的赞叹，"龙华道上，于软风斜照中，坐油碧之车，绝芳尘而驰者，尽游侣也"。"游春者视汽车为良友。""于游目骋怀之际，连想机械之作用，倏息长途，则不得不拜汽车之赐。"③ "旅游从本质上与休闲没有任何区别，旅游是那些发生在异地的休闲。"④ "充分展示现代知识分子在徜徉自然山水、游览国内外文化长廊、行走于人世间时，那自由不拘的精神放逸，个性凸显的兴会情味，艺术营构的相异旨趣。"⑤ 正是在这一意义上，我们看到了郁达夫的旷达、周作人的恬淡、俞平伯的庄雅、朱自清的俊逸、冰心的淳净等等，这些无不是通过一种悠然愉悦的旅行过程来展示对生活的把握。比如徐志摩站在泰山之巅，悠然只觉得，"我身体无限的长大，脚下的山峦比例我的身量只是一块拳石；这巨人披着散发，长发在风里像一面黑色的大旗，飒飒地在飘荡。这巨人竖立在大地的顶尖上，仰

① 秦理斋：《莫干山游程》，《旅行杂志》第 4 卷第 7 号，1930 年。
② 徐京：《生平江湖之趣味》，《旅行杂志》第 8 卷，1934 年。
③ 《春游与汽车》，《申报》1924 年 4 月 19 日。
④ 李仲广：《休闲比较视野下的旅游》，《旅游学刊》2006 年第 9 期。
⑤ 李一鸣：《中国现代游记散文整体性研究》，济南：山东人民出版社，2013，第 231 页。

面向着东方，平拓着一双长臂，在盼望，在迎接，在催促，在默默地叫唤"。①
旅行中的这种生命的愉悦感，实际上延续了传统知识分子以自然山水来比照人
的生命情状和精神形态的方式，通过对风景的描述，来显现个人个性意愿和
志趣。

　　而俞平伯在其名作《芝田留梦记》中，情不自禁地沉浸于杭州西湖的静谧
与逍遥中，"阴沉沉的天色，仿佛在吴苑西桥旁的旧居里。积雨初收，万象是十
分的恬静，只浓酣的白云凝滞不飞，催着新雨来哩。萧寥而明瑟，明瑟而兼荒
寒的一片场圃中，有菜畦，晚菘是怎样漂亮的；又有花径，秋菊是怎样憔悴的。
环圃曲墙上的蛎粉大半剥落了。离墙四五尺多，离地植着黄褐的梧桐，紫的柏
丹的枫，及其他的杂树"。② 此山此水，在俞平伯的笔下，不是世外的仙境，而
是以居庐、场圃、菜畦、花径、曲墙和梧桐等这些日常化的景致，来呈现对一
种生活无功利和无压力的清浅的喜爱与享受，以表达对闲逸、放松、自然的生
命态度的追求。

　　现代中国知识分子对传统士大夫文人悠游精神的继承是显而易见的。作为
从传统向现代转型的一代人，基于传统文化的熏染，以及来自传统家庭方面的
原因，使得他们在内在气质、志趣上无法与传统文化精神相断裂。在评论家看
来，他们不过是失落的贵族："往日借封建社会之掩护，士大夫居于治人阶级，
威严显赫，盖于全国。今日呢，则降为资本主义之附庸。'旧时王谢堂前燕，飞
入寻常百姓家'，往昔名，于今安在。"③ 特别是在民国这一迷局乱世中，一些
知识分子为了守护内心的自由、快适与性灵的纯净，而选择以隐逸的方式，藏
身于山川寺宇之中，躲避战火，躲避纷扰的政治争斗。比如，被《旅行杂志》
称为"第一旅行家"的蒋叔南，1920 和 1930 年代足迹遍布全国，最终选择隐居
福建雁荡山，自命为"雁荡山主人"，在他的《雁荡山人旅行日记》中用含情
而超脱的笔调述写着他的隐遁生活和每天的旅行足迹，"湖的情趣，比较游山格
外，因为湖上泛舟，俯仰自得，天是那样高，山是那样远，烟水迷茫，一望无
尽，这其中，有淡泊宁静的意境"。④ 全然一种道家与世隔绝般的淡泊与快意
逍遥。

---

① 徐志摩：《泰山日出》，《徐志摩散文集》，北京：西苑出版社，2006，第 16 页。

② 俞平伯：《芝田留梦记》，《俞平伯散文选集》，上海：上海文艺出版社，1983，第 82
　页。

③ 伯韩：《由雅人小品到俗人小品》，俞元桂主编《中国现代散文理论》，南宁：广西人民
　出版社，1984，第 80 页。

④ 蒋叔南：《我所爱游的名湖》，《旅行杂志》第 15 卷第 1 号，1941 年。

我们注意到，1920、1930 年代主张"闲适"的知识分子，大多来自江浙较为富庶且较早开放的地区。一方面江南的山水美景滋养了他们对自然的爱，"若夫正在临游，每生愉快者，如余渴饮飞瀑，饥餐黄精，疲对青天而眠，健向冈尖而上，万山皆余子孙，百川尽若衣带，旷然悠然，几不知天地为何物也"。①这样的旅行，是一种与自然之间的宁馨对话。另一方面，衣食无忧的家庭背景和优渥的物质条件，以及传统的家庭教养，培养了他们对闲适生活的享受方式。他们也是最早跨出国门，见识到西方文明的先进优越之处的一批人，在他们的生活世界里，更容易将传统士大夫那种花鸟虫鱼琴棋书画茶酒和西方城市文明中的街道、咖啡馆等观照于一个世界，有人认为这是一种"将传统文人的'名士风'与现代西方的享乐主义相结合"② 的人生价值观。只不过，这种以享乐为表现形式的士大夫志趣并非只导向一种以"隐逸"为特点的生活方式，换言之，隐逸并非中国闲适美学的唯一人生选择。

在现代中国以"闲适"著称的当属林语堂。林语堂的《生活的艺术》堪称现代中国"闲适美学"的法典，在这本书中，作者详尽叙述了一个新与旧、东方与西方、战祸与和平之间的知识分子对一种平淡而自得其乐的生活方式的想象。林语堂本人出身基督教家庭，身体健壮，性情达观，幽默儒雅，生活爱好又十分广泛，自称"乐天"，既追求动的休闲方式，比如远足、钓鱼、跑马、打高尔夫球，也爱好静的休闲方式，比如饮茶、吸烟斗、下棋、书画、弹琴等等，对传统文人所好的养花养鸟也乐在其中，常常衔烟斗夜钓于月朗星稀的野外，漫步于晨曦微露的早晨和雨后的林间，他嗜爱旅行，特别喜欢游到哪儿玩赏到哪儿的享受式的旅行，足迹遍布英、美、德、法以及智利、巴西、新加坡等欧洲、南北美洲和东南亚诸地。他是一个"闲适"的理论派，也是"闲适"的实践派。他所谓的"闲适"主张，追求"亲切和漫不经心的格调"，以达到"遇见知己，开敞胸怀"的目的，在尽情而来、率性而为、尽欢而散的状态中释放自我，他是 1930 年代小品文的集大成者，他将小品文视为"在人生途上小憩谈天，意本闲适，故亦容易谈出人生味道来"。③ 他也是"闲谈""絮语"以及后来的"幽默"之风的倡导者，他主张文学应当是将个人的品性融入日常生活的细碎与随意中来，"在风雨之夕围炉谈天，善拉扯，带感情，亦庄亦谐，深入浅

---

① 徐云石：《旅程处处》，《旅行杂志》第 9 卷第 1 号，1935 年。
② 张岚：《论中国新文学"闲适"散文的成因与流变》，《求索》1999 年第 1 期。
③ 林语堂：《又与陶亢德书》，庄钟庆编《论语派作品选》，北京：人民文学出版社，1995，第 197 页。

出，读其文如闻其声，听其语如见其人"。①

　　林语堂的这种生活化的闲适主张，在很多人看来，是一种"有闲阶级"的生活方式，"新的有闲阶级的小康之家，大大地繁荣起来，他们需要这种消遣的文字。而作家们要创作一种给人家消遣的文字，顶好是从一种比较悠闲的生活中，用消遣的态度写出来"。② 但是，这种"消遣"式的旅行和生活表达，并非就是传统文人的翻版。林语堂本人十分拒斥传统士大夫文人的矫饰与繁缛，无论他的旅行，还是他对文学的追求，他都拒绝外在压力对于生命的束缚与操控，拒绝一切以政治为目的的载道书写，对心灵放松与个性自由的守护，使得他更属目于"闲逸的观察"中，"心灵的光辉与智慧的丰富"，在他看来，无论外在的意识形态来自传统，还是来自当下，都是与闲适相违背的，都是不可以被接纳的，"无所挂碍，不作滥调，不扭捏作道学丑学，不求士大夫之喜誉，不博庸人之欢心"。③ 林语堂的这种闲适，一方面，是对没有进入传统文人文学书写范围的俗常生活细节的回归，另一方面，尽管他无限地拓宽散文的写作范围，谈天说地，家长里短，可以"畅谈衷情""摹绘人情""形容世故""札记琐屑"，海阔天空，但是，核心在于"以自我为中心，以闲适为格调"，④ 换言之，林语堂"闲适"之现代性品格在于，他对个性自我的看护。

　　"五四"以降，以闲适与愉悦的方式展开的旅行生活与游记书写，既承载了传统文人在山水之间浇灌胸中块垒、挥洒高洁人格的方式，又不等同于那种在历史的暗角与政治的旋涡面前退避和隐匿，现代中国的闲适是一种生命的主动选择和正面追求，这些悠游的知识分子心中，旅行的闲适是一种对人生价值和理想目标的实现方式。另外，正如庄子在《刻意》中批判"山谷之士"的"刻意尚行，离世异俗，高论怨诽，为亢而已矣"，批判"江海之士"的"就薮泽，处闲旷，钓鱼闲处，无为而已矣"，而提倡"若夫不刻意而高，无仁义而修，无功名而治，无江海而闲，不道引而寿，无不忘也，无不有也。澹然无极而众美从之。此天地之道，圣人之德也"（庄子《刻意》）。也就是说，这样一种闲适和悠游的心态，并非以放弃世俗生活为代价，这一精神在林语堂、周作人为代表的"闲适"旅行书写中得到继承。换言之，在他们笔下，旅行中的闲适，是

---

　　① 林语堂：《小品文之遗绪》，《人间世》第 22 期，1935 年 2 月 20 日。
　　② 伯韩：《由雅人小品到俗人小品》，俞元桂主编《中国现代散文理论》，南宁：广西人民出版社，1984，第 97 页。
　　③ 林语堂：《林语堂文集》第 9 卷，北京：作家出版社，1998，第 67 页。
　　④ 林语堂：《人间世》发刊词，俞元桂主编《中国现代散文理论》，南宁：广西人民出版社，1984，第 64 页。

一种对理想生活的现实亲近。

更为重要的是，现代中国的闲适美学区别于古典的闲适的地方在于，表面的平和与安逸、优雅与淡然、细微而不宏大、浪漫而不激烈的文学风格和人生态度之外，更呈现为个体的觉醒，是一种关于个人话语的宣扬，在此意义上，林语堂、周作人、梁实秋等人的闲适，就构成了"现代性"话语的一部分，也正是这一现代性的牵引和导向，现代知识分子才能够在现实生活的细碎之处找到一种被传统文化掩盖、压抑的"欲望"表达。所以，在这些知识分子的旅行书写中，处处充满了对传统禁锢式的生活的批判与调侃，以此来呼唤和照见一个独立而自由的自我。

正是在此意义上，有人认为"五四"以降的闲适，"从不是消费的产品，也不是优雅的文人消遣之品，而是'现代性'话语的一个不可或缺的部分，是知识分子的启蒙欲望和'代言'欲望的一种表征"。① 也只有在这个意义上，我们才能理解郁达夫为何认为"五四"新文学中的以闲适为基调的小品文，源自西方以蒙田为代表的英国的 Essay。② 也才能理解周作人将现代闲适与晚明的小品对应起来，"我们读明清有些名士派的文章，觉得与现代文的情趣几乎一致，思想上固然难免有若干距离，但如明人所表示的对于礼法的反动则又很有现代的气息了"。③ 因为明代小品文正是在祛除礼教对个人的矫饰和守护性灵的自然这一维度上，契合了现代闲适美学的精神。

普实克十分认可传统文人的志趣对于现代中国文学的建设性意义，他认为"中国现代文学在新的形式和主题层面，在不同的背景下继承和发扬了古人的传统，即'受过教育的中国统治阶级的文学传统'"。④ 只不过，这样一种现代性的抒情演绎，充满了对个体的塑造和对文化禁锢的反抗，以此为基调的旅行，发挥着一种文化解放和审美建构的功能，正如西方学者认为的那样，现代的休闲并非就是一种闲散、无用的行为，也不仅仅只是意味个人无目的地自由支配，因为"失去目标的自由会具有毁灭性的力量"，而"休闲如果真的要成为休闲的话，那么，它将人的目的体现于其中。所以，我们应该相信休闲，因为唯有在

---

① 张颐武：《闲适文化潮批判》，《文艺争鸣》1993 年第 5 期。
② 郁达夫认为："中国所最发达也最有成绩的笔记在性质和趣味上，与英国的 Essay 很有气脉相通的地方……故而英国散文的影响，在我们的知识阶级中间，是再过十年二十年也决不会消失的一种根固的潜势力。"见郁达夫：《中国新文学大系·散文二集》，影印本，上海：上海文艺出版社，2003，导言，第 6 页。
③ 周作人：《苦雨斋序跋文》，石家庄：河北教育出版社，2002，第 114 页。
④ ［捷］雅罗斯拉夫·普实克：《普实克中国现代文学论文集》，李燕乔译，长沙：湖南文艺出版社，1987，第 10 页。

休闲之中，人类的目的方能得以展现"。①

只不过，在 1930 年代战争风云激变、国内政局风起云涌的语境中，林语堂等人的闲适美学与当时文艺介入政治和社会问题的功利主义文学观存在距离，因此，在左翼文学家看来，"闲适"标举"个人笔调"与"性灵"是一种避世主义，"闲适"所倡导的"'自由意志'的肥皂泡一经戳破，原来倒是几根无形的环境的线在那里牵弄，主观超然的性灵客观上不过是清客的身份"，② 进而，茅盾撰文《关于小品文》，主张小品文的美学诉求必须转变，以服务于新的历史责任，"应该创造新的小品文，使得小品文摆脱名士气味，成为新时代的工具"。③ 这种对闲适的批判符合当时社会对文学的意识形态的询唤，但是，不能以此否认主张闲适的林语堂等知识分子政治意识的缺失。在大革命之前，林语堂本人是十分热衷于政治活动的，大革命中甚至奔赴武汉出任革命外交部的英语秘书，只不过大革命的失败，让他对政党政治失望透顶，用他个人的话说，就是"我们无心隐居，而迫成隐士"。④ 林语堂高举"闲适"大旗帜，在自由旅行与逍遥生活之中主张"性灵"文学，但是，这只不过是他寻求文学艺术去政治化，保留文学自律的一种美学策略，对于他本人来说，他的政治主张更倾向于一种既区别于国民党专制主义也区别于共产主义的社会理想，这也使得他在1930、1940 年代饱受政治左右阵营的批判。

第三节　日常生活的阈限与超越：现代旅行的仪式意义

正是因为林语堂所倡导的"闲适"美学是以对日常生活的细节亲近特别是以个人的情感、性格、志趣和思想为立足点，他的"闲适"美学成为现代审美主义话语中极其重要的一支，成为现代中国审美人格的塑造过程中极为鲜明的一个方案。对于林语堂本人来说，基于他本人热衷旅行和赏玩的个性，他甚至将"放浪者"作为现代理想人格的范本，在他看来，"我对人类尊严的信仰，实是在于我相信人类是世上最伟大的放浪者。人类的尊严应和放浪者的理想发生

① ［美］托马斯·古德尔、杰弗瑞·戈比：《人类思想史中的休闲》，成素梅等译，昆明：云南人民出版社，2000，第 282 页。
② 茅盾：《小品文和运气》，《茅盾全集》第 20 卷，北京：人民文学出版社，1987，第 104 页。
③ 茅盾：《关于小品文》，《茅盾全集》第 20 卷，北京：人民文学出版社，第 107 页。
④ 林语堂：《〈论语〉半月刊创刊缘起》，《论语》第 1 期，1932 年 9 月 16 日。

联系"。所谓"放浪者"的特征就是与"服从纪律、受统驭的兵士"完全绝缘，是自由、独立与不受任何羁缚的，"放浪者也许是人类中最显赫最伟大的典型，正如兵士也许是人类中最卑劣的典型一样"。① 这样一种不受羁绊与外力掌控的自由个性与闲适生活方式，正是自我主体觉醒的表征。换言之，在建构健全的民族品格的维度上，"闲适"是另一种形式的社会承担，只不过不像介入社会矛盾与民族危亡之命运那样直接罢了。

对于旅行行为来说，基于闲适与愉悦的出走活动，从某种意义上，既是对一种被以民族为主流话语的意识形态所压抑和被宰割的个体的出离，同时，也是对一种惯常化、模式化的日常生活的解放，其共同之处就在于暂时地释放个体生命的快感。龚鹏程认为，以《楚辞·远游》为代表，中国传统知识分子向来以远游来表达自我转化的历程意义，而远游所表达的精神主题莫过于通过"游"挣脱出现实。也就是，"对生存此世之不信任，而欲追求真正的生命。游的意义便在于是"。而那些寄情山水和寄梦于仙的旅行都是理想世界在人间的展现，"远游之旨，即在转化世俗生命，以成为永生之存有者"，② 是一种"放弃了努力争取"的生存论话语。

对于现代旅行来说，一次日常生活中随意的出行，往往具备一种仪式性的功能，它使得人们通过旅行来优化生命体验。人类学家范热内普最先使用了"边缘仪式"（又称"过渡仪式"）的概念来解释人类日常生活中存在的过渡行为，即伴随年龄、地域、状态以及社会地位等方面的变化过程，这种日常生活的仪式带给人"分离、阈限、聚合"三个程序。"凡是通过此地域去另一地域者都会感到从身体上与巫术-宗教意义上在相当长时间里处于一种特别境地：他游移于两个世界之间。"③ 范热内普将这一境地命名为"阈限"状态。如果说"分离"代表的是人最初处在的状态以及对这一固有状态的出离，那么，在"阈限"中，仪式主体处于过渡状态，也就是一种无所附着的自由与游离的不确定状态，而在"聚合"中进入稳定状态，并被寄予一定的理想标准。赵旭东引用英国人类学家霍卡特的观点，认为"仪式是'一种保护生命的技术'，但是这种对生命的保护技术又是离不开他人的存在而存在，……仪式不仅仅是一种生命的追求，

---

① 林语堂：《生活的艺术》，北京：作家出版社，1996，第 13 页。
② 龚鹏程：《游的文化精神史论》，石家庄：河北教育出版社，2001，第 157 页。
③ ［法］阿诺尔德·范热内普：《过渡礼仪》，张举文译，北京：商务印书馆，2010，第 1 页。

还是一种社会的追求"。① 换言之，仪式是一种关于身份、角色、生命体验与社会价值的提升与再生的社会行为。

旅行在某种意义上就是一种社会仪式，特别是以闲适与愉悦为诉求的旅行行为。换言之，现代旅行的意义也在于，创造一种可能的"阈限"状态，来暂时释放日常生活、社会文化以及意识形态的种种束缚，以释放内心，最终达到一种更新的状态，以复苏麻木的性灵和僵化的生活模式。"生命的通过礼仪表现为'阈限'的阶段性通过，经过一个周期性过程，达到一个新的周期性整合，生命方可得以持续。"② 这是旅行的一个重要的现代性意义，即创造一种"阈限"的自由以解放原有文化生活语境对于个体生命的压抑，以此达到一种"更新"状态和"再生"境界。1940 年代，黄嘉音还从心理学的心理解释旅行对于日常生活的意义，"旅行是合乎心理卫生之道的"。那就是通过旅行，"不断地发展多方面的趣味，以活的智识增加人生乐趣，精神上的调剂及恢复，身体、心智与精神的锻炼，了解自己了解别人，过最合理的生活"。③ 在旅行过程中能获得赏心悦目、心身舒泰、恢复精神的效果，毫无疑问，在此，旅行成为一种生命的自我更新方式。

青年才子梁遇春极其喜爱旅行，包括一切出离于日常生活之外的行走，他自谓"我是个最喜欢在十丈红尘里奔走道路的人。我现在每天在路上的时间差不多总在两点钟以上，这是已经有好几月了，我却一点也不生厌，天天走上电车，老是好像开始蜜月旅行一样"。在他看来，旅行生活对于个体的意义无异于一种仪式带给人的自由释放与生命提升。"只有路途中，尤其走熟了的长路，在未到目的地以前，我们的方寸是悠然的，不专注于一物，却是无所不留神的，在匆匆忙忙的一生里，我们此时才得好好地看一看人生的真况。"这种自由释放与生命提升的要义就在于，旅行过程中人们比较容易放下各自的社会面具，和真实的自我相面对。而一旦旅行结束，个人所获得的欢乐是加倍的。"重上火车，我的心好似去了重担。当我再继续过着我通常的机械生活，天天自由地东瞧西看，再也不怕受了舟子、车夫、游侣的责备，再也没有什么应该非看不可的东西，我真快乐得几乎发狂。"④

郁达夫 1930 年代久居苏杭，对杭州人的生活有着十分透彻的理解。在他看

---

① 赵旭东：《文化的表达：人类学的视野》，北京：中国人民大学出版社，2009，第192页。
② 彭兆荣：《人类学仪式的理论与实践》，北京：民族出版社，2007，第357页。
③ 黄嘉音：《旅行——心理卫生之道》，《旅行杂志》第15卷第1号，1942年。
④ 梁遇春：《春醪集》，上海：东方出版社，1995，第203页。

来，旅行风气在民国江浙地区是十分兴盛的，好热闹好休闲的杭州人"甚至于四时的游逛，都列在仪式之内，到了时候，若不去一定的地方走一遭，仿佛是犯了什么大罪，生怕被人家看不起似的"。郁达夫甚至找到明朝高濂的《四时幽赏录》，上面介绍杭州人的四时旅行休闲的固定内容：

一、春时幽赏：孤山月下看梅花，八卦田看菜花，虎跑泉试新茶，西溪楼啖煨笋，保俶塔看晓山，苏堤看桃花，等等。

二、夏时幽赏：苏堤看新绿，三生石谈月，飞来洞避暑，湖心亭采莼，等等。

三、秋时幽赏：满家弄赏桂花，胜果寺望月，水乐洞雨后听泉，六和塔夜玩风潮，等等。

四、冬时幽赏：三茅山顶望江天雪霁，西溪道中玩雪，雪后镇海楼观晚炊，除夕登吴山看松盆，等等。①

旅行对于社会生活与意识形态约束的突破，让人处于一种休憩与娱乐的放松状态，在人类学的意义上，它使得人能进入一个充满"阈限"的仪式中，让人感到那种"'时间之内或时间之外的片刻'，以及世俗的社会结构之内或之外的存在"。② 旅行是对日常生活环境的脱离，也是对一种习惯的社会关系的解放，"旅行的喜悦就是这种被解放的喜悦。即使不是为了寻求解放而特意进行的旅行，在旅行中，人们也会或多或少地体味到一种解放感"。③

1930 年代为生计而不断漂泊的艾芜，饱经世态炎凉，饱尝社会疾苦之外，也有以闲适为乐的旅行记忆，他曾在《夏天的旅行》这样描述旅行对于日常生活的解放意义，"夏天的早上，住厌了都市的人，单是在火车里，看见了着薄雾的青色秧田，开着柠檬色小花的棉地和门前系着一两条黑色水牛的人家，已够心情爽朗了，何况在终点地方，欣欣迎人的，有点缀着海面的茶褐色的风帆和掠人衣袂的湿润海风呢"。因此他主张，"旅行，是娱乐，尤其在夏天，这娱乐，应该普及到一切家的人们"。他还十分认同日本自由主义政治家鹤见祐辅对旅行

① 郁达夫：《杭州》，《郁达夫全集》第 4 卷，杭州：浙江大学出版社，2007，第 91~92 页。

② ［英］特纳：《仪式过程：结构与反结构》，黄剑波等译，北京：中国人民大学出版社，2006，第 96 页。

③ ［日］三木清：《论旅行》，赖勤芳编《休闲美学读本》，北京：北京大学出版社，2011，第 25 页。

的看法，"太阳将几百天以来，所储蓄一切精力，摔在大地上。在这天和地的惨淡的战争中，人类当然不会独独震恐而退缩的。大抵的人，便跳出了讨厌透顶的自己的家，扑到大自然的怀里去。这就是旅行"。在此，与其说旅行是对日常生活的一种补偿，毋宁说是对个体在日常生活中的固定角色模式的调剂。

另一位主张"闲适"和"幽默"的文学家梁实秋，曾专门论述过旅行与日常生活的关系，他认为人们是不可能离开日常生活的固定模式的，也就是说，生活的愉悦依然要通过生活本身而不是生活之外来获取，"'大隐藏人海'，我们不是大隐，在人海里藏不住"。只不过，日常生活会消磨掉人的灵性，僵化人的自我意识，"成年的圈在四合房里，不必仰屋就要兴叹，……家里面所能看见的那一块青天，只有那么一大块。取之不尽用之不竭的清风明月，在家里都不能充分享用，要放风筝需要举着竹竿爬上房脊，……走在街上，熙熙攘攘，磕头碰脑的不是人面兽，就是可怜虫"。因此，无论在空间还是时间上，是物理上还是心理上，日常生活的惰性会拘囿个体的个性，让人沉沦为一种无甚新鲜感和无目标的俗物。于是，"我们虽无勇气披发入山，至少为什么不带着一把牙刷捆起铺盖出去旅行几天呢？在旅行中，少不了风吹雨打，然后倦飞知还，觉得'在家千日好，出门一时难'，这样便可以把那不可容忍的家变成为暂时可以容忍的了。下次忍耐不住的时候，再出去旅行一次"（《旅行》）。

端木蕻良在他的名篇《香山碧云寺漫记》写到偶然的旅行对于日常生活所带来的"奇异的喜悦"的意义："城市里的居民是不能常常看见山的，但是，住在首都的人便会有这种幸福，倘你路过西郊，猛然向西一望，你便会经历一种奇异的喜悦，好像地平线上突地涌现了一带蓝烟，浮在上面的绿树，也几乎是历历可数。"①

从某种意义上说，基于闲适、愉悦、有趣的旅行活动，一方面解放了社会主流话语与固定生活模式对于个性的抑制，以促使个体在生活的惯常节奏中不失去对生活的感性体验，这也是现代旅行的审美解放意义。这也是林语堂、梁实秋等人热衷于日常生活的细节，同时又能在旅行的闲散中以一定的距离来调侃、讽刺、娱乐日常生活的某些方式，旅行在此保护的恰恰是个体生命的灵动、自然和自由。另一方面，旅行之于日常生活的仪式功能，在创造的"阈限"状态中，让生命进入一种不受束缚的理想状态，同时"通过仪式的阈限时期……作为社会的成员，我们大多数人只能看到我们期望看到的东西，而我们期望看

---

① 端木蕻良：《香山碧云寺漫记》，《端木蕻良作品新编》，北京：人民文学出版社，2010，第45页。

到的东西，在我们学会了我们文化的规定和分类之后，就是我们习惯上看到的东西"。① 在这样一种仪式结构中，旅行最终提升了个体日常生活的愉悦体验，让个体经过旅行的抵达，超越了固有的生活观念，遇见生命的理想形式，由此以一种放松和自由的心态重返日常生活，在一种与生活保持适度张力的关系中，更新自我的生命状态。这是主张"闲适"美学的知识分子建构现代审美人格的理想设计和实践路径。

---

① ［英］特纳：《象征之林》，赵玉燕、欧阳敏等译，北京：商务印书馆，2006，第 95 页。

第四章

世界意识与游记散文中的异国情调

无论何种形式的旅行都指向对空间与时间的跨越，同时也意味一种区别于家园以及熟悉地点环境的经历的发生。在这一过程中，与他者相遇，与另一种景观、文化相碰撞，是旅行不可缺少的跨文化经验。台湾文化学者廖炳惠基于文化交往的角度，认为旅行过程会存在"'能'与'不能动'的政治经济"。从旅行主体的文化经验出发，他所认为的"不能动"的形态是"个人在旅行中，往往会将其他文化作刻板的再现，或以距离来重新想象，以回返自己的家园"。在这一旅行形态中，旅行者基于强势的文化本位意识，来同构所经历的异域文化景观，以保全或守卫自我的文化意识，当然，其中也包括文化霸权对弱势文化的统摄与管辖。而在"能动"的形态上，"因为人到了异地，会因为外在的景观而形成时空上文化差异的感受，对于异地、异国情调与当地的风土人情，产生吸收或自我改造的过程，甚至进一步对自己的文化产生恋旧，或对异地以反征服的方式保留现状"。[1] 这样一种所谓的"能动"实际上指向文化交流和文化互动，意味着旅行者所携带的文化经验和旅游地所蕴藏的文化经验之间的交互与融合作用。"能动"的旅行强调一种平等开放意义上的文化观念。不管怎样，在跨文化的视域中，旅行不再是简单的物理位移，而是一次与他者之间的对话活动，一种异域空间的生产行为，或者也是一种对自我身份的重新认定方式。

晚清以降，中国封闭的国门被欧风美雨冲破，传统意义上"天下之中心"的地理观、政治观和文化观被瓦解，觉醒过来的中国人开始意识到，中国只是世界的一部分，无论从国家、民族和文明的意义上，中国都只是万中之其一。列文森所言，"近代中国思想史的大部分时期，是一个使'天下'成为'国家'的过程"。[2] 包括统治阶级在内的越来越多的中国人逐渐明白，以万邦来朝的

---

[1] 廖炳惠：《关键词 200：文学与批评研究的通用词汇编》，南京：江苏教育出版社，2006，第 254 页。

[2] ［美］列文森：《儒教中国及其现代命运》，郑大华等译，桂林：广西师范大学出版社，2000，第 84 页。

"天朝"姿态居高临下地看待其他民族（以夷狄戎蛮命名）是虚妄的，只有真正地以一个国家的姿态纳入现代世界体系中，以本国的方式看待世界中的异国，才是现代中国的存亡之道。这一点在梁启超的政治思想中早有显现："夫国也者，何物也？有土地，有人民，以居于其土地之人民，而治其所居之土地之事，自制法律而守之；有主权，有服从，人人皆有主权者，人人皆服从者。夫如是，斯谓之完全成立之国。地球上之有完全成立之国也，自百年以来也。"① 在梁启超的理解中，现代国家是一种与主权、私有财产以及相关治理体系紧密依托的政治存在，中国作为一个朝代国家已经衰亡殆尽，而作为一个现代国家，正值"少年"。现代国家意识的觉醒，与对异国的认识和现代世界体系的理解分不开。"异国"无论作为一个政治概念还是文化概念，对于晚清以降的知识分子来说，伴随着对外交往和来自官方、民间的旅行活动的加剧，逐渐深入人心。

晚清以降，中国知识分子对欧美、日本、南洋等地旅行逐渐蔚然成风，学习西方社会先进的制度模式、经济形态、社会组织方式、教育经验和文化艺术等等，固然是落后而动荡的中华民族在社会转型时期旅外经历中的重要主题，然而，第一次世界大战的爆发，在某种意义上几乎改变了全球知识分子对西方现代文明的乐观态度，更多的人强化了对西方文化的反思。中国的知识分子同样如此，梁启超在"一战"后去欧洲旅行，1919 年发表的《欧游心影录》即是一部心态复杂的游记，书中一方面惊叹于西方物质文明的先进，另一方面也在反思西方文明中的种种弊端。这种矛盾纠葛的心态事实上是"五四"以降中国现代知识分子旅外经验中的典型症候。对异国的记录显然不再是纯粹的纪实性书写，而更多地代表着对他者形象的建构行为，这种建构一方面基于对充满差异性的他者文化价值形态的吸收和判断，另一方面通过对他者带有审美趣味的描述，来传递一种审美价值，而在更深处，更意味着通过对他者的文化利用，来确定对自我的认同。所以，在跨文化的视域下，"行游既是一种文化吸收的方式，也是一种文化认证或文化身份确立的方式。文化吸收便是行游者吸收行游对象的文化；文化认证，便是行游者通过行游认证或确认自己身份的文化"。②

从而，在 20 世纪文化交往的背景下，我们审视现代游记散文的价值，无法悬置其对于异国建构的跨文化维度。从天朝上国的自大，到世界意识的觉醒，这本身就是一次关于文化边界和文化交往的价值觉醒。在现代性社会学者看来，关于边界的认定，关于他者的设定，是一种文化自觉的表现，同时也是秩序与

① 梁启超：《少年中国说》，《梁启超文选》，上海：远东出版社，1995，第 34 页。
② 郭少棠：《旅行：跨文化想象》，北京：北京大学出版社，2005，第 131 页。

理性的表达。在鲍曼看来，"只要存在是通过设计、操纵、管理、建造而成并因此而持续，它便具有了现代性"。① 所以，走出国门，走向世界各地，旅行毫无疑问意味着异域空间的建构与生产，"全球空间的文化想象建构了中国文学的现代性视域"。② 从中国之世界转向世界之中国的空间意识，实际上就是重新确认中国在世界版图中的位置和自我边界，这是中国文学特别是旅行文学走向现代性的一个意识前提。

在《周易正义》中，"旅"的社会意义是这样被表述的："旅者，客寄之名，羁旅之称；失其本居，而寄他方，谓之为旅。"③ 从某种意义上说，"旅"意味着空间层面的物理位移，而在更深处，旅行意味着不再从传统的固有的价值体系中寻求意义，而是不断从异域异乡、异类异己的经验中寻找重新建构自己、认知世界、解释生活的方式。战国时期，孔子率众弟子周游列国，就是一次通过旅行来习道、传道的实践。旅行是人生通向未知、获取新知的行为，孔子途经齐国，听到《韶》乐，兴奋地发出"不图为乐之至于斯也"的惊叹，这正是通过进入陌生环境而获得新的认知体验，超出了固有的经验认识，所以才会有"三月不知肉味"（《论语·述而》）的超常结果。在中国传统社会中，读万卷书，行万里路，是中国古代知识分子重要的人生行为方式，士子游学是传统社会中的典型的文化现象。拜贤访能、增长见识、考察世情、结朋交友、寻古探幽、磨砺意志等等都是游学的社会功能和价值，更涌现出张骞、司马迁、郦道元、玄奘、沈括、郑和、徐霞客等等这样以问道求知的外交家、旅行家和地理学家。

在西方，对新知的渴望也是旅行文化中极为重要的部分。17世纪资产阶级革命在英国的胜利加速了欧洲封建制度的瓦解，打开了欧洲近代史的大门，随着商业经济以及之后工业文明的不断拓进，封建时代的沉寂与压抑得到释放，思想交流和社会交往得到很大程度的扩展。正是在这一背景下，欧洲出现了"大旅游"时期，"即贵族子弟的一种以修学求知为目的的游式旅行"。④ 其形式最先是去意大利这一文艺复兴的发源地居住三年，游历名山古迹，修习文化艺术，体验风俗礼仪。旅行作为一种生活方式，成为当时的英、德、俄等主流社会人群的必修项目。后来逐渐从贵族，延及广大知识阶层，成为一种广泛的社

---

① ［英］齐格蒙特·鲍曼：《现代性与矛盾性》，邵迎生译，北京：商务印书馆，2003，第12页。
② 谢纳：《现代空间重构与文化空间想象》，《文学评论》2010年第1期。
③ 黄寿祺、张善文：《周易译注》，上海：上海古籍出版社，2004，第431页。
④ 邹树梅：《旅游史话》，天津：百花文艺出版社，2005，第64页。

会行为。培根这样表达 17 世纪的旅行的社会价值:"对于年轻人,旅游是一种学习的方式,而对于成年人,旅游则构成一种经验。别国的语言风情、政治、外交、法律、宗教……留心观察一切值得长久记忆的事物并且访问一切能在这方面给你以新知识的老师或人们。"同时告诫旅行者,"不要使自己在别人的眼中成为一个出一次国就忘记祖先风俗的人,而应当做一个善于把别国的优良事物移栽到本国土壤上的改良者"。①

与此同时,西方的旅行伴随着西方列强的海外殖民拓展得到不断推进。在此意义上,西方游记的书写实际上构成了资本主义帝国崛起与全球侵略的另一面向。"文字创作与地理扩张的关系集中地体现在西方近现代史上。西方全球空间观的创建时期正是其地理意识与文学创作达到完美结合的时期,也即游记文学最兴盛的时期。"② 资本主义的地理扩张和对殖民地的旅行,一方面丰富了西方国家的异地经验和感觉,刺激文学艺术的创作,而在更深层次上,旅行文学通过想象与现实层面相交织的空间建构,被纳入西方国家的现代性工程中,并由此辐射全球,成为一个世界性的文化建构。"借助帝国和旅行的力量,英语也从单一的民族语言扩展成为一种跨越民族文化界限的国际化语言。旅行文学的发展刺激了帝国的跨文化想象力,而帝国的崛起和扩张也促进了旅行文学的发展和繁荣。两者之间形成一种互补互动、相辅相成的关系。"③ 换而言之,近现代以来,旅行与旅行文学实际上就是西方国家现代性的一部分,是西方社会认知世界的途径与方式。

纵观历史,西方游记的书写方式,从最初的探险式的、侵略与占领式的征服者姿态,来完成西方现代性的全球建构,随着殖民地体系的完成,慢慢演变成一种谦逊、平等乃至欣赏的观察者、研究者姿态,来进行人类学意义上的知识建构,无论哪一种形式,都存在一个共同点,那就是,旅行成就了一种世界意识,获取了异域经验。而最为重要的是,通过对异域这一"他者"的认知,建构其关于自我的认同。正如人类学家列维-斯特劳斯所言:通过旅行经验,可以"重新经历现代思想的一个关键性时刻……由于大发现时期的航行结果,一个相信自己是完整无缺并且是在最完美状态的社会突然发现,好像是经由一种反启示,它并非孤立的,发现自己原来只是一个更广大的整体的一部分,而且,

---

① [英]培根:《论旅行》,《培根论人生》,何新译,上海:上海人民出版社,1985,第18~20页。
② 王晓伦:《试论游记创作与近代西方全球地理观形成和发展的关系》,《华东师范大学学报》2000年第1期。
③ 张德明:《英国旅行文学与现代性的展开》,《汉语言文学研究》第2期,2012年。

为了自我了解，必须先在这面新发现的镜子上面思考自己那不易辨识的影像。这面镜子中的一部分，几世纪以来为人所遗忘，现在就要为我，而且只为我，映出它的第一个也是最后一个影像"。① 也就是说，异地的旅行，其实也是对西方国家自我发现和主体建构的一种方式。

中国现代性的展开方式极为复杂。鸦片战争，西方列强的坚船利炮敲开了清王朝闭关锁国的大门。接踵而至的军事失败和丧权辱国条约带来的政治无能，直接促使了清王朝的统治者不再用一种四海之内唯我独尊的天朝中心观念看待世界。统治阶层率先清醒过来的精英分子明白走出国门、认知世界、了解列强的迫切性："中国之虚实，外国无不洞悉；外国之情伪，中国一概茫然。其中隔阂之由，总因彼有使来，我无使往。""遇有该使倔强任性、不合情理之事，仅能正言折服，而不能向本国一加诸责，默为转移。"所以，晚清以降，以王韬、郭嵩焘、曾纪泽、何如璋、薛福成等为代表的一大批官派知识分子出使欧美日等列强诸国。他们留下关于西方帝国主义社会、政治、经济和文化十分丰富和翔实的考察笔记、日记和研究资料。

进一步引发的洋务运动，使海外旅行更加成为普遍的社会活动，继续了这种对外部世界的认知、考察和自我反思，同时伴随着一种复杂的民族自卑与自尊相交织的书写心态。"近代知识分子在域外游记里从中华文化共同体的立场出发展现了独特的话语景观：通过观看者、叙述者和阅读者的集体行为初步构成了对西方社会的想象和对中国社会的重塑。游记里体现出中华文化共同体和西方、东方先进文化形态之间的多重文化认证矛盾，包括中国传统认知范式的猎奇、本土文化的坚守、域外理想国的描绘、对日本经验的选择性观照等复杂现象。"② 这是王朝尚未瓦解时的一种复杂心态的写照，由于承担较为直接的政治功利目的，加上传统的文化观念的稳固，晚清海外游记同时充满了对西方世界的妖魔化与乌托邦化，混合了猎奇与求新、鄙夷与崇拜、既不想放下文化优越的傲慢又不得不羡慕他国强大的事实、既不想打破积弊已深的社会体制又想努力置换新鲜血液转弱为强等互相矛盾的心态。

辛亥革命打破了封建王朝的最后幻想，"五四"新文化运动以更加激进的方式迈出了向西方旅行、学习和吸纳的步伐。无论是社会制度模式、经济形态以及思想文化观念意识上，现代中国的海外旅行的形式和内涵更加丰富。更多的

---

① ［法］列维-斯特劳斯：《忧郁的热带》，王志明译，上海：三联书店，2000，第420页。
② 李岚：《行旅体验与文化想象》，博士学位论文，华中师范大学，2007。

知识分子认识到旅行对于文化启蒙的意义，"文化不是自私的，不能闭关锁国"。① 出国留学、考察成为社会精英乃至全民上下的共识，从留下的大量的旅外游记可以看到，现代中国的知识分子以更加清醒的姿态，在一个世界性的参照视野下思考东方与西方、传统与现代的关系。周宪从现代性的角度锐利地认识到旅行文学对于中国现代性展开的重要性：

> 如果说中国的现代化是一个被迫打开国门的过程的话，那么，我们从旅行文学的发展来看，似乎又有一个主动开阔眼界接纳世界的过程。游记文学对于中国现代性意识的形成，正是这样一种河伯顺流东行观大海的历程。陌生的眼光看陌生的世界，在时空交错中既发现了西方文化的现代形态，又反思检讨了本土传统的问题。认知格局和范式所经历的变化，正是现代性体验的生成和发展。②

而必须指出的是，区别于晚清的社会文化语境，作为一种认知方式的旅行，不仅仅发生在海外，动荡时代对从中心城市向西部、对边疆的考察，以及知识分子对历史遗迹的凭吊等等，都在某种意义上融入了中国现代性的建构中。外交失败和内乱不止的社会环境中，关于旅行的书写，成为一种对民族国家的召唤仪式。通过唤起对风景的政治建构、对历史遗迹的历史记忆，对异国情调的文学想象等等，现代中国的游记散文充满了异彩纷呈的形态。特别是在"五四"新文化运动的洗礼下，现代散文的审美形态逐渐丰富成熟，游记散文不再停留于社会考察的文献式的记录，而是以更加通俗的语言、更加随意的书写态度、更加驳杂奇异的内容和描写议论抒情俱备的写作方式，使得现代中国的旅行文化焕发着生动、知性的品格。

第一节　异国情调与现代性

旅行都是一种与"异"有关联的社会实践活动，对"异"的前往、发现、重塑和回应。在顾彬看来，存在两个层面意义上的"异"，"异"的概念，具体

---

① 赵尔谦：《旅行的哲学》，《旅行杂志》第 2 期，1927 年。
② 周宪：《旅行者的眼光与现代性体验——从近代游记文学看现代性体验的形成》，《社会科学战线》2000 年 6 期。

可以翻译为"异地""异情",表示"自己所不了解的一切,与'异'相对的乃是自己"。同时,"异"表达的也是一种价值,意味着"用自己的价值标准去衡量自己所不了解的人、事、地点等,……陌生并不是指一件东西,一个国家……陌生感代表着一种态度"。① 概言之,一是实录意义上的异国见闻,二是意识层面的超越本国和既有存在方式的经验价值。游记散文的一个重要文学魅力就在于对异国情调的书写。异国情调是关于异国书写中的典型文艺现象,既指向关于异国异地的生活世相、人文风景、地理概貌等等,钱中文指出,"文学中的'异国情调''奇风异俗'就是那种最具民族文化特色的审美风尚"。② 这是异国情调的基本意涵。另一方面,也指向对于这些区别于本土世界的外来事物的感受。比如弗罗奥夫所说的文学的异国情调就是"对陌生的、'异国的'文化的渴望及其在艺术作品中的反映"。③ 也就是说,游记中的异国情调,并非只是旅行者的创作结果,更是游记的读者们所期待的一个结果,并非只是一个书写对象或者书写方式,而是读者与作者之间,旅行者与听闻者之间某种关系的建立方式。"'exotic(异国的)'的现代涵义远远不止于只当作'外国的'这个词的一个同义词",这是弗朗西斯·约斯特的提醒,他认为,对于外国使用怎样的方式书写以及书写关于外国的哪些要素,是异国情调在文学创作中更为重要的问题,因为这意味着"异样的地理和生态特征挤进了或被结合进了文学世界;它显示出写书的人对那些似乎奇怪得令人兴奋、新得令人神往的国度的喜爱,并表现了写书的人醉心于不同方面的描写"。④

游记是建立一种异国情调话语最便捷的文学形式,"异"的魅力正是游记的特殊魅力。读者可以借助游记的视野,抵达一个陌生而辽远的世界,惊异于不一样的生活方式和社会现象。同时,一旦"异"的趣味,也就是差异性文化的读解效果减弱或丧失,游记的期待视野就会荡然无存,正是这样的陌生感而以认知的不对称方式书写出来的真实感,赋予了游记散文的价值色彩与心理冲击,顾彬发现"到了20世纪中叶,作家们知道的真实情况越来越多,'异国情调'

---

① ［德］顾彬:《关于"异"的研究》,曹卫东译,北京:北京大学出版社,1997,第1页。

② 钱中文:《文学理论:走向交往与对话》,《中国社会科学》2001年第1期。

③ ［美］海因纳·弗罗奥夫:《论东西方文学中的异国主义》,曹卫东译,载《中外文化和文论》,第5期,成都:四川大学出版社,1998,第233页。

④ ［瑞］弗朗西斯·约斯特:《比较文学导论》,廖鸿钧等译,长沙:湖南文艺出版社,1988,第140页。

在文学中的作用就变得越来越小"。①

肖普鲜明地认为，"游记写作所关心的不仅是发现地方，而且是创造地方"。② 这意味着，游记建立起来的异国情调，并非是对异国异域风情的横向移植，它实际上指向一个关于陌生空间的建构。自古以来，无论是东方的圣僧游学或者丝绸之路的通商贸易之旅，还是西方的地理大发现等等，游记都在一定意义上承担着人类空间意识的生产使命，在向未知世界的探求中，超越固有世界的认知。因此，从某种意义上而言，游记意味着现代性的展开，是现代主体性建构的重要方式之一。卡瓦拉罗引用大卫·洛文塔尔观点来说明人的主体性对于世界表述的重要性："所有关于世界的意象和观念都混合了个人的体验、学识、想象和记忆。我们居住的地方，我们游历过的地方，我们经由阅读而在艺术作品中看到的世界，还有想象和幻想的王国，都会带给我们有关自然和人的意象。"③ 现代中国的知识分子，在启蒙思潮的洗礼下，走向封闭的国门，以各种方式流向世界的各个口岸，在异国他乡感受感受世界的新鲜的气息，一时之间，旅俄、旅美、旅法、旅英、旅日的游记以通讯、日志以及小品文等多种形式见诸报端，他们的游记书写，不只是游踪或行踪的记录，更是他们对于世界的理解，对于民族和国家新的理解，他们在如是我闻如是我见的书写中，输入的是启蒙，是革命，是面向未来的价值，或者，毋宁说，是一种意识形态。人文地理学者认定：地点并不只是一个客体，而更大程度上被视为"一个意义、意向或感觉价值的中心，一个动人的，有感情所附着的焦点"。④ 所以，现代游记的书写中，所谓景点或者其他途径的地点，都不只是一种物理空间的描述，而被赋予了作者和时代的某种价值意识。

正是异国情调在意识与感受层面上的意义强化了游记的现代性维度。游记的书写，意味着自我与他者的文化对话和价值碰撞。"旅游还是一种文化身份的主动证实过程。借助时空的转移，借助被旅游地的场景和当地人的凝视，旅游者证实自己具有某种文化身份。"⑤ 所以，异国情调的书写实际上也是一种文化

---

① [德] 顾彬：《关于"异"的研究》，曹卫东译，北京：北京大学出版社，1997，第 8~9 页。
② Bishop, Peter, *The Myth Of Shangri-La: Tibet, Travel Writing and the Western Creation of Sacred Landscape* (London: The Anthlone Press, 1989), p. 4.
③ [英] 丹尼·卡瓦拉罗：《文化理论关键词》，张卫东等译，南京：江苏人民出版社，2006，第 182 页。
④ 夏铸九、王志弘编译：《空间的文化形式与社会理论读本》，台北：明文书局有限公司，1994，第 119~120 页。
⑤ 郭少棠：《旅行：跨文化想象》，北京：北京大学出版社，2005，第 70 页。

身份的建构方式，一方面指向一种向外瞭望、向远方探求、向陌生拓进的开放的知识分子或者新兴文化绅士的形象，另一方面也指向自我对于民族文化与世界文化碰撞和交流过程中知识分子内心的理想诉求。如何描述看到的风景，如何表达对异域的自然风光和人文风情的认知，实际上也是自我身份的一种主动求证，建构的并非是描述的风景，而正是知识分子自我的文化立场乃至政治立场。

概言之，现代游记散文中，我们所理解的异国情调，无论是作为一种地理人文层面异域风情的书写，还是作为一种关于空间生产的社会价值观念形态的表达，又或者是一种文化身份与思想立场的判断，都会指向一种现代性价值和体验。"空间并不是人类活动发生于其中的某种固定的背景，因为它并非先于那占据空间的个体及其运动而存在，却实际上为它们所建构。"① 我们诠释现代游记散文的意义正在于，旅行者笔下的风景、地理以及人文地理风情等等，不再是作为一个简单的描写对象甚至是对象存在的背景，他们的存在本身，就与现代中国的价值意识紧密联系在一起，共同参与了现代中国知识分子对于世界和自我、传统与现代的思想结构中。他们的游历过程，实际上也是其对现代中国的思考过程。

西方现代性是伴随着殖民世界的全球扩张而不断展开的。西方游记中的异国情调，"出于某种行动需要的异国情调具体表现在对探索、冒险和发现的嗜好"，② 成为西方现代性拓展的文学镜像。西方的游记书写史在某种意义上又可以称为资本主义主体的成长史、空间的建构史。西方游记书写对于世界空间的想象，既呈现为现代性的后果，也是现代性力量的标志。顾彬在谈论"异国情调"在文学史和思想史重要的作用这一问题时，曾列举了19世纪末德国著名的游记作家保尔·林登贝格的作品中大量对中、日、泰等东方社会游记的描述，其写作目的就是推动和激发德国人的爱国主义意识，鼓动德国民众积极参与到世界社会、商业、自然资源的掠夺与瓜分中来，通过强化德意志民族的世界政治和殖民地意识，来建立起强有力的帝国主体地位。从他的作品中，顾彬阐述了游记文学的政治功能和社会价值。

有学者基于文化地理学的分析视野，认为现代资本主义的各种表征是"通过一种特定的'空间的生产'而出现的，现代西方的主体性也是通过一种地理

---

① ［英］丹尼·卡瓦拉罗：《文化理论关键词》，张卫东等译，南京：江苏人民出版社，2006，第187页。

② ［瑞］弗朗西斯·约斯特：《比较文学导论》，廖鸿钧等译，长沙：湖南文艺出版社，1988，第139页。

和空间的规划，通过对其栖居于其中的环境的持续的分解和重组建构起来的"。① 事实上，在西方现代性的空间生产格局中，世界的阶级区分，人类种族的等级区分，人类主体与自然对象的位置区分，等等，被同时建构出来，从西方游记的书写中，我们可以看到中心与边缘、先进与落后、科学与愚昧、统治者与被殖民者之间的层次与秩序。游记的背后是西方秩序和权力的显现。

在现代中国的语境中，知识分子对于西方现代性往往怀抱一个爱恨交织的心态，一方面，作为一个敌对者和侵略者，对于西方的反抗，是建立民族话语的一个重要方式；另一方面，向西方学习又是完成中国现代性的一个难以绕开的过程。无论在器物层面，还是在精神文化层面，现代中国知识分子的旅外游记中，实际上存在着一个将西方现代性作为文学想象对象的维度。游记中的异国情调，被赋予了乌托邦的价值色彩，充满了对西方社会、文化等方方面面的赞赏与感叹。比如林语堂在旅美的游记中这样表达对西方自由平等精神的赞赏，"德谟克拉西，必自由平等，自由平等，必无佣人老妈。既已平等，何必老妈？"② 美国民众的生活简单，个性独立，洗衣做饭擦鞋，一切自理，自由自在，不仰人鼻息。这样一种自由独立的生活方式，延伸出的是人人平等和互相尊重，无贵贱等级。在谈西方人钓鱼之乐时，他引入一则李鸿章游伦敦的逸闻，讲李看到英国人踢球，不能理解他们踢来踢去这么卖力，得知这是绅士们的运动，又诧异，既然是运动，出这么多汗为何不请用人踢。在林语堂看来，崇尚自然自由的国度，恪守封建等级文化的李鸿章是无法理解的。当然，这也是中国的文化教育需要变革的。比如郁达夫在《马六甲游记》中，历数与马六甲有关的新加坡、中国明朝、葡萄牙、荷兰、英国等征服者的身影，强调其地理上的要害之处，同时也感叹和西方对自然征服的强韧精神相比，"我们大陆国民不善经营海外殖民事业的缺憾；到现在被强邻压境，弄得半壁江山，尽染上腥污，大半原因，也就在这一点国民太无冒险心，国家太无深谋远虑的弱点之上"。

在另一个层面上，现代中国游记中异国情调尽管没有表达出对西方现代文明的崇拜和学习姿态，却也呈现为将西方社会文化中的某些特质作为一种理想生活方式，比如方令孺在《旅日杂记》中对日本简易生活方式叙述，"日本人酷爱自然，崇尚简易，不惯居住在高楼大厦里。那里离自然太远，住在里面心会不安，会烦躁，以后来他们的房屋又渐渐缩小，返本归真合乎自然去了"。在旅行者方令孺看来，作为一种理想的生活方式，符合人性，贴近自然，不必雕栏

---

① 张德明：《西方文学与现代性的展开》，北京：中国社会科学出版社，2009，第35页。
② 林语堂：《林语堂散文选集》，天津：百花文艺出版社，1988，第236页。

画栋，不必喧哗热闹，才是真谛。比如许杰游历南洋，其《椰子与榴莲》就曾记载这些区别于国内被各种礼教和秩序束缚和压抑的生活方式："马来人的恋爱，男女两方，都是在葱绿的芭蕉林中，或是深密的椰子树下，相互的拥抱，相互的接吻，甚至于完成了男女大事的。"许杰对此的惊叹是"何等的健全"，"以及何等的富有原始意趣"！

再比如徐志摩对于英国伦敦的描述："在初夏阳光渐暖时你去买一支小船，划去桥边荫下躺着念你的书或是做你的梦，槐花香在水面上飘浮，鱼群的唼喋声在你的耳边挑逗。……爱热闹的少年们携着他们的女友，在船沿上支着双双的东洋彩纸灯，带着话匣子，船心里用软垫铺着，也开向无人迹处去享他们的野福——谁不爱听那水底翻的音乐在静定的河上描写梦意与春光！"（《我所知道的康桥》）与自然中的本我赤诚而舒展相对，免去人间的尔虞我诈，抵达宁静和生命的放松。这正是追求"爱"与"美"之理想的徐志摩所向往的。

而李劼人在西班牙游历，讲述了几个朋友在欧洲钱包丢了，车票也丢了，但验票的人居然和他们开起玩笑，一个陌生的法国人，一个比利时的纨绔子弟，素昧平生，竟然借几百法郎给他们，且连他们的姓名也不问。作者不禁感叹："重功利的欧洲人，到处都有不重功利的表现。"（《正是前年今日》）反观国人，公共场合睚眦必报，恶言相向，毫无宽容礼让之心的人和事则数不胜数。

从这个维度上，知识分子以游记的异国情调来传达某种乌托邦的价值想象的写作策略，"它通常表达人们想要躲避文明的桎梏，寻找另一个外国的和奇异的自然社会环境的愿望"。① 沈从文对于湘西世界的描写某种程度上遵从这样的写作策略。沈从文在 1930 年代立足于现代中国的文坛，其笔下充满原始主义、神秘色彩的湘西世界对于当时的文坛乃至整个社会来说，亦无异于一个"异域"，苏雪林最先发现沈从文湘西书写的乌托邦价值，并非一种文学虚无主义和遁世主义的姿态，而是"想借文字的力量，把野蛮人的血液注射到老迈龙钟颓废腐败的中华民族身体里去使他兴奋起来，年青起来，还在二十世纪舞台上与别个民族争生存权利"。② 苏雪林认定沈从文的现代性价值正在于这一关于异域的书写，目的正是为了完成对现代中国民族精神与血液的重造。

游记书写中的异国情调所蕴藏的乌托邦书写策略，隐藏的是对本国社会文化的批判维度。借助异国的书写来批判本国，这在西方游记的书写中也是一个

---

① ［瑞］弗朗西斯·约斯特：《比较文学导论》，廖鸿钧等译，长沙：湖南文艺出版社，1988，第 139 页。

② 苏雪林：《沈从文论》，刘洪涛、杨瑞仁编《沈从文研究资料》，天津：天津人民出版社，2006，第 189 页。

常有的现象，比如顾彬在对"异"的研究中，发现 18 世纪启蒙运动时期，西方知识分子有一种批判策略，那就是用异国的经验来批判自己的国家、民族和社会。比如孟德斯鸠的《波斯人信札》就是典型的代表，内容描述的正是借助旅法的波斯人（伊朗人）给家人写信控诉法国的种种不良社会现象和生活习惯等问题。"异国情调可以达到其他的目的：它能被利用来作社会批评或说教，在这种情形下，人们就可以说它是讽刺性的或启发式的外国情调。"①

比如徐志摩在游览新加坡时写的游记《浓得化不开》中，这样描述一个叫作廉枫的朋友遇见马来女子时，被其身上奇异的魅力所深深吸引，旅店的气氛充满迷魅，"一张佛拉明果的野景，一幅玛提斯的窗景，或是佛朗次马克的一方人头马面，或是马克夏高尔的一个卖菜老头"。而旅者无可救药地陷入了对这个妖艳而香软的异国女子的情欲想象中："最初感觉到的是一球大红，像是火焰；其次是一片乌黑，墨晶似的浓，可又花须似的轻柔；再次是一流蜜，金漾漾的一泻，再次是朱古律，饱和著奶油最可口的朱古律。这些色感因为浓初来显得凌乱，但瞬息间线条和轮廓的辨认笼住了色彩的蓬勃的波流。"这样的异国情调鲜见于徐志摩国内游记的任何篇章，作者在此对人情色和欲念的细微而开放的描绘，迥异于在其他篇章中的风情描写，这一方面书写了一种自然原始狂野的南洋风情，另一方面，其实也指向了对中国传统伦理的道德禁锢和礼教约束的批判，以抨击传统文化的虚伪和对人性的扼杀和扭曲。廖炳惠在其旅行文化的研究中认为，关于旅行的书写必然会存在一种差异书写，"在差异的比较过程之中，就会产生对本土政治、经济、社会种种文化现象有着批评的距离、不同的观点，也就是文化批判的位置，了解到优越感、自我中心、封闭性乃是闭塞无知的结果。所以旅行会发展出'比较国际观'"。② 正是这一种比较视野中的文化观和国际观，推动了现代游记散文对于现代中国社会文化的启蒙观照。

总之，游记中异国情调，无论是服务于全球空间拓展的叙事模式，还是借此建立起乌托邦理想的价值维度，抑或是表达对本土社会落后文化的现实批判精神，都在不同程度上与现代性话语构成了相互交织的关系，而构成了现代中国知识分子启蒙意识形态的一个重要表征，通过他们的旅外游记，可以看到觉醒起来的知识分子如何思考世界，如何理解西方的文明，如何看待本土的社会文化。

---

① ［瑞］弗朗西斯·约斯特：《比较文学导论》，廖鸿钧等译，长沙：湖南文艺出版社，1988，第 141 页。

② 廖炳惠：《台湾与世界文学的汇流》，台北：联合文学出版社，2006，第 187 页。

第二节 异国情调中的文化凝视与身份认同

作为一种现代知识的生产方式，现代中国的游记散文必然要承担起在社会转型时期的某种历史责任，参与建构启蒙意识形态。同时，基于游记散文异国情调的书写特质，以及现代旅行的跨文化实践的性质，考察现代游记对异国文化的审视方式和对自我文化身份的建构策略，显得十分有必要。"只要面临危机，身份才成为问题。那时一向认为固定不变、连贯稳定的东西被破坏和不确定的经历取代。"① 在现代中国历史变迁和文化蜕变的语境中，传统的文化认同面临前所未有的危机，而新的文化路径又在纷乱中探索，通过旅行来认知世界，通过旅行来整理自我，通过旅行来进行文化身份的建构，是现代游记的题中应有之意。

美国游记作家弗雷泽曾经这样描述游记中对于外在事物的观看方式，旅行者如此醉心于在旅程中呈现自我，叙说自我的心境心态和情感，甚至对个人的人生履历和命运轨迹不厌其烦声情并茂娓娓道来，其中一个重要的原因正在于"地方的外观有朝着与你观察它时的感情相同的方向发展的趋势。进一步说，若某地有足够的人在足够的时间内有相同的感受，这个地方就会开始产生共鸣；这些感受就会开始反映在这个地方的外观上"。② 弗雷泽在此至少传递两个层面的意思，一是，游记中的任何观看都不能是一次简单的视觉迁移，而必然会调动作者的个人经验乃至时代或者集体的共同经验，一起参与视觉的建构；二是，任何对于对象的描述和想象，都不可能是永恒不变的，而是流动的，因为不同的经验会不断地参与到人们对于景色景观的视觉建构中来。由此，发生在游记中对异国风情的描述与观看，也不能是一次简单的记录，而必然带有一种源自旅行者本人以及时代赋予的某种"前理解"，同时，更为重要的，旅行者携带的本土文化、传统价值观念以及历史深处的某种精神理念，都会参与到异域文化的对话与交流中来。

这一观点，接近于伽达默尔的"视域融合"，所谓"视域"，"对于活动的人来说总是变化的。所以一切人类生命由之生存的以及以传统形式而存在于那

---

① ［英］乔治·拉雷恩：《意识形态与文化身份：现代性和第三世界的在场》，戴从容译，上海：上海教育出版社，2005，第 195 页。

② Friezer, Lan, "Carving, Your Name on the Rock," in Zinsser, William, *They Went：The Art and Craft of Travel Writing*（Boston：Houghton Mifflin Company, 1991）, p. 16.

里的过去视域，总是已经处于运动之中"。① 在此意义上，作为一种认知方式的旅行，实际上充满了旅行者的主体意识。也因为如此，现代中国的游记散文，如何借助于自身的文化意识，来书写风格各异的异国情调，又如何在其游记书写中完成与异国文化的对话，如何在一种文化交往与文化利用的过程中，完成自我文化身份的认同，成为一个现代性的问题。

在非本质主义的文化学者们看来，文化并非是一种内涵固定和边界清晰的概念，文化更意味着一种充满各种可能性的意义开放的社会实践活动。文化的意义不在于"一系列自由流动的观念或信仰"，也不安置于"某个伟大艺术或文学作品正典的显现"。自古以来，文化的真正意义正如那些有着完整流程的工艺品一样，是在"特定的物质条件下，被生产、分配与消费的。换句话说，文本与实践两者都是社会世界的产物，也是构成社会世界的主要成分"。② 在这一观点中，文化是被实践主动生产出来的，它必然映射了社会变迁和文化交往。如果说，现代中国的知识分子不断地穿梭于旅苏、旅美、旅日、旅英、旅法的实践中，为寻求未来中国民族崛起的出路而不懈努力，那么，他们对这些西方国家文化的看待、选择和改造，实际上都会在不同程度上满足于危机语境中现代中国的民族意识的构建需要。通过游记散文，他们最终主动生产出来的是一个他们期待中的中国与世界。

将游记置于比较文学的视域中，这种主动生产的文化观念更加显而易见。"异域"的价值最终是也为了提供一个外在于自己的认识视角，但是，要做到纯粹地外在于自己是困难的，因为：

> 人，几乎不可能完全脱离自身的处境和文化框架，关于"异域"和"他者"的研究也往往决定于研究者自身及其所在国的处境和条件。当所在国比较强大，研究者对自己的处境较为自满自足的时候，他们在"异域"寻求的往往是与自身相同的东西，以证实自己所认同的事物或原则的正确性和普遍性，也就是将"异域"的一切纳入"本地"的意识形态。当所在国暴露出诸多矛盾，研究者本身也有许多不满时，他们就往往将自己的理想寄托于"异域"，把"异域"构造为自己的

---

① ［德］伽达默尔：《真理与方法》，洪汉鼎译，上海：上海译文出版社，2004，第 393 页。
② ［英］安·格雷：《文化研究：民族志方法与生活文化》，许梦芸译，台北：韦伯文化国际出版有限公司，2008，第 20 页。

乌托邦。①

正是在这个意义上，旅游学者尤瑞使用了"旅行凝视"这个概念，来解释旅行过程中旅行者与旅行对象之间文化权力的运作方式。他认为，"离开"是旅游活动的核心概念，换言之，旅游的本质在于"从模式化的日常生活惯性中出离开来，有限度有节制地，同时让自己寻觅并享受于一种区别于惯常生活模式中的新鲜刺激体验中。通过考虑典型的旅游凝视的客体，人们可以利用这些客体去理解那些与它们形成反差的更为广阔的社会中的种种要素"。② 旅游凝视显示的就是旅行者与旅行对象，自身文化与他者文化之间矛盾交织的复杂关系。

对于游记来说，旅行者与旅行对象的关系直接影响了游记书写的意识形态建构，在比较形象学学者看来，游记是作者对所见所闻经过重新组织、整理、等级化处理的过程，游记中的"形象就是一种对他者的翻译，同时也是一种自我翻译"。③ 游记中的异国情调，既是形象化的、景观化的，也是意识性的、价值化的，既是在目的地所见的实在的，也是旅行者主观意图重新组织的。从这个意义上，异国情调的生成更大程度上取决于旅行者的认知愿望和了解他者的目的，而将旅行对象的真实性问题悬置起来，甚至于，"旅游中的经验是否真实并不重要，因为在旅游者的文化观照中，他者的文化始终只是一面照映自己的镜子，重要的是能否照映出自己的文化"。④ 忽略了旅行者的认知意愿实际上就会掩盖异域情调和异国形象的生产机制，因为，"一切形象都源于自我与'他者'，本土与'异域'关系的自觉意识之中"。⑤

正因为此，出于启蒙思想的需要，现代中国中的欧洲形象、日本形象以及苏俄形象都是形态各异的。比如朱自清、刘海粟笔下的欧美，更多地呈现为一种和谐、静美、浪漫而充满艺术情趣的气质。朱自清笔下的威尼斯："远处是水天相接，一片茫茫。这里没有什么煤烟，天空干干净净；在温和的日光中，一切都像透明的。中国人到此，仿佛在江南的水乡；夏初从欧洲北部来的，在这

① 乐黛云：《中国比较文学的发展》，《新东方》1998 年第 3 期。
② ［英］尤瑞：《游客凝视》，杨慧等译，桂林：广西师范大学出版社，2009，第 3 页。
③ ［法］达尼埃尔-亨利·巴柔：《形象》，孟华主编《比较文学形象学》，北京：北京大学出版社，2001，第 164 页。
④ 郭少棠：《旅行：跨文化想象》，北京：北京大学出版社，2005，第 67 页。
⑤ ［法］达尼埃尔-亨利·巴柔：《形象》，孟华主编《比较文学形象学》，北京：北京大学出版社，2001，第 155 页。

儿还可看见清清楚楚的春天的背影。海水那么绿，那么酽，会带你到梦中去。"（《威尼斯》）而郑振铎、邹韬奋等人笔下的欧洲则又充满了苦难、破败和腐朽。王统照笔下的法国并非是自由平等的，是存在等级歧视的，马赛港海关检查官对其他各国游客自由放行，对中国人却要加盖特别印章，提示的内容是"宣言到法国后，不靠做工的薪水为生活"（《欧行日记》）。邹韬奋也能从欧洲的先进繁荣中看到背后的穷弊，"在海边虽正在建筑一个高大的纪念塔，但我们在街上所见一般普通人民多衣服褴褛，差不多找不出一条端正的领带来。我们穿过好几条小弄，穷相更甚"（《萍踪寄语》）。

对于日本的形象塑造亦存在这样的分野，比如周作人、徐志摩笔下的日本是平淡、简单与静默的，如徐志摩"看了富士山两眼……我用食巾擦着玻璃窗上的蒸气，要看窗外的野景。天正蒙亮。田里农夫已有在工作的。他们锄头铮铮的在泥土里翻垦。有的蹲在地里——检败草。空中有迷露。隐隐的，隔着烟云的空间，在近，传来有鸟的喧呼。长在水田里的青，一方方的，长在阡陌间的丛树，一行行的，全都透着半清半醒。田舍是像玲珑的玩具，或是叠青杉，几株毛竹，疏淡的花叶间有小的人形在伛偻的操作"（《富士》）。周作人亦是如此，"在日本旅行，在吉松高锅等山村住宿，坐在旅馆的朴素的一室内凭窗看山，或着浴衣躺席上，要一壶茶来吃，这比向来住过的好些洋式中国式的旅舍都要觉得舒服，简单而省费"（《日本的衣食住》）。而成仿吾眼中的日本却是一个极其让人厌恶的国度，以至于"假如我喜欢日本，那是因为我喜欢她的地震与火灾……有人听了东京的天灾，便想起了他在东京时爱过的妇女。我不曾爱过什么女人，然而这回女人死的一定不少，却也不免使人觉得可惜。……不过她们至少可以与那些穷无所归的女人去以皮肉维持生活，或者组成娘子军，远去他乡，为侵略主义的先锋队。这倒是对于我们的东邻极可欣贺的事"（《东京》）。在此，成仿吾一方面将个人在日本留学旅行的受挫经验以一种不理性的话语方式融入了游记书写，同时也在一定程度上代表了国内一批年轻的知识分子在战乱岁月中基于近代以来的中日关系史而油生的民族主义情绪。

由此，基于旅行者主体的文化意识的差异，在与异国文化的交流之间，进行了不相一致的转移和借用，可以看到现代中国知识分子在审视世界，认知异域异国生活方式、社会阶层状况以及风土人情时，所呈现出来的文化心态是不同的，既有浓厚的传统知识分子的古典情怀（比如朱自清、周作人），又有积极强烈的现代意识，既出于一种对西方世界的崇仰心态，也有一种基于国耻国恨的民族主义情绪。现代中国的"游记是中外文化交流的产物，是传统与现代思想的相互撞击的结果，在某种程度上，它反映了中国社会现代化的复杂性"。①

第三节　在原乡与异乡之间：被互相命名的风景

在一种文学/文化社会学的视域下，文学会构成时代知识生产的一部分，融入社会历史的广阔进程里，表征着特定时代的意识形态。"文学被视为某一个历史语境之中的文化成分，这就意味了文学与一系列人文知识的合作与平衡。这时，文学与宗教、哲学、道德伦理、历史学观念以及艺术之间形成了共谋——这是一个共同的意识形态结构。"② 2000 年，知识界出版了一套《中国留学生文学大系》，其中有一册《近现代散文纪实文学卷》，选编了从容闳、张德彝等清末洋务派知识分子开始，包括闻一多、徐志摩、周恩来、鲁迅、朱自清、邹韬奋、钱锺书等近 50 位留学知识分子的游记散文，其旅外所见所闻以及基于特定语境下的所思所想，成为那个时代中国知识分子应对时代变革和文化交汇的现实的心路历程的见证。萧乾在其序言中，写下这样的选编初衷："不配以世界公民自诩，既不是国故派，也并不……崇洋。但我总认为凡是外国好的，就应努力移植过来。在我从事驻外记者的那些年月里，我一面思恋着故土，一面总着眼于域外有什么可撷取的。我认为这也是这本散文随笔卷的每位作者的意向。"显示出那个时代敞开胸怀看世界的壮阔心境，他同时也特别提示："在洋山洋水面前不会忘记老家，只会更加依恋。漫步日内瓦霄梦湖畔，心儿却不禁飞到自古叮咚的九溪十八涧。"③ 这里，一方面表达出作者去国怀乡的思念之情，在另一个维度上，其实也传达着一种对西方风景中国式的凝视方式，即使用了中国风景经验的模式看待西方的山与水，在西方的山水与中国的山水之间建立一种互文关系，背后孕育的是东西方文化交汇的思想视野，同时也表征了区别于古代游记中的风景书写，在现代性语境下，无论中国还是西方，跨文化视野实际上参与了现代风景的生产。

从自然风光、地理区域或者遗址等变成一个人类视野中的"风景"，实际上

---

① 包晓玲：《中国现代旅外游记的文化心态》，《西南民族大学学报》2004 年第 5 期。
② 南帆主编：《文学理论新读本》，杭州：浙江文艺出版社，2002，导言，第 3 页。
③ 萧乾：《〈中国留学生文学大系·近现代散文纪实文学卷〉序》，《中国留学生文学大系·近现代散文纪实文学卷》上海：上海文艺出版社，2000，第 2 页。

就是一个文化参与和文化过滤的生产过程，这背后蕴含着人的主体意志、文化权力以及意识形态等复杂的因素。从某种意义上说，现代风景的观看，是一个文化问题。现代中国的知识分子游走于西方列国，同时也游走于国内各地，其所见的各处风景，并非只是简单的视觉记录，而必然牵涉到跨文化交往的经验问题。霍尔声称："文化既涉及概念和观念，也涉及感情、归属感和情绪。"① 在这个意义上，现代知识分子在面对风景的观看过程中，牵涉着一个文化归属的问题。面对异域的风景，或者异域归来之后面对本土的风景，其视野与书写在表述的过程中必然存在一个文化身份的交织过程。台湾学者廖炳惠在研究旅行文化时发觉这一文化身份的交织过程，基于现代社会语境下出现的某种可称为"在自我之中的他人"的矛盾状态，阐释了夹在异乡与原乡之间的人的内心情状，即"在自己的文化中也没那么'安居'的失落，以及'不适应'，无法在自己的世界找到固定的位置，反而是个过客。这种过客感或某种形式的开放流动性，一直在内心世界中以'动'与'不动'的辩证关系，形成二元演绎、再度演绎的关系"。② 在这里，正是因为现代文化语境下，包括原乡文化在内的既有的文化不再能够为人提供一个稳固而确定的价值空间，而异乡的文化又对主体出示了某种充满吸引力的部分，只不过，以"客"的身份出现在异乡，同样无法找到文化的归属感，在主体身上，原乡与异乡的文化达成某种张力关系，共同显现出现代人的文化身份的某种流动性品质。

事实上，对文化身份的理解，斯图尔特·霍尔给出了两种定义，一种是内涵固定的文化身份，它基于一个族群或者集体共同的历史经验和共享通用的文化符码，为每一个成员在变化莫测的历史洪流中提供边界固定、内涵恒定、时间连续的意义框架和价值指涉。另一种是建构的流动的文化身份，否定永恒不变的本质化的定位，取消一切超越于具体的历史条件与社会背景的文化设定，认为尽管文化身份是对历史源头的追念，但这一追念，显然会遭遇到历史、文化、权力的联合"嬉戏"。与那种充满普遍意义和超验精神的本质主义定义的文化身份相比，霍尔更倾向于后者，他主张将文化身份"看作已经完成的、然后由新的文化实践加以再现的事实，而应该把身份视作一种'生产'，它永不完

---

① ［英］斯图尔特·霍尔：《表征》，北京：商务印书馆，2003，导言，第2页。
② 廖炳惠：《台湾与世界文学的汇流》，台北：联合文学出版社，2006，第188页。

结，永远处于过程之中，而且总是在内部而非在外部构成的再现"。① 文化身份永远处于一种被建构的关系中，充满着对话结构，旅游活动作为一种时空的移动行为，其移动的意义"除了游客要离开日常生活到另外一个地方去作暂时性的旅行外，他们还随身'携带'着诸如符号、隐喻、生活方式、价值观念等"。②

霍尔对文化身份的认知方式对跨文化语境下游记散文对异域风景的书写一个最大的启发意义在于，在文化交往的视域下，任何固守一个文化本质的观看，其实是不可能的。旅途中人们的内心充满了文化的碰撞，正是在这种碰撞的充满开放的对话中，来确认自我的文化身份。也可以这么定义文化身份：

> 就是认同的时刻，是认同或缝合的不稳定点，而这种认同或缝合是在历史和文化的话语之内进行的。不是本质而是定位。因此，总是有一种身份的政治学，位置的政治学，它在没有疑问的、超验的'本原规律'中没有任何绝对保证。③

这种对于文化身份的定义从某种意义上就可以回答为什么徐志摩、戴望舒等人笔下的英国、法国、西班牙等欧洲国家形象与郑振铎、邹韬奋等人笔下的欧洲有巨大的差别，而鲁迅、周作人、成仿吾、郁达夫、郭沫若乃至庐隐等人笔下的日本形象同样千差万别，以及瞿秋白、徐志摩、茅盾笔下的苏俄更是无法相类甚至完全相悖的原因，正是因为在跨文化语境下，在异域旅行的过程中对于他者文化的认知存在一个"文化过滤"的现象，即在不同文学或文化之间的交往过程中，"接受者的不同的文化背景和文化传统对交流信息的选择、改造、移植、渗透的作用"。④ 正是这种文化过滤，促使了不同的知识分子，无论是出于个人社会理想的追求的差异还是内心情怀的差异，在面对异国风景和风情时，采取了不同的吸收和改造的方式。同时，这也印证了克里克对文化身份的建构性的观点，即，从某种意义上而言，"所有文化都是'表演'出来的，都

---

① ［英］斯图尔特·霍尔：《文化身份与族裔散居》，罗钢、刘象愚主编《文化研究读本》，北京：中国社会科学出版社，2000，第 212 页。

② 彭兆荣：《旅游人类学》，北京：民族出版社，2004，第 45 页。

③ ［英］斯图尔特·霍尔：《文化身份与族裔散居》，罗钢、刘象愚主编《文化研究读本》，北京：中国社会科学出版社，2000，第 216~217 页。

④ 曹顺庆：《比较文学论》，成都：四川教育出版社，2002，第 130 页。

是不真实的。文化是发明出来的，是再造的，其元素是不断被重新组合的"。①
对于异国风光风情的书写，本身就存在一个文化化的过程，这时候，有针对性
的选择、有目的性的吸纳和有倾向性的改造，都会发生在知识分子旅途的观
看中。

现代游记散文中对风景的描述有一个极为有意思的现象，那就是跨文化维
度的介入。可分为两种情况，一是本国风景的异国视域，二是异国风景的本国
视域。将异国情调纳入本国风景的视觉生产，将对本国的记忆与经验纳入异国
风景的视觉描述中，在原乡与异乡之间完成现代风景的文化设置，背后的动力
机制正是文化权力和意识形态的美学建构。这是现代游记散文区别于传统游记
的一个重要的特征。

基于异国视域的本国风景书写以郁达夫的游记为代表。郁达夫的游记以国
内游记为主，但是，他的游记有一个十分明显的特征就是，他更愿意使用西方
的地理、风景以及艺术名家名作的名字来表述他所见到的国内风景。

比如在《钓台的春昼》里，作者游历浙江名胜严子陵钓鱼台，细致描写了
东西两台和周边自然之境貌：

> 东西两石垒，高各有二三百尺，离江面约两里来远，东西台相去，
> 只有一二百步，但其间却夹着一条深谷。立在东台，可以看得出罗芷
> 的人家，回头展望来路，风景似乎散漫一点，而一上谢氏的西台，向
> 西望去，则幽谷里的清景，却绝对的不像是在人间了。

作者在此刻已经沉浸于钓台幽景的美感中，却突然文笔一转，介入了一个
西方视角：

> 我虽则没有到过瑞士，但到了西台，朝西一看，立时就想起了曾
> 在照片上看见过的威廉退儿的祠堂。这四山的幽静，这江水的青蓝，
> 简直同在画片上的珂罗版色彩，一色也没有两样，所不同的，就是在
> 这儿的变化更多一点，周围的环境更芜杂不整齐一点而已，但这却是

---

① Crick, M., "Representations of International Tourism in the Social Sciences: Sun, Sex, Sights, Savings and Servility," in *Annual Review of Anthropology* (1989): 18.

好处，这正是足以代表东方民族性的颓废荒凉的美。①

在此，瑞士的风光（来自作者对西方绘画的经验记忆）与眼前的钓台风光基于一种感伤的格调发生了视域融合，郁达夫惯常在旅行中抒发的感伤情怀以西方颓废美学的方式被再度建构，这显示出他者视域不仅参与了本土风景的表述，更参与了作者现代情感结构的建构。

比如途经安徽绩溪的三阳坑，作者一行人迅速被美妙的田园风光所吸引：

> 四面都是一层一层的山，中间是一条东流的水。人家三五百，集处在溪的旁边，山的腰际，与前面的弯曲的公路上下。溪上远处山间的白墙数点，和在山坡食草的羊群，又将这一幅中国的古画添上了些洋气。

而同时迅速介入同游者林语堂的判断：将瑞士的山村风光迅速引入到对眼前之景的观照中，进行比较，"人家稍为整齐一点，山上的杂草树木要多一点而已"。② 而在一次游览华北的旅行中，作者对青岛做了一个比拟，其视域同样是来自西方的，"以女人来比青岛，她像是一个大家的闺秀；以人种来说青岛，她像是一个在情热之中隐藏着身份的南欧美妇人"。③

再比如在《浙东景物纪略·冰川纪秀》中，写到一行的最后一站冰川河和玉山城，作者以这样的方式结尾："这一回沿杭江铁路西南直下，千里的游程，到玉山城外终止。'冰为溪水玉为山！'坐上了向原路回来的汽车，我念着戴叔伦的这一句现成的诗句，觉得这一次旅行的煞尾，倒很有点儿像德国浪漫派诗人的小说。"④ 戴叔伦是唐代诗人，作者再次将古典情怀与德国浪漫诗人一并置于旅程的感怀中，亦显现出旅程之中其形态的复杂与纠葛。

---

① 郁达夫：《钓台的春昼》，《郁达夫全集》第4卷，杭州：浙江大学出版社，2007，第29页。
② 郁达夫：《出昱岭关记》，《郁达夫全集》第4卷，杭州：浙江大学出版社，2007，第102页。
③ 郁达夫：《青岛、济南、北平、北戴河的巡游》，《郁达夫全集》第4卷，杭州：浙江大学出版社，2007，第151页。
④ 郁达夫：《浙东景物纪略·冰川纪秀》，《郁达夫全集》第4卷，杭州：浙江大学出版社，2007，第68页。

　　这样的例证数不胜数，在此，郁达夫对祖国山河的爱与怨，个人命运浮沉的痛与悲，对未来的期待与失望，颓废与热望，逍遥与飘零，互相交织在一起，来完成他对浙江风景的书写。郁达夫始终离不开将西方风景（西方的知识体系）纳入祖国风景的描述中，这至少存在两个维度的原因，第一个原因是在现代游记的写作中，现代性的介入成为无可避免的文化处境，离开西方的参照，而不足以表达对自我的想象。吴晓东对此的评价正是，这种现代性介入风景生产的书写模式隐藏着在风景与权力之间存在的某种关联。一方面，郁达夫只有借助于现代性的视野也就是西方的知识视域，"在眼前的东方风景中看出米勒和颓废之美"，与之相关的另一方面是，"东方的风景也只有经过西方的印证才似乎得到命名和表达，进而获得文化和美学的附加值"。① 这恰恰显示出东西方之间不相平等的文化关系，换言之，正是现代性的强势影响力，改变了现代中国知识分子对于风景的观看方式。毫无疑问，以西方的型范来重新建构中国风景实际上取消了本土文化的自主性与独立性，这显示出西方现代性的文化强势对现代中国文化建构的深刻影响，这种影响为中国风景的观看设置了一个西方的在场，且成为一个无所不在的读者。但这个来自异国的读者并非统摄和压制一切，在某种意义上，他会成为一个有力的反思者。

　　沈从文在其小说《爱丽丝梦游仙境》中有一节谈到一个《中国旅行指南》，其用意正在于为西方的游客介绍中国的风土人情，比如遇到迷路时，一不要问警察，二如果问到本地人也回答不知道，那么解决问题的方法就有两种："一种是你送他一点小费，他便很高兴为你作这件事；另一种则是你告他你是英帝国的人民，他们知道尊敬。英国在使中国人增加尊敬上，作了不少的事业，在中国境内杀了不少中国人，且停泊在中国长江一带的炮舰顶多，中国官已经告给中国人民应当特别怕英国人了。"另外，开会长官或者名人，如果门房说不在家了，这话是不能相信的。沈从文借助《旅行指南》提醒"遇到这事你便应当记起小费的事情来。你不记起他不会提醒你的。这因为应属于客人知趣不知趣上面，不知趣则他提醒你你也不明白"。再次，将西方的视域引入游记中，给外国人介绍中国社会的人情世故，其实是在用西方的价值观来衡量中国的本土传统。

　　第二个原因可以说是，在现代旅游产业的推动下，"异国情调"实际上会演变为一种消费符号，成为 1930 年代的一道文化产业景观，在较发达的铁路交通

---

① 吴晓东：《郁达夫与中国现代"风景的发现"》，《中国现代文学研究丛刊》2012 年第 10 期。

的推动下，浙江积极发展旅游业，政府邀约很多知名作家、文人游览省内各处景点，借此宣传浙江旅游。郁达夫1933年受杭州铁路局友人的邀约，游览浙杭，其目的正如他在《杭州小历纪程》中所记录：

> 前数日，杭江铁路车务主任曾荫千氏，介友人来谈；意欲邀我去浙东遍游一次，将耳闻目见的景物，详告中外之来浙行旅者，并且通至玉山之路轨，已完全接就，将于十二月底通车，同时路局刊行旅行指掌之类的书时，亦可将游记收入，以资救济Baedeker式的旅行指南之干燥。我因来杭枯住日久，正想乘这秋高气爽的暇时，出去转换转换空气，有此良机，自然不肯轻易放过，所以就约定于十一月九日渡江，坐夜车起行。

郁达夫在1930年代出版的两本盛名卓著的游记集子《屐痕处处》和《达夫游记》都有类似的写作背景，那就是纳入现代旅游产业的链条中。在所谓"旅行指南"的机制支配下，将本国风景比附于西方的著名景点和文化艺术经典，实际上就是企图以"异国情调"作为商业卖点，以刺激对风景的消费，为国内风景的观看增加一种陌生化的吸引力。

无论是西方文化的强势影响，还是商业模式的强势介入，都显示出现代性的力量对风景的建构性影响。这是一场关于前所未有的命名的社会实践，在风景的名称的表述过程中，命名显示出来自文化、政治、商业的力量对于现代风景强大的阐释、创造和改造的力量，作为一种现代性的后果，现代风景无法超越于纯粹的物我齐观的传统模式，它暴露了现代文化身份的建构，不再是封闭的、稳定的，而是开放的、流动的，是传统与现代、本土与西方、文化与商业等各方面话语相竞合的品性。

基于本国风景视域的异国风景书写，以朱自清和蒋彝为代表。朱自清1934年出版《欧游杂记》，其后又出版《伦敦杂记》，其基本内容即根据1931—1932年在英国进修语言学与英国文学期间的游历所记。朱自清的散文在中国现代文学史上的地位显赫，无论是写景抒怀一类的精雕细刻、绮丽优美、典雅雍容，还是叙事追怀一类的深情款款、丝丝入扣和素朴温厚，都表现出一种古典主义美学的温柔敦厚、哀而不伤的品格，在朱自清的文笔中蕴藏的更多的是对传统文化精神的继承与恪守。这种古典精神让游历于欧陆的朱自清更像是一个带有传统士大夫气韵的现代绅士，以至于，一方面进入朱自清视野中的欧洲风景更多的是以人性复苏、追求和谐平和为特征的文艺复兴时期的著名景观，比如威尼斯、罗马等地为代表，另一方面，在朱自清观看这些欧陆景点时，作者的视域迅速转入中国本土的风景，达成一种异国风景的中国式观看的融合效果。

比如，在《荷兰》中，作者沉浸于欧陆旅行的美好体验中，"淡淡的天色，寂寂的田野，火车走着，像没人理会一般。天尽头处偶尔看见一架半架风车，动也不动的，像向天揸开的铁手"。但这种体验鲜明地转入一个中国的视域，"一个在欧洲没住过夏天的中国人，在初夏的时候，上北国的荷兰去，他简直觉得是新秋的样子"。比如在《威尼斯》中，作者将威尼斯比作"海中的城"，美不胜收，"在圣马克广场的钟楼上看，团花簇锦似的东一块西一块在绿波里荡漾着。远处是水天相接，一片茫茫。这里没有什么煤烟，天空干干净净；在温和的日光中，一切都像透明的"。但这样一种美，让作者更多地想到的是一种中国式的体验方式，"中国人到此，仿佛在江南的水乡"。比如在《罗马》中，描写罗马自古以来以教堂而闻名于世。随即引用康有为《罗马游纪》，共同缅怀了杜牧的诗句"南朝四百八十寺，多少楼台烟雨中"，感叹"光景大约有些相像的"。在写到济慈墓地时，见到墓碑上的诗句"这儿躺着一个人，他的名字是用水写的。"作者感受到此诗句"末一行是速朽的意思"，然而，济慈的名字却如同杜甫的诗句一样"不废江河万古流"，"又岂是当时人所料得到的"。比如在《巴黎》中，作者感受到巴黎毫无疑问是一座艺术城，并且以六朝古都洛阳相比，"从前人说'六朝'卖菜佣都有烟水气，巴黎人谁身上大概都长着一两根雅骨吧"。中国式的美景、文化记忆信手拈来地进入朱自清的域外旅行时的风景观看行为中，显现出作者开阔的文化视域，更表达出作者强烈的本土文化的认同感。

另一个游历西方多年的画家蒋彝也属此类。蒋彝（1903—1977），自幼习画和书法，15 岁即名满乡里，五四运动时，向往新文化，开始接触新式教育，1933 年出走英国伦敦，期间以传统国画的方式传播中国文化，与此同时他游历伦敦、牛津、爱丁堡、都柏林、纽约、巴黎等地，联合运用诗、文、史、画相结合的媒介形式介绍欧美各地的历史沿革、地理风俗、生活人情，1937 年开始《湖区画记》获得西方世界的认可，继而出版《伦敦画记》《爱丁堡画记》等共12 本，足迹遍及全球 5 大洲 80 多个国家，自称"徐霞客第二"，这种文书画结合的游记在欧美热销近半个世纪，被誉为"中国文化的国际使者"。同样，在他的西方游历中，中国本土风景（包括历史记忆）的经验经常介入到对异国风景的描述中。

比如《瓦斯特湖》，记录了1936年7月31日对欧洲名胜瓦斯特湖的游览经历，在这篇长长的游记中，作者一方面用古典格律诗的形式，转译了克里斯托弗·诺斯的诗句"湖育风雨未知实，闲静难降山狂吼。文人犹恐赋新词，敬神沉醉游太虚。永暗隆响沛掩湖，扬波风云扰飞瀑。叹天地神能行异，欢笑骤临悲憾事"。另一方面，又穿插对中国传统绘画与西方绘画的区别，"中国画旨在表现画家的主观感受，而不设严格的规则要求重视当地景物。我希望读者不致因传统的风景画而有所偏见……中国画很少以色彩来令画面生动，多以留白点出水和天空"。① 并在游记中，根据瓦斯特湖的旅程所见，绘制了一幅中国画作品《大陡岩山对面云雾缭绕的岩坡》。这种将中国元素十分突出地引入关于瓦斯特湖游记中的做法比比皆是，这样一种本土文化的视域，更是在对瓦斯特湖的景观观看中直接映射出来，"我继续前行，走进中央荒山（Middle Fell）的双峰，刹那间心头涌起一种熟悉的感觉，那模样神似我祖国庐山的双剑崖，此刻我已有些怀念故乡。未几，一片云岫从山谷徐徐飘近，眼前尽是雾气，凭着对这幅景色的印象，我以米友仁的画风完成此图"。②

比如在《伦敦的雾》中，作者表达出不同于英国本土画家透纳的感知方式——多变，多色，多形状，反而发现"伦敦的雾却给我灵感，启发我用了中国人几世纪来大量运用的许多绘画技巧。中国山水画中，留白通常表示雾霭，而且，我发现，我们的大师有时会避免在前景中将建筑之类的东西画出来。我仔细观察了伦敦的雾霭之后，也开始尝试"。③ 比如在《旧日情怀》中，作者记录着在爱丁堡的所见所闻，在公园里看到一些树，解说牌写的是"悬铃木"，但作者却更愿意将之命名为"梧桐树"，"我不敢说这植物来自中国，可我肯定，我的祖国有许多这种树。它的嫩叶与无花果树叶非常类似，也就是美国人说的梧桐。那树看来有点类似中国的梧桐，梧桐子可以提炼成著名的中国树油。梧桐给了我们的文人许多灵感，我可以背诵许多相关诗句"。④ 对于异国风景的观看总是在不经意之间介入到一个本土文化的视域中。

---

① 蒋彝：《瓦斯特湖》，《湖区画记》，上海：上海人民出版社，2010，第38~40页。
② 米友仁即北宋书画家米芾长子，其画传承米芾，以雨后山水的烟雨蒙蒙、变幻空灵的"米氏云山"之风格著称，其父子二人在中国画史上有"大、小米"之谓。
③ 蒋彝：《伦敦的雾》，《伦敦画记》，上海：上海人民出版社，2010，第85页。
④ 蒋彝：《旧日情怀》，《爱丁堡画记》，上海：上海人民出版社，2010，第152页。

在旅游人类学的学者们看来，对于风景的观看实际上意味着游客与东道主（旅游目的地）之间的文化交往，"'地方'是一个名副其实的关系构造：它既是一种具体的、有形的'物化构造'——旅游目的地那些将游客与东道主联系在一起的各种物质的、可计量的存在；也是一种抽象的、无形的'意化构造'——旅游活动将游客和东道主之间各种难以计量的、肉眼看不见的问题，诸如文化交流、社会意识、族群认同、社会关系、权力话语、文化霸权等，它们都在'地方'这一舞台上展示和展演"。① 在朱自清、蒋彝等人对西方的游记书写中，我们更多地看到的并非只是对异国风景的惊奇与震撼，而是一种对本土文化、历史和风景的强烈守持。这是一种根系于本土的文化身份在面对异国文化时做出的认同回应。"人人都从某个文化居室的窗后观看世界，人人都倾向于视异国人为特殊，而以本国的特征为圭臬。"② 正是来自他者的文化刺激，让本土文化的身份确认显得更为鲜明而急切。这也充分说明，在现代性的语境下，完全封闭自我，通过自我认知自我，是一件完全不可能的事情。正如查尔斯·泰勒所言：认同问题本身就统合了自我的观点和别人观点。我们"对自己身份的发现，并不意味着我是在孤立状态中把自己炮制出来的。相反，我的认同是通过与他者半是公开、半是内心的对话协商而形成的"。③ 现代游记散文的一个鲜明特征即在于此，他者视域的介入，他者与本土的视域融合，使得现代游记散文突破传统游记中的单一文化视野，在不得不面对西方现代性破门而入的语境下，现代知识分子借由他者的眼光，更好也更清醒地思考本土文化的价值、处境以及未来，更开阔更自由地借助西方的文化资源来改造、清理以及创化现代中国文化的品质。

在跨文化研究学者看来，"所有对自身身份依据进行思考的文学，甚至通过虚构作品来思考的文学，都传播了一个或多个他者的形象，以便进行自我结构和自我言说：对他者的思辨就变成了自我思辨"。④ 旅外游记是典型的本土（自我）与他者的身份对话的文本。从本土到他者，由他者再返回本土，这一循环

---

① 彭兆荣：《旅游人类学》，北京：民族出版社，2004，第 69 页。
② ［荷］莱恩·塞格尔斯：《"文化身份"的重要性》，乐黛云、张辉编《文化传递与文学形象》，北京：北京大学出版社，1999，第 344 页。
③ ［英］泰勒：《承认的政治》，陈清侨编《身份认同与公共文化》，香港：香港牛津大学出版社，1997，第 11 页。
④ ［法］达尼埃尔-亨利·巴柔：《形象》，孟华主编《比较文学形象学》，北京：北京大学出版社，2001，第 179 页。

而交织的认知模式说明了现代性语境下，异国形象创造的本质并非对一种简单的书写对象的扩大和延伸，也不是意味着在强大的西方现代性面前的完全臣服，自然也"不是对他者文化的批判，而是对自我认同的反思，进而对自我与他者之上的共同规范的超越"。① 也就是说，现代知识分子对于异国情调的引入，异国形象的书写，异国视域的叙事介入，最终是要来完成对本土文化的反思、清理和重构。现代游记散文中的这种相互命名行为，既显示出现代中国破碎的民族状况与社会处境中文化身份的游离感，他者的存在，让精神归属与身份确认的问题显得更为迫切；另一方面也显示出对于世界文化的开放性和融合性，他者的存在，又丰富了文化身份的建构内蕴。在这样一种跨文化的文学实践过程中，对传统文化的超离与缅怀，对西方文化的倾慕与反思，构成了复杂的张力，显示出现代中国东西方文化碰撞过程中吸纳与排斥、融合与竞争的矛盾品性。

---

① 曹卫东：《交往理性与诗学话语》，天津：天津社会科学院出版社，2001，第158页。

第五章

革命话语与游记散文的旅行叙事

如果说 20 世纪中国现代性最重要的一个品格是对于民族主权独立、民族精神重造的追求，那么，对现代中国文学的解读实际上无法绕开其政治维度的介入。在列强环伺、民族受辱、内乱频仍的历史语境中，中国文学的现代想象充满了浓厚的政治想象，没有哪个作家，能轻易避开对民族和国家政治未来的思考，这诚如罗伯特所言，"每个人，无论你是否喜欢，事实上都不能完全置身于政治之外"。① 而现代中国的旅行，以及基于旅行的文学书写中，作家的政治立场、政治意识和政治经验从某种意义上说，都构成了中国现代性谋划的重要组成部分，正如学者所言，"民国时期文学的政治想象，指向了历史生活中'路'的遐想与凝思"。② 显然，这里所谓的"路"，指向的是国家民族的政治前途，路是旅行的方式，在探寻、选择、反思中，上演的是中国现代性谋划过程中意识形态、主体权利相纠葛和博弈的复杂图景。

在这一以寻"路"为终极目的的政治经验中，"革命"是最尖锐也是最鲜明的形式。从孙中山先生领导的辛亥革命，到蒋介石主导的国民革命军的"北伐"，到 1927 年"四·一二"政变第一次国内革命战争结束，再到中国共产党接过革命大旗，进入无产阶级领导的第二次国内革命战争时期，毛泽东清晰地指出，这一时期是"一方面反革命的'围剿'，又一方面革命深入的时期。这时有两种反革命的'围剿'：军事'围剿'和文化'围剿'。也有两种革命深入：农村革命深入和文化革命深入"。③ 最后以农村武装割据、实现土地革命为主要特征的中国革命在 1949 年取得最终胜利。可以看到，自始至终，"革命"成为晚清以降中国各种政治力量最为鲜明的旗帜，同时，这种以"革命"作为旗帜

---

① 〔美〕罗伯特·A·达尔、布鲁斯·斯泰恩布里克纳：《现代政治分析》，吴勇译，北京：中国人民大学出版社，2012，第 11 页。
② 魏朝勇：《民国时期文学的政治想像》，北京：华夏出版社，2005，第 189 页。
③ 毛泽东：《新民主主义论》，《毛泽东选集》第 2 卷，北京：人民出版社，1991，第 665页。

的政治实践都是以政党形式进行的，在此意义上余虹甚至指出，中国现代性区别于西方现代性的最重要特征就是中国式的政党实践，"由中国式政党实践导致的全方位的高度整合（社会、观念、心性的被组织化）乃中国式'现代'的根本规定性，如此之'现代境遇'是理解一切中国式'现代现象'……的起点与基础"。① 这一论点在某种意义上或许片面，但在一定程度上启发我们，革命是中国现代性建构的重要方式，离开革命，特别是以政党方式主导的革命，既无法谈论中国现代政治的演进路径，也无法解读现代中国文学的真正品格。

对于中国知识分子来说，无论是 1920 年代，对苏联云涌般的访问，还是1930—1940 年代对中国西部边疆的考察，特别是对延安的向往，旅行本身意味着一种鲜明的政治意图和社会实践。而基于"革命"建立起来的现代性方案，不仅凝聚了一大批怀着青春梦想和社会变革理想的知识分子，也改变了"五四"新文化运动以来启蒙文学的精神内涵：

> 无数新知识青年试图成为参与历史进程、变革社会的主体，由接受了先进的思想学说的他们组成先锋队，发动、组织大众，创建一个全新的集体主义的、具有极高效率和组织能量的组织，并实施一种整体性现代化工程，一切反动、落后的势力和腐败、混乱、无序、颓废的社会现象都将得到克服和清除。②

以政党实践为组织形式的革命实践，为中国现代性注入激进的力量，同时也改变了主体在社会组织中的地位与价值，最终改变了中国文学的现代内涵。

从 1928 年关于"革命"与文学的激烈讨论，再到 1930 年中国"左翼作家联盟"成立，以人的启蒙、人的文学为主旨的文学革命转向革命文学，"左联"成立的理论纲领即表现出极鲜明的政治倾向：

> 我们的艺术不能不呈献给"胜利不然就死"的血腥的斗争。艺术如果以人类之悲喜哀乐为内容，我们的艺术不能不以无产阶级在这黑暗的阶级社会之"中世纪"里面所感觉的感情为内容。因此，我们的艺术是反封建阶级的，反资产阶级的，又反对"失掉社会地位"的小

---

① 余虹：《革命·审美·解构：20 世纪中国文学理论的现代性与后现代性》，桂林：广西师范大学出版社，2001，第 2 页。
② 郑坚：《革命的现代性与"恋爱"的后现代性》，《中国文学研究》2007 年第 3 期。

资产阶级的倾向。我们不能不援助而且从事无产阶级艺术的产生。①

再到 1942 年毛泽东发表《在延安文艺座谈会上的讲话》，经过知识分子漫长而曲折的追寻，在复杂的战争现实里，在各种意识形态的选择与舍弃中，五四新文学向工农兵文学艰难转变，作家主体都在"从事暗中或者直接的革命活动"，是"与枪炮、牺牲和游击战斗直接接触的文学群体"。② 这成为现代中国文学的一个突出特征。概言之，在这种文学转变过程中，与中国革命的实践相恰，知识分子的旅行轨迹实际上变成了从城市走向乡村，从个人走向集体，从精英回归到了大众。

同时，我们也应该看到，包括革命在内的政治实践，中国现代性的终极目的是民族国家的建立。"现代性意识形态所动用的最强大、最持久的话语符号之一便是'民族国家'，民族国家的框架在现代几乎成为一种图腾，而具体的个人消融在其中，因此而成为'国民'。当然，这个符号化过程又是以集体认同的方式自发地出现的。于是，个人与国家的关系，成了现代性意识的结构性论题。"③ 这种以国族认同为基调的政治想象，显现在旅行游记中，一方面表现为以西部边疆的民族志书写方式建立起的现代国家意识，一方面又通过对历史遗迹、掌故的抚摸、缅想以及反思，在文化记忆中建立起鲜明的民族认同感；另一方面，在旅行风景、风情的描述中，对壮美与崇高的美学追求，又透露出战乱时局中对强力民族精神吁求的政治情怀。由此，现代游记散文的书写史，实际上是一部现代中国政治理想史，现代中国的旅行行为，更像是现代中国政治的谋划实践，它见证了中国现代性建构充满矛盾和斗争的复杂品性。

美国女作家尼姆·威尔斯 1936 年就曾这样判定，"现代中国文学运动紧跟着政治上革命运动的变迁"，④ 她的判断来自 1920 年代末到 1930 年代中国现代文学的革命转向。事实上，"五四"新文化运动以来，作为一种现代性方案，文化保守主义知识分子、启蒙知识分子、资产阶级自由知识分子以及革命知识分子都不断地在寻找、探索、设计乃至试验着不同的关于现代中国的蓝图。梁启超高举"诗界革命""文界革命"和"小说界革命"三界革命大旗将文艺拉入现代中国的激荡现实，继之，陈独秀、胡适、鲁迅领衔的以文化启蒙为主导的

① 《左翼作家联盟底成立》，《萌芽月刊》第 1 卷第 4 期，1930 年。
② 蔡丽：《传统、政治与文学》，北京：中国社会科学出版社，2013，第 32 页。
③ 陈赟：《困境中的中国现代性意识》，上海：华东师范大学出版社，2004，第 151 页。
④ ［美］尼姆·威尔斯：《活的中国·附录之一：现代中国文学运动》，《新文学史料》1978 年第 1 期。

"文学革命",为中国新文学的发展和繁荣点亮了启蒙之灯。然而,随着文学外部语境的突变,比如 1927 年"四·一二"事变国民党右派对革命的背叛,革命形势陷入暗沉之局,另一方面,在内在理路上,"娜拉出走后怎么办"、打破"铁屋"后怎么走的惶惑,使得启蒙现代性在中国面临十分尴尬的处境,"导致其自身的目标很难通过其自身的手段来实现,从而被一种新的接受了马克思主义指导的革命现代性所取代"。① 显现在知识分子界和文学界,就是对苏俄的向往不断加剧,左翼革命文学逐渐成为主潮。1937 年"西安事变"后,国共抗日统一战线的达成,让延安又成为当时青年知识分子的朝圣之地,红色延安成为知识分子革命想象的焦点风景。无数的知识分子破除艰难险阻,不舍昼夜地迁徙和旅行,奔赴圣地,只为实现和满足内心革命主义理想。由此观之,革命不仅为革命的现代性实践提供了理想目标和组织力量,实际上也规定了一整套关于革命的话语模式。这些,都深深印刻在现代中国旅行文学的书写痕迹中。

第一节 旅行与中国革命的现代性

据学者陈建华考证,"革命"一词最早由王韬在 1890 年基于日本冈本监辅的《万国史记》的启发,在《重订法国史略》中首次以"革命"转译表述了 18 世纪的法国大革命,② 从此汉语中的"革命"开始与英文中的"revolution"相对应。晚清以降,中国社会的现代性变革之时代潮流不可逆阻,最先高举并推广"革命"一词、最早从"革命"的视域中体验现代性的知识分子是梁启超,梁启超先后作《释"革"》(1902)、《中国历史上革命之研究》(1904)等著作以阐释"革命"这一引自西方的概念的本义以及在中国语境下的内涵,基于其保守改良的政治立场,梁启超认为所谓"革命",并非只有《周易》中"汤武革命,顺乎天而应乎人"这一武装暴力、王朝易姓的颠覆性意涵,而表示:"革也者,含有英语之 Reform 与 Revolution 之二义。"③ 也就在"改良改革-革命"的二元维度上诠释了"革命",并分别以 19 世纪英国的议会改革和 18 世纪的法国革命为例,印证革命的丰富意涵。进而,在更深层次上,梁启超为扭转暴力之于革命的单面理解,从社会进步与历史发展的"常道"这一现代性意义上,

① 陈国恩:《革命现代性与中国左翼文学》,《学习与探索》2008 年第 3 期。
② 陈建华:《"革命"的现代性:中国革命话语考论》,上海:上海古籍出版社,2000,第 164 页。
③ 梁启超:《释"革"》,《新民丛报》第 22 号,1902 年 2 月。

归纳了"革命"的三种定义:"其最广义,则社会上一切无形有形之事物所生之大变动皆是也;其次广义,则政治上之异动与前此划然成一新时代者,无论以平和得之以铁血得之皆是也;其狭义,则专以兵力向于中央政府者是也。"① 无论是最普遍意义上的社会变迁,还是有组织化有目的的社会变革,还是专指武装暴力推翻现有制度的社会运动,"革命"在晚清以降的中国历史语境中,都与中国社会的现代性建构紧密联系在一起。如果说,在晚清,革命尚有保守改良和激进革命的对立纠葛,那么,辛亥革命推翻帝制之后,革命意涵中的"改良改革"维度实际上被削弱,甚至成为革命的对立面,革命更多地被赋予砸碎旧的国家机器、颠覆现存社会秩序的意义和力量,成为塑造现代中国社会的重要方式和路径。

变迁、变化乃至变异实际上是现代性的题中之义。革命是历史变迁与社会变异的激进途径。马克思在《共产党宣言》中这样描述现代性的不可遏制:"生产的不断变革,一切社会状况不停地动荡,永远不安定和变动,这就是资产阶级时代不同于过去一切时代的地方。"② 在此意义上,伯尔曼是把革命现代性都放置在"基本的发展进程中一个不停流动的连续的在这个过程中,从一个时代到另一个时代的转折没有真正意义上的差别,仅仅在旧与新、早与晚的时间次序上有所区分"。③ 安德森否认这种持续性与常态性的革命定义,认为革命的现代性意涵在于"政治性地自上而下地颠覆一个国家的秩序,然后再改朝换代。……革命是一个定时发生并并非永久性的进程"。④ 汉娜·阿伦特在论革命时也指称,革命指向"自由和新开端",指向"人从一种旧制度中的解放"。⑤而社会学家吉登斯在思考革命与现代性的关系时,使用了"解放政治"这一概念,似乎更值得我们来考量中国革命的现实特征。在吉登斯看来,解放政治即是"力图将个体和群体从一种不良影响的束缚中解放出来的一种观点。解放政治包涵了两个主要的因素,一个力图打破过去的枷锁,因而也是一种面向未来

---

① 梁启超:《中国历史上革命之研究》,《新民丛报》第46-48合号,1904年2月。
② 〔德〕马克思、〔德〕恩格斯:《马克思恩格斯选集》第1卷,北京:人民出版社,1995,第275页。
③ Perry Anderson, "Modernity and Revolution," in Marxism and the Interpretation of Culture, ed. by Cary Nelson and Lawrence Grossberg (Urbana and Chicago: University of Illinois Press), p. 321.
④ Perry Anderson, "Modernity and Revolution," in Marxism and the Interpretation of Culture, ed. by Cary Nelson and Lawrence Grossberg (Urbana and Chicago: University of Illinois Press), p. 317~318.
⑤ Hannah Arendt, On Revolution (New York: The Viking Press, 1965), p. 22.

的改造态度，另一个是力图克服某些个人或群体支配另一些个人或群体的非合法性统治"。①

对于 20 世纪中国知识分子来说，革命是现代性的正向力量，"革命是历史的火车头，革命能使历史沸腾，革命是摧枯拉朽的风暴"。② 在某种意义上革命指向进步、自由、独立、平等以及社会解放，"革命的指导思想开始建立在崇尚理性与相信未来的目的论历史观上……革命及其话语就不但在启蒙现代性的逻辑上为反对或推翻现有体制提供了合法性证明，而且以其对美好前景令人折服的论证完成了必须的群众动员"。③ 问题的特殊性在于，20 世纪中国内忧外困的社会现实和矛盾复杂的政治冲突，使得民族解放、社会解放以及个人解放的路径不同于西方式的渐进，而趋向于激进的冲突。有人这样总结，"革"意味着"打破、变革、毁灭"，而"命"则意味着"天命、规律、体制、核心价值，即一种由必然性构筑的、有着控制和规训力量的'道统'"。④ 而中国现代性的展开之所以放弃改良改革色彩，而凸显强烈的"革命"色彩，是因为，西方理性主义结构内宗教伦理、法律法制、价值准则这一"道统"的恒定与稳固，特别是对雅各宾主义的反思，西方革命更多呈现改良的方式，而现代中国所面对的"道统"是反作用甚至禁锢和对立于现代性价值的，因而激进超越了保守和改良的方式，"中国的现代性一开始就呈现为一种激进主义、基础主义的革命，一种天翻地覆慨而慷'、'破坏一个旧世界'式的革命"。⑤ 经过不断的更迭与选择，属于中国的 20 世纪实际上就是疾风骤雨般革命的世纪，让以暴易暴、热血炮火成为历史新陈代谢的方式。

对此，毛泽东对"革命"有一个广为人知的名言："革命不是请客吃饭，不是做文章，不是绘画绣花，不能那样雅致，那样从容不迫，文质彬彬，那样温良恭俭让。革命是暴动，是一个阶级推翻一个阶级的暴烈的行动。"⑥ 这是在武装暴力以及阶级斗争的层面上阐释了"革命"，既是出自马克思列宁主义的理论

① ［英］安东尼·吉登斯：《现代性与自我认同》，赵旭东等译，北京：生活·读书·新知三联书店，1998，第 247~248 页。
② 朱学勤：《革命》，《南方周末》1999 年 12 月 29 日。
③ 赵牧：《启蒙、革命及现代性：被终结的话语》，《华东师范大学学报》2010 年第 2 期。
④ 冯黎明：《中国·人民·革命——20 世纪思想文化的三种现代性焦虑》，《华文文学》2010 年第 2 期。
⑤ 冯黎明：《中国·人民·革命——20 世纪思想文化的三种现代性焦虑》，《华文文学》2010 年第 2 期。
⑥ 毛泽东：《湖南农民运动考察报告》，《毛泽东选集》第 1 卷，北京：人民出版社，1999，第 17 页。

逻辑，更是对中国社会严峻现实的积极回应。如果说这一定义充满了浪漫主义的修辞表达，那么，作为中国共产党革命战争的卓越领袖，毛泽东在理论上一个显著的贡献就是将中国革命视为现代性事物，并纳入世界历史进程的宏大舞台中来，认为"中国革命是世界革命的一部分"。在《新民主主义论》中，毛泽东指出，中国资产阶级民主主义革命自 1840 年鸦片战争就已开始准备，孙中山领导的"辛亥革命，则是在比较更完全的意义上开始了这个革命"，资产阶级民主主义的革命归属"旧的世界资产阶级民主主义革命的一部分"，1917 年俄国十月革命"改变了整个世界历史的方向"，无产阶级登上历史舞台，在此语境下，中国资产阶级民主主义革命转向"新的资产阶级民主主义革命的范畴"，成为"世界无产阶级社会主义革命的一部分"，① 它必须由无产阶级领导。借此，中华民族在通往现代的旅途中，觅得了一条电光火石般的革命之路。"中国在世界革命中被定位，在革命之窗中返照自己，寻找自己的将来。整个世界被笼罩在'革命是历史的火车头'的'现代'观念中，对中国来说，似乎只有通过革命，才能摆脱传统的耻辱，一跃进入现代之途。"②

　　1928 年掀起的"革命文学"，1930 年代的"左翼文学"，1940 年代的"延安文学"都标志着"革命"对于现代中国文学书写的强烈介入，成为知识分子对中国当下现状与未来命运的思考方式。亲历日本无产阶级文学影响，也考察过苏联的郭沫若在当时即激情呼告，"凡是新的总就是好的，凡是革命的总就是合乎人类的要求，并合乎社会构成的基调的"，一个革命的时期必然是"一个文学的黄金时代"，文学可以成为"革命的先锋"。③ 蒋光慈奔赴苏联，亲历过莫斯科社会革命的真实场景，他对中国现实的判断就是，革命的对象是军阀与帝国主义，而"谁个能够将现社会的缺点，罪恶，黑暗……痛痛快快地写将出来，谁个能够高喊着人们来向这缺点，罪恶，黑暗……奋斗，则他就是革命的文学家，他的作品就是革命的文学。……近视眼不能做革命家，无革命性的不能做革命的文学家，安于现社会生活的不能做革命的文学家，市侩不能做革命的文学家。倘若厌弃现社会，而又对于将来社会无希望的也不能做革命的文学

---

① 毛泽东：《新民主主义论》，《毛泽东选集》第 2 卷，北京：人民出版社，1991，第
668~669 页。

② 陈建华：《"革命"的现代性：中国革命话语考论》，上海：上海古籍出版社，2000，第
164 页。

③ 郭沫若：《革命与文学》，北京师范大学中文系、现代文学教学改革小组《中国现代文
学史参考资料》第 1 卷，北京：高等教育出版社，1959，第 214~216 页。

家"。①

中国现代性的革命维度决定了这样一种现实特征，那就是由于传统内部革命资源的缺失，中国革命所急需的反封建、反帝国主义的理念、路径以及目标设定都需要从外部（苏联）获得，这也就决定了革命对于现代中国文学的书写来说，不仅仅是知识分子的跨国旅行，更是一场革命意识形态的理论旅行。"五四"新文化运动时期，马克思主义知识分子如李大钊、陈独秀，包括瞿秋白，对苏联文艺的研究乃至对苏联的访问，引发了中国知识分子对苏联的向往，马克思列宁主义在苏联的革命胜利，为中国社会包括中国文学注入了炙热的活力。1920年代开始，一大批关于苏联的旅行游记比如《饿乡纪程》《赤都心史》（瞿秋白），《游俄国见闻实录》（李仲武），《游俄纪实》（俞颂华），《赤俄游记》（抱朴），《欧游漫录——西伯利亚游记》（徐志摩），《莫斯科印象记》（胡愈之），《苏联见闻录》（林克多），《旅俄日记》《俄京旅话》（蔡运辰），《欧游随笔》（蒋廷黻），《苏俄旅行记》（丁文江），《苏俄视察记》（曹谷冰），《从东北到苏联》（戈公振），《萍踪寄语》（邹韬奋），《苏联纪行》（郭沫若），《苏联见闻录》（茅盾），这中间既有无产阶级革命知识分子，也有自由主义知识分子，还有国民党要员以及其他科学家、社会学家等。通往苏联的旅行，其实是现代知识分子基于亡国灭种的现实对于革命作为一种救国强国的现代性方案的实地考察、借鉴和思考。而1930年代开始的对延安的旅行，从某种意义上是对中国共产党领导的无产阶级革命强烈的政治认同。大批知识分子在中国共产党抗日政策的影响下，转向革命，延安革命根据地开展的民主政治和土地改革创造的崭新的社会面貌和人的精神面貌，激发了知识分子内心的理想主义激情，"到延安去"成为1930年代响亮的时代强音。先后奔赴延安的知识分子达6万之众，超过当地居民10倍。走向延安的旅行，无异于一场革命的朝圣，意味着走向自由、民主和幸福的天堂。"当时，我是怀着一股对中国共产党对毛主席的崇敬的热情和一种强烈的民族感情到延安的，认为只有中国共产党是坚决、真诚地在领导抗战的，只有共产党才能救中国，愿在共产党领导下，积极参加抗战工作，舍生忘命，没有考虑到其他的种种。"② 这是当时海外留学归来奔赴革命延安的知识分子的内心感召。

通向革命的旅行，在某种意义上就是一场现代性的社会实践。其文化意义

① 蒋光慈：《现代中国社会与革命文学》，《蒋光慈文集》第4卷，上海：上海文艺出版社，1988，第154页。
② 陈学昭：《天涯归客》，杭州：浙江人民出版社，1980，第167页。

在于，它改变了"五四"新文化运动以来启蒙文学的书写方式，其现代性本质在于，不仅仅是革命乌托邦的想象，在更深处，"它们都在历史进步主义和历史规律这一现代性信念的鼓舞之下，纷纷操持'革命''人民''阶级''解放''社会主义''共产主义'和'民族主义'的现代性话语，表达着自己'解放政治'这一现代性的历史追求"。① 也正是在这个意义上，文学史家才将中国新文学史纳入中国新民主主义革命史的框架下，认定"新文学的基本性质就不能不由它所担负的社会任务来规定；……从开始起，中国新文学就是一贯地反帝反封建的"。② 只不过，问题的复杂之处在于，无论是对苏联的政治旅行和社会考察，还是对红色延安的奔赴与向往，无论是实践旅行还是理论旅行，显现在旅行游记中，一方面马克思列宁主义在中国革命现实的特殊性面前发生某种程度的转化，另一方面，自"五四"新文化运动延续而来的启蒙主义精神也会在实践过程中遭遇革命意识形态的修改，这使得 20 世纪革命主题的旅行文艺内部无不充满着一个张力结构。

第二节　从城市走向乡土：农民革命的角色移位

从某种意义上说，现代旅行，在启蒙话语的叙事模式中常常表现为一种由乡村向城市的位移，这一位移，一方面是基于知识分子角色的蜕变，一方面是基于传统与现代之间的文化转变。沈从文在他的自传中说起 1922 年离开湘西奔赴北京的动因，是在昏暗而令人窒息的湘西军营里翻阅了《新青年》等一系列"五四"启蒙刊物，而导致"正在发酵一般的青春生命，为这些刊物提出的'如何做人'和'怎么爱国'等等抽象问题燃烧起来了。让我有机会用些新的尺寸来衡量客观环境的是非，也得到一种新的方法、新的认识，来重新考虑自己在环境中的位置"。③ 这一情景正如"幻灯片"事件对于鲁迅的意义一样，彻底改变了沈从文的文化观念和人生轨迹。他离开湘西，奔赴北京大都市，就像当时大多数有志青年一样，对现代新事物的好奇，对现代生活方式与文化观念的向往，成为现代旅行的一种启蒙机制。然而，1928 年以后，文学革命转向革

---

① 何言宏：《20 世纪中国文学的现代性阐释与文化政治问题》，《南京师范大学学报》2002
年第 1 期。

② 王瑶：《中国新文学史稿》（上），上海：上海文艺出版社，1982，第 6 页。

③ 沈从文：《我怎么做起小说来》，《沈从文全集》第 16 卷，太原：北岳文艺出版社，
2002，第 414 页。

命文学，革命话语恰恰逆转了这一旅行轨迹，取消高高在上的城市优越感，走向乡村，走向革命大众，走向水深火热而波澜壮阔的生活，成为革命话语中旅行书写的基本逻辑。区别于启蒙文学，革命话语中，文学价值和功能开始转向了，"一个新的时代已经开始，……这种文学应该是属于人民以及为人民的积极的文学……它在内容上应该清楚地以工农兵为中心，而且在有资格教育群众之前，必须满足群众的需要"。①

以个人解放为主旨的启蒙文学叙事最终转向以"工农兵"为中心的革命文学叙事，一方面是"救亡"语境下对文学的社会功能的格外强化，使得文学视域必须向下看。在革命文学理论家看来，"五四"文学革命的性质无异于重视文学对社会的改造功能即"启蒙"的需要。"智识阶级一心努力于启蒙思想的运动。……这种启蒙的民主主义的思想运动势必要求一种新的表现的手段"。② 而革命文学不过是继承并突出了这一功能，"文学的社会任务，在它的组织能力"，甚至更为直接的，文学是"一个阶级的武器"，③ 或者，文学本身就是革命手段和政治途径，"决不应止于是社会生活的反映，它应积极地成为变革社会的手段"。④ 文学即成为革命斗争中不可或缺的一部分，"要鼓动人们革命，必须先鼓动感情，鼓动感情的方法，或仗演说，或仗论文，然而文学却是最有效用的工具"。⑤ 在此意义上，徜徉于异国文化，固守于书斋深宅，感受于都市的迷乱，不是革命文学的诉求，也触摸不到民族危亡与时代洪流的铿锵脉搏。

另一方面，也是更重要的，走向民众是中国革命的基本性质和特点决定的。中国马克思主义早期的倡导者李大钊积极赞赏蔡元培"劳工神圣"⑥ 的呼告，并预言"须知今后的世界，变成劳工的世界"。⑦ 在李大钊看来，中国走向现代文明，并非一味地向西方学习，其根本之处在于要将"知识阶级与劳工阶级"打成一片，而"我们中国是一个农国，大多数的劳工阶级就是那些农民，他们若是不解放，就是我们国民全体不解放……他们的生活利病，就是我们政治全体的利病"。他号召时代有觉悟的青年应当勇敢地走向乡村去，"开发他们，使

① ［美］费正清、［美］费维恺：《剑桥中华民国史》下，刘敬坤等译，北京：中国社会科学出版社，1994，第477页。
② 成仿吾：《从文学革命到革命文学》，《创造月刊》1928年2月1日
③ 李初梨：《怎样地建设革命文学》，《文化批判》创刊号，1928年1月5日。
④ 成仿吾：《全部的批判之必要》，《创造月刊》第一卷第十期，1928年3月1日。
⑤ 邓中夏：《贡献于新诗人之前》，《中国青年》第10期，1923年12月22日。
⑥ 蔡元培：《劳工神圣》，《新青年》65卷5号，1918年11月15日。
⑦ 李大钊：《庶民的胜利》，《新青年》65卷5号，1918年11月15日。

他们知道要求解放，陈说痛苦，帮助农民，脱去黑暗"。① 而无产阶级革命领袖毛泽东更是以自己的实际行动，从中国新民主主义革命的任务和中国半封建半殖民地的特殊国情出发，去认识乡村和中国农民问题。在他看来，乡村毫无疑问是革命的发源地，农民不仅仅是中国革命的核心问题，同时他也认定，农民是"革命先锋"，"没有贫农，便没有革命"。② 中国的新民主主义革命实质上就是农民革命，在反帝反封建的民族民主革命中，农民起着决定性的作用，只有依靠农民阶级的革命精神，才能最终根除帝国主义和封建主义的统治基础，"进步的工人阶级尤其是一切革命阶级的领导，然若无农民从乡村中奋起打倒宗法封建的地主阶级之特权，则军阀与帝国主义势力总不会根本倒塌"。③ 基于这一认识，1928 年之后，特别是 1936 年"五四"启蒙文学的灵魂人物鲁迅逝世和 1937 年抗日战争的全面爆发，"中国现代文学进入了农村阶段"。④ 大批知识青年基于民族忧患的情怀转向政治，亲近中国的底层社会，走进乡村，走进农民的生活。这一点，在毛泽东 1942 年发表《在延安文艺座谈会上的讲话》之后达到了顶峰。农民阶级成为中国共产党革命战略中的核心。

　　中国革命的性质决定了中国文学的属性。"五四时期以来的优先次序，现在颠倒过来了，原先是作者的个性和想象在文学作品中得到反映，并传递给逢迎的读者；而现在是工农兵读者提供革命文学的主题，并指导作者的创作。"⑤ 在李泽厚看来，这是"救亡"压倒"启蒙"之下，基于农民、传统文化以及马克思主义的革命意识压倒了自由、民主与个人主义的启蒙精神，"中国革命实际上是一场以农民为主的革命战争。这场战争经过千辛万苦胜利了，而作为这些战争的好些领导者、参加者的知识分子，也在现实中为这场战争所征服"。⑥ 启蒙

---

① 李大钊：《李大钊文集》（上卷），北京：人民出版社，1984，第 648 页。
② 毛泽东：《湖南农民运动考察报告》，《毛泽东选集》第 1 卷，北京：人民出版社，1999，第 17 页。
③ 毛泽东：《毛泽东选集》第 1 卷，北京：人民出版社，1999，第 39 页。
④ ［美］费正清、［美］费维恺：《剑桥中华民国史》下，刘敬坤等译，北京：中国社会科学版社，1994，第 489 页。
⑤ ［美］费正清、［美］费维恺：《剑桥中华民国史》下，刘敬坤等译，北京：中国社会科学版社，1994，第 477 页。
⑥ 李泽厚：《中国近代思想史》，北京：生活·读书·新知三联书店，2008，第 72 页。

现代性让位于革命现代性，这一论断在 20 世纪中国思想史中影响很大，争议也很大，① 但有一点是肯定的，在中国特殊国情下，中国现代性的革命转向实际上就是乡村转向和农民转向。"对于一个古老的农业乡土中国来说，历来的革命问题、生存问题、现代化问题，从根本上说离不开乡土变动问题、乡土的生存问题。中国的任何变动，归根结蒂是一个关系乡土生存与命运的变动。"② 在启蒙叙事中，底层民众是改造和启蒙的对象，是落后与保守的代言人，是革命的阻力和难题。所谓"庸众"甚至是革命的看客、投机分子甚至罪恶的帮凶。但是，在革命现代性的方案中，农民成为主力，成为可以依靠的对象。基于此，有人综而统之，将启蒙现代性指向思想革命，而将革命现代性指向社会革命，"中国现代化的道路实际上采用了社会革命与思想革命交替进行的形式：仅仅依靠革命现代性所主导的社会革命，难以解决民众不觉悟的问题，仅仅依靠启蒙现代性所主导的思想革命同样难以解决中国的社会现实问题"。③ 这一解释实际上暗示了 1928 年革命文学转向之后现代中国文学书写的一个张力结构：个体与人民，人性与阶级性等之间的对立与统一。

值得注意的是，"五四"启蒙主义知识分子并没有忽略过"民众"的存在，也没有将"民众"归置于现代性方案之外。胡适高举"俗文学"大旗是为了强调新文学的通俗性与平民性，周作人更是力主"平民文学"以区别于传统"贵族文学"，目光向下，以"普遍"与"真挚"为基点，"应以普遍的文体，写普遍的思想与事实"，"只应记载世间普通男女的悲欢成败"，"应以真挚的文体，记真挚的思想与事实"，④ 而远离才子佳人、英雄豪杰们的不寻常之故事。更为引人注目的是，在革命风暴到来之前，无数的知识分子比如米迪刚、米鉴三、卢作孚、梁漱溟、陶行知等将中国现代性展开的实践锁定在乡土中。

卢作孚首倡以"现代化"来开展中国乡土之建设，认为国家现代化之要义在于乡土现代化为前提，由此，乡土运动之宗旨不止于教育或者救济层面，更

---

① 比如，赵牧就认为，"新民立国"是中国现代性的终极目标。无论以"个性解放"为标志的资产阶级启蒙主义，还是以"人类解放"为理想的无产阶级启蒙主义，尽管斗争惨烈，但均不违背此共同前提。由此，"启蒙"不但没有如李泽厚所宣称的被"救亡"所压倒，反而，"救亡"的合法性总是建立在"启蒙"的国家危机论述之上。救亡与启蒙是相承关系，不是对立关系。见赵牧：《启蒙、革命及现代性：被终结的话语》，《华东师范大学学报》2010 年第 2 期。

② 禹建湘：《乡土想像：现代性与文学表意的焦虑》，长沙：湖南人民出版社，2008，第 23 页。

③ 陈国恩：《革命现代性与中国左翼文学》，《学习与探索》2008 年第 3 期。

④ 仲密（周作人）：《平民文学》，《每周评论》第 5 号，1919 年 1 月 19 日。

在于"要赶快将这一个乡村现代化起来"。① 之后梁漱溟的"乡村建设"运动，则抓住中国现代性展开中的要害问题，即为"旧社会构造的崩溃与新社会构造的如何建立"找到一个可行性的社会路径，他认为，"中国问题之解决，其发动主动以至于完成全在其社会中知识分子与乡村居民打并一起，所构成之一力量"。如同毛泽东一样敏锐，自由主义知识分子梁漱溟坚持认定，解决了农民问题，就解决了中国现代性的最大问题。

但是，问题的关键之处在于，启蒙叙事中的乡土，在旅行的意味上，是以对乡土的离开或者以现代的框架回首观照乡土为模式的，在这样一种观照之下，"五四"启蒙文学中的乡土，大多呈现为两种样态：一是屈辱与落后的，一是怀旧与静谧的。鲁迅在《中国新文学大系·小说二集》导言中简略地概括了 20 世纪 20 年代乡土文学，使用了"乡间的死生，泥土的气息"以及"哀愁"等词汇，以故乡贫病落后而生的"忧愤深广"来诠释这一时期乡土文学的主体意识。他特别提到许钦文对故乡的描述，他认为，如许钦文一样，"五四"知识分子以乡土文学作为写作内容，但是，这些"自招为乡土文学的作者，不过在还未开手来写乡土文学之前，他却已被故乡所放逐，生活驱逐他到异地去了"，因此，他们笔下的故乡是"回忆"，是不再能亲近的，"而且是已不存在的花园，因为回忆故乡的已不存在的事物，是比明明存在，而只有自己不能接近的事物较为舒适，也更能自慰的"。② 乡土中的百姓，常常是时代的无名者，是"被侮辱与被损害者"，③ 要么是田园牧歌声中现代都市病人的疗救者。无论怎样，这一叙事中的乡村和农民，是一个被动的对象。由此激起的一种社会批判、文化悲悯以及人道主义的文学伦理凸显了那些走进城市、拥抱现代性的"五四"作家们内心的理性主义态度，正如韦勒克认为的那样，文学的目光回到"当代社会现实的客观表现"，蕴含的自然有"人类同情心，社会改革与社会批判甚至社会反判的宣传与教育"。④

革命文学兴起之后，逆转了知识分子的旅行向度。同样是将中国的乡土作为写作的对象，但是他们做出了两个深刻的改变。一是，通过实地的考察走访，

---

① 卢作孚：《四川嘉陵江三峡的乡村运动》，《卢作孚文集》，北京：北京大学出版社，1999，第 353 页。

② 鲁迅：《〈中国新文学大系·小说二集〉序》，《鲁迅全集》第 6 卷，北京：人民文学出版社，1973，第 255 页。

③ 沈雁冰：《自然主义与中国现代小说》，《小说月报》第 13 卷第 17 号，1922 年。

④ ［美］韦勒克：《文学思潮和文学运动的概念》，刘象愚译，北京：中国社会科学出版社，1989，第 236 页。

以更加真实而深透的方式，面对乡土的贫困，同时，将贫困视为革命的重要对象与动因去思考。1917 年暑假，毛泽东与萧子升历时 1 个多月，行走 900 多里，对长沙、宁乡、安化、益阳、沅江的农村进行了调查。① 1918 年 8 月 15 日，毛泽东与罗学瓒、张昆弟等北上北京，路过河南，因铁路路基被洪水冲坏，不能前行，毛泽东趁此机会考察附近农村。② 1927 年 1 月，毛泽东深入湖湘大地，走访湘潭、湘乡、衡山、醴陵、长沙五县农村，广泛接触农民和农运干部，获得一手资料，最终完成《湖南农民运动考察报告》。③ 在革命文学的旅行记里面，农村的贫困转化为革命者的忧思与革命信仰树立的动力，蒋光慈游历苏俄，也不断穿梭于 1920 年代中国大江南北的风雨中，亲历着破碎国家的各种悲剧实景，他在文中这样表达着走向革命的青年心理："我是一个流浪的文人，……无法的中国！残酷的中国人……我是一个主张公道的文人，然而我不能存在无公道的中国。偶一念及我的残酷的祖国来，我不禁为之痛哭。中国人真是爱和平的吗？喂！杀人如割草一般，还说什么仁慈，博爱，王道，和平！如果我不是中国人，如果我不同情于被压迫的中国群众，那我将……永远不踏中国的土地。"④ 正是这种残酷与不公，使得中国底层的民众站立起来，走向革命。汉娜·阿伦特在阐释法国大革命的动因时这样分析，贫困是革命的导火索，其社会根源在于：

> 贫困是卑贱的，它把人们置入身体的绝对指令之下，也即是需求的绝对指令之下。正是受这种需求的支配，大众汹涌求助法国革命，鼓动着它，驱迫它前行，直至送革命迈向它的毁灭，因为这大众就是穷人的大多数。⑤

变革贫困是大众进行暴力革命的初始动机，而不再如启蒙知识分子那样，贫困的农民只能是愚昧而沉睡的。乡村的旅行经验使得革命作家们看到，革命，不是革命者的偶然选择，而是一种时代的命运。

二是，通过在考察与走访过程中对中国农村问题的判断，知识分子认识到，在革命立场上，中国的农民已然觉醒，成为革命的尖兵。比如钱杏邨发表《死

---

① 韩毓海：《重读毛泽东：从 1893 到 1949》，北京：中国少年儿童出版社，2017，第 53 页。
② 李锐：《早年毛泽东》，沈阳：辽宁人民出版社，1993，第 180 页。
③ 李锐：《早年毛泽东》，沈阳：辽宁人民出版社，1993，第 564 页。
④ 蒋光慈：《蒋光慈文集》第 1 卷，上海：上海文艺出版社，1983，第 307~378 页。
⑤ Hannah Arendt, *On Revolution* (New York: The Viking Press, 1965), p. 54.

去的阿 Q 时代》（1928）即宣告一个觉醒而战斗的农民阶级正在时代的呼唤下昂然走来："十年来的中国农民是早已不象那时的农村民众的幼稚了"，农民的革命性焕然一新，"第一是不象阿 Q 时代的幼稚，……对于政治也有了相当的认识；第二是中国农民的革命性已经充分的表现了出来，他们反抗地主，参加革命，……绝没有象阿 Q 那样屈服于豪绅的精神；第三是中国的农民智识已不象阿 Q 时代的农民的单弱，……他们是有意义的，有目的的，不是泄愤的，而是一种政治的斗争了"。① 这一考察或许和现实有所差异，但在其话语结构中，农民已经在无形中被提升到优于知识分子的位置，农民不仅能成为革命阶级，更是知识分子学习而非批判的对象。在革命作家的视域中，大众的革命性与知识分子的软弱形成对立结构，"拿未曾改造的知识分子和工人农民比较，就觉得知识分子不干净了，最干净的还是工人农民，尽管他们手是黑的，脚上有牛屎，还是比资产阶级和小资产阶级知识分子都干净"。② 知识分子或者他们所称为小资产阶级的人，"胆子小，他们怕官，也有点怕革命"，反而是农民大众，是质朴的、豪爽的、勇敢的、诚挚的、疾恶如仇的并且彻底干革命的。并且，知识分子要获得他先天不具备的革命性，就必须走向农民大众，扎根乡村，了解他们的情感，他们的语言和生活习惯，写群众喜闻乐见的作品，和人民群众打成一片。

第三节　从个人走向集体：红色乌托邦的朝圣之旅

　　1920 年代末到 1930、1940 年代，中国知识分子的政治旅行有两个重要的中心，一个是取得社会主义革命胜利的苏联，一个是中国共产党领导下的延安。阿尔蒙德认为，"政治文化是一个民族在特定时期流行的一套政治态度、信仰和感情"。③ 尤论是苏联还是延安，之所以成为当时知识分子旅行活动的目的地，就在于，这两个中心，在当时的世界形势与国内革命运动的特殊条件下，能够在最广泛程度上整合和强化知识分子的政治态度，凝聚民族向心力。通向苏联或延安的旅行更像是一场政治朝圣，成为广大知识分子的梦想。1928 年之后，

---

① 钱杏邨：《死去的阿 Q 时代》，中国社会科学院文学研究所现代文学研究室编《"革命文学"论争资料选编》（上），北京：人民文学出版社，1981，第 192 页。

② 毛泽东：《在延安文艺座谈会上的讲话》，《毛泽东选集》第 3 卷，北京：人民出版社，1991，第 875~876 页。

③ ［美］阿尔蒙德：《比较政治学》，曹沛霖等译，上海：东方出版社，1987，第 26 页。

整个知识界在思想上向左转，大批为中国前途命运忧心探索的知识分子不仅切近了文学与政治的关系，成为国家受难的关注者和革命运动的同情者，而且，在实践上，他们直接投身革命，奔赴战地，奔赴革命的中心。这样一场关于革命的旅行，在灵魂深处激发了知识分子身上的乌托邦情怀，他们的旅行足迹，伴随着强烈的政治想象和现实批判，为革命语境下知识分子的文学写作，提供了充满召唤力和预见性的精神文本，让他们在冒着生命危险穿越火线和政治封锁的路途上，呈现出饱满的浪漫主义激情。"尽管这样的行动是幻想性质的，是通过主观、想象、非历史的方式进行的，可是最终会在现实世界里……产生长期的精神效果。"① 从某种意义上说，这一基于革命的旅行活动，既是一种实践意义上的政治考察或者选择，也是一种精神意义上的意识感召和想象，在无形的询唤与有形的规制中，中国现代知识分子的精神个性也随之发生了某种转变。

值得一提的是，这种被称为"红色的30年代"的革命文学的兴起，并非只发生在国民党压制共产主义运动和日本军国主义虎伺中华的国内，也发生在整个世界范围之内。原因是，世界经济危机的周期性爆发，暴露出资本主义经济与社会制度的不完善，触发了民众的不满。同时经济危机与社会危机引发的精神和价值危机迫使人们反思现存的机制以寻求新的出路。在这一世界性危机中，社会主义苏联无论在经济形势上还是政治局面上依旧岿然不动井井有条。因此，西方知识分子对苏联的旅行被称为"政治朝圣"，他们对红色苏联的向往，是看到社会主义体制的优越，"赋予了世俗生活以神圣的意义，使得全体人民具有了同一感和目的意识，整个社会因而凝聚成了某种共同体"。这一体制在危机面前的强大之处在于使散碎的个体"被包容进一种信仰和目的的完全一致之中"，②这是强调多元与个人化的西方社会所不能做到的。

1930 年代，中国的知识分子不论左右阵营，对于苏联的兴趣，都来自她在动乱与危机中保持的强大。比如，1934 年，蒋廷黻在苏联旅行，所到之处，感触最深的是这个国家上下的一体化，以及公有经济中人的勤劳与无私。"在消除了私产之后，资本制度所造成的不劳而获的现象不复存在，人人都在努力工作，这似乎才符合'社会公道'。这种'忘我'的工作精神，是令人敬佩的，即使在休闲娱乐的场所，也有义务的社会工作者……我看见七八处，有人在那里解答人民的各种问题，一处专讲电机，一处专讲儿童疾病，一处专讲政治经济，

① ［秘鲁］马里奥·巴尔加斯·略萨：《给青年小说家的信》，赵德明译，上海：上海译文出版社，2004，第 6 页。

② 程映红：《政治朝圣的背后》，《读书》1998 年第 9 期。

一处专讲工程等，处处都有许多人围着，注精会神的听。斯拉夫人的埋头干真可敬而又可畏。"① 这是出身国民党阵营内的知识分子 1930 年代对于苏联的一个感性认知，他看到的更多的是公有制一体化社会中个人对于国家的无私奉献的精神状态。

另一位学者胡愈之看到的是苏联对于底层民众的扶持和对社会公平的努力，他注意到苏联政府在旅行事业特别是劳动者的旅行事业上下的功夫："国家经营及补助各种旅行机关，减轻劳动者的旅行费用，以求国内旅行的普遍与发达。……农民与工人、乡村与都市的隔膜，为社会主义建设上最大的障碍。苏联政府竭力使工人有到农村去旅行的机会，又使农民有到都市去旅行的机会，便是为了要打破这重壁障。"②

对于中国左翼知识分子来说，"四·一二"政变国民党右翼对共产党员和革命群众的疯狂屠杀和残酷镇压，使得革命形势急转直下甚至到了令人窒息的地步。革命的激情与激进的理想被抑制，给知识分子带来了关于未来的无尽焦虑，同时，也从另一方面坚定了革命是打开现代中国之门的政治信念。同时，在大屠杀面前，社会各界对于革命的同情，也为 1930 年代革命文学的兴起与流行助力加温。在左翼作家那里，对红色苏联和延安的向往，犹如黑夜中举起的薪火，是寻求航灯的光明之旅。左翼以及倾向左翼的知识分子，在 1930 年代以更加充沛而热烈的感情投入革命文学的创作，以更加真诚与切实的态度追问现实，大革命的惨败没有消灭人的斗志，反而在文化界激发了对革命更加狂热的想象。日本学者中野实认为，"革命意识形态本身并不是独立体，它是通过目标、信念、理想、原则和神话等形式表现出来"。③ 革命固然是一种真实存在且血淋淋的事实，更大程度上，又成为一种强大的意识形态，通过话语重新编码，将充满屠杀、暴动、混乱和民不聊生的社会现状，转化为一种革命的启动力，从黑暗指向光明，从阴郁指向理想。"对于革命的形而上学而言，革命发生在现在，但革命不拥有现在，革命的意义在于指向过去和未来。"④ 这使得 1930 年代关于革命的旅行，充满了面向未来的叙事维度。大多数知识分子是出于一种有未来有新生的革命激情而踏上奔走之路的。"说实话，对那些革命文学所宣传的所谓无产阶级的革命，我并不懂……'革命'和'爱情'这四个字，概括起来

---

① 蒋廷黻：《欧游随笔》(3)，《独立评论》125 号，1934 年 11 月 4 日。
② 胡愈之：《莫斯科印象记》，长沙：湖南人民出版社，1984，第 39 页。
③ ［日］中野实：《革命》，于小薇译，北京：经济日报出版社，1991，第 52 页。
④ 符杰祥：《悖谬的和谐：论左翼浪漫主义文学文本的双重性征》，《山东师范大学学报》2002 年第 6 期。

讲，无非就是对美好生活的渴望，对于一个刚刚迈进青年时期的贫困孩子，这都是可以渴望而不能实现的美丽的希望。"① 革命的话语，启动了知识分子介入时代和改变现实的热情、勇气和意志。

集合了广大社会民众对现状的不满和批判，以及对未来的期许，革命话语开创了一种不同于自由知识分子较为保守和温和的人文主张，而走向一种与现状相决绝的激进态度。他们对未来的想象和对革命的赞颂，使得 1930 年代的中国文坛充满了一种红色乌托邦的意味。这中间，已经取得社会主义革命胜利的苏联和发表过各种顺应时局的政见和主张的延安，成为知识分子寄托乌托邦情怀的承载地。

概言之，乌托邦在意涵上，既有虚无的乌托邦和理想的乌托邦之分，亦有向前的乌托邦和向后的乌托邦之分。现代性指向"一种直线向前、不可重复的历史时间意识，一种与循环的、轮换的或者神话式的时间认识框架完全相反的历史观"，② 在现代性的意义上，乌托邦指向理想和向前的层面，革命、解放、进步、发展等词汇被内化在现代性的话语体系中。马克思、布洛赫、马尔库塞等学者修改了"乌托邦"中关于空想、乌有与无法实现的意义，而赋予其未来、希望、理想以及批判现实的功能。在布洛赫的思想中，乌托邦指向"趋向（尚未到来的）更好状态的意向"，并认为这一精神意向"存在于越升越高的上升的视野边缘中，朝向尚未实现的可能性的盼望、希望和意向"。③ 而马尔库塞直接将乌托邦与解放联系在一起，他直接而确定地论道："乌托邦这一概念意味着什么呢？它已经成为伟大的、真正的、超越性的力量。"④ 因此，在现代性的关照下，乌托邦充满了革命、向前以及积极昂扬的美学维度。

在保罗·蒂里希看来，乌托邦在时间层面上具有向前与向后两种方式。向后的方式把希望留在对过去的沉湎中，而向前的方式"关注于可能性的丧失，关注于期望，它引起了一种进步主义的、在某种条件下也是一种革命性的思想和行动方式"。⑤ 我们在 1930 年代的中国文坛，可以看到两种关于乌托邦的叙事方式，一种是以京派文人为代表的充满平和、诗意和田园式的乌托邦叙事。

---

① 陈荒煤：《一个伟大的历程和片断的回忆》，《人民文学》1980 年第 3 期。
② 汪晖：《韦伯与中国的现代性问题》，《批评空间的开创》，上海：东方出版中心，1998，第 2 页。
③ ［德］克劳斯·库菲尔德：《思想意味着超越——论布洛赫哲学的现实意义》，于闽梅译，《文化与诗学》（第 1 辑），上海：上海人民出版社，2004，第 103～104 页。
④ Herbert Marcuse, *An Essay on Liberation* (Beacon Press, 1969), p. 22.
⑤ ［德］保罗·蒂里希：《乌托邦的政治意义》，《政治期望》，徐钧尧译，四川人民出版社，1989，第 181 页。

比如沈从文的《湘行散记》和《凤子》等作品，采用的都是以一个外来探求者旅行寻访的方式，来完成现在与过去的对话，在不一样的田园村寨、山林河川乃至原始主义的别致叙事中，旅行者转换成探路者、发现者，在与当地人的询问与交锋甚至激辩中来完成对乌托邦社会的设计，表现出是一种过去与现在之间理性平和的协商。而另一种革命主义的乌托邦叙事，则更加充满批判和颠覆现状的激情。"乌托邦不是以对改变的可能性的慎重估计去面对现实，而是以改变的要求去与之相对。"① 它不仅是对现实的不满，而且是对一种可能实现的社会理想的激进认可，并且，由此形成的精神理想促使人们去实践它，为之献身。"一旦乌托邦成为现实社会意识，它便侵入了群众运动的意识，成为其重要的驱动力。"② 这是 1930 年代知识分子奔赴苏联和延安的精神动力机制。苏联的成功，以及中国共产党在延安的政治主张和社会设计，让人们看到了这种希望，激发其内心打破旧世界建立新世界的革命冲动。

　　"苏俄经验作为革命朝圣的资本被纳入其思想体系，生成为革命政治的意识形态。"③ 通向红色乌托邦的旅行，既是一次地理上的跨越与突破，也是一次角色上的转换，对于大多数经历过"五四"新文化运动的启蒙知识分子来说，更意味着一场精神上的转变。这背后正是 1920 年代末到 1930 年代发生的文学转型与社会语境的转变，即倡导"个体"与"个性解放"的"五四"新文学，在历史的烽火面前，转向"群体"与"阶级解放"的文学狂潮。文学的话语被革命重新修改和建构，它最鲜明的特征就是凸显了对个人主义的抛弃。比如左翼文学家洪灵菲借助于他笔下的一个奔走革命的青年所发出的呼告：

　　　　个人主义的时代已是过去了！我们不能再向坟墓里去发掘我们的生活！我们不能再过着浪漫的，英雄式的，主观独断的生活了！这时代，是大革命的时代！是政治斗争最剧烈的时代！这叫人，把一切的人们分化得异常厉害，不是革命，便是反革命！再没有中立之地位了！我们如果不愿意做个反革命派，便须努力去革命！我们如果要革命，那我们对于革命的理论，革命的策略，革命的手段，便都要彻底明白了才好！同时，我们的人生观便绝对需要革命化，生活便绝对需要团体化，意识便绝对需要政治化，行动便绝对需要斗争化！要这样，我

---

① 张隆溪：《乌托邦：观念与实践》，《读书》1998 年 12 期。
② ［美］伯恩斯坦：《形而上学、批评与乌托邦》，曾乐译，《哲学译丛》1991 年第 1 期。
③ 傅修海：《空间旅行与文艺思想转折》，《南京师范大学文学院学报》2011 年第 4 期。

们才能够做一个真正的革命者！才能够在时代的前头跑！①

这一主张，大大迥异于"五四"新文学对个人与国家的关系设定，"五四"文学更在意追问个体在文化中、在社会现实中的真实处境，"在五四叙述中居于支配地位的，是自我与国家（或者社会）相互冲突的问题，是回响在现代感中的'我是谁?'的问题"，②尽管"五四"文学也有如郁达夫那样在个体对国家的痛苦吁求中召唤了民族和国家的强大，但这种吁求，是以个体的真切的独异感与无所依附感为前提的。在此意义上，以蒋光慈为代表的一众革命文学创作者，在他们的革命激情中，取消了个体孤独承担生命之重的精神路径，"革命文学是以被压迫的群众做出发点的文学！革命文学的第一个条件，是具有反抗一切旧势力的精神！革命文学是反个人主义的文学！革命文学是要认识现代的生活，而指示出一条改造社会的新路径！"③他们的眼中看到的更多的是个体对革命事业、对集体大众以及宏大革命目标的归属与仆从。

从乌托邦话语的角度理解这种由个体个性走向集体的转换，并不能简单认定在个性与集体之间有多么深切对立的矛盾。相反，乌托邦本身是个体的一种内在的精神需要。"乌托邦是人的本性所深刻固有的，甚至是没有就不行的。被周围世界的恶所伤害的人，有着想象、倡导社会生活的一种完善的和谐的制度的需要。"④无数的热血青年，奔赴苏联或者延安，从某种意义上而言，是在努力放大个体的功能和转换个性的价值，换言之，相比于"五四"新文学呈现的关于个体的内在的痛苦与孤独，1930年代的文学更倾向于个体对社会的改变。"革命始终具有严肃的社会意识与内涵，文学表现革命，宣示了革命潮流的不可阻挡，以期唤醒更多的青年走出个人的狭小天地，去求索人生更高的意义与价值。"⑤在马克思主义看来，人既有个体性，更有集体性、社会性。红色乌托邦的意义一方面就在于挽救了大革命失败后个体的低落、消极与封闭，让整个时代的个体有了冲破历史的阴霾而重新燃烧的动力，另一方面也设定了一个理想而可信的目标或者信念，来重新赋予个体价值。"革命作为最高的价值标准和最

---

① 洪灵菲：《洪灵菲小说精品》，北京：中国文联出版社，1997，第65页。
② ［美］刘剑梅：《引论》，《革命与情爱》，郭冰茹译，上海：三联书店，2009，第23页。
③ 蒋光慈：《关于革命文学》，《蒋光慈文集》第4卷，上海：上海文艺出版社，1988，第173页。
④ ［俄］尼古拉·别尔嘉耶夫：《精神王国和恺撒王国》，安念启译，杭州：浙江人民出版社，2000，第115页。
⑤ 王嘉良：《革命"乌托邦"书写：左翼浪漫文本的"先锋性"呈示》，《西南民族大学学报》2009年第2期。

终的意识形态，不但预言着黑暗污秽世界的灭亡和光明崭新世界的诞生，而且是展现个体现实生命能量的巨大场域。"① 自"五四"新文化运动就已经在中国传播开来的马克思主义对工农阶级性的尊重，以及以十月革命为代表的整个世界无产阶级运动的成功，特别是中国共产党领导的中国工农革命的实际经验等等这些，都深刻教育了当时的大众，回到社会群体中来，了解社会底层的真实处境，以社会革命和阶级解放的路径，去谋求一个新的中国的未来，是可行的。"共产主义乌托邦已不再仅仅是对一个可能在历史上是'乌有之乡'的境界的梦想，而是一个在被历史所保证的未来（或者至少是如果人们根据历史提供的可能性去行动就有保证的未来）有其现实存在的'幸福'。"②

红色乌托邦呈现出来的是一个人人平等、公正、无私、友善、自由的社会设定。无论在 1930 年代的苏联还是延安，千里奔赴而来的知识分子，惊喜地看到，人类美好的理想社会正在眼前。比如，蒋廷黻眼中的苏联如是："这是一个强调高度积累、鄙视奢侈消费的国度，是一个没有富人的'普罗世界'，阔人看不见一个，时髦装饰的妇女也看不见一个。鞋子都是多日没有刷油的；裤子是多日没有烫过的；帽子都是无边的小帽；但是人民都是足衣足食的。这个普罗的世界是朴实的、平等的。其空气是十分奋发的。"③ 胡愈之也这样赞叹，"我庆贺着这些在自由平和空气中生长而不知人世忧患的苏联劳动者的孩子们。会见了这些天真可爱的小朋友们，我对于人类后代的幸福，才有了确信了"。④ 而斯诺眼中的延安同样如此："学员、骡夫、被服鞋袜厂的女工、合作社的职员、苏区邮局的职员、士兵、木工、带着孩子的村民们，都开始汇集到河边的一大片草地上，演员们就在那里演出。很难想象还有比这更民主的集合了。不卖门票，既无包厢，也无雅座。几头羊在不远处的网球场吃草。我看到中央委员会总书记洛甫、红军大学校长林彪、财政委员会林伯渠、毛泽东主席和其他官员及夫人都分散在人群中，同其他人一样坐在海绵般的草地上。"⑤ 这里显现的更多的是民主、团结、平等的社会氛围，一扫他们之前所深切感受的高低贵贱分明、充满剥削和欺压的丑恶社会。

---

① 朱德发：《政治理性与左翼文学》，《20 世纪中国文学理性精神》，上海：上海人民出版社，2003，第 197 页。
② ［美］莫里斯·迈斯纳：《马克思主义、毛泽东主义与乌托邦主义》，张宁等译，北京：中国人民大学出版社，2005，第 10 页。
③ 蒋廷黻：《欧游随笔》（3），《独立评论》125 号，1934 年 11 月 4 日。
④ 胡愈之：《莫斯科印象记》，长沙：湖南人民出版社，1984，第 101 页。
⑤ ［美］斯诺：《西行漫记》，北京：东方出版社，2005，第 23 页。

　　1938 年，著名民主人士李公朴来到延安，访问毛泽东，考察陕甘宁边区，并在华北辗转生活长达半年之久，写下长篇旅行记《华北敌后——晋察冀》，向全国人民介绍共产党领导下的人民生活，"向来足不出户，又有'人'的地位的五台妇女，今天也到识字班认字，高唱救亡歌曲，能在村头站岗放哨了"。"抗战三年敌后完全改变了一个样子，变成了一个新的世界，由退步到进步，由愚昧到明智，由黑暗的氛围中，到达了光明的境界。"另外，还有黄炎培、赵超构、范长江等国统区过来的知识分子，通过对红色根据地的考察与访问，向外宣传了中国共产党的革命政策和社会理想设计。这些又反过来吸引了更多知识分子对延安的向往。

　　借此，向往红色乌托邦的旅行，就是对这样一个理想社会的认同。从国统区奔赴而来的知识分子常常会由衷地赞叹："啊，自由的土地，我来了，我属于你了！"① 这样一种社会现实或者社会愿景的描述，将个体从不自觉和不自主的状态中扭转过来，在残酷与崩离的现实中找到属于人的尊严和价值，同时，补偿内心那种被抑制的政治意愿和生活展望。通向革命之路，不仅仅是火与血的狂飙突进，不仅仅是打破私人情感世界的拘囿，而且是将人从单纯的个性与个人主义中挣脱出来，赋予生命更为热烈、更积极、更有冲击力，同时生活内涵也更为广阔的品格。在这个过程中，还完成了另一个维度上的转换，就是将个性解放纳入社会解放的话语中。这一点，无论在早期马克思主义先行者李大钊那里，还是在中国工农革命的领导者毛泽东那里，都有鲜明的表述。

　　比如，李大钊就认为"个性解放，断断不是单为求一个分裂就算了事，乃是为完成一切个性，脱离了旧绊锁，重新改造一个普通广大的新组织。一方面是个性解放，一方面是大同团结"。② 而毛泽东同样也敏锐而深刻地看到，"解放个性，这也是民主对封建革命必然包括的。有人说我们忽视或压制个性，这是不对的。被束缚的个性如不得解放，就没有民主主义，也没有社会主义"。③集体是个体个性的整合，在关乎民族危亡的 1930 年代，这一点，很多有责任的知识分子也能看到。苏联式的国家模式或许掩盖了个体个性的多样性，但是，在战时语境下，确实能为一个国家和民族聚合生存和发展的力量。比如丁文江在苏联访问，写过《苏俄旅行记》，他曾在访苏的归途中，做过这样的思考："我离开苏俄的时候，在火车里我曾问自己：'假如我能够自由选择，我还是愿

---

　　① 朱子奇：《在诗的圣地》，《延安文艺回忆录》，北京：中国社会科学出版社，1992，第152 页。

　　② 李大钊：《李大钊全集》第 4 卷，石家庄：河北教育出版社，1999，第 158 页。

　　③ 毛泽东：《毛泽东书信选集》，北京：人民出版社，1983，第 239 页。

意做英美的工人，或是苏俄的知识阶级？'我毫不迟疑地答道，'英美的工人！'我又问道：'我还是愿意做巴黎的白俄，或是苏俄的地质技师！'我也毫不迟疑地答道，'苏俄的地质技师！'在今日的中国，新式的独裁如果能够发生，也许我们还可以保存我们的独立。"

历史的复杂性在于，历经"五四"新文化思潮洗礼的知识分子，为了心中的理想社会，在奔赴红色乌托邦旅途中，并非那么简单轻易地放下之前的那种对个性解放和个性自由的精神维度，无条件接受革命话语中的集体主义和阶级立场的。甚至，会反过来用个性解放和个性自由作为精神圭臬来衡量来自革命中心的社会现象。比如崇尚"爱"与"美"的徐志摩对苏联的访问，其感受评价更多地指向批判，在他的《欧游漫录》中将莫斯科比作"怖梦制造厂"，是反文化的、反文明的、反人性的，"这里没有光荣的古迹，有的是血污的近迹；这里没有繁华的幻景，有的是斑驳的寺院；这里没有和暖的阳光，有的是泥泞的市街；这里没有人道的喜色，有的是伟大的恐怖与黑暗，惨酷，虚无的暗示……未来莫斯科的牌坊是在文明的骸骨间，是在人类鲜艳的血肉间"。这样一种逆革命理想主义的旅行文学，在瞿秋白身上也得到显现，瞿秋白对苏联访问，先后写过《饿乡纪程》和《赤都心史》，但是前一本呈现出一种狂热的革命理想，而后一本更多的是对国家主义的忧思与批判。他 1921 年首次访问莫斯科，见过列宁、托洛茨基、卢纳察尔斯基等苏俄革命的领导人，以及克鲁泡特金夫人、马雅可夫斯基等名流，参加过各种大型的革命集会和阅兵庆典仪式，在《饿乡纪程》中洋溢着一种革命理想主义的欢欣鼓舞。而在《赤都心史》中，作者却深刻感受到国家主义计划经济管制下对个体的压制："夜色的威权仍旧拥着漫天掩地的巨力，现时天机才转，微露晨意，未见晨光，所显现的只是黎明的先兆，还不是黎明呢。"① 考察所见，处处存在有权阶层的贪污腐败以及人性的自私。这种社会主义革命初期的丑恶使得这位中国革命的理论家内心迷惘。在此意义上，有人认为，"《赤都心史》中的瞿秋白是一个多愁善感、喜爱艺术、病魔缠身、关心人类心灵、思索社会问题的青年，一个局外的、陌生的旅游者"。② 事实上，这里所隐含的正是在关于社会理想的问题上个体与国家之间，个性解放与集体服从、主义为先之间的精神矛盾。

最有代表性的是丁玲，由"五四"新文学的重要代表转变为延安左翼文学

---

① 瞿秋白：《瞿秋白散文名篇》，长春：时代文艺出版社，2003，第 87 页。
② 陈晓兰：《20 世纪 20 年代中国旅苏游记中的苏联形象》，《兰州大学学报》2008 年第 3 期。

的代表，被毛泽东誉为"昨日文小姐，今日武将军"，革命的旅行与曲折跋涉成就了丁玲的角色转变和精神转变，奔向延安，成为她的文学创作的重要分隔符。前期创作的"莎菲女士"，是启蒙思潮的代表，是封建礼教的反叛者，是个性主义的代言人，到了延安之后，一度接受了革命话语的洗礼，甘愿做一颗革命的螺丝钉，树立了革命信仰，将生命交给党，"当一个伟大任务站在你面前的时候，应该忘记过去自己的渺小……我不是一个自由人了，但我的生活将更快乐，而且我在一群年轻人领导之下，将变得比较能干起来。我以最大的热情去迎接新的生活"。① 在革命的锻炼、战争的磨砺和毛泽东思想的洗礼中，丁玲完成了诸如《太阳照在桑干河上》这样基于阶级解放、社会斗争的作品。毛泽东思想不仅重新定义了中国革命的性质，也重新定义了中国文学的性质。阶级斗争是对中国革命的基本认知。基于此，没有超越阶级之上的所谓个性或者人性，"没有几万万人民的个性的解放和个性的发展"，要在半殖民地半封建的贫弱中国取得革命胜利，"那只是完全的空想"。② 同时，在革命面前，作家是服从的，是革命的螺丝钉。"无产阶级的文学艺术是无产阶级整个革命事业的一部分，如同列宁所说，是整个革命机器中的'齿轮'和'螺丝钉'。因此，党的文艺工作，在党的整个革命工作中的位置，是确定了的，摆好了的；是服从党在一定革命时期内所规定的革命任务的。"③

革命的旅行转变了知识分子的精神向度，在乌托邦的理想召唤中统合了知识分子的个性。1940 年代的延安整风运动特别是王实味等知识分子的命运，从某种意义上表明，知识分子如果不被革命话语驯服，那么很可能被排除在革命之外，成为革命的对象。于是，"五四"新文学所倡导的文化批判精神和对苦难与历史呈现的不同叙述角度被修改，"开始以单一的叙述角度，力求按照意识形态条文的要求，去反映那个有既成框架的'伟大时代'，反映那些有既成模式的'伟大的人民'。作家的'主体自我'被历史的客观规律，被阶级、阶级斗争的观念隐去"。④ 造成了革命叙事中差异化的个体和自我反思品质的缺席。在更深处，阿尔都塞所谓意识形态的询唤功能，又让奔赴革命的知识分子无形中成为革命话语的认同者和鼓呼者，吴伯箫这样深情地吟唱："在延安，大家是在解放

---

① 丁玲：《丁玲全集》第 5 卷，石家庄：河北人民出版社，2001，第 48 页。
② 毛泽东：《毛泽东选集》第 3 卷，北京：人民出版社，1991，第 1060 页。
③ 毛泽东：《在延安文艺座谈会上的讲话》，《毛泽东著作选读》（下），北京：人民出版社，1986，第 528 页。
④ 刘再复、林岗：《中国现代小说的政治式写作》，唐小兵编《再解读：大众文艺与意识形态》，北京：北京大学出版社，2007，第 47 页。

了的自由的土地上，为什么不随时随地集体地、大声地歌唱呢?"① 革命意识形态创造了这样新的主体，正如阿尔都塞所说，"没有不借助于主体并为了这些主体而存在的意识形态。这意味着，没有不为了这些具体的主体而存在的意识形态，而意识形态的这个目标又只有借助于主体——即借助于主体的范畴和它所发挥的功能——才能达到"。② 从而使得意识形态对个体的作用不完全是强迫的，个体在意识形态的询唤中，主动接受已经为自己设定的角色和位置，并主动期待意识形态对其价值的肯定与赞赏。从剥削与腐败的国统区奔波而来，"像梦一样跨进了一个新的世界，感到一切都是美好的，有意义的。晚上睡不着觉，又是唱歌，又是写诗。第二天天一亮，就跑到延河边，去喝一口香甜的延河水"。③

只不过，这一种关于个性与集体、个人与人民、普适性与阶级性之间的话语冲突，在1930年代关于革命的文学文本中，并非是后者绝对压倒前者，而始终是存在张力的。丁玲延安时期的一些作品比如《在医院中》《我在霞村的时候》实际上显现出，革命话语并没有完全掩盖"五四"启蒙话语对个体、个性以及独立自由等价值维度的延续，尽管最后的结局并不理想。这其实也昭示，属于知识分子的政治旅行，实际上不可能有终点，在乌托邦的召唤中，作为知识分子的个体，其旅途，会很远很长。

---

① 吴伯箫：《歌声》，王培元编《抗战时期的延安鲁艺》，桂林：广西师范大学出版社，1999，第115页。
② 陈越编：《哲学与政治——阿尔都塞读本》，长春：吉林人民出版社，2003，第361页。
③ 朱子奇：《在诗的圣地》，《延安文艺回忆录》，北京：中国社会科学出版社，1992，第152页。

第六章

政治认同与游记散文的国族想象

晚清以降，基于国破山河碎的现实认知和对沉睡、黯淡以及落后的古老中国的忧思，向西方学习，打破封建的种种桎梏，完成个性解放，以建立新的民族认同，成为现代中国知识分子启蒙现代性方案的中心内容。基于一种为西方所迫的被动式的现代性建构方式，杜赞奇认为，"其关于社会线性进化的观念就不自觉地转换为一种弱国子民心态"。① 正是这种弱国子民的焦虑心态构成了现代知识分子进行现代性方案建构的动力机制，独立民主的民族国家，既是"五四"启蒙个性运动的终极追求，又是革命现代性的目标。从近现代史可以看到，孙中山领导的辛亥革命以建立资产阶级民主共和国为政治目标，理由即是晚清政府之腐朽已将民族陷于列强肆虐、民不聊生、国格不存的不堪之境；蒋介石北伐统一中原，更是收拾军阀混战的残局，以图建立完整统一的中华民国；而中国共产党的革命，以建立无产阶级民主共和国为己任，矛头指向的正是让中华民族丧权辱国的帝国主义及其帮凶和独裁者。因此，在政治现代性的话语表述中，无论是启蒙还是革命，都会归属于立国的路径，都指向挽救亡家破国甚至灭种的前所未有的政治危机。

普拉特通过对西方游记与西方社会历史变迁的分析，认为，"游记并非单单是一个文类，同时也是一套意识形态"。② 也就是说，关于旅行的书写，必然要被一个时代特定语境下的主体观念意识所影响。我们可以看到，晚清以降特别是"五四"以来，文学作为现代中国迅速崛起的文化传播力量，责无旁贷地承担着承载民族大众共同热望的历史责任，"传播不仅仅是传送，而且还是接受与

---

① ［美］杜赞奇：《从民族国家拯救历史：民族主义话语与中国现代史研究》，王宪明译，北京：社会科学文献出版社，2003，第21页。

② Mary Louise Pratt, *Imperial Eyes: Travel Writing and Transculturation* (New York: Routledge, 2007), p. 4.

反应……任何真正的传播理论都是一种共同体理论"。① 这也将中国文学的现代性和社会现代性的功能统合在一起，构成了中国现代性的特殊品格。这体现在现代中国的文学书写包括旅行书写中，正是文本内外鲜明的民族自觉和国族认同。通过对国家疆域内的旅行记录与描写，对于不同地点人情风土、社会经济的考察，游记初步建立起对一个国家的整体经验和认知方式。在一个民族与国家面临灭亡的危机时代，这一书写极大地唤醒了分散于各地各族各阶层民众内心对于国家的情感归属，借此建立起强烈而浓重的国族意识形态，让彼此有了想"认同那些彼此无法相熟相知的成千上万的人们的生活与期待，也认同某一块每一个人可能终生都不会足迹踏遍每一处的疆域"。② 旅行者们的书写弥补了民众对于超出他们熟悉范围的区域的认知缺憾，在地理与人文双重层次上，整合了一个国家的民族情感、时代精神和政治认同。

第一节　边疆的民族志考察与国族认同的建构

　　1923 年 8 月，上海商业储蓄银行创办旅行部，1927 年从银行系统分离，成立独立的中国旅行社，成为国内首家旅行服务专门机构。这家以旅行为主业的机构的运营宗旨，一开始就将旅行与国家紧扣一体：一是"发扬国光"，即"发扬国家的声誉，让世人了解中国独具风采的文物古迹、风景名胜，树立国家的声誉和形象"；二是"阐扬名胜"，其目的是"协助政府及各交通机构策扬游览情趣，开辟胜地，期于吸收中外游人，同往研察，而佳话流传之地，风光秀丽之区，得以传扬"。③ 旅行机构的成立大大促进了中国旅游事业的发展。1930 年代，对西北的游览与考察成为当时中国的一种时代风尚，西北游记的出版更是文化界的盛况。这中间汇聚了政府官员、高校教师、科技专家、新闻记者、学生和华侨等，其旅行轨迹一般是从京沪都市中心走向西部边陲，又通过京沪宁汉渝等地的媒体和出版社向全国传播。据贾鸿雁的搜集整理，当时关于西北诸省的游记多达数百种，比如有李金发《国难旅行》、冯玉祥《川南记游》、高良佐《西北随轺记》、李烛尘《西北历程》、黄汲清《天山之麓》等等。其中最著

---

①　[英] 雷蒙德·威廉斯：《文化与社会》，吴松江等译，北京：北京大学出版社，1991，第 392 页。

②　Hans Kohn, *Idea of Nationalism: A Study of Its Origin and Background* (New York: The Macmillan Company, 1946), p. 8.

③　唐渭滨：《中旅二十三年》，《旅行杂志》第 20 卷第 1 号，1946 年。

名的当属《中国的西北角》，完成此书的正是《大公报》记者（特约通讯员）范长江。他自1935年7月起历时10个月，跨越一万二千里，纵贯陕、甘、宁、青、绥等地，走川西，攀越大雪山，进出祁连山，沿河西走廊一路考察，绕贺兰山直奔内蒙古。通过《大公报》，连载近百篇旅行通讯，震惊国内。结集出版的《中国的西北角》更是炙手可热，一版再版。

旅行热背后是一股强烈的对中国西北认知的需求。这背后的原因固然是复杂的，但最重要的，正是1930年代国内极为严峻的政治局势，1931年日寇发动"九·一八"吞没东北三省，继而华北华东陆续沦陷，国民政府西迁；与此同时中共在陕甘宁建立根据地，由此造就了中国政治中心整体向西倾斜的局面。"从九·一八事变以来，这五年中中国上上下下无不在苦闷中，在彷徨中，他们要在苦闷中求解脱，要在彷徨中寻出路。……他们时时在寻求，在寻求中华民族的出路。在这寻求的过程中，大家都不约而同地把目光转向了西北。"① 在此意义上，对西北的旅行一开始就背负着浓厚的政治色彩。抗日战场上的败退造成的国土沦丧，使得当时的知识分子与政治家们努力重新从不再完整的国土疆域中建构出一种民族归属感，以实现战争语境下国民的精神动员。在赫德的理解中，"国族是民众与其疆域之间紧密联接的自然产物"。② 东北沦陷！华北告急！东南告急！华中告急！这一步步是国土丢失的节奏，更是一个国家败亡的催命符，也是民族精神面临极大考验的最危难时刻。望向尚未沦陷的西北，既是一种家园的守望，也是一次国族情感的建构。正如1934年冰心、顾颉刚、郑振铎等知识分子游历西北后，力陈国人对西北考察了解的历史必要："自东北沦亡，西北牧畜、垦植，又成全国富源之所在，而西北的土地、物产、商运等各种情形，我们亦都甚隔膜。平绥铁路是人民到西北去，及货物从西北来的一条孔道，是个个国人所应当经行，应当调查的。……在国难之中，我们不当再狃于旧习，闭居关内，目边人为异族，视塞外为畏途，我们是应当远出边境，与各族同胞剖心开怀，精诚联合，以共御强邻的侵逼的。"③

因此有学者认为1930年代在中国西北的这些旅行，"既不同于传统文人耽山卧水、寄情烟霞的旅游活动，也与19世纪中期形成于欧洲，以观光休闲、增广见闻为导向的现代旅游事业大相径庭"，而更接近于19世纪末20世纪初"伊

① 周飞：《评〈中国西北角〉》，《国闻周报》13卷19期，1936年。
② Jan Penrose, "Nations, States and Homelands: Territory and Territoriality in Nationalist Thought," *Nations and Nationalism* 8：3 (Cambridge, 2002), p. 286.
③ 郑振铎、冰心：《西行书简·平绥沿线旅行记》，太原：山西古籍出版社，2002，第220~221页。

朗知识分子所鼓吹的国族主义式的旅行模式"。① 在反帝和救亡的背景下，旅行行为是了解疆域内风土人情、人文地理以及整个民族文化个性的重要社会实践，借此来强化国族的意志统一和情感凝聚，以达到抗击外侮的目的。

从而，与当时的流亡文学的伤悼相比照的是，1930 年代的西北旅行，从积极的意义上，强化了现有疆域的民族情感，以一种建构的姿态宣扬对西部这块落后于现代文明发展节奏的陌生疆域的爱国主义情感。在涂尔干看来，爱国主义是"一种能够把个体与从某种视角出发可认作的政治社会结合起来的感情。只要那些构筑政治社会的人感到自己通过感情的纽带与之紧密联系起来，'祖国'就是一种政治社会……祖国是人们通过某种方式感觉到的政治社会，它是从情感角度来理解的政治社会"。② 因此，1930 年代关于西北的旅行书写，正是这一政治意义上的情感建构，服从危难时刻国家意识与民族意志的大推进、大动员。换言之，是一种从文化意义上，对民族精神和家国情怀的大统合、大渲染，正如卡斯特所指出的那样，"文化民族主义的目的是在人们感到其文化认同不足或受到威胁的时候，通过创造、保存和强化这种文化认同，来重建其民族共同体"。③ 在此意义上，西北边疆诸省，在旅行家与考察者的书写中，不仅仅是作为一处异地的风景，也不仅仅作为生存资料和环境，而且是作为一种情感的承载体出现的。它体现出现代政治的重要魅力，即"一种激发集体的认同与忠诚意识的技艺，而国家在此则是围绕着特定的话语形式而动员民众意志的创造性工具"。④

现代旅行文学中的国土疆域的民族建构符合文化地理学的阐释路径。从文化地理学的层面上看，如何描述地理空间，如何叙述地区经验，实际上背后都隐含着强大的意识形态功能。克朗提醒我们，"文学作品不能简单地视为是对某些地区和地点的描述，许多时候是文学作品帮助创造了这些地方"。⑤ 在他看来，是旅行文学教我们认知了地理空间，而不是地理空间成就了旅行文学。概言之，我们解读地理空间的方式与意念，决定了地理空间的存在价值。而历史的复杂就在于，我们解读地理空间方式总是受到特定时期意识形态的影响。地理经验与自我认同之间紧密关联。"在文学作品中，社会价值与意识形态是借助

① 沈松侨：《江山如此多娇》，《台北大学历史学报》2006 年 6 月第 37 期。
② ［法］涂尔干：《孟德斯鸠与卢梭》，李鲁宁等译，上海：上海人民出版社，2006，第 366 页。
③ ［美］曼纽尔·卡斯特：《认同的力量》，北京：社会科学文献出版社，2006，第 33 页。
④ 陈赟：《困境中的中国现代性意识》，上海：华东师范大学出版社，2004，第 174 页。
⑤ ［英］克朗：《文化地理学》，杨淑华等译，南京：南京大学出版社，2005，第 40 页。

包含道德和意识形态因素的地理范畴来发挥影响的。"① 1930 年代，中国的知识分子、科学家和政治家们选择西北边疆诸省的山川河流、城镇村寨作为考察调研的对象，正是出于战争语境下民族求存求生的意念的影响。其地理行走与疆域考察，自然就超越了个人的生活经验。"地点使人们的经验和抱负具体化。它……是一个应该从赋予地点以意义的人的角度来加以理解和澄清的现实。"② 不仅如此，旅行书写中抒发的家国情怀，将作为个体的人、自在生存的人纳入共荣辱的集体、共存亡的国家、共命运的民族的关系结构中来，将国土疆域纳入超越生产资料和地理风光的政治层面上来。

　　值得一提的是，西部边疆各省一直未曾缺席于中国传统文学的书写。只不过，中国文学对西北地区的想象一直是荒凉、偏僻与穷困的。古代以思乡为主题，以阳关（今敦煌南湖）、玉门关（今敦煌西北）为节点的送别诗歌与边塞诗，比如，"塞下长驱汗血马，云中恒闭玉门关。阴山瀚海千万里，此日桑河冻流水"（唐李昂《从军行》），"蓬转俱行役，瓜时独未还。魂迷金阙路，望断玉门关。献凯多惭霍，论封几谢班。风尘催白首，岁月损红颜。落雁低秋塞，惊凫起暝湾。胡霜如剑锷，汉月似刀环。别后边庭树，相思几度攀"（唐骆宾王《在军中赠先还知己》），"西风传戍鼓，南望见前军。沙碛人愁月，山城犬吠云。别家逢逼岁，出塞独离群。发到阳关白，书今远报君"（唐岑参《岁暮碛外寄元扰》），到了边关，看着浩渺云山和苍茫大漠，不免有天涯尽头的孤荒之叹。还有晚清的一些游记，如 1921 年，学者存吾为其友人杭州钱之万的《到新疆之路》作序，这样在比对中感言："杭为东南胜地，气候温煦，交通便利，文化发达；新疆位西北边陲，寒暑剧烈，荒凉阻塞，人迹鲜少，文野之殊，盖有难言者。"③ 寥寥几句，其景荒凉而凄厉，其情悲惋而寂寞。

　　相比之下，1930 年代的西北游记尽管不乏文学想象的色彩，但是，更大程度上，是对西北边疆诸省社会经验的客观考察，为了更有效地服务于政治目的，其书写记录更倾向于民族志式的知识采集。如陈赓雅所言，此一阶段的游记考察，"举凡各地民俗风土、政治经济、社会状况，均在采访之列。……当地名流、地方当局，自往讯以社会之情事，设施之概要；而农夫力役、编户工矿，亦就以探索生活环境之实际资料，转以公诸社会，并供负责治理及研讨学术者

① ［英］克朗：《文化地理学》，杨淑华等译，南京：南京大学出版社，2005，第 44 页。
② ［英］阿雷恩·鲍尔德温等：《文化研究导论》，陶东风等译，北京：高等教育出版社，2004，第 146 页。
③ 存吾：《〈到新疆之路〉序》，《地学杂志》第 6、7 期合刊，1922 年 10 月。

之参考"。① 在此意义上，学者杨钟健将古今游记文学划分为新旧，传统游记为旧，讲求文笔精美巧妙和寄寓涵韵深远，但缺憾在于"泥禁古于古来书本或古典中"，现实的考证极其地缺乏，在真实性上大打折扣，不利于知识性传播，而现代游记，特别是1930年代的民族志考察式的游记，堪称"新"游记，即强调一种科学主义的理性精神，对主体所游历的山川地理、地质状况以及风土人情，追求客观之文风和优美之文笔两者并重，以成就"现代科学化的游记"。②

民族志式的旅行考察，原本是人类学领域最基础的研究方式。以实证和实践的方式，进入到研究对象的日常生活的文化情境中，并"在过程与流动中，建构文化与主体性的概念"。③ 由此来规避任何先入为主的文化想象和符号学或结构主义的文化模式解读，以恢复和呈现生活本身的真实性、丰富性和文化经验的差异性。但是，正如安·格雷本人所意识到的，基于民族志考察积累起来的经验，"这与我们如何将自己定位于这个世界中的方法有关，也与我们如何反身性地发现我们在世界中所处的位置有关"。④ 由此，就必须反思经验本身对于知识积累的绝对客观性。阐释人类学的鼻祖格尔茨提出"深度描写"的概念，通过长期性和小范围圈定的方式，注重考察对象的特定性与情境性，以"文化持有者的内部眼界"，在互动、参与中体验和收获经验，以此来强化考察的真实客观，但是他也这么反思过，"任何描写都有其角度，描写不是自然记录，描写并非，也不可能是纯客观的，……描写不是照相机，它是为阐释服务的"。⑤ 而恰恰是那种对于经验累积时发生的取舍和描述方式的差异，会暴露出主体意图的倾向性。换言之，尽管民族志考察注重实践性、社会知识的田野作业和客观累积，但事实也告诉我们，民族志考察，并非真实再现，而是一种知识建构，在很大意义上也会被一定的意识形态所左右。

1930年代对于中国西北边疆各地的民族志考察，让当时出版的游记作品倾向于一种写实性，接近新闻通讯甚至报告文学的色彩。这些游记作品很真实地描述了当时的社会现状，比如，1933年，一个由专家和记者组成的农村考察团对于陕西农村的旅行日志，就这么记载："7月4日，我们调查了西碴磨村。西

---

① 陈赓雅：《西北视察记》，广州：清华印务馆，1936，序，第4~5页。
② 杨钟健：《〈西北的剖面〉自序》，《禹贡半月刊》7卷1–3合期，1937年4月。
③ ［英］安·格雷：《文化研究：民族志方法与生活文化》，许梦芸译，台北：韦伯文化国际出版有限公司，2008，第40页。
④ ［英］安·格雷：《文化研究：民族志方法与生活文化》，许梦芸译，台北：韦伯文化国际出版有限公司，2008，第446页。
⑤ 王海龙：《导读》，［美］克利福德·吉尔兹《地方性知识——阐释人类学论文集》，王海龙等译，北京：中央编译出版社，2004，第52页。

碚磨村有水浇地，水来自一条小河。当干旱发生时，小河干涸，水浇地变成了旱地。……植鸦片，县政府从这块土地上收税。今年3月，……几乎没有任何东西可吃。他们还吃油料的渣滓和麸糠等等。现在正在收割小麦，他们才见到面粉。他们将面粉与麦糠混在一起，加上水做成汤，称为'盆汤'。一个人一顿吃不到两块面饼，有些人一人一天只一顿。饿死、病死、逃荒、卖身为奴，是为常事。"①

1934年，张恨水也曾游历西北，从北平出发南下走平汉铁路，到郑州后转陇海路一路向西，他和其他旅行者一样，目的正是考察西北各族人民的生活疾苦，他在《旅行杂志》上发表《西游小记》，历陈西北气候的严酷、旅程的艰辛，以他在江浙东南诸省的游历做对比，简直是"天上人间"的差异，他在游记中这样感慨西北之旅对他文学创作的意义，"从这以后，我才觉得写人民的苦处，实在有我写不到、想不到的地方。所以我说：读万卷书、走万里路、扩大眼界，是写小说的基本工作"。②

1935年，天津《大公报》总经理胡政之邀请有过广泛游历经验的范长江为报社撰稿，并资助其差旅费用，范长江的西北之旅一开始就有很强的政治性，"我比较注意三个问题：第一，是国内民族问题。第二，是统一国家之途径问题。第三，是社会各阶级利益之调整问题"。③ 他从天津塘沽码头出发，到达烟台港，再到上海停留了四天，游览苏杭，然后沿长江进入重庆，入成都。在这一年7月14日，以成都为起点，穿德阳，到绵阳，然后沿着江油、平武、松潘到西坪。然后奔陕甘地区，跨了西固、岷县、洮河以及兰州等地，发表旅行见闻和通讯文章数百篇，中间也对红军长征进行了首次报道，引起极大轰动。1936年回到天津时，被胡政之聘为正式记者。之后又发表数篇西北通讯，结集出版了《中国的西北角》《塞上行》等游记通讯作品。尽管范长江的游记作品充满了文采斐然的句子，比如路经贺兰山时他不禁引述明代杨守礼的"寂寞边城道，春深不见花。山头堆白雪，风里卷黄沙"④ 来形容西北的孤荒雪原，但基本上，他的西北游记，更多是以自然环境议题、经济议题、政治军事议题、民族宗教议题、民风和社会心态议题、文化教育议题乃至鸦片议题为主。范长江克服极其恶劣的气候条件，深入观察考察了西北少数民族地区的经济政治和

---

① ［美］费正清：《剑桥中华民国史》（下），北京：中国社会科学出版社，1994，第267~268页。
② 张恨水：《西游小记》，《旅行杂志》9卷7期，1935年。
③ 范长江：《塞上行》，北京：新华出版社，1980，自序，第3页。
④ 范长江：《中国的西北角》，北京：新华出版社，1980，第209页。

社会现状，他看到的藏族经济状态是："其衣，其食，其住，皆完全由其自己社会中自己供给。其所缺者为茶为烟为盐，及一部分零星用品，此等须向汉商购买。汉人向其购物时，则多以货币为交付媒介。因此藏人在收到货币之后，不再能在市面上流通，而只能存储于地窖中，与珠宝等同其性质，只作为富裕之表征。"① 范长江"参与《大公报》'西北中国'议程的建构，他的《中国的西北角》系列报道'深描'出一个开阔、多元、厚重的'西北中国'图景"。② 而范长江的实地考察与旅行记录，为当时的中国社会呈示了一个充满特殊性和矛盾性的西北，作者满怀对国家未来的忧思和民族生存环境的恳切关注，为战争语境下，谋求国家民族和社会之间沟通，民族问题和社会问题的解决，发挥着重要而影响巨大的沟通作用。

对于战时的中国，特别是对于当时对西北各省的认识尚模糊的大众来说，西北边疆各省的旅行，除了社会学、民族学乃至人类学意义的知识积累和政策参考，其旅行游记所发挥的更为重要的作用就是借此凝聚集中而统一的民族情感和民族意志。"民族主义就是要通过各种方式找到一个能与现代世界合拍的替代物。它要提供一种在新形势下有效的凝聚力，也提供了某种围绕着它人们可以建立起他们自己和别人的身份的东西。"③ 用安德森的话来说即是，"想象的共同体"，对于现代中国社会来说，传统意义上基于血缘基础、地缘基础建立起来的人与人之间的连接，加上外族入侵、民族受难、国破家亡的背景强化的民族自尊，整合成一种在血与火的磨砺中保家卫国、强国救民的家国共同体意识。

在这一意识的叙述中，西北的沿途游历所见，一方面，面向过去和现状，呈现为凄风苦雨的悲歌。比如范长江、张恨水对西北各地社会民不聊生、阶级分化、民族矛盾复杂等现象的深切陈诉。另一方面，面向未来，又呈现为美好光明的歌颂。在郑振铎的《西行书简》中，我们看到的更多是西北的诗画般的风光："左边是平原，麦田花畦，色彩方整若图案。右边，大山峙立，峰尖巉巉若齿，色极青翠。白云环绕半山，益增幻趣。绝似大幅工笔的青绿山水图。天阴，欲雨未雨。道旁大石巨崖棋布罗立，而小树散缀于岩间，益显其细弱可怜。沿途马缕花树最多，树尖即在车窗之下，绿衣红饰，楚楚有致。"④ 而侯鸿鉴游六盘山，则是"六盘山高七千尺，驱车上下卅九弯；登临四顾发长啸，浩气直

① 范长江：《范长江新闻文集》（上），北京：新华出版社，1989，第 110 页。
② 张涛甫、项一嵚：《发现"西北中国"：范长江的视角》，《新闻大学》2012 年第 4 期。
③ ［英］阿雷恩·鲍尔德温等：《文化研究导论》，陶东风等译，北京：高等教育出版社，2004，第 162 页。
④ 郑振铎、冰心：《西行书简·平绥沿线旅行记》，太原：山西古籍出版社，2002，第 1 页。

欲凌天山。……迄今四国竞驰逐，鹰瞵虎视震大寰，中原豪杰贵自拔，高峰立马叩刀环"。① 在战时语境下一扫浅唱低吟、悲思苦诉的文风，反而焕发出一种英勇不屈、向往未来的积极情感。

1930 年代对于西北边疆的旅行记述显然已经超越了国家管理层面的社会考察，因为对于一个战乱频仍的民族来说，疆域的意义"已不仅仅是一块土地实体，同时也是国族共同体成员于其内为共同目标团结奋斗的文化空间，更是一个赋予特定价值与意义，维系群体凝聚与成员归属的根源隐喻"。② 由是我们在 1930 年代的旅行游记中，随处可见虽社会问题很严峻但国土必不可分割的情感呼告。无论是基于苦难与严峻的情感色调建立起来的国情描绘，还是基于坚毅与希望的情感基调建立起来的民族展望，都共同服务于一致的政治目的，那就是：这是命运共存亡的时刻，这也是一个命运共存亡的民族。西北游记中的家国意识和民族情怀从某种意义上起到了安德森意义上的"想象的共同体"的建构功能。"所有社会都存在于想象之中。……想象的贡献就在于将这些可能的人群中的这个或是那个提供给个体，作为其身份认同的主要基础和家庭之外的效忠对象。"③ 这，显然是历史赋予文学书写的重要使命和社会担当。

第二节　遗迹的集体记忆与风景的政治想象

1930 年代对西部诸省的社会考察和旅行调查，所积累和建构起来的关于地理人文、社会状况以及政治经济问题的知识，是战时语境下，强化民族精神和意志，完成民族共同体的情感动员的基本前提。深切的爱，往往源于深切的认知。当时知识分子正是在这个意义上，将旅行实践与爱国问题结合在一起，认为，"旅行者，对于国中地理，历史，经济，风尚等等，互有普遍之认识，即对于国家往古来今，有整个之认识；而惟认识其国家，始油然而起爱护国家之心，不待勉强而致"。④ 旅行的意义，在于超越书籍的静态方式，通过直接参与、现场目击、亲身体验的流动和互动的方式，了解社会对象的复杂性和矛盾性，而基于旅行完成的爱国书写，在民族认同与情感动员的方式上，会更加充满现实

---

① 侯鸿鉴：《西北漫游记》，无锡：锡成印刷公司，1937，第 36 页。

② 沈松侨：《江山如此多娇》，《台北大学历史学报》2006 年 6 月第 37 期。

③ ［美］戴安娜·克兰：《文化社会学》，王小章等译，南京：南京大学出版社，2006，第 19~20 页。

④ 黄伯樵：《导游与爱国》，《旅行杂志》第 10 卷第 1 期，1936 年。

直击的号召力。

在雷农看来，"国魂或人民精神的导引，实际由可以合而为一的两个要素形成的。其一是与过去紧密相连，其二与现在休戚相关。前者是共享丰富传承的历史，后者是今时今世的共识"。① 国家以及民族，无论作为政治共同体，还是文化共同体，都不仅仅只是一个关于当下的存在，在更深远的意义上，她们之所以可以称为共同体，是因为拥有了共同的历史起源和文化记忆。换言之，疆域，指向国族的边界，而记忆，则指向国族获得文化合法性的根基。眼前直击的地理风光、风土人情以及社会问题、政治矛盾、经济状况等等，在一种国破家亡的语境下，固然可以激发起强烈的国家情怀和政治意识，将全民从个体的私人生活领域纳入公共的、彼此息息相关的社会生活中来。然而，同样不可或缺的，能否共享丰富、深厚的共同的记忆，也是民族情感融合一体的重要纽带。

基于国族意识的旅行，不仅仅是遇见现实，以达成对时代问题的共识，还必然会与历史对话，以确认情感根基的统一。所以，1930年代知识分子、政治精英以及学生、大众涌入西部各省，涌入这样一个千百年来在华夏土地上，上演过千回百转的宏大故事的土地，进入旅行者视野的，不仅仅是苍茫辽阔的山川、贫瘠破败的乡村、矛盾交织的族群和百业待兴的社会经济，还会有在那些历史留存下来的遗迹上，回荡起曾经的鼓角铮鸣和金戈铁马，这在日寇铁蹄肆虐中华的现实面前，这个民族曾经的光荣与梦想，通过旅行，从封存的记忆中释放出来，对提振民族意志，重塑民族凝聚力，必然会起到更加积极的政治效果。"没有一种旅行是客观的，旅行主体带着自身的文化背景和意识形态去旅行，我们阅读的不是异地风景，也包括旅者的观点、偏见，主体带着自身的文化背景和意识形态去旅行。"② 换言之，旅行的过程，并不是历史创造了眼前的遗迹和土地，而是，我们对现实的理解方式和阐释目的创造了历史记忆的存在价值。

1930年，以庄学本、葛文烈、娄君侠为代表的数位青年，组成一支名为全国步行团的队伍，计划用5年的时间，奔赴各地，考察风俗人情、地理交通等社会情状。在他们眼里，西北是中华文化的中心和发源之地，晚清以来，西北地区石器时代的考古发现逐渐被中外学者注意，旅行团这样自我激励："诸君倘能以冒险精神，对于古代遗留种种，切实考证，则对于世界人类学，亦或有惊人之处，兴伟大之贡献。此不但个人之成就，实为全民族之光荣。"同时，对西

---

① ［法］厄内斯特·雷农：《国家是什么》，李纪舍译，《中外文学》1995年第6期。

② 钟怡雯：《旅行中的书写：一个次文类的成立》，《台北大学中文学报》2008年第4期。

北各民族语言文字、历史地理、名胜古迹的考察，对于地大物博同时也是地理相隔的民族意识和政治意识的统一，有着不可估量的社会价值，"发扬全民族精神，沟通全民族声息，而使改造社会者，有所依据，则中国社会自不难推动于大时代中，而有更大之进展"。① 对于那些考古文物以及历史遗迹来说，它们之所以还有沟通民族关系、巩固民族团结的社会功能，正是因为在它们那里蕴藏着关于民族的共同共享的精神谱系和集体记忆。

从社会学的角度看，记忆是"由人群当代的经验与过去的历史、神话、传说等构成，借由文献、口述、行为仪式（各种庆典、纪念仪式与讨论会）与形象化物体（如名人画像、塑像，以及与某些记忆相关联的地形、地貌等等）为媒介，这些社会记忆在一个社会中保存、流传"。② 也就是说，记忆借助于一定的媒介，留存在社会存在中，成为一个社会或者群体传承延续的基础。旅途中所遇见的遗迹，无疑是留存着丰富历史记忆的媒介。这些斑驳破旧、残缺不全的亭台楼阁、城关隘口、古堡烽台，以及村庄小镇，都曾经是民族的先辈们生活过、征战过的空间，无论这片土地上，曾经流淌着怎样的血与火、泪和伤，如今，都只能存贮在历史的深处。面对今非昔比的现场和家国状况，旅行者唯有唤醒历史记忆，才能获得对民族精神与信念重新建构的力量，"在国族意识形态笼罩下，'过去'永远是国族的过去，一切既有的成就都是国族的成就，都被当作'国族精神'的具体表现来保存、纪念与承受"。③

比如范长江足迹下的长城，就是一种承载着民族情感和国家命运的媒介。在他的笔下，作为封建王朝的防御工具，长城自古就扮演一个阻碍民族融合的工具，"偌大的西域，轻轻放弃，就是玉门关和嘉峪关间近二千里疏勒河流域的地方，亦不再加以顾视"（《塞上行》）。尤其重要的是，眼前的长城，更多让作者和友人回想起历史上抵御外敌时有经验教训的例证。比如，与雁门关有关的是，宋代名将杨业抵抗契丹，因潘仁美拒不发兵救援，导致孤军战死，以此来反思和警戒当下的政客们要摆正国事与家事之间的轻重关系。再比如，看到居庸关，作者想到了其附近的土木堡，也就是瓦剌活捉明英宗的故事。作者痛陈这一明王朝之耻同样也是奸臣王振专权所致。王振傲慢挑衅外敌，边防又空虚，携皇帝出征也不过是为了借机邀功。更荒唐的是，败退之后，竟然不直接

---

① 喆君：《欢送全国步行团》，《旅行月刊》第5卷第7号，1930年。

② 王明珂：《华夏边缘——历史记忆与族群认同》，北京：社会科学文献出版社，2006，第253页。

③ 沈松侨：《振大汉之天声——民族英雄系谱与晚清的国族想象》，贺照田主编《在历史的缠绕中解读知识与思想》，长春：吉林人民出版社，2003，第260页。

回京，反而希望皇帝驾临自己的家乡蔚县，以此炫耀乡里，同时又顾虑自己的田地和财货，延误撤退时机，导致皇帝被俘。如此种种都是为了说明，国难危机之刻，假公济私之徒，必然会误民族之大事。古往今来的战争告诉今人，长城早已失去国防的作用，而国防的真正要害或许更在于民族的每一个人身上。

历史记忆是文化之根，民族之魂，从文化研究的立场看，记忆在旅行文化中如此受到重视，一方面是由于其通过遗迹景观变得可见可闻，"'记忆'不仅和多元文化族群中的语言、叙述、权力和地方景观有关，它和仪式、图腾、公共建筑、纪念碑、纪念馆和遗址之间的关联，更是难以一分为二"。① 另一方面，是由于其使得所有景观（包括历史景观和自然景观）被历史化，直接作用于民族大众的心灵，更能强化对民族情感的动员效果。"八达岭之雄伟，洋河之迂回，大青山之险峻；古迹如大同之古寺，云冈之石窟，绥远之召庙，各有其美，各有其奇，各有其历史之价值。瞻拜之下，使人起祖国庄严，一身幼稚之感，我们的先人惨淡经营于先，我们后人是应当如何珍重保守，并使之发扬光大！"② 面对祖国的大好河山，以及这些河山背后云涌澎湃的故事，更容易让人启动一种对于家国、故土和民族的眷恋与自尊。

另外，一个更为不可忽略的问题是，记忆也并非一种自然自在的存在。从心理学的角度看，"记忆，是简单的重新兴奋"。③ 也就是说，在一种日常状态下，记忆是沉眠着的，需要外界的刺激，被重新启动而进入大脑的意识中。事实上，这个重新启动的过程并不是恢复的过程，"真正的过去已经永远失落了，我们所记得的过去，是为了现实所重建的过去"。④ 无论是个人还是集体，记忆是一种时间的积淀，更是与现实切身相关的即时性的需要。安德森在他的名著《想象的共同体》中，辟专章"记忆与遗忘"论述在民族认同的建构过程中，借助记忆与遗忘的方式得以建立起来的关于民族历史的叙述，充满可选择性和导向性，以服从特定历史条件下的特定目的。"民族的本质是每个人都会拥有许

---

① 廖炳惠：《关键词 200：文学与批评研究的通用词汇编》，南京：江苏教育出版社，2006，第 156 页。
② 郑振铎、冰心：《西行书简·平绥沿线旅行记》，太原：山西古籍出版社，2002，第 221 页。
③ ［英］弗雷德里克·C·巴特莱特：《记忆》，黎炜译，台北：昭明出版社，2003，第 298 页。
④ 王明珂：《华夏边缘——历史记忆与族群认同》，北京：社会科学文献出版社，2006，第 31 页。

多共同的事物，而且同时每个个人也都遗忘了许多事情。"① 也就是说，基于民族认同的目的，记忆是与遗忘一样，都是完成特定历史条件下社会需要和政治目的的路径和手段。

哈布瓦赫在其声名显赫的著作《论集体记忆》中认为，集体记忆不是一个既定的概念，而是一个社会建构的概念。也就是说，记忆的目的不是恢复的过程，而是重新表述的过程。哈布瓦赫相信，现在的一代人是通过把自己的现在与自己建构的过去对置起来而意识到自身的。换言之，集体记忆解决的并不是关于过去的问题，而是当下的问题，是关于现在的自我认同的问题。"我们关于过去的概念，是受我们用来解决现在问题的心智意象影响的，因此，集体记忆在本质上是立足现在而对过去的一种重构。"② 由于现实的目的，记忆成为一个可变的综合体。

比如茅盾在《新疆风土杂忆》中，开篇即谈在新疆土地上普遍用于引水灌溉的"坎儿井"，固然因为坎儿井本身对于干涸的新疆地质的农业生产有着至关重要的作用，作者讲到在地广人稀的新疆省内，地主们在计算财产时，并不以拥有多少亩田地为豪，而是以拥有多少口"坎儿井"为富。但一个更为隐蔽的叙事缘由是，"坎儿井"是由清代征西大将军左宗棠在治理新疆时创设的农业设施，作者更是赞美左宗棠治新的功德在于筑路栽树，有颂诗传世："大将西征尚未还，湖湘子弟满天山。新栽杨柳三千里，引得春风度玉关。"作者以左宗棠"坎儿井"的历史掌故入手，梳理自己游历新疆的见闻，始终把握着这样一条情感线索，那就是不再将新疆视为玉门关外的化外之地，而是连通关内外，连通汉族与新疆各族人民在生活、贸易、文化、艺术、宗教上由来已久的紧密交汇地。作者随后一转，谈新疆的地理地貌和气候时牵连到《西游记》的火焰山，然后又谈新疆龟兹乐与隋炀帝之间的关系。

在游览哈密时，茅盾更是大书特书纪念左宗棠的"定湘王庙"，也就是新疆的城隍庙，这样的庙遍布新疆境内所有有汉人居住的城市，不仅仅是祭拜之地，也是邮寄信札、包裹货物的交通汇合之地，是新疆向内地连通的重要枢纽。在考察新疆经济时，也极力赞赏以天津帮为代表的新疆汉族商人对新疆的贡献，这些商人不仅仅是新疆与内地货物贸易的桥梁，也是抗战时期绥新公路等交通

---

① ［美］本尼迪克特·安德森：《想象的共同体》，吴叡人译，上海：上海人民出版社，2003，第 228 页。

② ［美］刘易斯·科瑟：《导论》，［法］哈布瓦赫《论集体记忆》，毕然等译，上海：上海人民出版社，2002，第 59 页。

设施的重要捐建者。作者还谈到新疆首府迪化（今乌鲁木齐）的饮食，是集合了省内十几个民族的精华，更有川菜、鲁菜和天津菜等佳肴荟萃，显示出新疆与内地之间的互融与互渗。作者全文的笔风客观实际，既有现实深入的考察，也有历史地理文献的引述，然而，不论哪一板块，新疆与内地密不可分、血浓于水的民族关系，是本书的叙事基调。几乎每到一处，每论及关于新疆的某个领域，均传递出汉族与边疆少数民族的互动关系，同时兼具描述这种互动关系的历史视域，也就是说，在共同的历史记忆中，汉族和新疆各族原本就是紧密相连的共同体。这一叙述模式，在 1930、1940 年代复杂的战争语境下，成为具有代表性的旅行书写策略。正如鲍曼所指出的那样，民族共同体一般都会竭力"赞美并力促道德的、宗教的、语言的、文化的同质性。它们对共同的态度不断地宣传。它们建构着合享的历史记忆"。① 由此，1930、1940 年代的西北旅行，特别是塞外之旅，充满了这种民族共融互助的叙述逻辑。

历史记忆，是民族共同体合法化的一种方式。无论是关于可见的遗留下来的生活方式、仪式传统、建筑等等，还是不可见的传说、神话等等，就连自然风光以及其他景观也会成为国族建构的一部分，"'自然'本身遭到国族化，特定的地理特色与地景，成为国族歌颂仰慕的对象；而国族共同体及其历史，也在同一过程中被'自然化'。它的发展，被视为自然秩序天经地义的一部分。唯有如此，国族的土地与地景，才能激发人民大众的认同效忠于大规模的牺牲奉献，群体内部原本多元歧异的人口，也才能被融铸成为一个'国族'"。② 记忆是显示群体存在的印记。"记忆不只是一种知性的记忆，而且更是一种感情的记忆。也就是说，记忆不只是'知道'，而且是'感受'。感情的记忆留住的是对共同事件的感受。"③

比如范长江 1936 年西行出阴山，在百灵庙与归化之间，穿越阴山山脊著名的蜈蚣坝，对于蜈蚣坝，作者舍弃了险秀风光的描写，而是笔锋一转，论及坝上坝下的僧人，在对外抗日的当下做出的无私贡献。然后历数僧人报国的掌故，如宋钦宗时期山西五台山僧人真宝，聚兵抗金，寺宇尽毁，而全体僧兵皆不降战死。明世宗时少林寺僧月空，率弟子三十余人在松江抗击倭寇，皆力战而死。面对光荣历史，作者不禁深切呼告，"这样光荣的记录，我热诚地盼望，多多的

---

① ［英］齐格蒙特·鲍曼：《现代性与矛盾性》，邵迎生译，北京：商务印书馆，2003 年第 97 页。

② Anthony D. Smith, *Myths and Memories of the Nation*（Oxford：Oxford University Press，1999），pp. 151~159

③ 徐贲：《人以什么理由来记忆》，长春：吉林出版集团有限责任公司，2008，第 3 页。

发现于第二十六年以后的民国国史上"。① 作者对于这些历史记忆的追诉，并不是一条条资料的累积，而是通过这些掌故的重新叙述，以唤起对历史上那些民族英雄的崇仰，以激励当下尚在抗击日寇入侵的国人的民族意志。

通过对自然的历史性呈示，旅行者赋予了风光和人文景观一致的情感感受和精神气质。在战争语境下，它召唤出一个坚毅、顽强、充满必胜信心和斗志的民族情感。正如茅盾在《风景谈》里面对西北的荒漠，却能这样感叹："在这里，秃顶的山，单调的黄土，浅濑的水，似乎都是最恰当不过的背景，无可更换。自然是伟大的，人类是伟大的，然而充满了崇高精神的人类活动，乃是伟大之中尤其伟大者。"由风光而转入人之精神，使得这些肉眼所及的苍茫粗粝的自然风光融入一种与残破不堪的历史遗迹一致的叙事中，进入时代现场中的心灵中，转化为一种连接共同体的精神动力，呈现为一种崇高之美感，这正是战时状态特别是外敌入侵国破山河碎的语境下，国家民族扭转颓败之局的重要政治策略。"虚构静静而持续地渗透到现实之中，创造出人们对一个匿名的共同体不寻常的信心，而这就是现代民族的正字商标。"②

西方学者认为："风景的再现并非与政治没有关联，而是深度植于权力与知识的关系中。"③ 风景并不仅仅是一个名词，更大意义上是一个动词。1930、1940 年代的社会语境，催生出国人对祖国、故土、家园等空间地域的精神想象，同时也催生了团结、忠诚、坚毅、勇敢、顽强等情感性力量的呼告，这些介入到旅行游记特别是关于西部诸省的游记中，使得旅行关于风景的描绘，无论是自然地理，还是人文景观，都赋予了这种"动词"意义上的审美功能，即对于国家的热爱，对于民族的忠诚，对于命运的共担当，等等。因此，抗战时期西部旅行的散文，无不展现出一种崇高之美、壮丽之美。"壮美的经验是一种超越，是对累于忧患、困于感性的自我的升华。"④ 由此，也显现出 1930、1940 年代的旅行书写，其实是将政治本身当作一种审美经验来对待，通过对疆域内的社会考察以及历史记忆的情感动员，以激励或者补偿战时语境下疲顿的国人之心，以重塑一个国难当头的民族所亟需的主体。

---

① 范长江：《塞上行》，北京：新华出版社，1980，第 17 页。

② ［美］本尼迪克特·安德森：《想象的共同体》，吴叡人译，上海：上海人民出版社，2003，第 35 页。

③ ［美］温迪·J. 达比：《风景与认同》，张箭飞等译，南京：译林出版社，2011，第 9～12 页。

④ 王斑：《历史的崇高想象》，上海：三联书店，2008，第 36 页。

第七章

流动的现代性与游记散文的文化反思

梁实秋在《现代中国文学之浪漫趋势》中曾批判现代游记的发达是因"印象主义"之风气过盛。基于古典主义理性的艺术主张,梁认为其背后的基础是柏格森(梁译柏格孙)式的"流动的哲学"。一切稍纵即逝,无时无处不在变动中。"在印象的世界里,事事是相对的,生活像走马灯似的川流不息的活动,生活没有稳健的基础……匆促的模糊的观察人生,并只观察人生的外表与局部。"[①] 现代游记在情感表达上的自由性与叙事上的片段化固然让其对社会本质的把握方式与小说有着巨大区别,其流动的场景转换、松散的文本结构容易带给人走马观花的印象。只不过,印象主义作为一个文艺学关键词并非只是指向某种艺术修辞、美学风格或者艺术流派,作为一个兴起于 19 世纪末 20 世纪初的西方资本主义社会语境中的艺术概念,印象主义更大程度上是现代性的一个产物,也就是对现代生活现实的一种艺术回应。在《生活与艺术中的印象主义》中,哈曼认为印象主义其实回应的正是"生活的加速度和转瞬即逝,行动的狂热、激动和稳定,以及对所有既定规范和价值观的颠覆"。[②] 从某种意义上说,印象主义一方面是对理性精神与秩序结构进行反叛的策略,也是对碎片化现代社会生活的一种体验方式。弗里斯比在《现代生活的审美》中指出这种印象主义的背后是对现代性距离的强调,"现代人们对碎片、单一印象、警句、象征和粗糙的艺术风格的生动体验和欣赏,所有这些都是与客体保持一定距离的结果"。[③] 而强调距离,实际上是为了保持对现代生活的批判维度。

梁实秋正是看到了现代游记写作中的这种碎片化、易逝性和不确定性的现实表达才给予印象主义的批判,也从相对立的一面确定了现代游记作家对 1919

---

① 黎照编:《鲁迅梁实秋论战实录》,北京:华龄出版社,1997,第 23 页。

② B. Highmore, *Everyday Life and Cultural Theory: An Introduction* (London: Routledge, 2002), p. 36

③ D. Frisby, *Simmel and Since: Essays on Georg Simmel's Social Theory* (London: Routledge, 1992), p. 138.

年以降中国社会现实形态的一种感知方式。这种以碎片化和不确定性为特色的感知方式显现出中国现代文学（包括现代游记文学）的现代性品格，如同波德莱尔认定 19 世纪欧洲现代性"是过渡、短暂、偶然，就是艺术的一半"① 的品格一样，它一方面强调了传统秩序瓦解之后价值、意义的迷失与漂移，一方面也表达了对以理性为基础的现代文明秩序的深刻质疑，从心灵层面，感受到现代个人在社会中的无所依附的孤立感与游荡状态。

在现代中国语境下，这种孤立与游荡的文学风格尽管区别于以启蒙理性和民族认同为主旨的时代宏声，却一直没有被文学史家所忽略。钱理群、黄子平、陈平原以"悲凉""焦灼"来命名和描述二十世纪中国文学所整体呈现的社会历史蕴含的美感特征。这种"悲凉"与"焦灼"的背后，既是山河破碎这样一个时代现实之表，也是若干艺术主题启动与演绎的感悟之果。对碎片化社会现实的认知与对个人的孤立与游荡状态的体验毫无疑问成为现代文学中的一个重要症候。在这个意义上，游记对现代社会碎片化、缺乏归属感的心灵形态与感知模式的回应恰恰是其文体优势之处。游动不居既是游记散文的叙事方式、书写对象和结构特征，也是整体性的文体特征。正如有学者所言，游记散文的结构是游程中"由生活事件各个部分组成的整体存在形态……不应仅仅指文章的外部组织形式，而应是创作主体的意识、情感、思想，特别是独特的生命体验转化为物质形态的一种'有意味的形式'"。② 正如张爱玲将自己的散文集命名为《流言》，文如流言，表面上既是如水一样的跃动和灵秀，又是如同流言蜚语一样的无孔不入，不刻意又多变。散文的这种方式更容易触及国家崩裂时代深处的细微人生，更能显现破碎现实中普通生命的心灵样态，"她并不指望自己的作品能永恒，正相反，文章应像是写在水上的字眼，这也就是'流言'一词的字面意义，即'流动的言语'，存在一刻后便消声灭迹；但她也希望自己的作品能像流言蜚语一样"。③ 这种散文书写方式方便了作者绕开社会宏大的主题，以碎片化的方式瓦解从社会总体性的角度解读社会和人生，是对生活的重新定义，通过对日常生活的细碎体验来洞察乱世中的人情世故。"散文形散，却为乱世人生带来结构和可知性。"④

在现代游记中，无论生活事件的构成方式还是意识情感状态，都存在着一

---

① ［法］波德莱尔：《1846 年的沙龙：波德莱尔美学论文选》，郭宏安译，桂林：广西师范大学出版社，1987，第 424 页。

② 陈剑晖：《中国现当代散文的诗学建构》，南昌：江西高校出版社，2004，第 185 页。

③ ［美］黄心村：《乱世书写》，胡静译，上海：三联书店，2010，第 151 页。

④ ［美］黄心村：《乱世书写》，胡静译，上海：三联书店，2010，第 175 页。

种与游相契合的碎片、孤立与游荡的文学意味，这是我们考察 20 世纪中国文学现代性不可忽略的切入视角。有人认为"一部游记史，很大程度上可以说就是一部旅游的理念的变迁史"。① 而一部旅游的理念史，何尝不是关于一个时代的现实困局与精神迷境的镜像史。与古代知识分子那种求远志或遭放逐的"行役""羁旅""迁谪"文学所呈现出来的苦难、郁愤、悲壮的旅行文学品质相区别的是，在中国现代性语境下，秩序崩塌，国破民怨，现代理性艰难成长又处处暴露弊病，非理性思潮此起彼伏，价值共同体分裂，使得现代中国的"游"的内涵异常复杂，"驱使着当代主体更为紧张而焦灼地寻绎生命的意义，游记中所呈现的行走者的面容无论严肃或轻松，在'因何而游'的问题上则不约而同地趋向一致，这就是力图冲破种种形而下或形而上痛苦的围绕，去寻求生命的突围"。② 现代中国的游记散文，必然要穿过充满偶然性、碎片性和不确定性的现代生活，无论是山水风光，还是旷野漂泊，还是都市踽行，无论还乡还是异域离散，现代知识分子在他们的游记中敞开对现代生活的细致感觉，奋力从那些片段性的、稍纵即逝的视觉瞬间，发现现代生活图景的审美内蕴，从碎片中触摸时代的总体性，从游荡中弥补、修复甚至治愈现代社会给予人们的精神困厄与情感伤痕。

周作人在总结"五四"以降的现代散文成就时有一个著名的判断，那就是，他认为"小品文是文学发达的极致，他的兴盛必须在王纲解纽的时代"。③ "王纲解纽"对于现代文学创作的意义，一般的解读更多地注意在两个方面，第一个是，人性的解放，即"个人"的发现。不再"为君""为道""为父母"，而"晓得为自我而存在了"。这就造就了郁达夫所说的"现代的散文之最大特征，是每一个作家的每一篇散文里所表现的个性，比从前的任何散文都来得强。……作家的世系，性格，嗜好，思想，信仰，以及生活习惯等等，无不活泼泼地显现在我们的眼前……就是文学里所最可宝贵的个性的表现"。④ 另一个是，外来思想涌入，创造了一个多元化的文化环境，释放了人不同层面的精神需要，催生了文学艺术的繁荣，正如学者所言，在这样一个相对宽松的环境下，中国现代游记散文必然获得古代游记散文所不具备的发展成就："中外思潮顺畅

① 沈义贞：《论当代游记散文的流变与转换》，《文学评论》2002 年第 6 期。
② 沈义贞：《论当代游记散文的流变与转换》，《文学评论》2002 年第 6 期。
③ 周作人：《中国新文学大系·散文一集》，影印本，上海：上海文艺出版社，2003，导言，第 6 页。
④ 郁达夫：《中国新文学大系·散文二集》，影印本，上海：上海文艺出版社，2003，导言，第 5 页。

交流和碰撞，带来的作家主体思想的自由、人文精神的张扬和审美观念的改变，适应现代人的文化心理和精神需要，还原文学结构作为独立自足开放体系的性质，从而在游记散文结构上获得自由性发展，实现历史性超越。"① 这两个层面的解读都是深刻的。然而，"王纲解纽"本身所描述的是一种深刻的历史现实，即传统秩序崩溃而新的秩序尚未建立的分散状态。这是一种吉登斯所谓"脱序"的状态，在法国学者白吉尔看来，"此时的政府权威甚至国家概念正处于遥无踪影的状态。在这个被孙中山称之为'一盘散沙'的时期里，中国呈现军阀混战的无政府局面"②。无可否认，对这一状态的认知，构成了现代文学创作的一个根本性前提，其碎片化的社会特性与文化样态催生出现代旅行文学区别于古代行役文学、羁旅文学、迁谪文学不一样的感伤品格。同时，这一碎片化语境中的旅行及旅行文学本身，作为反思现代性的行为方式，又是对碎片化现实的弥补与挽救。

第一节　王纲解纽：总体性破灭后的流动

辛亥革命推翻了清王朝的统治，"五四"以降对封建社会和文化的批判与背叛成为无可阻挡的时代潮流。"王纲解纽"一方面意味着传统封建王朝统治的覆灭，另一方面，在文化哲学层面上则意味着社会总体结构与个人之间的关系松脱和碎片化，也意味着意义价值的先赋性被剥夺，从而，个人的价值需要主体性的建构去获取。而旅行，正是重新获取生命意义的主体方式。

西方艺术哲学将现代艺术的发生背景视为"总体性"的破灭，现代艺术超越传统艺术的根本前提即在于对于总体性的回应方式。黑格尔在其《诗学》中曾将小说归于史诗范畴，同属浪漫型艺术，③ 但他依然区分了史诗与小说的细微差异，认为史诗的世界是完整的，个人与共同体一起承担命运，而小说的世界是散文化的世界，也就是任何世界是对立的，总体性不再是不证自明的，人必须独自承担各自的命运。卢卡奇继承了这一理念，现代世界是一个离散、偶然以及没有意义的世界，总体性不再，这也就意味着关于社会本质以及历史整体性把握的失位，以及个人对生活本质的可能性把握被取消，也就意味着生命

---

① 李一鸣：《中国现代游记散文整体性研究》，济南：山东人民出版社，2013，第 272 页。

② ［法］白吉尔：《中国资产阶级的黄金时代》，张富强等译，上海：上海人民出版社，1994，第 7 页。

③ ［德］黑格尔：《美学》第三卷下册，朱光潜译，北京：商务印书馆，1981 年。

的内在意义被质疑，这是卢卡奇论证文学形式与现代性问题的起点，在他看来，并非所有既有的文学类型或形式都能够直接用于表达现代人的心灵形式，而小说，恰恰是作为一种基于现代文化与现代心灵的表达形式而出现的。小说被赋予重新建构总体性的使命。在卢卡奇的诗学体系中，社会总体性与典型人物组成一对相辅相成的概念，小说通过对典型人物的塑造，特别是基于人物之间相差异的性别、成长环境、阶级身份等等而发生的不同的社会互动与社会关系，来表现一个时代和社会的本质，影响社会和历史进程的重大因素，即社会总体性。① 区别于史诗的韵文方式，小说的散文化写作，更能直接面对碎片化的社会和生活世界里的每一个个人，从而能触及时代的总体性。基于此，在通过文学形式来实现自己"真正的生命"这一问题上，散文的现代性价值不容忽视，"只有散文才有足够的力量将痛苦和荣光、斗争和王冠、道路和圣典集于一身；只有它那无羁无绊的灵活性和它无节奏的起承转合才有足够的力量，涵盖种种束缚和自由，将一个从此以后因其被发现的意义而熠熠生辉的世界之被赋予的沉重和被征服的轻松全都纳入囊中"。② 卢卡奇的诗学传达出的一个重要启示在于，现代艺术表达的应当是总体性不复存在的现代社会中个人对自我的塑造、对碎片的弥补、对生命的救赎。

　　从某种意义上而言，总体性的破灭正是现代性的一个重要表征。总体性破灭意味着秩序的瓦解，意味着不确定性、不稳定性。这显现出现代性属性中区别于社会理性主义建构与控制之外的另一面，即如社会学家温杰伍德说的"现代社会中那种'新颖'、变动、不断变化和动态的特征。在这个意义上说，现代性否定了整体概念，因为它的分析集中在现实那零散的和短暂的特征上，集中在微观世界和微观逻辑上"。③ 伯曼在《一切坚固的东西都烟消云散了》中认为，现代性的本质"就是发现我们自己身处一种环境之中，这种环境允许我们去历险，去获得权力、快乐和成长，去改变我们自己和世界，但与此同时它又

---

① 台湾学者苏敏逸在其论著《"社会整体性"观念与中国现代长篇小说的发生与形成》中，即以卢卡奇的这一理论，分析晚清以降至 1940 年代的现代长篇小说中的时代症候、政治理念、文化表达以及家族观念等等。参见苏敏逸：《"社会整体性"观念与中国现代长篇小说的发生与形成》，台北：秀威信息科技有限公司，2007，第 18 页。

② ［俄］卢卡奇：《卢卡奇早期文选》，张亮等译，南京：南京大学出版社，2004，第 134 页。

③ Alan Swingewood, *Cultural Theory and the Problem of Modernity* (London：Macmillan, 1998), p. 140.

威胁要摧毁我们拥有的一切，摧毁我们所知的一切，摧毁我们表现出来的一切"。① 马克思、恩格斯在《共产党宣言》这样描述现代性语境下的生产关系："生产的不断变革，一切社会关系不停地动荡，永远的不安和变动，这就是资产阶级时代不同于过去一切时代的地方。一切固定的古老的关系以及与之相适应的、素被尊崇的观念和见解都被消除，一切新形成的关系等不到固定下来就陈旧了。一切固定的东西都烟消云散了，一切神圣的东西都被亵渎了。"② 滕尼斯用"共同体"走向"社会"来描述传统向现代的转型。前现代意义上的"共同体"是农村（乡土）的，"亲密的、秘密的、单纯的"，有归属感和总体感，有着统一的习俗和信仰依托；而现代意义的"社会"是城市的，"公共性的，是世界"，充满着分离性和陌生感，是职业性的和移动性的。他甚至认为，"共同体是持久的和真正的共同生活，社会只不过是一种暂时的和表面的共同生活……一种机械的聚合和人工制品"。③ 因为现代社会是一幅碎裂的、有距离感的自立且有更多精神自由的图景。

　　对于现代性的这种不确定性与不稳定性的特征，鲍曼直接使用了"流动的现代性"这一概念。他认为现代性如流体一般，"既没有固定的空间外形，也没有时间上的持久性"，④ 呈现出短暂性和非结构化的特征。鲍曼的所指从某种意义上说是对资本主义溶解和穿透现代社会的稳固结构，或者说是基于一种新的生产方式、新的社会关系的描述；从另一个角度来看，鲍曼所谓"流动的现代性"也表明，个体在现代性语境中具有孤立、孤独和游荡的特征，个体不再依赖固定的社会结构赋予的意义，而必须独自承担不确定的后果，从社会学意义上说，就是吉登斯所谓不安全、不稳定和无保障的"风险社会"。在这样一种流动的现代性社会中，"'个体化'指的是，人们身份从承受者到责任者的转型，和使行动者承担完成任务的责任，并对他们行为的后果负责"。⑤ 鲍曼基于不稳定性和不确定性的现代社会形态的分析，把握到个体从传统社会角色先赋性、

---

① ［美］马歇尔·伯曼：《一切坚固的东西都烟消云散了——现代性体验》，徐大建等译，北京：商务印书馆，2003，第 15 页。

② ［德］马克思、［德］恩格斯：《共产党宣言》，《马克思恩格斯选集》第 1 卷，北京：人民出版社，1972，第 254 页。

③ ［德］斐迪南·滕尼斯：《共同体与社会》，林荣远译，北京：商务印书馆，1999，第 54 页。

④ ［英］齐格蒙特·鲍曼：《流动的现代性》，欧阳景根译，上海：三联书店，2002，第 2 页。

⑤ ［英］齐格蒙特·鲍曼：《流动的现代性》，欧阳景根译，上海：三联书店，2002，第 48 页。

传承性以及限制的结构中突围出来，从既定的身份转向一个待完成的"任务"。作为总体性的破灭的后果，个体的流动既是碎片化的后果，也是重新弥补碎片的主体性动力。

毫无疑问，旅行的本质就是离开定居地，就是流动，而且"旅行的历史实质上是人类'流动性'的表现史"。① 正如流动性是人类普遍的社会行为一样，旅行也并非现代的产物。但是，现代语境下的旅行和传统意义上人类的流动很不一样，一方面，旅行受益于现代性提供的各种便利，这包括空间意识、社会制度、经济条件、交通工具、服务设施等等，旅行是显现现代性优越的一种生活方式；另一方面，旅行又是现代性制造的后果，旅行所面对的是现代性制造的一个不再凝固稳定的社会结构和日益科层化的生活模式，旅行成为解决现代性问题的一种方案，从心灵层面而言，现代旅行区别于前现代社会最重要的一个特征正是基于总体性的破灭而获得的碎片化的生命体验。也就是说，在前现代社会，旅行的意义没有出离统一的共同体的价值框架，因为总体性的完整，个体自身的意义没有凸显。而现代社会，旅行恰恰是反抗总体性的产物，"现代性的基本属性被公认为移动性，它根本地改变了人们的生活观念、生活方式和社会价值。这一切皆与旅行与旅游分不开"。旅行成为一个能表征现代性特征的社会行为，个体的自由与孤立、主体性与孤独感、寻觅与幻灭会鲜明地显现在旅行中。现代性语境下的旅行，其流动性不仅仅是一个表面的社会行为，而更是充满碎片化的生命体验。同时，作为一种反抗的力量，现代语境下的旅行，必然是总体性破灭或者失去家园之后对家园的回望与追寻，对完整生命的渴望，同时也是对基于理性主义的社会操控的一种精神反思。概言之，旅行是一种现代性的批判行为或者救赎行为。这是现代旅行文学的精神语境。

在现代中国语境下，不难发现，旅行是文学书写的基本经验。"五四"知识分子基本上都是离乡背井，无论是出于主动还是被动，他们对启蒙思想观念的吸收，他们对现代中国的诸种愿景，他们的文学经验与文化记忆，都和他们的旅行踪迹是分不开的。他们或多或少会有鲁迅那种"走异路，逃异地，去寻求别样的人们"② 的生命体验，漂泊、离散、游荡、行走构成了他们旅行活动的主要特质，构成他们游记散文乃至整个文学写作的重要书写经验。无论像周氏兄弟、郁达夫、郭沫若的旅日，还是像徐志摩、朱自清、郑振铎等旅欧旅美，还是像沈从文、萧红、艾芜等这样在纷乱的祖国大地上的行走，无论是从封建

---

① 林英男：《旅行的历史》，太原：希望出版社，2007，前言，第 6 页。

② 鲁迅：《鲁迅全集》第 1 卷，北京：人民文学出版社，1981，第 415 页。

大家庭，还是从边地小农家出发，其共同特质莫过于他们都脱离了传统社会的生活秩序，成为孕育过他们生命的乡土世界的流放者、叛离者。同样，他们的文学作品包括旅行散文也在诠释着作为一个转型社会与纷乱世界的旅行者和见证者的孤独与碎片化体验。在汪晖看来，"五四"作家们的文学创作，无不凸显出人的独立，更多放大了"孤立的人"和"独异"感的存在，一方面与现代文学转向人的内心和情感，向往新文明新文化的理想有关，另一方面，更与现代作家们的离开故乡故国的现代旅行与漂泊经验相关，概言之就是"都和'五四'人物与乡土秩序的这种疏离感相联系：无论是孤独，还是自卑，都已不是偶然的、个别的情绪，而是一种普遍性的态度，一种意识形态，一种整整一代知识者所共有的生活方式"。① 现代的旅行是对流动的现代性的孤独和感伤的体验，不可避免地意味着灵魂的无可依附，不复安谧与完整的无家可归无处可去的迷离与绝望，奔忙与寻觅途中的疲乏与疼痛，前所未有的陌生、孤独与疏离感。

瞿秋白曾经这样分析过现代中国社会诞生的这样一群无论是灵魂还是身体都居无定所的人：

"五四"到"五卅"之间中国城市里迅速地积聚着各种"薄海民"（Bohemian）——小资产阶级的流浪人的知识青年。这种知识阶层和早期的士大夫阶级的"逆子贰臣"，同样是中国封建宗法社会崩溃的结果，同样是帝国主义以及军阀官僚的牺牲品，同样是被中国畸形的资本主义关系的发展过程所"挤出轨道"的孤儿。但是，他们的都市化和摩登化更深刻了，他们和农村的联系更稀薄了，他们没有前一辈的黎明期的清醒的现实主义，——也可以说是老实的农民的实事求是的精神——反而传染了欧洲的世纪末的气质。②

现代中国的旅行，是在民族危机、阶级矛盾、战争频仍、社会动荡以及半封建半殖民地背景下现代文明畸形发展中的旅行，这是一个碎片化与充满各种不稳定的社会结构中的行为和体验。

可以这么说，"五四"以降知识分子的旅行，不仅仅是一次人生轨迹的移动与变更，也不仅仅是民族理想的求索与追问，在某种意义上，也意味着这样一

① 汪晖：《汪晖自选集》，桂林：广西师范大学出版社，1997，第318页。
② 瞿秋白：《〈鲁迅杂感选集〉序言》，《鲁迅杂感选集》，上海：上海文艺出版社，1933，第19页。

个碎片化的纷乱时代中的文化越界、出走以及生命的蜕变与重塑。在他们的文学作品中，来自现代人孤独、分裂以及碎片化的生命体验，或许并非直接来自旅行本身，但一定受益于这种对于传统的越界、疏离与出走，从而显现出流动的现代性语境下，个体在现代社会中不同于传统的身份与生命状态。

第二节　感伤的旅行：从古典到现代

中国现代黯淡而破碎的社会现实，一方面激发了民族主义的文学诉求，在某一种意义上，使中国现代性具有重建总体性或者塑造新的价值共同体的一面，基于这样一种重建与统合的想象，面对破碎山河和黑暗现实，现代旅行书写既会呈现一种激昂铿锵的文学呼告，也会产生一种忧民忧国悲愤深广的文学哭诉；另一方面，在心灵体验层面四散奔走的旅途又衍生出一种对破碎、不确定性的社会现实的感伤气质，这种感伤是对现代文明本身的一种反应，如同波德莱尔对 19 世纪巴黎的体验一样，敏感于现代都市文明的那种"人群中的孤独"感，以一种"忧郁"与"漫游者"的体验方式来隐喻人与社会的存在状态，在被现代性包围的经验中感受生命的碎片化与不确定性。

基于这两种品格并置的情状，李欧梵有这么一个观点，他认为：

> 现代中国作家对自我和社会的理解，具有深化了的矛盾心理。对中国的关注和对其弊病的厌恶情绪同时存在；既对之希望和参与憧憬，又因之失落感与孤独感而烦恼。正是这种无法解决的矛盾心情所引起的紧张心态，既区别于传统文学，又区别于共产主义文学，为 20 世纪最初 30 年的文学创作和文学运动，提供了基本推动力。①

他认为一种以个人主义为基调的现代抒情造就了现代中国文学的内部张力，使得包括旅行文学在内的现代中国文学版图呈现出忧患与激进、苍凉与奔腾相夹杂的品质。只不过，值得商榷的是，这样一种由破碎现实而衍生出的关于旅行的文学感伤，并非与传统文学完全相决裂，也不可能完全等同于波德莱尔式的现代主义的虚无。

---

① ［美］李欧梵：《文学的趋势：对现代性的追求》，［美］费正清编《剑桥中华民国史》（上），北京：中国社会科学出版社，1993，第 442 页。

作为一种文学门类，与游记相关联的作品在《昭明文选》中被区分为"游览"和"行旅"两类。"游览"与游乐、赏玩、奇遇、自在超脱的旅游方式和体验相连。"行旅"则与征途、行役、漂泊、放逐等方式和体验相连，注《文选》的六臣之一的李周翰诠释"行旅"诗文时这样进行情感定位："旅，舍也，言行客多忧，故作诗自慰。"梳理以感伤为基调的中国传统游记文学，可以看到，古代与感伤相关的行旅大凡主要呈现为三种情形。一是基于安土重迁的乡土观念与离家（失家）的矛盾而产生的怀乡的感伤；一是基于"治国平天下"的出世精神与忠而被弃的矛盾而产生的行役、迁谪的感伤；还有一种就是基于徜徉山水以舒缓忧愤为目的的登高或远游，也就是对感伤的治愈或超越。在通常意义文化解释体系中，中国传统社会被描述为乡土社会，以费孝通为代表，认为"从基层上看去，中国社会是乡土性的"。① 通过血缘、族缘、地缘等方式以及相应的礼俗和宗法话语，建构出一个次序等级相对稳固的差异结构。比如：

> 乐天知命，故不忧；安土敦乎仁，故能爱。（《易·系辞上》）
>
> 父母在，不远游。（《论语·里仁》）
>
> 无土则人不安居，无人则土不守……故土之与人也，道之与法也者，国家之本作也。（《荀子·致士》）
>
> 安土重迁，黎民之性；骨肉相附，人情所愿也。（《汉书·元帝纪》）

由此，乡土对于传统社会而言，既是一个相对窄小而固定的地理空间，也是一个相邻相熟、礼俗相近的情感与伦理空间，更是一个有着稳定、和谐、安宁等意义指向和价值依托的精神空间，一个关于家园的隐喻，一套关于文化认同的话语。由此，基于乡土的出走，这套话语就自然而然生产出一种"怀乡""闺怨"的感伤诗学形态。对此，台湾学者龚鹏程是质疑的。他认为，中国传统社会，安居乐业的农者和不安居不业的农者是并存的，居者与游者在历代封建王朝的更迭变换中，两者是相应存在的复杂关系。而所谓"安土重迁""耕读传家""落地生根""忠孝两全""乡里乡亲"等实际上都是"统治者意识形态的编织，用以建构人民的自我认识"。② 封建统治的根基是乡土秩序结构的稳定，所以，"在思想上，则批评游民浮末，提倡农民泥土的道德，敦厚、重实、纯朴

---

① 费孝通：《乡土中国》，北京：生活·读书·新知三联书店，1985，第1页。

② 龚鹏程：《游的精神文化史论》，石家庄：河北教育出版社，2001，第47页。

的农民形象，和巧伪轻荡的游氓形象，成为鲜明对比。在制度上，以农人为良民，以商人为贱民，以游荡者为奸民。在意识上，更凸出游子漂泊悲伤之气氛，站在居者的立场，召唤游子归来。于是，'故乡'的意义彰显了，思乡怀土的感情出现了，远游以适志的追寻，乃变成为与故土故人离别的伤痛"。① 顺理成章的是，在追求稳定的封建王朝，"游"是被否定的，② 而且"游"是悲伤而痛苦的：

> 彼黍离离，彼稷之苗。行迈靡靡，中心摇摇。知我者，谓我心忧；不知我者，谓我何求。悠悠苍天，此何人哉？（《诗经·王风·黍离》）
>
> 行行重行行，与君生别离。相去万余里，各在天一涯。道路阻且长，会面安可知？胡马依北风，越鸟巢南枝。相去日已远，衣带日已缓。浮云蔽白日，游子不顾反。思君令人老，岁月忽已晚。弃捐勿复道，努力加餐饭。（《古诗十九首》）
>
> 巫山高，高以大；淮水深，难以逝。我欲东归，害梁不为。我集无高曳，水何梁汤汤回回。临水远望，泣下沾衣，远道之人心思归，谓之何！（《巫山高》）

在这一话语下，"游"意味着背井离乡，意味着失去家园，远离父母、爱人，意味着处于封建伦常的焦虑与煎熬中，相思之痛、分离之恨、怀乡之苦，这是乡土社会的最鲜明的感伤诗学。

然而，在另一方面，从上层社会来看，"游"又是被鼓励的。出于儒家"齐家、治国、平天下"的出世精神的驱使，传统知识分子走出自己的故乡，满怀"济苍生、安黎元"的政治抱负，负笈求学，以求进入统治集团的中心。这时候的"游"充满了一种豪情万丈的使命感：

---

① 龚鹏程：《游的精神文化史论》，石家庄：河北教育出版社，2001，第83页。

② 比如，历史学家荀悦在《汉纪》中论及汉代游侠郭解事时基于大一统国家秩序与纲常稳固的政治伦理需要，强烈批判了游侠、游说与游行对于社会的危害。"世有三游，德之贼也。一曰游侠，二曰游说，三曰游行。立气势，作威福，结私交，以立强于世者，谓之游侠。饰辩辞，设诈谋，驰逐于天下，以要时势者，谓之游说。色取仁，以合时好，连党类，立虚誉，以为权利者，谓之游行。此三游者，乱之所繇生也。伤道害德，败法惑世，夫先王之所慎也。国有四民，各修其业。不由四民之业谓之奸民。奸民不生，王道乃成。凡此三游之作，生于季世，周秦之末尤甚焉。"

> 仆夫早严驾，吾行将远游。远游欲何之？吴国为我仇，……闲居
非吾志，甘心赴国忧。（曹植《杂诗》）

> 男儿当门户，堕地自生神，雄心志四海，万里望风尘。（傅玄《豫
章行·苦相篇》）

> 猛志逸四海，骞翮思远翥。（陶渊明《杂诗·其五》）

在这样一种慷慨激越的饱含光荣与自豪的宦游文学中，旅行从某种意义上隐喻着传统知识分子的求仕之途，周游海内、志在四方，"天下谁人不识君"和"直挂云帆济沧海"式的兼济问道的政治关怀在此溢于言表。

然而，求仕之途固然有成功与荣耀，有"春风得意马蹄疾，一日看尽长安花"与"跨州越郡还帝乡"，"光车骏马游都城"式的壮游之气概，另一方面，这又何尝不是一场充满凶险与厄运的苦旅，如陆机所言，那是"伊洛有歧路，歧路交朱轮"，为官问道之路并非一片坦途，瞬息万变的王权宠辱，熙来攘往的名利交汇，复杂的政治博弈，以及个人无可奈何的社会危机等等，都使得这场人生的出游行旅必然伴随着种种无奈和感伤，这种无奈和感伤被形象地描述为"网"，"总辔登长路，呜咽辞密亲。借问子何之，世网婴我身"（陆机《赴洛道中作二首》），"误落尘网中，一去三十年"（陶渊明《归园田居·其一》），"网"成为宦游困厄之时的行旅体验，出仕为官、行游天下、济苍生展抱负是人生使命，不可违逆，而种种磨难、风险又不可避免，无可超脱又无处伸张，这就是宦游的感伤。行旅与尘网的矛盾相纠葛，是知识分子蒙受外出旅行的苦厄，而勇于承担这一苦厄，知识分子心中所谓的"网"如影随形、无处不在、无可挣脱。从而，这样的旅行叙述"因离乡而产生的感伤及因相别而出现的思念，时时存在于自己的生活之中，这是为仕宦的对立面出现的，更映衬出'世网'力量的强大罢了"。①

进一步而言，这种仕途内的行旅最悲剧性的并非是因离开故乡、亲人或政治时局的变换、名利得失而生发的无奈与感伤，而是因坚持个人的政治理想而被统治集团排挤，壮游之途转为迁谪之路。求仕宦游的激昂歌者沦为流落江湖的"放臣逐客"。② 这种命运的转变带来的痛楚是深切的。"昔游秦雍间，今落巴蛮中；昔为意气郎，今作寂寥翁。"（白居易《我身》）又或者是"心似已灰

---

① 胡大雷：《中古诗人抒情方式的演进》，北京：中华书局，2003，第114页。
② 《清波杂志》卷四这样描述"逐客"："放臣逐客，一旦弃置远外，其忧悲憔悴之叹，发于诗什，特为酸楚，极有不能自遣者。"足见因仕途命运的落差带来的苦旅给人的感伤与痛苦是多么深切。

之木，身如不系之舟。问汝平生功业，黄州惠州儋州。"（苏轼《自题金山画像》）这样一种"一身去国六千里，万死投荒十二年"（柳宗元《别舍弟宗一》）的悲叹与苍凉成为贬谪之苦旅的情感底色。这种苦旅的文学书写，其感伤之处，一是显现出传统儒家知识分子在黄钟毁弃、瓦釜雷鸣、朝纲颠倒的晦暗时代其刚正不阿、不苟流俗、狷介独立、许国不复身的执着心性和高尚情操；二是以"信而见疑，忠而被谤"的悲愤，来表达对黑暗现实的反抗、批判，对个人尊严和文化理想的守护；三是"一封朝奏九重天，夕贬潮阳路八千"（韩愈《左迁至蓝关示侄孙湘》）的迁谪之路，意味着命运的沉陷，上下进退的突变，人生前途的晦暗，生死悲喜的无常以及现实困苦的压迫，汇集成一种生命的悲情与感伤。这是"一种因正道直行横遭贬黜、独处遐荒、无可表白的屈辱感和悲愤感，一种因社会地位骤降、为人歧视、前途迷茫、进退维谷的自悲感和孤独感，一种被社会群体和所属文化抛弃了的恐惧感和失落感"。①

只不过，在儒家文化的传统中，在这样一种屈辱与悲愤、恐惧与失落的感伤体验的对面，还有一个调试和舒缓它的维度，那是基于出世与入世相平衡的政治伦理，用孟子的话说就是：

> 居天下之广居，立天下之正位，行天下之大道。得志与民由之，不得志独行其道。富贵不能淫，贫贱不能移，威武不能屈，此之谓大丈夫。（《孟子·滕文公下》）

也就是说，得志与不得志，不过是决定了行游的方式，但不能取消对"志"即"道"的认同。同时，"独行其道"实际上又成为舒缓消解仕途失落的另一场旅行，"闷即出游"（柳宗元《与李翰林建书》），这种行游，化育悲痛，安顿灵魂。这之中，又以"登高"与"远游"为主。"登兹楼以四望兮，聊暇日以销忧"（王粲《登楼赋》），"销忧"就是这一行游的最终目的。"登高能赋，可为大夫"（刘勰《文心雕龙·诠赋》），这既是对古代旅行文学的主体素养的表达，也是一种文化政治的表达。具体而言，这样一种以消解感伤为目的的旅行，呈现出两个层面上的艺术魅力，一是"夫神思方运，万途竞萌，规矩虚位，刻镂无形，登山则情满于山，观海则意溢于海，我才之多少，将与风云而并驱矣"（刘勰《文心雕龙·神思》），纵横天地，游目骋怀，以想象的方式来完成对个人命运的倾吐与喟叹，比如屈原的《远游》，宋玉的《高堂》《神女》等

---

① 尚永亮：《贬谪文化与贬谪文学》，兰州：兰州大学出版社，2003，第 7 页。

等；再者就是通过对自然风光的融入，暂时忘记个人的悲欢，进入柳宗元所谓"心凝形释，与万化冥合"（《始得西山宴游记》）的境界，在山水的流动中放下个人命运的得失。柳宗元在《愚溪诗序》中表达这样一种山水之旅对于世俗荣辱的治愈：

> 溪虽莫利于世，而善鉴万类，清莹秀澈，锵鸣金石，能使愚者喜笑眷慕，乐而不能去也。予虽不合于俗，亦颇以文墨自慰，漱涤万物，牢笼百态，而无所避之。以愚辞歌愚溪，则茫然而不违，昏然而同归，超鸿蒙，混希夷，寂寥而莫我知也。

在山水的奇丽中短暂游历，可以获得心灵的自由和精神的解脱，更为重要的是，将个人的命运与山野僻静之处的景致合二为一，互相调适，世外的山水之美，正如被驱逐和遗弃的知识分子本人一样，是一种可以互相慰藉的存在。山水，在此时何尝不是知识分子的一种自喻与自慰。"伴随着这种积极的抗议，其反面则依于自己的孤独感，对这种与他的生涯颇为相似的被遗弃的山水抱着特殊的亲切感，以及在这种美之中得到了某种安慰的感觉。"① 这样一种旅行，超然物外，无所挂碍，不为俗名所累，成为对感伤的超越。

可以这样认为，古代与感伤相关的行旅呈现为这样三个特点。一是这类行旅是在恒定的社会结构或者说王朝秩序中进行的，他们的无奈与感伤，尽管是因为离家去国，或者从庙堂放逐，但是，他们自身并没有否定或者颠覆这样一个社会结构。② 二是这类行旅恪守坚定的人格信仰，基于"原道""宗经"以及"忠君"的价值认同，是一种"虽体解吾犹未变兮，岂余心之可惩……虽九死其

---

① ［日］清水茂：《柳宗元的生活体验及其山水记》，《文史哲》1957年第4期。
② 颠覆社会的人群在学界一般被称为"游民"，他们是一群失去了土地，也是被正常的社会结构抛弃的人，他们成为颠覆封建王朝的重要社会力量。"游民是导致社会无序性激增的恶性肿瘤，是社会无序化和社会制度腐败的产物；反过来它又进一步加速社会的腐化与无序，两者是互动的。在这个过程中我们看到的大多都是丑恶的社会现象，很少有崇高的英雄行为，也绝少美好的追求和善良的愿望。"参见任学泰：《游民文化与中国社会》，北京：学苑出版社，1999，第28页。当然，这一反社会的人群也被定义为"流氓"，流氓是脱离了古代社会最基本的生产资料——田地，因此没有正当的业受可恃且又愚昧无知的社会底层成员；而作为流氓之"流"的字义中，又可包含或引申出向坏的方向的嬗变以及放纵成弊等内容。合而言之，大致可以把"流氓"一词从词义上界定为：特指脱离生产不务正业而在社会上游荡，并以悖离传统道德文化和破坏社会秩序为基本行为特征的不良分子。参见完颜绍元：《流氓的变迁》，上海：上海古籍出版社，1993，第1页。

犹未毁"（屈原《离骚》）的政治伦理和文化人格，换言之，就是出于"万物皆备于我"的自信，这种感伤与痛楚的"游"本身又是儒家知识分子承担道义，以求确证自身人格的一种修行方式。"古典的'游'作为成立人格、臻于大道的途径，并不导向那个已有的世界观、价值体系，即道的内涵的改变，而是它的促成者、达成者。在游过程中，人与道、与那个确定性的和谐的价值体系更加贴切。"① 无论哪一种形式的感伤之旅，都是道之所存的确证。

而这一切在现代游记这里都发生了转变。随着晚清以降世界格局的变化，中国被卷入到资本主义全球扩张的浪潮中，无论在经济上还是政治上、文化上，都不再是稳定而封闭的一个共同体。旅行的动力与价值都在发生变化。基于碎片化的时代现实，旅行的感伤意味着突破了传统乡土社会的限制，而获得现代性的意义，并且在传统与现代千丝万缕的纠葛关系中，呈现出复杂多元的特点。

首先在于，晚清以来的社会变局，在政治上阻断了传统知识分子"达则兼济天下、穷则独善其身"的进仕与退隐之路，在文化上其"为天地立心，为生民立命，为往圣继绝学，为万世开太平"的人格精神失去了皈依的中心与信仰的原点。然而，这个确定性的价值体系在流动性的现代性崩溃的第一后果，正是"人"的重新发现。特别是经过"五四"新文化运动的洗礼，人、人性、人的主体性的发现成为文学的主题词，这是现代文学包括现代游记散文一个根基性的变化。传统文学那种"发乎情，止乎礼"的文化禁锢与"文以载道""以文贯道"的文学目的被颠覆，转变为"超脱古范，直抒所信"的书写方式与"率真行诚，无所讳掩"的抒情态度，突破传统文化共同体对个人与个性的束缚。这样就进入了旅行的意义与旅行者或作者的个性相互融合、相互成全的一个结果，正如罗伯-格里耶所说："我们的旅行者和他所穿越的世界，彼此都在对方身上抵消了，旅行者使得世界的客观现实，使得它的个别性显现了出来，而与此同时，这一世界也一步步地成了旅行者自己的个别意识。景色只是在我的感受中才有真实性，而在相关的、当即的返回中，我的感觉的真实性也不存在于别处，而只存在于即时即地感受到的事物中。我们在其中彼此消失的——不是彼此证实，而是更多地彼此毁坏——这一双重运动，从世界的生成和我的生成中，逐渐地分娩出了我们的生成。"②

对于现代中国的游记散文而言，这种破除了传统文化共同体束缚的文学书

---

① 唐宏峰：《旅行的现代性》，北京：北京师范大学出版社，2011，第 4 页。
② 阿兰·罗伯-格里耶：《旅行者》上卷，余中先等译，长沙：湖南美术出版社，2012，第 3 页。

写实际上就意味着，"打破了封建主义的精神枷锁……深入发掘现代人内心世界的种种奥秘，广泛表现现代者反帝反封建、争取民主求解放的思想激情，深刻展现他们探索人生道路和救国救民道路的心路历程……冲破了'哀乐中节'的审美规范，形成了以自然流露、率性抒情为主导倾向的多种多样的美学风貌"。① 在此意义上，旅行正是打破了各种禁锢与秩序，释放人性。如英年早逝的梁遇春曾专门论述过一种充满魅力的流浪汉精神：

> 我相信他这种流浪态度使他得到许多好处。他对人生的稀奇古怪的地方都有接触过。他对于人性通晓得便透彻，好像一个人走到乡下，有时舍开大路，去凭吊荒墟古冢，有时在小村逆旅休息，路上碰到人们也攀谈起来，这种人对于乡下自然比那坐在四轮马车里骄傲地跑过大道的知道得多，我们因为这无理的骄傲，失丢了不少见识。一点流浪汉的习气都没有的人是没有什么价值的。②

对于真正自由的旅行来说，其带来的精神蜕变正是这种逾越了常规的流浪汉习气，恢复人性的本真，释放了主体的自主自由。

基于此，我们讨论现代游记散文所呈现出的感伤，其背后的意涵首先应是个人跳出了与传统文化相依存的精神脐带，其对社会黑暗的批判更有力度，这是现代游记对一个新的自我的期待，而区别于传统旅行文学那种将自我隐没于山水、隐没于文化政治中的路径。郁达夫认为现代散文的写作自然随意："散记清淡易为，并且包含很广，人间天上，草木虫鱼，无不可谈，平生最爱读这一类书，而自己试来一写，觉得总要把热情渗入，不能达到忘情忘我的境地。"③ 因为文化结构的松动，"情"与"我"满溢而出，那种简约节制、清新平淡的小品（如周作人）自然还在，但这样清淡简约也是个性风格的彰显，正如叶圣陶所言，现代散文的价值在于一种意见或者说一种关于作者自己主张的传递，散文的魅力在于一种自我意识的真实表达，其魅力正在于一种"细到像游丝的一缕情怀，低到像落叶的一声叹息，也要让我们认得出是你们的，而不是旁人的"。④ 于是这种个性张扬、格调突出、情绪饱满，以内心思绪的起伏驱遣文字，以个人的情感波动转切时空，以情态组合场景、人物以及生活细节的小品

---

① 汪文顶：《现代散文史论》，福州：福建教育出版社，1994，第160页。
② 梁遇春：《谈"流浪汉"》，《春醪集》，天津：天津教育出版社，2007，第75页。
③ 郁达夫：《达夫自选集》，上海：天马书店，1933，序，第4页。
④ 刘锡庆：《散文新思维》，石家庄：河北教育出版社，1998，第148页。

文成为现代散文的新体式，自由不拘，率真袒露。如林语堂所言，"现代散文之技巧，专在冶议论情感于一炉，而成个人的笔调"。① 对于现代游记来说，和古典游记相比，作为游者的"我"被彻底释放，"游记，它具体而细微地书写出作家主观的精神色彩，以及他们接触客观的风景时内心中种种悲怆或欢乐的印象、感受、咏叹、呼号、颤栗和搏击，这正是能够感动和启发读者的地方"，这是现代游记最重要的文体特征，"从第一人称'我'的视角写出来这些迥然相异的文字，既能够渲染出'我眼中的风景'，又可以描摹出'我心中的风景'"。② 从这个意义上而言，因自我的觉醒与人性的解放，现代旅行的感伤，不再是一种整体意义上的文化悲伤，或者因为个人政治理想与文化情操被侮辱的失落与郁愤，而是一种进入了个人生活乃至个人心灵的个性化的乃至隐秘的感伤。如郁达夫在他的旅日和浙杭旅行游记中，就对自己的生活喜好、家中烦乱不堪的琐事、个人被压抑的性欲随口而言，即兴托出，毫无遮掩。

其次，也需要介入中国现代性的特殊性中来。我们无法否认，应对一个碎片化的灾难深重的历史现实，中国的新文学作家们的反应实际上无法摆脱传统知识分子那种忧国忧民的情怀。很多知识分子都不由地将自我的行走和自己的国家紧密相联："我的路，走在我自己的国土，乱纷纷都是自己人，补了又补，连了又连的，补钉的彩云的人民。"③ 战乱与流亡的洗礼，让现代旅行文学中活跃的个体无法彻底避开传统文化思维的规训。如一位作家如此深切地描述离乱的现实催生的写作的感伤意义：除了个人更是出于一种社会责任，战争将现代知识分子拖入到一个完全不一样的时代语境，对于他们生活状态的改变天翻地覆，既不再有"窗明几净的书斋"，也无法继续开展"从容缜密的研究"，当然也失去了那种"万人崇拜的风光"。"五四"新文化运动时期那种高举文化革命之大旗，大呼"民主与科学"来打破旧世界、建立新世界的激情与梦想已经残破不堪、灰飞烟灭，"哪怕是只留下一丝游魂，也如同不祥之物，伴随的总是摆脱不尽的灾难和恐怖"。1930 年代的抗战让书斋中的知识分子"在污泥里滚爬，在浊水里挣扎，在硝烟与子弹中体味生命的意义"。这显然是一个破碎不堪的现实，对于个人而言，"我只是浪迹江湖，努力体现自我人生价值和尽到自己的社

---

① 林语堂：《论文·下篇》，俞元桂主编《中国现代散文理论》，南宁：广西人民出版社，1984，第 58 页。
② 林非：《关于散文、游记和杂文的思考》，《中国社会科学院研究生院学报》2000 年第 1 期。
③ 张爱玲：《流言》，北京：北京广播学院出版社，1994，第 218 页。

会责任，在五四精神培育下走上人生道路的知识分子"。① 所以，考察现代旅行的感伤含蕴，实际上无法绕开作家的社会意识层面。

这种充满社会关怀的"大我"式的文学写作实际意味着由内而外的个体抒情必然充满意识形态化，这一点，恰恰与传统深厚相关联。王德威考察中国抒情传统与现代性的关系时有一个重要的结论，那就是"中国抒情传统里的主体，不论是言志或是缘情，都不能化约为绝对的个人、私密或唯我的形式；从兴观群怨到情景交融，都预设了政教、伦理、审美，甚至形上的复杂对话"。② 普实克将这种传统融入现代的情景界定为个人主义与现实主义的融合，他认为现代中国不存在绝对意义上的个人主义，由于传统的深厚影响以及复杂的现实语境，"一个现代的、自决的、自由的个性，自然只有在那些传统观念、习俗以及它们所赖以生存的整个社会结构被粉碎和清除之后才可能诞生。所以，中国的现代革命——首先也是最重要的是意识形态的革命——是个人和个人主义反对传统教条的革命"。③ 这种来自传统的影响主要表现在两个层面上，一是将现代游记变成一种关心民族命运和百姓疾苦的镜像，一是成为知识分子反映世态人心的窗口。

早在 1902 年，《时报》刊发《黑夜旅行》，描述过一场知识分子艰苦卓绝的回乡探亲的旅途："天酷寒，雪深天黑，道路崎岖"，一路泥泞以及恶狼成群围堵，最后浑身落魄而至，亲人已病危。这种情状的描写正如其编者在文章按语中所直接揭示的："今我国政界之前途，一黑夜旅行之象也；教育之前途，一黑夜旅行之象也；实业之前途，一黑夜旅行之象也。"④ 黑暗旅行成了中国碎片化、无序化的社会乱象的隐喻，包含了作者为民族命运忧虑、为社会弊病悲愤的感伤之情。这与杜甫"朱门酒肉臭，路有冻死骨"的写作策略是一脉相承的。

而"五四"以降的现代游记更是如此，如朱自清纤柔细腻的《桨声灯影里的秦淮河》也在景色欣赏之余哀叹底层歌妓们生存挣扎的命运。吴组缃的《泰山风光》也在乡俗民风的刻画同时，描述了被饥寒逼迫的穷人铤而走险去掠夺香客的愁苦世相。另外如孙伏园的《长安道上》，老舍的《趵突泉》，也以各种方式，在游记中将美不胜收的风景和苦难民生的现实做了鲜明的对照，表达了

---

① 贾植芳：《在这个复杂的世界里——生活回忆录》，《新文学史料》1992 年第 1 期。

② 王德威：《抒情传统与中国现代性》，北京：生活·读书·新知三联书店，2010，第 56～57 页。

③ ［捷］雅罗斯拉夫·普实克：《普实克中国现代文学论文集》，李燕乔译，长沙：湖南文艺出版社，1987，第 2 页。

④ 黑夜旅行者：《黑夜旅行》，《时报》1902 年 2 月 19 日。

知识分子对一个破碎时代的歌与哭。甚至面对国仇家恨，游的闲逸会因内心的苦闷与愤恨而打断。

正是这样一个无法脱离传统的抒情方式，夏志清将之命名为"感时忧国"诗学精神。他认为，现代中国的作家，没有像他们所崇拜的托马斯·曼、托尔斯泰、康拉德等等一样，从灵魂深处反思和追究现代文明各种弊病的根本病因，如同充满忧患意识的古代知识分子，他们将个人主要的精力用来"感怀中国的问题"，对国家与民族的屈辱、黑暗与腐败，并没有上升到一个人类整体的高度，去隐喻现代人的病态，也从不逾越属于中国乡土与都市的切实问题，并由此发出内心的感伤与悲愤。其原因在于现代中国的知识分子心存所念，寄希望于外在的理性模式，企望"西方国家或苏联的思想、制度，也许能挽救日渐式微的中国"。夏志清认为这是中国现代文学无法在世界现代文学中占有一席之地的原因，国家的希望、民族的强大、个人的崛起、战争的胜利成为现代文学写作最重要和急迫的主题，而"这种'姑息'的心理，慢慢变质，流为一种狭窄的爱国主义"。① 个人灵魂深处的剖析让位于民族国家苦难的拯救，这正是中国现代性的一个重要特征。

但是，不可否认的是，现代性存在一个无法绕开的悖论，那就是，个人认同与社会认同的矛盾。理性的崛起，赋予了人对自我主导的权力，然而，现代性也造就了个人的迷失。用布莱克的话说就是，这种个人的迷失是个体无法确定自我的目的，在大变革大动荡的时候，这种自我的迷失又使得他更容易在有目的的领导的组织下交出自己的自由，随波逐流，使得个人认同的缺席成为一个流动时代极为鲜明的特征。"现代环境倾向于把社会原子化，它使得社会成员失去共存感和归属感，而没有这些，个人的实现就不可能令人满意地完成。不少人把个人的不安全感和焦虑感视为现时代的标志，这可以直接追踪到现代化带来的深刻的社会分裂。"② 因而，现代语境中的旅行，无论怎样在启蒙理性的引导下建立起对主体的自信，突破传统的束缚，解放个性，也不管怎样将个人的社会性与民族家国情怀壮大，一个最直接的事实就是，每一个身处碎片化语境中的个人如何直接面对一个共同体瓦解的心灵。在一个传统的信仰体系已然覆灭，而新的世界、新的价值体系无从建立的迷乱时代，个人如何去承受内心的迷惘，如何去应对在中国开始不平衡发展的现代文明给予转型社会人们的各

---

① 夏志清：《现代中国文学感时忧国的精神》，《中国现代小说史》，上海：复旦大学出版社，2005，第 359 页。
② ［美］C·E·布莱克：《现代化的动力》，段小光译，成都：四川人民出版社，1988，第 43 页。

种冲击。不难理解,"五四"以降,生命哲学、存在主义、精神分析学说等等非理性主义思潮在中国的流行,正是抓住了现代中国思想纷乱、信仰虚空而未来迷蒙的这一现实。传统的伦理原则受到普遍质疑,外敌、军阀以及腐败官僚的压迫不断激起社会反抗,只是在激情反抗之后,新的理想、新的道路是彷徨不清的,"传统的负担依然是沉重的。社会、政府、学校都与理想中的相去甚远。各种新思想混杂不清。应当采取什么立场? 应当何处去? 应当做什么? 这是一个充满挫折、苦闷、幻想和彷徨的时期"。① 因而,在现代语境下的旅行,其苦闷与孤独,不仅是因为传统意义上的背井离乡或政治抱负的得失,更深的原因是灵魂深处的那种不确定性。

郁达夫在《感伤的行旅》中表达过对一种漂泊与放逐为特征的旅行的向往:

> 犹太人的漂泊,听说是上帝制定的惩罚。中欧一带的"寄泊栖"的游行,仿佛是这一种印度支尼族浪漫的天性。大约是这两种意味都完备在我身上的缘故罢,在一处沉滞得久了,只想把包裹雨伞背起,到绝无人迹的地方去吐一口郁气。更况且季节又是霜叶红时的秋晚,天色又是同碧海似的天天晴朗的青天,我为什么不走? 我为什么不走呢?②

郁达夫等一批"五四"知识分子所钟爱的法国哲学家卢梭写过一本《一个孤独的散步者的遐想》:"我的心恼乱我的意的对象而已;我不睁开眼看则已,我若一睁开眼睛,则与我接触,绕在我周围的,总没有一件不是使我恼怒的侮蔑的物事,或使我悲痛的伤心的种子……我的余生只一个人孤独地来过,因为我只在我自身之内才寻得到安慰希望与和平,我不该再,也不愿意再和别的相周旋了,除了我自己自身之外。"这种旅行的孤独,是在个人与世界的对话中由生的一种心灵无依,是对现代文明非人格化社会的一种反思。这种孤独的旅行者形象,在现代中国文学史上,常常表现为"零余者"或者都市边缘人的形象。吴晓东认为这样一种漂泊离散和远离中心的主体无不充满着这样一种悲剧性的结构:"外在的形式是'感伤的行旅',内在的形式则是在个体、爱欲与家国之

---

① [美] 周策纵:《五四运动史》,周子平等译,南京:江苏人民出版社,1999,第289页。
② 郁达夫:《感伤的行旅》,《郁达夫全集》第4卷,杭州:浙江大学出版社,2007,第1页。

间找不到主体的位置的生成。"① 他们在异乡漂泊中感受世界的陌生与隔阂（比如郁达夫、郭沫若、巴金等），在还乡的旅途中又感受到一种回不去的疏离感（比如茅盾、沈从文、钟敬文等），或者在都市的逡巡中领悟生命的形单影只（比如张爱玲、萧红、徐志摩、许钦文等）。

感伤是一个诗学概念，"绝不仅是个人的多愁善感，无病呻吟，而是主体对宇宙、对生命意义最生动的触摸和共振，是人类心灵的诗意之源。感伤也不仅仅指涉一种风格类型，或者一种文学思潮，它是一个独立的诗学范畴"。② 现代知识分子行旅的感伤，不再只是传统知识分子那种基于乡土社会的完整以及价值共同体的稳定而产生的离与归、得与失之间的感怀，而是社会转型与意义重建过程中，个体价值与民族认同、社会价值之间矛盾纠葛过程中的种种焦虑，是中国现代性特殊性的一个缩影。

第三节　作为现代性反思的旅行

波德莱尔在其著名的《巴黎的忧郁》中写过这样的诗句："人生是一所医院，每个病人都渴望换床位。有人宁愿在暖气前受苦，而有人却认为靠近窗子他的病会好些。我觉得，往往在别的地方，我才会感觉好些。旅行就是我不断地跟自己的灵魂讨论的问题之一。"其所隐喻的人在现代社会中的真实处境使得众多现代旅行研究者为之属目，美国学者麦肯内尔亲自翻译了这本诗集，并将这个句子写在他最有名的旅游专著之一《旅游者：休闲阶层新论》的扉页上。同时英国著名作家阿兰·德波顿在其《旅行的艺术》以散文的形式诠释波德莱尔这句诗的意蕴，③ 对现实的批判，对"别处"的渴望，以及企图通过旅行来改变对世界的生命感知，这实际上意味着，旅行不仅仅是现代社会的一个重要的"社会事件"，更是与现代人息息相关的生命活动。

现代性与旅行的关系是复杂的。现代性创造旅行需要具备的各种客观条件，比如文明制度、交通设施、服务观念以及风景的生产，特别是对现代人主体意识的建构，世界观念与文化差异的渗透，包括西方殖民主义扩张对异族的认知

---

① 吴晓东：《中国现代审美主体的创生》，《中国现代文学研究丛刊》2007 年第 3 期。

② 陈亚平：《论感伤》，《浙江学刊》2009 年第 1 期。

③ ［英］阿兰·德波顿：《旅行的艺术》，南治国等译，上海：上海译文出版社，2012，第32~35 页。

与奴役，都在说明，旅行，在某种意义上其实是一种伴随现代性的后果。有人甚至断言，旅行文学只有进入现代性的社会语境才能真正呈现其真实而深刻的意义与内涵，同时，现代性的"流动性"品格也只有在旅行与旅行文学的文本中更容易鲜明地呈现其复杂而充满矛盾的结构特质。从而，这在本质上都意味着"旅行是现代性的产物，是现代性空间想象与主体意识双重建构的产物"。①但是，另一方面，旅行何尝不是基于对现代性的反抗而进行的生命活动。在一体化、模式化特别是非人格化的现代社会结构中，个体的自由、个性被严重扭曲。无论是西方还是东方，特别是现代理性并没有给世界带来一个它所期许的合理世界，却走向了它的反面，给现代人的心灵制造了虚空、孤独和碎片化的黯淡图景。由此，现代语境下越来越频繁的旅行又具有另一重意义，那就是应对现代性对人类心灵的漠视，从对碎片化现实的补救中寻找生命的真实。

以感伤的方式呈现的现代旅行，其本质就在于个体对现代性生命困境的认知，常常以一种非理性主义的方式呈现出一场无端无由的旅程书写，以此反抗现代性对个体的辖制，由此产生的对自我的怀疑以及孤独、迷茫的体验，形成了区别于"五四"启蒙主义文学传统的另一面向的文学书写。用郁达夫的话说就是，"只觉得诗人是无端的在那里愁闷……只说到如何的忧却并没说到所以忧恼"。② 李欧梵在比较郁达夫的《感伤的行旅》与晚清刘鹗《老残游记》的差异时，认为郁达夫笔下的旅行充满了"现代性"气质。其原因在于，和"老残"简单地以游者的目光串联整个文本的结构以呈现那个时代的乱象从而达到社会批判的路径相比，郁达夫出示一个被"现代性"团团包围的旅行经验。与"老残"面对一切乱象内心深处的恒定而自信的文化信仰相比，郁达夫的游者充满了各种偶然性、随意性、无目的性，尤其是，他穿过那些令他特别陌生的世界和风景，在随时都被中止或打断的游览中，充满焦虑和忧伤。"郁达夫的旅客不再是老残式的自由的精灵，而是一个困顿的、苦涩的、烦恼的人，完全无法和现代生活的复杂性相周旋，也不能和环境发生有意义的联系。"③ "老残"的身上保持了一种脱胎于传统的"遗老遗少"式的优越，他以享受的姿态体验着转型社会里的那些美酒、鸦片乃至妓女，郁达夫也体验着，但他的方式是苦闷的甚至是充满罪恶感的。其根源在于，现代性语境下的旅行，必然要面对一个个体对世界的无知、无力。如吉登斯所言，这种无知与无力即个体认同的危机，

① 张德明：《英国旅行文学与现代性的展开》，《汉语言文学研究》2012 年第 2 期。
② 郁达夫：《〈小说论〉及其他》，《郁达夫文集》卷 5，广州：花城出版社，1982，第 235页。
③ 李欧梵：《现代性的追求》，北京：生活·读书·新知三联书店，2000，第 77 页。

"当一个个体在他的现象世界的主要领域感受到一种无力感重压时，我们可以说这是一种吞噬的过程。个体感受到外在的侵蚀力的支配，而这是他所不能反抗或超越的。他常常感受到要么是受夺去他所有的自主性的强制力所纠缠，要么是处在一种大动荡中为一种无助所缠绕"。① 以这种个体无力呈现出的感伤旅行，正是对以理性精神为根基的启蒙现代性的质疑与反思。

在"五四"以降的现代文学发展史中，游记散文有一种独特的文体优势，那就是它并不需要像小说（特别是长篇小说）那样，迅猛而激烈地投身到"启蒙"或"革命"的主流大潮中，现代作家们的游记散文创作除了个别之外，更像是他们小说创作之余的工作甚至休憩行为，这也使得游记散文的写作能够放下责任与使命。其随意抒情且碎片化的写作方式灵活而生动地跳出了现代性的主题，反思时代和社会加在现代人身上的种种负面症候。有学者敏锐地看到了散文的这种书写方式的优越，散文专注于个体经验的自由，而天生拒绝其他文类中的那种阶层性的拘囿，因此，散文的文本尽管结构琐碎，但是这种琐碎何尝不是传递一种反抗权威与反抗中心的文体意识。"有理由设想，一旦琐碎成为文学的主导声音寄居于适当文类之中，那么，散文的反抗功能很可能驱使它属意于宏大的主题。"② 也就是说，随意抒情、碎片化更有利于散文来回应或参与时代和现实，而不是逃避或掩盖。

齐美尔以碎片化的方式诠释现代社会的心灵状态，但是他的分析策略是，以对碎片的审美整合来争取对生活碎片化的拯救。也就是说，碎片的审美成为修复碎片的途径，也是挽救现代性的方式。这一策略"表现了一种审美的特征。他们似乎想从事物的艺术观照中，获得对现实生活的碎片和痛苦的超越性的解脱"。③ 这一策略最终是要完成对现代人心灵安宁的拯救。"现实碎片的美学维度一方面是对碎片化现实的观照方式，另一方面也是对现代社会中的碎片化现实进行整合的一种有效途径。"④ 现代语境的旅行正是这一种整合碎片以求心灵安顿的行为，面对碎片，能拾起那些在主流文学大潮中被掩盖的心灵讯息，同时也在某种意义上与时代的现代性主题之间建立了张力关系，宇文所安曾描述过这种断片式的美学意义与文化价值。他认为"所谓断而成片者，就是指失去

---

① ［英］安东尼·吉登斯：《现代性与自我认同》，赵旭东译，北京：生活·读书·新知三联书店，1998，第 227~228 页。

② 南帆：《文类与散文》，《文学评论》1994 年第 4 期。

③ G. Simmel, "Tendencies in German Life and Thought since 1870," D. Frisby (ed.), *Georg Simmel: Critical Assessments*, Vol. I (London: Routledge, 1994), p. 23.

④ 杨向荣：《现代性与距离》，北京：社会科学文献出版社，2009，第 44 页。

了延续性。一片断片可能是美的，但是，这种美只能是作为断片而具有的独特的美。它的意义、魅力和价值都不包含在它自身之中：这断片所以打动我们，是因为它起了'方向标'的作用，起了把我们引向失去的东西所造成的空间的那种引路人的作用"。① 换言之，断片的目的，恰恰是为了敞开一条回归整体的路。

同时，游记散文这种碎片化的方式，不管在何种意义上注意到了游踪与情绪的前后完整，都不会如小说那样更强调叙事结构的连续性。有研究者注意到这是"五四"文体革命的一个重要结果。"作为文体内在支配性规范的转移，五四文学文体由旧文体的情节、故事或外在的格律、模式为中心一变而为以情感为中心。"② 这样一种新的审美规范体现在自由新诗、散文诗、白话小说，当然也包括杂感和散文。在此意义上，抒情的意义就不仅仅只是一种写作方式，它成为反思现代性的重要路径。因为"抒情所重，在于情感的强化表达，感性意象和知性信息的并置倾向，以及对于读者移情反应的预设要求。抒情叙事常被描述为一种非时间性效果的叙事模式，它对线性时间序列加以'空间化'处理，以追求对人生有深度的感悟"。③ 换言之，抒情的意义在于一种写作的自由，借以打破现代性建立起来的由旧而新的线性的时间观念。旅行正是一种跳出现代性程式化时间观念的行为，现代游记散文书写的自由方式也便利了这种超越于线性时间约束的表达方式。在旅行中，不足为奇的生活片段，偶尔相遇的吉光片羽，以及那些永远在时代的喧嚣中保持缄默的底层民众，都纷纷进入旅行者的抒情笔下，却能生发出区别于启蒙现代性的生命之美。

比如沈从文的《湘行散记》就是如此，作者以一种沉静的方式逡巡于1930年代的中国南方大地上，区别于当时以革命与进步为主题的文艺强音，作者更倾心于沿着沅水溯游而归所见到的两岸民情风俗，从那些仿佛与时代无关的风物的片段记录中，作者却能"看到日夜不断千古长流的河水里石头和砂子，以及水面腐烂的草木，破碎的船板，使我触着了一个使人感觉惆怅的词。我想起'历史'"。④ 这个历史显然不同于传统意义上王朝更迭的历史观，也不是现代性一路向前、新的压倒旧的的进步历史观，而是呈现生命真实状态的自然意义上的历史观。在这样一种游历游记的书写过程中，时间无处不在，时间也无处

---

① ［美］宇文所安：《追忆》，郑学勤译，北京：生活·读书·新知三联书店，2004，第76~77页。

② 朱德发、张光芒：《五四文学文体新论》，《中国社会科学》1999年第5期。

③ 王德威：《写实主义小说的虚构》，上海：复旦大学出版社，2011，第247页。

④ 沈从文：《沈从文全集》第11卷，太原：北岳文艺出版社，2002，第252~253页。

不被抽离掉。因为不被现代性的模式与规范所限制，旅行者放下了主体相对于自然客体的二元意识，从而"不但现代图像化的世界的弊病他会看得很清楚，而且，这样一来，人在天地之间的悲哀和他所体现的天地的生机——那种永不止息的生气，他也会有相当的体会"。① 这种方式的旅行，可以说是对自然的亲近与融入，实际上，就是取消现代主体的傲慢，以碎片方式瓦解了现代性对人、人性乃至历史的规范与辖制，归还了人内在本真的生命。

最后，现代人以旅行的方式，去体验甚至承担碎片化的现实给予生命的冲击，很大意义上，是为了解决传统共同体瓦解之后精神依托虚空的问题，在某种意义上，旅行成为一种生命"回家"的方式，这个"家"当然是对一种生命整体性的向往或者生命真实的回归。一方面，这是因为旅行注定是一次暂别"家"的出走行为，无论出走的目的如何，都意味着终将有一天要回到"家"中来。无论这个"家"的意义是虚还是实，无论这个"回归"是完成式，还是进行式，还是将来式的。另一方面，这一对"家"的回归或者寻找，是为了治愈现代性对完整生命的戕害。郁达夫曾经如此忘情地回忆自己年轻时的旅行对生命的释放："从前很喜欢旅行，并且特别喜欢向没有火车飞机轮船等近代交通工具覆盖的偏僻地方去旅行……到了地旷人稀的地方，你更以高歌低唱，袒裼裸裎，把社会上的虚伪的礼节，谨严的态度，一齐洗去。"② 在此意义上，旅行成为挣脱现代性理性之网的一种生命回归。

朱湘在《徒步旅行者》中所向往的是："往常看见报纸上登载着某人某人徒步旅行的新闻，我总在心上泛起一种辽远的感觉，觉得这些徒步旅行者是属于另一个世界——一个浪漫的世界；他们与我，一个刻板式的家居者，是完全道不同不相为谋的。我思忖着，每人与生俱来的都带有一点冒险性，即使他是中国人。"③ 旅行意味着对一种常规化的、模式化、机械化、生命本真被遮蔽过去的世俗生活的超越。用阿多诺的观点来说，旅行中经历到的自然之美，具备一种"调适密码"的功能，因为自然的审美功能正是在于一种"不可概括化与不可概念化"的品格。其不可确定和概括的魅力在于"自然界的任何片段，正像人为的和凝结于自然中的所有东西一样，是可以成为优美之物，可以获得一种内在的美的光辉"。④ 当旅行者回归自然，也就回归那个摆脱了束缚而重获生命

---

① 张新颖、刘志荣：《实感经验与文学形式》，上海：复旦大学出版社，2013，第 22 页。

② 郁达夫：《住所的话》，《郁达夫全集》第 3 卷，杭州：浙江大学出版社，2007，第 223 页。

③ 朱湘：《徒步旅行者》，《朱湘散文》，北京：中国广播电视出版社，1994，第 50 页。

④ 〔德〕阿多诺：《美学理论》，王柯平译，成都：四川人民出版社，1998，第 125 页。

自由、丰富和真实的自我。对此，格雷本引用麦坎内尔的观点，认为"旅游者是'现代人群'中的典范，他们一生都在搜集风景与体验，探寻家居环境之外的真实，使家成为自我记忆的博物馆……旅游观光是一种旨在超越现代整体性的集体式努力，而当人们欲将现代性的碎片整合为某种统一体验时，它（旅游观光）又是试图克服整合过程所产生之现代性断裂的一条途径"。① 旅行成为现代性碎片的疗救方式。

所以，现代作家艾芜行走于 1930、1940 年代充满战乱和悲号的中国大地，对那种无目的无方向的漂泊却有一种迷恋，他在《想到漂泊》中记述："变成一个流浪者，一个香客，到那些圣地去，住在寺里、林中、湖畔。夏天晚上，坐在回教礼拜堂前的凳上……这是怎样地憧憬着漂泊啊"，"如今一提到漂泊，却依旧心神向往，觉得那是人生最销魂的事啊，为什么呢？不知道。这也许是沉重的苦闷，还深深地压入我的心头的缘故吧！"旅行本身是对现代苦闷的一种化解方式，因为旅行中可以经历一种异样的风光或者别样的人生，甚至还会有神秘化的体验，这样能够超脱于现实的生活模式。

科恩总结过现代旅行的五种方式："用娱乐作为主要旅游经历的消遣方式；注意力、逃避异化和陈规的办法来追求的解闷方式；把经历作为旅游活动的意义的方式；寻求新形式的实际经验的实验方式；寻求重新确定精神中心的存在的方式。"无论怎样，穿过碎片化的现实和现代性的规制，现代旅行是对意义的重建，对精神确定性的寻找，而无论这一过程充满怎样的艰难或者孤独。在现代中国文学史上，游记散文中所呈现的这一追寻的图景，正是知识分子应对个体危机、文化危机与民族危机真实深切的生命状态。

---

① ［美］Nelson Graburn：《人类学与旅游时代》，赵红梅等译，桂林：广西师范大学出版社，2009，第 362 页。

第八章

旅行身份与游记散文的生命形式

　　在以流动和不确定性为特征的现代社会，身份不再是人与人、人与社会之间先赋的关系，旅行实际上成了知识分子在碎片化的体验中追问、寻求并建构自我身份的一种行为方式。"只要面临危机，身份才成为问题。那时一向认为固定不变、连贯稳定的东西被破坏和不确定的经历取代。"① 近现代以来中国社会的危机与动荡，改变了知识分子的身份认同方式与行为方式，让其重新思考了自身与社会之间的价值关系。余英时评价科举制度废止之后近现代社会知识分子的处境时，认为断裂与无依托是现代知识分子的重要品格。科举制度的瓦解"是'士'的传统的最后一次'断裂'；但这次'断裂'超过了传统架构所能承受的限度，'丸'已出'盘'，'士'终于变成了现代知识人"。② 现代知识分子的旅行隐喻着一个断裂时代的精神背影。现代中国的知识分子，在山河破碎的现实面前，事实上大多数都有过一段或被动或者主动告别故乡或故国的旅行经历，一些作家的一生甚至就是充满旅行与漂荡的一生。周宪在讨论知识分子的现代性处境时，首先分析了曼海姆的知识分子观，曼海姆把知识分子孙为"自由的漂泊者"。其特征在于"自由漂浮的、非依附性的"，而且只有知识分子身上的这种"无根性"的社会品格，使得他们对于社会的观察与反思具有先天优势，这使得他们能超离了社会各阶级的既有立场，特别是能"超越狭隘的特定阶级或阶层的局部利益和意识形态，从而能使其做自由的思考，进而达到普遍的、公正的判断和真理的必要保证"。③ 在曼海姆看来，现代知识分子的批判与反思社会功能只有通过这一漂泊身份和独立立场来完成。

　　知识分子留下的游记作品，既是现代中国生存世相的一个镜像，也是现代个体身份的一个缩影。在现代与传统、都市与乡土的交汇处，在他乡与故乡、

---

　　① ［英］乔治·拉雷恩：《意识形态与文化身份：现代性和第三世界的在场》，戴从容译，上海：上海教育出版社，2005，第194~195页。
　　② 余英时：《士与中国文化》，上海：上海人民出版社，2003，第6页。
　　③ 周宪：《审美现代性批判》，北京：商务印书馆，2005，第472页。

异国与祖国的缝隙里，在往前与往后的视域中，弥补着现代性所带来的孤独感和虚无感，重建意义与价值的共同体，反思现代性对本真生活与永恒意义的戕害。现代知识分子的旅行注定是一场充满孤独的生命体验，既疏离于自身所熟悉的家园，同时也无法融入陌生的异域，既不堪于永无止境的人生流浪，也终将无法返回永不再回来的风景。这样的体验，无所挂碍又空前绝望，充满着生命的焦虑。用钟敬文在《湖上散记·后记》中的话说就是："我们的时代，是醒觉与争斗的时代了！即使真的有那与世不相涉的桃源，容你去逃秦，你也许不易把心情宁静下来吧。何况这种境地本来是属于假想的呢？……世间不但没有脱离社会独立的个人，也没有绝对脱离社会独立的人事。"① 于是，不管是在湖光山色中徜徉，还是在都市以及人文景观中穿行，现代中国的社会现实都会侵染作家们的行迹游踪。时代将他们变成孤冷无靠、无可停驻的漂泊者，进退失据、无处皈依的旅寓者，何处是我家的还乡者，在他们的歌吟中，在他们细碎的体验中，中国现代性的复杂品格得到了丰富的体现。

第一节　漂泊者：游荡在无处停留的陌生中

区别于以相对封闭和静止的传统农耕经济为基础的乡土社会，现代社会完全打破"生于斯，长于斯，死于斯"代代相循的生活模式，血缘、地缘、族缘不再成为连结和束缚人与人关系的终极纽带，断裂、流动与变迁成为现代性的重要特征。特别重要的是，"五四"以降，传统转向现代，现代性破除了传统社会"乡"之于生存空间和"土"之于生产资料对人的限制。晚清以降，"中国农民传统性的减弱、现代性的生长，是一个与他们逐渐走出土地、摆脱乡土关系的束缚相伴随的过程"。② 走出农村，移居城市而开始另一种方式的生活，是他们接受现代文明洗礼最为简单且快捷的途径。在这一过程中，中国现代一大批拥有乡土生活背景的作家群体同样汇入了这一转移流动的时代洪流中。这批知识分子正是通过旅行这种方式，迎接先进文明的启蒙，自觉探究国家、民族的未来之路，思考社会和人生的诸多问题，同时他们的游记作品也记录了现代性自身的流动性内涵。他们在探求现代文明的同时也在反思着现代文明。有人认为，现代意义上的写作都可以称为"一种行走中的写作"，"是漂泊状态下的

① 钟敬文：《沧海潮音》，哈尔滨：黑龙江人民出版社，2002，第116~117页。
② 周晓虹：《流动与城市体验对中国农民现代性的影响》，《社会学研究》1998年第5期。

写作，是从边缘走向中心、从乡村走向城市的写作……现代中国人面临着传统断裂、无根漂泊、工业文明异化、长期战争同时带来的现实世界动荡不定而引发的内心对寻找精神归宿的巨大焦灼"。① 所以，这条探究与思考的旅行之路，并非坦途一片。由于离开了家乡或者祖国，离开文化的母体，他们更像是一个漂泊者，在精神无寄托，灵魂无着落，身体也无从停留的路途中，不断地游荡，成为二十世纪中国知识分子一个独特的背影。

漂泊，是从一个确定的或熟悉的出发点走向一个不确定的未知的地点，这个地点不是终点，对于漂泊者来说，只有追寻与游荡，没有终点，如同"吊影分为千里雁，辞根散作九秋蓬"（白居易《自河南经乱关内阻饥兄弟离散各在一处因望月有感聊书所怀寄上浮梁大兄於潜七兄乌江十五兄兼示符离及下邽弟妹》）中那种"辞根"的生命体验，与古典的"辞根"相比，现代语境中漂泊更意味着在一个他者文化语境中的"离散"。正如现代作家们童年记忆里的乡土世界与他们只身前往的都市世界之间，或者如他们满怀忧虑却不减热爱的苦难中的祖国与他们因为理想而奔赴的他国之间，或者如他们熟悉的中原与他们远赴的西部边疆之间，种种，两者相照都构成了巨大的文化差异和情感认知上的区别。斯图亚特·霍尔认为这样一种发生在跨文化之间的离散者的身份是"通过改造和差异不断生产和再生产以更新自身的身份"。② 换言之，这样一种身份是需要通过不断的交换、碰撞与转化，才能获得的。显而易见的是，当传统意义上那个永恒稳定而静止的"家园"早已不再，那就注定了这样一趟漂泊之旅是充满破碎而悲凉的。

"五四"以降的文学创作中，"漂泊者"成为一个非常重要的书写题材。在小说领域，郭沫若的《漂流三部曲》《未央》等，郁达夫的《沉沦》《南迁》等，王任叔的《阿贵流浪记》，蒋光慈的《少年漂泊者》，艾芜的《南行记》，徐訏的《鬼恋》《吉卜赛的诱惑》等等，都显示出一个历史巨变和民族罹难的时代知识分子苦苦求索的文化心态、情感选择和社会承担。蒋光慈曾在 1924 年这样记录自己的漂泊心态："四五年来我做客飘零，什么年呀，节呀，纵不被忘却，我也没有心思过问，我已成为一天涯的飘零者，我已习惯于流浪的生活，流浪罢，我或者将流浪以终生！"不同的是，漂泊者主题的小说尽管也在一定意义上体现了作者的精神观照，但与游记散文的即时性、真实性以及专注于旅行

---

① 张云峰、胡玉伟：《对"漂泊者"文学书写的文化解读》，《文艺争鸣》2007 年第 7 期。
② ［英］斯图亚特·霍尔：《文化身份与族裔散居》，罗钢、刘象愚主编《文化研究读本》，北京：中国社会科学出版社，2011，第 226 页。

行踪的切身性和直观性相比，后者更能显现出现代语境中知识分子真实的身份处境与情感状态，也更能体现旅行本身对于知识分子精神建构的意义与价值。对于漂泊者来说，有两种体验是特别能代表其在流动与破碎的现代社会现实中的生命感知的，一是对满目疮痍的民族苦难世相的感触，一是内心深处对陌生的体验。

　　苦难世相的描写是现代游记中十分常见的一种记录。感同身受的受难受辱，是旅行者漂泊旅途中的最常见最直接的认知对象。比如钟敬文《湖上散记》描写了到南京一路所见军阀的盘剥，小店主的吝啬以及各行当小市民的自私自利，比如沈从文的《湘西》中国民党新生活运动号召下的各种令人咂舌的盘剥与底层窘境。比如郁达夫游花坞，清泉缠绕，竹木清幽之景却让作者产生一种"一位朴素天真、沉静幽娴的少女，忽被有钱有势的人奸了以后又被弃的状态"。尤其是战乱时期突如其来的死亡对生命的戕害，这在巴金的《旅途通讯》中记载犹多，《在广州》《广州在轰炸中》《在轰炸中过日子》等一系列篇目记录了日本侵略者的屠杀行径。身边每天都有朋友和近邻离去。死亡如此毗邻，让活着成为一种偶然，以至于巴金在书写的时候满怀深情眷恋又对世事无端充满了无奈："这些都不是可以传世的文章……这些全是平凡的信函。但是每一封都是在死的黑影的威胁下写成的。这些天来，早晨我见到阳光就疑惑晚上我会睡到什么地方。"

　　同时，漂泊也会引发一种自我怀疑的孤独与反思，林语堂认为孤游是一种反思的重要方式，"在这种寂寞的孤游中，是容易认识自己及认识宇宙与人生的。有时一人的转变，就是在寂寞中思索出来"。这当然是一种对于孤旅的乐观心态，然而漂泊式的孤独与反思，更多的是面对个体难以驱遣的无依无助和暂时找不到出路的迷茫。"天知道我是住栈房不起而又是无家可归的天涯漂泊者"，"我时时想，假若我没有知识像一个一字不识的脑筋简单的乡下佬是多么痛快啊！每天除了吃饭睡觉，做点机械的工作而外什么苦恼希望都没有。唉！我何不幸而受了十几年的教育，更何不幸生在这满目疮痍的中国，烽烟弥漫的故乡！假若我没有知识，我是多么幸福呵！'知识即罪恶'，鲁迅说得好，我想毁掉知识，自然是毁掉我自己的知识呵！"（谢冰莹《湘鄂道上》）谢冰莹以烈火中铁骨铮铮的爱国主义游记《从军记》闻名，但这趟回长沙的漂泊之旅，也让她深深感受人生之艰，社会之苦难以复加。

　　苦难的世相固然会引起身体感官的知觉。漂泊者敏感细腻的神经将这些坎坷路途中心理与身体反应直接传递。比如郁达夫在《感伤的行旅》开篇不久就这样描述：

屋顶上飞下来的一阵两阵的比西班牙舞乐里的皮鼓铜琶更野噪的
锣鼓响乐，也未始不足以打断我这愁人秋夜的客中孤独，可是同败落
头人家的喜事一样，这一种绝望的喧阗，这一种勉强的干兴，终觉得
是肺病患者的脸上的红潮，静听起来，仿佛是有四万万的受难的人民，
在这野声里啜泣似的，"如此烽烟如此（乐），老夫怀抱若为开"呢？

　　这完全是一种身体病痛般的感知。这种感知方式充满了内心的伤痛、忧郁
与孤独，在一般的阐释中，更容易将漂泊中所闻所感的凄苦悲凉、生活艰辛、
痛伤忧困、愤悲痛苦、自卑自怜、孤独怅惘、敏感纤弱，上升到国家、民族的
层面，以隐喻一个苦难民族的哀与伤。用郁达夫自己在《文学概说》中的话就
是把这样一种感伤的文学书写理解为"殉情主义"，其内蕴就是"总带有沉郁的
悲哀，咏叹的声调，旧事的留恋，与宿命的嗟怨。尤其是国破家亡，陷于绝境
的时候，这一种倾向的作品，产生得最多"。① 但事实上，"在传达内心体验和
颓废情绪的同时，把颓废作为一种现代性来接受，并把疾病和忧郁也当成现代
性的代名词，……从而成为西方现代性的一个注脚"。而且正是"现代感性、身
体性、颓废美学的发现与现代性之间建立了具有必然性的关系，最终导致了现
代性主体的生成"。② 换言之，这些来自身体的感知，正是面对流动的现代性的
一种审美反应。无法完整、无法健康也无法确定地把握世界，这就是现代漂泊
者热衷于忧郁、病痛、受挫体验的精神缘由。
　　更进一步而言，比外在的破碎以及内心的受挫更深处的是与这个世界的陌
生相撞击。居无定所的漂泊者正如德赛都所诠释的漫游者。在德赛都看来，现
代性语境中漫游者因为其身份的不确定，他完全掌控了旅程中视线内的人与物，
但却无法真正靠近或获取他们，同时在别人的世界里，他是被忽略的。"漫游者
是强大的，同时又很脆弱。他的不确定状况是……在他可以做主的视阈，他有
能力抓住无数的视觉形象，但这同时也就意味着，如果没有那些形象他就可能
真的要人间蒸发了。……他是一个貌似全能的观察者，洞察一切却又一无所见；
他是一个孤独的一无所有的旁观者，被排除在所有的人际关系之外。"③ 无论是

---

① 郁达夫：《文学概说》，《郁达夫全集》第 10 卷，杭州：浙江大学出版社，2007，第 319
页。
② 吴晓东：《中国现代审美主体的创生》，《中国现代文学研究丛刊》2007 年第 3 期。
③ ［英］丹尼·卡瓦拉罗：《文化理论关键词》，张卫东等译，南京：江苏人民出版社，
2005，第 186 页。

漂泊者还是漫游者，其孤独之处正在于一种他者环境中的边缘感和无可带入感，换言之，漂泊者的孤独是现代社会关系中一种由内而外的陌生。比如朱湘在《北海纪游》中与友人同行北京的街市，一边谈古论今、评讲新旧诗歌，身边的风景如浮云般过眼，而"我"永远只能在身边人的对白中找到存在感，对于眼前的一切，只能暗自揣量："我们谈着，时刻已经不早了。雨算是过去了，但枝叶间雨滴依然纷乱的洒下，好像雨并没有停住一般。偶尔有一辆人力车拖过，想必是迟归的游客乘着园内预备的车；还偶尔有人撑着纸伞拖着钉鞋低头走过，这想必是园中的夫役。我们起身走上路时，只见两行树的黑影围在路的左右，走到许远，才看见一盏被雨雾朦了罩的路灯。大半时候还是凭着路中雨水洼的微光前进。"这里的"好像""想必"呈现出来的都是一个独自想象的世界，并随着这雨天的冰凉气氛，隔了了一个游荡者的心外。

每一个漂泊在异乡的人都会深深感受到这种陌生。比如萧乾在记录自己在国外的一次漂泊旅程，深刻感悟到西方人对中国人的诸种歧视和盘剥，无从在异乡找到熟悉与亲切。"我沿着便道，无目的地走。我走过许多大理石筑成的巨厦。因为是早晨，石阶上还睡着借宿的乞丐，身上盖着破报纸，下面露着生疮的烂腿。多么巍峨的建筑啊，然而又是烂得多么难看的腿！对于这个大城市，我有了许多疑窦。"（《过路人》）齐美尔十分敏感地觉察到流动不居的现代社会中那种"陌生"，他认为："陌生人并非过去所述及的那种意义，即，陌生人就是今天来明天走的流浪者，我们所说的陌生人指的是今天来并且要停留到明天的那种人。可以说，陌生人是潜在的流浪者，尽管他没有继续前进，还没有克服来去的自由。他被固定在一个特定空间群体内，或者在一个它的界限与空间界限大致相近的群体内。但他在群体内的地位是被这样一个事实所决定的：他从一开始就不属于这个群体，他将一些不可能从群体本身滋生的质素引进了这个群体。"①

因为区别于传统社会中基于地缘、血缘、族缘等关系紧密结合在一起的共同体成员，现代社会的人与人之间关系不再具有先赋的连结，对于一个进入异乡或异国的旅行者来说，他的进入必然意味着不同的身份处境、价值观念与情感记忆之间会发生冲突或者隔阂。比如徐志摩在深冬走过北京，满眼都是热闹与喧嚣，"大街上的神情可是一点也不见孤寂，不见冷。这才是红尘，颜色与光亮的一个斗胜场，够好看的。你要是拿一块绸绢盖在你的脸上再望这一街的红艳，那完全另是一番景象"。然而，这些却都与他与朋友廉枫没有任何关系，都

---

① ［德］齐美尔：《时尚的哲学》，费勇等译，北京：文化艺术出版社，2001，第110页。

是这城市中各自生活的彼此，一些路人还是平时所见，但这些丝毫不能加深自己与这座古老城市的深厚情愫，只能喟叹："进城吧。大街有什么好看的？那外表的热闹正使人想起丧事人家的鼓吹，越喧阗越显得凄凉。况且他自己的心上又横着一块冻凉的饼，凉得发痛。仿佛他内心的世界也下了雪，路旁的树枝都蘸着银霜似的。"（《北京的一晚》）对于一个漂泊者来说，陌生即意味着没有归属，永远在孤寂中漂游。

更为要紧的是，尽管那些漂泊中的旅行者，会怀着一颗卑微而慈悲的心去看待他所路过的那些人和物，甚至感同身受，或者施予人道主义的关怀，他看待的对象却未必能真正接纳他。因为"在一些情况下，更普遍的是，陌生性不是由于相异的、不可理解的事物而产生的。相反，当在一种特定关系里，人们感到其中的相似性、和谐性、邻近性并非真正是这特定关系的独特特质：它们是一些更具普遍性的东西，是潜在地遍及同伴与不确定的其他人之间的东西，因此并没有给予这种只是意识到的关系内在的惟一的必然性；此时，就会出现陌生性"。① 也就是说，现代漂泊者感受到的那种陌生与孤独，并非由于人与人之间的不可沟通、不可关爱，而是因为，区别于传统社会那种由一套统一道德伦理与价值观照连结着共同体内的每一个成员，现代社会的复杂网络分割了人与人的社会关系，没有终极关怀，太多的不确定影响着人与人之间的亲近与熟悉。

比如艾芜《天地漂泊》中一篇《江底之夜》所记，自己因旅途劳顿借住在一个临江的马店里，店老板兼伙计是一个寡居却有三个高矮不齐的孩子和一个未满周岁的婴儿的妇人。在这个随时都会被夺走生命的战乱年代，作者忍受了破乱不堪的房间，且没有任何防备地将随身行李全部交付给这位妇人。整整一天下来，隔着房间的门板倾听着这一家上下的打闹哭骂，感叹着底层生命的卑微与脆弱。到了晚上，那个接济一家生活的"叔叔"来偷偷看望，作者隔着壁板依稀听到他们一句"包袱人吗！"顿生惊恐，一个远方的旅人，晚上来到这儿借宿，半夜被人推下江去，这是谁也不会发现出来的"。作者深深感到，白天的那份因他们的贫败生活而产生的同情怜悯是极不可靠的，因为在这破碎的世界中其实任何的道德关怀都是无力。不堪的生活会扭曲人的善良。而当他离去时，看到房中镜框中悬挂着妇人丈夫的遗像，得知他们是牺牲的军人家属时，他内心的愤恨与悲凉又顿觉黯然无语。

作为中国现代文学史上最负盛名的"漂泊"作家，艾芜曾经百感交集地感

① ［德］齐美尔：《时尚的哲学》，费勇等译，北京：文化艺术出版社，2001，第113~114页。

叹漂泊的经历给予了他认知现代中国人生世相的宝贵财富：

> 那段流浪生活每当我回忆起，就历历在目，遇见的人和事还火热地留在我的心里，因为我和那些被压迫的人一道受过剥削和侮辱……我热爱劳动人民，可以说是在漂泊生活中扎下根的；我憎恨帝国主义、资产阶级也可以说是在漂泊生活中开始的；我始终认为那段漂泊生活是我的大学，使我接受了许多社会教育和人生哲学。①

苦难、伤痛、死亡、孤寂以及由内而外的陌生，成为在旅途中漂泊的知识分子的精神写照，也是他们体验这一流动的现代性中无可依附、不知所终、无处停留的碎片感以及人与人之间脆弱而难以修复的社会关系的一种心灵见证，这种体验，也促使他们追寻民族前途的宏大问题的同时，不断去反思现代中国生活方式与人性样态。

第二节　旅寓者：悬置在无归属的距离中

尽管漂泊者的经历是充满坎坷和孤寂的，有一点是值得注意的，那就是现代中国那些背井离乡的知识分子，他们选择的漂泊之旅，正如古代那些"逸四海""济沧海"怀天下走四方的宦游知识分子一样，有着更远大的人生目标，那就是寻找一种更为理想的生存方式和精神形式。无论是主动还是被动，告别乡土家园的小家小院的生活，走向城市，走近国家的政治中心，"中年听雨客舟中，江阔云低，断雁叫西风"（蒋捷《虞美人》），其中的幸运儿，自然会有"朝为田舍郎，暮登天子堂"（高明《琵琶记》）式的命运蜕变。只不过，和古代这种由乡村走向城市的地理上的迁移、政治上的变化相区别的是，现代知识分子离乡的漂泊，根本上是一种文化上的反叛。都市，以及更远的异国，对于现代知识分子来说，意味着区别于传统的现代文明，意味着区别于东方的西方文明，同时，在启蒙的逻辑话语中，那又意味着国家的未来和民族的希望。

古代的城市从某种意义上说是乡村的一种延伸，反之亦然。有学者认为传统中国整体而言"都是乡村性的，因此它没有必要独立出一个'农村'来。它的城市是乡土的、田园的自然经济的一个合理的延伸，它的市井社会是整个乡

---

① 艾芜：《南行记》，北京：作家出版社，1963，第321页。

土社会的另一种表现形式"。① 也就是说，乡村与城市在古代无论是文化上和经济上都不构成截然的区分，因此，古代宦游知识分子所发出的感伤之叹更多是情感和伦理上的补偿或者是在政治上的疗救，是生存空间的切换和政治理想上的进退，在文化上不会失去内在的统一和生命的完整。而现代知识分子的漂泊遭遇以及寓居城市的境况，是一个复杂的问题。对于现代知识分子来说，漂泊的意义可能是永恒的，永远都在进行中。而寓居，是旅行中的一场间歇，是进行中的一次暂停。比起漂泊者，寓居者获得的优势并不是歇息风雨兼程的疲惫，而是能够有相对自由的时间来了解异乡（或远方）和回望故乡（或过去）。

启蒙话语分裂现代中国的乡土与城市的文化版图。"乡土中国的人们听惯了关于城市罪恶的传说，习惯了关于城与乡道德善恶两极分布的议论，祖辈世代适应了乡村式、田园式的宁和单纯，他们从不曾像今天这样期待过城市。城市以陌生文化在青年中风靡，乡村则以农民向城市的涌入表达这种期待。"② 鲁迅、周作人、郭沫若、沈从文、巴金、郁达夫等等，一大批现代知识分子，"别求新声于异邦"，在他们的青年时代，痛恶于传统的陈弊，毅然选择了一条负笈远行的路。而他们中的绝大多数，从此一生再回到自己的故乡的次数也都寥寥无几，更遑论将最初的故乡作为人生的最后安享之地。故乡意味着传统的禁锢，甚至意味着落后、愚昧、黑暗等无生命的反现代性之所在。然而，"五四"启蒙运动，并没有真正带来一个理想意义的现代中国，五四运动精神遗产和物质遗产争相被来自商业和政治的力量所蚕食，"代替它的是种功利计较和世故运用"。③ 启蒙现代性的未完成性迫使这些背井离乡寓居在他乡的知识分子继续从更深更远处去思考现代中国的问题。同时，传统与现代，乡土与城市，东方与西方之间的冲突矛盾在知识分子的精神世界里制造的对立与分裂，构建了他们身份上的尴尬。作为一个寓居城市的外来者，他们一方面无限向往着现代文明，被其先进之魅力深深吸引，对声光电化、流行时尚等等物质和精神文化有一种难以遏制的靠近的冲动，只不过"这并不意味着他们对城市能够形成真正的亲近与归属感；同时对自己曾经生活过的乡村世界也有着深深的眷恋，但回归乡土生活对于他们来说是一件不可能的事情，他们挣扎在两难的困惑之中"。④ 换言之，人生旅途中的寓居，不仅是时间与空间的变化和转移，更是需要从精神、

---

① 张未民：《批评笔迹》，长春：吉林人民出版社，2002，第78页。

② 赵园：《北京：城与人》，北京：北京大学出版社，2002，第192页。

③ 沈从文：《文学运动的重造》，《沈从文全集》第17卷，太原：北岳文艺出版社，2002，第293页。

④ 苏奎：《论中国现代文学中的"城市外来者"》，《文艺争鸣》2007年第1期。

心理以及生活方式和情感态度上去体验和参与对异文化的接触、适应以及选择的复杂而漫长的过程。他们最终会成为一个既不属于原文化也不归属于异文化、既反抗传统也批判现代，既不返回乡土也无法享受城市的双重边缘化的精神游子。

于是，现代中国文学史那些寓居他乡的知识分子常常有一些对自我身份颇为自嘲或者无奈的自谓，比如沈从文的"乡下人"，郁达夫的"零余者"以及蒋彝的"the Silent Traveller"（哑行者）等等。师陀（芦焚）在1936年将走出乡土后出版的第一本散文集命名为《黄花苔》，他在序言中如此自谓："我是从乡下来的人，正是带着这样一颗空空的心，在芸芸众生的路上慢慢走着的人。……而黄花苔乃暗暗的开，暗暗的败，然后又暗暗的腐烂，不为世人闻问的花。自然，也未尝不想取一个漂亮点的名要更坏……倒不如这样来得老实。"这中间体现出作者在都市与乡土之间的关系结构中对自我身份中的一种考量。克里福德这样看待旅行的精神内涵，他认为旅行是"一个用于不同的居住与迁移模式的形象……该形象又用于疏离与认同"。同时旅行又是"一种活动的范围，将自我放置在一个或多个过度膨胀的空间中，放置在既是探索又是训练的形式中"。他认为"疏离与认同"是旅行过程中必然要发生的问题，他特意将旅行者与探险家和旅游工业中的游客区别开来："如果说探险者朝着无形的和未知的危险而前行，游客朝向纯粹熟知事物的安全而前去；那么旅行者的目标恰好处在这两极之间，既保留着探求不可预料的事物的那种兴奋感，又兼有游客的那种心安理得的快乐自如。"① 他从愉悦的角度区分了现代旅行在文化语境认知上的差异，很显然，旅行者在他所谓"不可预料"与"心安理得"之间，既可以皆拥有，也可以皆陌生，这是一种特殊距离的把握，对于寓居他乡的旅行者来说，这个距离实际上意味着他不属于任何一方的尴尬。正是在距离掌控的意义上，鲍曼形象地描述了在他乡旅行隐喻的生命意义：

> 漫步意味着将人生现实排练为一系列的插曲——也就是说，把人生现实排练为没有过去和结果的事件。也意味着将相会排练成"伪相会"，排练成没有影响的偶遇：漫步者按自己的意愿将他人生活中飞驰的碎片变成故事——他的知觉使他人成为其剧本的演员，他人不知道

---

① ［美］詹姆斯·克里福德：《关于旅行与理论的札记》，叶舒宪译，李陀、陈燕谷主编《视界》第8辑，石家庄：河北教育出版社，2002，第23~24页。

自己是演员，更不用说知晓剧本的情节。①

寓居他乡的旅行者，正如鲍曼所说的"漫步者"，他没有过去也没有结果，他停顿在虚空之处，没有文化空间可以让他依赖和栖居。

在齐美尔对现代生活的分析中，距离作为一个审美概念，并非是对一种无功利观念的描述，而是对理性主义膨胀的现代社会的一种个体生命策略的表达。"生命的形式使我们与事物的实在总有一定的距离，实在'似乎从老远的地方'向我们说话……我与对象分离，返回自身，或者有意识地接受我与对象之间不可避免的距离，从而使得对象的关系更密切、更真实。"② 刘小枫评价齐美尔的现代性距离体验，他认为：

> 距离心态最能表征现代人生活的感觉状态：害怕被触及，害怕被卷入。但现代人对于孤独，既难以承受，又不可离弃；现代社会生活的质态是感觉性的，其实质亦在于：心理性的浮游不定的孤独个体感觉，如今被视为确实牢固的生活，齐美尔把这种感觉称为"现代美感的个性主义"。③

这种"既难承受，又不可离弃"的距离感让寓居在他乡异国的旅人对他者的存在异常敏感。比如庐隐的这篇《异国秋思》写和友人逗留日本期间的一次旅行，通篇满怀对祖国的忧思，中间突然有这么一句，"我们徘徊在这浓绿深翠的帷幔下，竟忘记前进了。一个身穿和服的中年男人，脚上穿着木屐，提塔提塔的来了。他向我们打量着，我们为避免他的觑视，只好加快脚步走向前去"。这种对他者的远拒心态一方面是对自我的一种心理保护，另一方面更加确证了个体的孤独。

郁达夫旅居日本时于 1916 年写过一首诗："逆旅逢新岁，飘蓬笑故吾。百年原是客，半世悔为儒。细雨家山隐，长天雁影孤。乡思无着处，掩醉倒屠苏。"（《丙辰元日感赋》）"客"和他小说中"零余者"的意旨本质上相同的

---

① ［英］齐格蒙特·鲍曼：《生活在碎片之中》，郁建兴等译，上海：学林出版社，2002，第 99~100 页。

② ［德］齐美尔：《金钱、性别、现代生活风格》，顾仁明译，上海：学林出版社，2000，第 236~237 页。

③ 刘小枫：《现代性社会理论绪论》，上海：三联书店，1998，第 334~335 页。

地方在于传递了一个旅居异国的游子身份上的孤立，一方面远离那个他属于的"主"（尽管山河破碎毫无"主"之确认感），另一方面被这个冰冷的异国所歧视、拒绝。郁达夫在日本旅居10年，仅写过一篇关于来自远古的日本盆舞的游记《盐原十日记》，且是用日文写作的，他实际上无法以一种游乐的心态去品赏日本的风光民情，无法在日本的旅行中找到愉悦，相反，他更多的是创伤与压抑。作为寓居者的身份，表达上他更多地借助于诗词或者小说，正如《沉沦》中的于质夫："在万籁俱静的瞬间，在水天相映的地方，他看看草木虫鱼，看看白云碧落，便觉得自家是一个孤高傲世的贤人，一个超然独立的隐者。"这种"孤高傲世"与"超然独立"实际上就是意味着无论是传统还是现代、中国还是日本，他都是一个格格不入的边缘的人，一个找不到归属感的人。

在马尔图切利看来，现代性社会中，个体的那种深切的距离感表现为"自己好像被无法在内部同化的，也不能完全拒绝的大量文化因素粉碎。换句话说，在现代性中，问题不仅仅在于客观文化和主观文化之间不断增加的差异，也在于个体被客观精神粉碎的危机，因为客体精神的增加速度是惊人的。碎裂感之所以是不可克服的，是因为客观文化借助于大大超越局部和有限的个体能力的力量，变得精致和不断扩展。在现代性中，个体不是感到拥有的东西太少，而是感到拥有的东西太多。事实上，物体有一种不断增加的他性的形式，物体入侵人的生活"。① 沈从文对于现代性的这种距离体验是十分鲜明的，他的"乡下人"自谓实际上和他的生命诗学一致，那就是保持对外加于生命的一切束缚（所谓"客体文化"）的疏离与拒绝。1922年年仅20岁的他只身从十万大山的湘西腹地奔赴北京，几经曲折，因徐志摩、胡适等人提携进入北京主流文化圈，1929年小学学历的他执鞭高等学府，1933年迎娶江浙名媛，1930、1940年代更是成为"京派"文人的领袖人物，但是，颇有深味的是，沈从文从未以京城里的绅士名流、文化领袖或者现代文化的举旗者自居，反而一再声称自己是"乡下人"。

　　我是一个乡下人，走到任何一处照例都带了一把尺，一杆秤，和普通社会权量不合。一切临近我命运中的事事物物，我有我自己的尺寸和分量，来证实生命的价值和意义。我用不着你们为名叫"社会"

① ［法］马尔图切利：《现代性社会学：二十世纪的历程》，姜志辉译，南京：译林出版社，2007，第316~317页。

制定的那个东西。我讨厌一般标准，尤其是伪"思想家"为扭曲压扁
人性而定下的庸俗乡愿标准。①

　　沈从文尽管来自湘西，但终究出生于一个没落的封建官宦家庭，他自身并
不是一个真正意义上的乡下人，同时，他恰恰是因为不堪于湘西的那种所谓乡
下人的生活而奔向城市的。所以，一个其实已经跻身于城市的知识分子自谓
"乡下人"更大意义上是一种文化策略，这种策略并非是以乡土生活范式、乡土
情感经验和价值观念来批判现代城市的罪恶、虚伪和功利，而是传递出一个寓
居者的文化理想与批判姿态，那就是从人性的立场上拒绝一切有悖于生命健康
的现象，无论来自传统乡土还是来自现代城市。所以"乡下人"并非一个阶层
称谓，而指向沈从文的审美理想。"沈从文审美理想中的美，首先是一种不受商
业或政治等等外力挟制的美，同时也诉之于具体的形式，但是这种美最终'代
表一种最高的德行'，'令人只想低首表示虔敬'，这种审美精神以生命的'神
性'为崇高维度，诉诸启蒙的未竟之处。"② 因此，对于寓居在城市和文化中心
的知识分子来说，"乡下人"毋宁说是一种身份上的悬空状态，因为独立而无法
有着落，因为无归属而终能保持批判和超越。

　　鲍曼这样描述现代旅行者的身份的流动性。"像流浪者一样，游客过去常常
囿于'得体的社会的'行为的边缘，而现在正移向它的中心。像流浪者一样，
游客处于不断流动之中。像流浪者一样，他到达每一个地方，但并不属于任一
个地方。"③ 成仿吾曾这样感受在上海停留的体验："在上海禁锢了年余以来，
我的心情已经失了它旧时的微妙的感受性了。三年前与爱牟同游西湖时，我重
见了故国的好水好山，便想起了不少的童时的情景；我恍惚童时有过一双健强
的羽翼。然而三年后的现在的我，只觉童时的我已如幻想中的安琪儿一般，已
经渺不可即；便是三年前的我，也好像从我手里放去了的一只鸟儿，只是望着
那没有边际的天空在飞，已经无法可以呼唤转来了！"（《流浪》）这种悬空而
进退失据两相无靠的身份处境更接近于人类学意义上的"阈限"，即"形象一点
宛如迈门槛的状态，一只脚在里，而另一只脚在外，此时刚好意味着转变的开

---

① 沈从文：《水云》，《沈从文全集》第 12 卷，太原：北岳文艺出版社，2002，第 94 页。
② 张建永、林铁：《孤怀独往的精神背影》，杭州：浙江工商大学出版社，2013，第 107
　页。
③ ［英］齐格蒙特·鲍曼：《生活在碎片之中》，郁建兴等译，上海：学林出版社，2002，
　第 104 页。

始，也就是前一个状态的结束，后一个状态的开始。此时的人往往处于模棱两可的状态，所有由社会习俗、法律、礼仪所规定的差异都不能够清楚地分辨出来。这种模棱两可是通过一种'一无所有'来表征的"。① 一无所有，无所依托。

　　蒋彝在 1933 年为救国强民而远赴英伦，之前上大学、参加北伐甚至出任过三任民国县长，最终在 30 岁那年出国直到 1975 年才返回中国。在他近半个世纪的旅居生涯中，他用英文写作了 18 部游记，介绍他在欧美途经的风景、人文和感悟，这些游记散文合称"哑行者文丛"，实际上，蒋彝自身并非哑者，也并非热衷于独自沉默的旅行，"虽然我的笔名'哑行者'意谓着我应当缄默不语，但兴致一起时，我仍会以中文朗诵"。② 当然，"哑"自然是一种语言表达上的冲突结果，这种结果几乎伴随了蒋彝的一生，他进入西方文艺圈最主要的方式还是作为画家的身份，一旦使用语言，他就常常陷于一种表达的疏离中，"我确信正是天气无常而多变的大自然吸引了许多诗人、画家及旅行者，……他们仰慕、欣赏，并在其中寻乐，然而这些词汇——仰慕、欣赏、寻乐，仍未能充分表现当下的感受。我想任何人只要有灵性，都能明确体会这地方的美丽非凡！中文说得好，'领略'，这词很能反映人们享受大自然时的心境。'领'的意思是'洞察或留下印象'，'略'意谓'概要'，两字衍生为另一层意思，指'领受进而体会'，我很难找出一个精准恰当的英文字来对应。观赏风景时，我们会说，想'领略'其美。我想此时的我，已能'领略'瓦斯特湖的美"。③ 只是，这种语言表达上的纠结的更深处，隐藏的是一种疏离的文化态度，也是旅居在异国特别是代表先进和强势的西方文明的异国所表现出的一种文化孤立与抗议的姿态。但是因为这种旅行中的"阈限"，让旅行者常常又忘了自己"客"的身份。于是，这样一种寓居他乡的旅行就成了一个"主"与"客"之间的疏离与认同、接近与抗拒、沉浸与清醒的张力之旅。比如在《瓦斯特湖》中，蒋彝面对空气清新和满山的雾霭，阳光穿透浮云，自己在山中小径突然陷入了幻境，"我望了又望，悠然遐想另一头有些什么。在这一刻，我不再是名异乡人，不再是旅居伦敦的那一个人，我似乎回到了故乡"。然而随着天气转变和情境变化，

---

① 赵旭东：《文化的表达：人类学的视野》，北京：中国人民大学出版社，第 199 页。

② 蒋彝：《英伦湖区之梦》，《湖区画记》，朱凤莲译，上海：上海人民出版社，2009，第 37~38 页。

③ 蒋彝：《德韵特湖》，《湖区画记》，朱凤莲译，上海：上海人民出版社，2009，第62~63 页。

"一位牧人赶着牛群从我身边走过，扰乱了我内心的平静。人和牛全盯着我看，似乎知道我不是当地人"。随即哀叹自己这才明白过来不属于这个英国的乡间，"在我的祖国，我常于清晨及黄昏时分见到牛儿拖着沉重的步伐踱过田间阡陌，一个男孩或女娃安稳地骑在背上"。① 而这，也不过是自己身处异国的一种想象罢了。对于一个国家尚在罹难、家人离散、有家难归的知识分子来说，时常处于异国他人的"凝视"中，"哑"，是一种被双重抛离的无归属的身份写照。

　　无可否认，现代游记散文中的这种对距离的敏感把握，显现出现代生活中人们身份的迷离与关系的流动，同时，这样一种若即若离的关系指称，却也能维系或者说守望了一份心灵的美感，介乎主与客、熟悉与陌生、家乡与异乡、接近与远离之间，距离成为现代性生活中的一种审美策略，弗里斯比在《社学的印象主义》中更是将距离视为现代生活的审美维度，"我们对客体的欣赏来自一种距离的把握。距离创造了这样一种效果，即，使客体获得一种沉思的意味。我们不以直接接触而以保留或远离的方式面对客体而获得了愉悦……这样一种观照关系中，它创造了一种基于客体真实性与实用性的'审美冷漠'，我们对客体的欣赏'仅仅作为一种距离、抽象和纯化的不断增加的结果，才得以显现'"。② 同时，正因为这么多寓居在他乡和异国的旅行者，在他们的游记中敏感地书写出这样一种现代性隙缝中的距离体验，我们才能更好地了解一个历史深处更为丰富的现代文学版图。"这种历史的特点是暧昧、混乱和颠倒无序，它只是人们意识中某种模糊晦暗的存在而已……历史在此处不再被表现为一个直线发展的单一进程；正相反，它被打破为无数的碎片，人们可以将它们重新组织起来并赋予全新的意义。"③ 毫无疑问，这种现代性的距离体验，本身是对现代性的一种反思和批判，而具有审美现代性的意义与价值。

① 蒋彝：《瓦斯特湖》，《湖区画记》，朱凤莲译，上海：上海人民出版社，2009，第 37~38 页。
② D. Frisby, *Sociological Impressionism: A Reassessment of Georg Simmel's Social Theory* (London: Biddles Ltd, 1981), p. 88.
③ ［美］黄心村：《乱世书写》，胡静译，上海：三联书店，2010，第 163~164 页。

第三节 还乡者：穿梭在失家的焦虑中

从某种意义上说，还乡是与现代性相背的。现代性意味着超越传统，走出乡土，意味着从一个基于血缘、地缘、族缘的完整统一的价值共同体走向一个理性的现代社会。所以，无论是作为一种生活行为还是文学现象，还乡不是现代性的专属后果，还乡是一个人类学意义上的行为。作为一种生命的隐喻，无论游子如何浪迹天下，故乡如脐带一般，连通着人的一生。如荣格所言："故乡显然是母亲的譬喻……那种激动我们的力量并不来自譬喻，而是来自我们故乡土地的象征性价值。在这里，原型是原始人及其赖以生存的土壤（在这土壤中容纳着他祖先的幽灵）的神秘参与。"① 故乡与母亲、土地，与生命之源在原型意义上同形同构，基于农业文明一套完整的文化阐释逻辑，只有回到故乡，生命与灵魂才能最终得以安宁和安息。正因为如此，还乡的诗文亘古相传。如："我徂东山，慆慆不归；我来自东，零雨其濛。我东曰归，我心西悲。制彼裳衣，勿士行枚。蜎蜎者蠋，烝在桑野；敦彼独宿，亦在车下。"（《诗经·豳风·东山》）东征日久，无时不在思念西边的家，一想就心疼。回家的路下着雨，可是，和在外风餐露宿的漂泊日子相比，还家，是件多么令人温暖的事情。"昔我往矣，杨柳依依。今我来思，雨雪霏霏。"（《诗经·小雅·采薇》）一生颠沛，只待回家这一刻，如此感伤，又如此美好。的确，在那个风雨滂沱的夜晚，久别的丈夫终于回到家里，"风雨如晦，鸡鸣不已。既见君子，云胡不喜"（《诗经·国风·郑风·风雨》），结束漂泊，重返故里，岂止是喜出望外呢。强大的乡土意识，稳固完整的社会文化结构，让传统社会的每一个个体与"家""乡""土"建立了一种血脉相通、气息相连的生命关系，"还乡"成为生命的终极归宿，无论你是"达则兼济天下"后的衣锦还乡，还是"穷则独善其身"的落叶归根，还乡都是生命的最后选择。还乡更是人生孤寂与悲凉时的一种生命承载，无论是"夜来幽梦忽还乡"（苏轼《江城子》）的想象性回归，还是"近乡情更怯"（宋之问《渡双江》）和"少小离家老大回，乡音无改鬓毛衰"（贺知章《回乡偶书》）的现实性的返乡，以及"客舍并州已十霜，归心日夜

---

① ［德］荣格：《心理学与文学》，冯川等译，北京：生活·读书·新知三联书店，1987，第121~122页。

忆咸阳。无端更渡桑干水，却望并州是故乡"（刘皂《旅次朔方》）式的急不可待与慌不择路，回到故乡，返祖归宗，成为传统社会个体获得生命安顿和文化认同的重要选择方式。

与传统社会这种在一个相对封闭的文化结构中充满着世代流转和生命轮回意义的还乡不同的是，现代社会打破了乡土社会的文化传统，使得人们赖以皈依和寄托的稳定价值瓦解破碎了。与卢卡奇一样，美国马克思主义学者马丁·杰伊也认为总体性衰落是现代性的一个后果，总体性意味着秩序、共同体以及家园等等，然而，现代社会是充满破碎和异化的，"现代是一个'超验的无家可归'时期，人们居住在一个'被上帝所摈弃'的世界——在这里，第一、第二天性……被不可改变地撕裂，人们将'他们的自我塑造环境'看作牢笼而非充满母爱的温馨家园"。① 这就奠定了现代社会"还乡"的悲剧性基调，那就是在一个实际上"无家可归"的时代，所有的还乡者，必然是怀着一种想归而不能还的现代性焦虑。换言之，从某种意义上说，"乡土文学对童年或故土的追寻注定徒劳一场"。② 有学者这样审思20世纪中国现代文学史中的还乡文学，认为"还乡文学是20世纪乡土文学的一种形态，其中心话语是自然文化，即皈依自然。它是一种心理原型。在还乡文学中，乡土人生及其风俗人情是自然文化的价值隐喻"。③ 从与城市文明对人性本真的异化的角度来说，还乡文学意味着回归一种自然文化，是有一定道理的，故乡自然的确可以成为安顿和平复现代人疲惫和孤独灵魂的疗救之所。比如，郁达夫在他的还乡游记名篇《钓台的春昼》讲述了一次"乡愁一动，就定下了归计"的旅行，亲身感受了阔别家乡之后故乡的清冷。在江边高喊三声就能叫到渡船，而渡船的钱由客人任意给，不由感叹渡口船家的淳朴。到了东汉高风亮节的大隐士严子陵的钓鱼台，感受一份沉静，"双桨的摇响……要好半天才来一个幽幽的回响，静，静，静，身边水上，上下岩头，只沉浸着太古的静"，"在祠堂西院的客厅里坐定，和严先生的不知第几代的裔孙谈了几句……我的心跳，也渐渐儿地镇静下去了"。江南的美景或许可以暂时抚平郁达夫漂泊多年的疲惫的心，知识分子融入自然，可以忘记社会现实的诸种创伤与不堪，"在寂静的正午太阳光下，一步一步地上去，

---

① Martin Jay, *Marxism and Totality: The Adventures of a Concept from Lukacs to Habermas* (Berkeley: University of California Press, 1984), p. 85.
② 王德威：《写实主义小说的虚构》，上海：复旦大学出版社，2011，第275页。
③ 王学谦：《还乡文学：20世纪中国乡土文学的自然文化追求》，《东北师大学报》2001年第4期。

过古松、望仙亭，人为花气所醉，浑浑然似在做梦；只有微风所惹起的松涛，和采花的蜂蝶的鸣声，是要把午梦惊醒，此外则山静似太古，不识今时何世，也不晓得自己的身子，究竟到了什么地方"（《游白岳齐云之记》）。但是，这样一种沉静是随时可能被现实唤醒的，因为在自然山水中徜徉久了，"像这一种生活过惯之后，不知会不会更想到都市中去吸灰尘，看电影的?"（《出昱岭关记》）所以，现代意义上的还乡显然不是一种一劳永逸地回到自然或者向往自然的行为。在充满流动和破碎的现代性语境下，还乡基于一种现代性的应对方式或反思方式，永远是处在不断的建构、寻觅、想象以及焦虑中。换言之，面对无家可归的我们，还乡永远都只是在路上。

现代性不仅从社会结构上瓦解了乡土社会文化对于人的牵绊与禁锢，同时也以启蒙的方式许诺一个新的世界并引领着现代人奔走在离乡的路上。乡土作家的代表人物王鲁彦就在《旅人的心》中描述过一生中第一次离开故乡的欣喜与期盼：

> 就在这热闹中，我跟着父亲的后面走上了山坡，第一次远离故乡跋山涉水，去探问另一个憧憬的世界，勇敢地肩起了"人"应负的担子。我的血在沸腾着。我的心是平静的，平静中满含着欢乐。我坚定地相信我将有一个光明的伟大的未来。[1]

现代中国文学史上乡土的意义之所以被重新发掘，离不开现代性置换了人在社会结构中的位置，知识分子并不是站在故乡而是故乡的远方（城市或他乡）来体验故乡的意义，现代文学史上获得杰出成就的乡土作家无不是地理意义上那个故乡的逃离者或者流浪者。只有在他们融入城市文化圈也就是获得一种现代性的洗礼之后，他们"具备了良好的艺术素养，深邃的思想境界，科学的思辨能力，才能更深刻地感受乡村文化的真实状态，也只有当他们重返'精神故乡'时，才能在两种文明的反差和落差中找到其描写的视点，才能从'精神故乡'中发掘到各自不同的主题内涵"。[2] 也就是说，现代语境下的还乡者首先是现代性的洗礼者、体验者，获得现代性启蒙，也感受现代性流动与破碎的社会文化现实。和在固有经验与恒定价值体系中的传统还乡者相区别的是，现代还乡者必然要遭遇现代性经验与乡土经验（对于以非游记形式进行文学表述的还

---

[1] 王鲁彦：《旅人的心》，《鲁彦散文选集》，天津：百花文艺出版社，2004，第194页。

[2] 陈焕新：《略论本世纪中国小说家的乡土情结》，《南方文坛》1994年第5期。

乡者则常表现为童年记忆）的冲突与碰撞，显然，这一过程无疑是复杂的。

作为一种对现代性的反向逆行，还乡表达了现代性的流动性与碎片化体验中个体的失家之痛。经过现代性浸染过后的"还乡"无法从故乡中找到真正的亲切感，不仅仅是因为"家"已碎裂，也包括"我"已不再如初。比如郁达夫在《还乡后记》中所表达的："我空拳只手的奔回家去。到了杭州，又把路费用尽……在二十世纪的堕落的文明里沉浸过的我，既贫贱而又多骄，最喜欢张张虚势，更何况平时是以享乐为主义的我，又哪里能够好好地安贫守分，和乡下人一样的蹀躞泥中呢！"无论是现实中的还乡旅行还是精神上的怀旧，"家"无可安放，无处可归，成为永远伴随现代人的精神焦虑。"在精神的层面上，每个现代人都是游子，我们或许能够确定身处何地，但却总是无法摆脱'生活在别处'的疏离感。而正因为总是'生活在别处'，所以现代人总在怀旧，总在寻找在'家'的体验。"① 现代旅行文学正是在此意义上具有重建"家园"、重返"本真"的价值与功能。面对不在"家"那里的我们，一场旅行不过是一次回家。被誉为现代文学史上的"还乡者"的师陀，他对自己的境遇十分了然："我们已经不是那里的人，我们在外面住的太久了，我们的房屋也许没有了，我们所认识的人也许都不在世上了；但是极其偶然的，连我们自己也不知道为了什么，我们仍旧回去了一趟。这也许是最后的一趟。这时什么是我们最不放心的呢？岂不是我们小时候曾和我们的童伴们在那里嬉戏过的地方吗？"② 现代社会瞬时多变、充满无序和偶然，对于家来说，现代性无疑成了一个陌生的"他者"，而旅行文学就是要"建构出作者的'自我主体'与'他者'间的对话交锋，自我主体离家在外，产生对乌托邦的欲求，使自我主体持续借由外在世界的刺激而生内省思考，重构内在结构的自我主体"。③ 也就是说，还乡的目的并不在于故乡是否真实存在，而是为了通过以还乡的方式，重建一个真实的自我。

卡西尔曾经在评价卢梭对自然的偏爱时这样说过："卢梭关于自然状态的描述并不是想要作为一个关于过去的历史记事，它乃是一个用来为人类描画新的未来并使之产生的符号建筑物。"④ 也就是说，在卢梭那里，自然的意义并非指向实在，而是指向想象的未来。故乡在哪里，故乡怎么样，取决于作为还乡者的知识分子如何思考个体在现代社会中的处境。"故乡形象既来源于现代作家对

---

① 赵静蓉：《在传统失落的世界里重返家园——论现代性视域下的怀旧情结》，《文艺理论与批评》2004 年第 4 期。

② 师陀：《师陀全集》第 5 卷，郑州：河南大学出版社，2004，第 131 页。

③ 张淑玲：《台湾旅游文学著述之评介》，《东海大学图书馆馆讯》2006 年第 63 期。

④ ［德］卡西尔：《人论》，甘阳译，上海：上海译文出版社，2003，第 96 页。

乡土中国的观察，同时也是知识分子文化想象中对故乡形象的整合和拟构。从这种意义上，故乡形象的描绘和书写确实具有一种杰姆逊指称的'寓言性'"，① 这个寓言指向现代性语境下的民族和个人的真实处境，正是远离故乡的表达，隐喻了民族的苦难、个体的无根，以及生命的失真，而还乡，意味着知识分子对"家""根"和"真实"充满焦虑的寻觅。同时，其"寓言性"也意味着，回到故乡并不仅仅是作家本人的私人经验，而可能是一个时代的集体记忆。"故乡因此不仅只是一地理上的位置，它更代表了作家（及未必与作家"谊属同乡"的读者）所向往的生活意义源头，以及作品叙事力量的启动媒介。"②

有学者认为现代人的"返乡"路径大概有三种："回归式、反思式和认同式。它们分别表现为怀旧主体单纯而强烈地回返过去的情感倾向，对'过去是否真好，现在是否真坏'即对本真性的质疑，以及在此基础上进一步确认自我身份的意识努力。"这三者彼此关联，但最终是要回答碎片化时代现代人的个体认同问题，即"如何保持个体的连续统一和集体的完整集中，在现代社会里如何为自己定位，以及如何确立安身立命的标准和方式。作为怀旧客体的'家'越来越抽象了，渐趋一种和谐完满的理想化状态，'返乡'的行为也愈益成为形而上的精神历程"。③ 在一些旅游研究者看来，对真实性的寻求实际上是旅行的一个基本要义，而真实性恰恰是现代性的一个后果，真实性只有在现代性语境中才会成为一个问题。"真实性是我者与他者、这里与那里、现在与过去、熟悉与陌生、变化与静止、破碎与完整、世俗与神圣等二元概念的逻辑辩证。"④ 对于还乡者来说，现代性是思考真实性思考"家"的一种方式。

对于"无家可归"的现代人来说，还乡的精神意义远胜于其现实意义。对家的思念更像是一种"将来完成时"的精神想象。"思家是一种对归属的向往——对存在的向往，仅此一次，对家园的向往，不仅仅是身处其中……家在思家病中的价值恰好在于它永远倾向于停留在将来时。如果不被剥夺掉魅力和迷人之处，它就不可能转变为现在时。"⑤ 在现代性的语境下，抵达是持续的，

① 何平：《现代文学中的还乡故事》，《南京师范大学文学院学报》2004 年第 4 期。

② 王德威：《想象中国的方法》，上海：三联书店，1998，第 225 页。

③ 赵静蓉：《作为一个美学问题的现代怀旧》，《福建论坛》2003 年第 1 期。

④ 李旭东、张金岭：《西方旅游研究中的"真实性"理论》，《北京第二外国语学院学报》2005 年第 1 期。

⑤ ［英］齐格蒙特·鲍曼：《生活在碎片之中》，郁建兴等译，上海：学林出版社，2002，第 106 页。

也是不会有终点的。本雅明以一种怀旧的方式叙述了巴黎街头的游荡者，他以极为片段化的书写方式完成了对流动现代性的理解：

> 我们注定要生活在碎片化的现实中，碎片既是时间的碎片、历史的碎片，也是自我的碎片，碎片之中凝固了"被托付给救赎"的过去和"被期待的"，但尚未到来的将来，我们对历史的把握只能是"意象"式或记忆式的，即只能通过抓住一闪而过的过去的意象（以及这些意象在我们脑海留下的记忆），在这瞬间认出过去的历史并经验到过去的完整性。①

詹姆逊在其专著《马克思主义与形式》中以专章"瓦尔特·本雅明或怀旧"的形式讨论过对"家园"的现代性想象："从本雅明文章的字里行间流露出来的那种忧郁……在过去之中搜索、想找到一个适当的客体，某种象征或意象……心灵能让自己向外凝视着它，在里面觅到短暂的、哪怕是审美的宽慰……对于我来说，本雅明的文本中总是传递着一种痛苦的勉强，他在内心深处一直在努力谋求某种来自精神和经验的整体性或统一性，然而，现实的冰冷却处处粉碎了整体性或统一性，而且是如此地彻底。所以我们能从他的著作中看到那样一种对于由废墟和碎片构成的世界的幻象，一种在即将淹没时的古老的混乱。"② 在詹姆逊看来，现代语境中，这种充满怀旧和忧郁气质的旅行与游荡，本质上是一种对碎片化生存现实的反抗或者弥补，是情感记忆与即时目击之间的碰撞，是生命想象与生活现实之间的调和，同时，这也是一个对于传统与现代、自我与社会、瞬间与永恒之间复杂关系的体认过程。所以，我们才能在很多以还乡著称的现代作家那里，看到这种碎片调试的努力，比如沈从文在《边城·题记》中所告白的那样，"我主意不在领导读者去桃源旅行，却想借重桃源上行七百里路酉水流域一个小城小市中几个愚夫俗子了，被一件普通人事牵连在一处时，各人应有的一分哀乐，为人类'爱'字作一度恰如其分的说明"。"爱"就是碎片时代最为稀缺的，是有"家"的感觉，甚至就是"家"的精神形式。

王德威曾经使用了"期待的乡愁"这一概念，来描述历经漂泊和旅居他乡

---

① ［德］本雅明：《论历史哲学》，孙冰编《本雅明：作品与画像》，上海：文汇出版社，1999，第 87 页。

② ［美］弗雷德里克·詹姆逊：《马克思主义与形式》，钱佼汝、李自修译，南昌：百花洲文艺出版社，2010，第 52~54 页。

的现代知识分子对故乡的书写，所谓"期待的乡愁"就是预见故乡的衰落，预知美的与善的不能长久，预感一种悲伤与遗憾，"期待的乡愁"是一种现代性语境中的文化感知，无论是精神还乡还是亲身重返故乡，故乡已经不再如童年时或者离乡时那般完美安宁，这种关于美好的消逝是持续的，和一般意义上的乡愁哀悼美好一去不返这一过去完成时相区别的是，"期待的乡愁"呈现为一种现代进行时，更能显现现代知识分子对于传统、家园以及故乡的现实感知与想象塑造。沈从文在 1922 年北上北京，建国以前仅有 1934 年和 1937 年两次还乡经历，当然，这两次还乡的文学成就极高，分别创作了小说《边城》和《长河》，游记散文《湘行书简》《湘行散记》和《湘西》。王德威发现，沈从文的还乡之旅存在一种悖论性的书写结构，那就是当一度离开故乡融入现代都市的知识分子重返故乡时，他们会在现代人与"地之子"之间游离不决，他们会继续如数家珍地描绘故乡的山山水水、人情世故、风俗传统、俚语方言等等，然而"这些地方色彩来自他耳熟能详的事物和时代，但在表现这些事物和时代时，他们却必须着力于将其'陌生化'"。"这就像一个导游为了提起观光客的印象，将自己熟得不能再熟的景物加强描述，仿佛是从观光客的眼光捕捉前所未见的异乡情调。乡土作家之于故土形象因此采取的是一种双重视角。"① 如数家珍与所谓"异乡情调"的叙述分裂，显示出作为一个被现代性洗礼过后的知识分子的身份焦虑，一方面他们深知故乡的陈弊，传统的腐朽以及贫、病、苦背后的社会根源，他们向往着现代文明，向往新世界新时代，然而，现代文明并没有为现代人带来健康、完整的人性形式，于是，生命中的那个"故乡"既不是记忆里的那个故乡，也不同于现代性构建的故乡景观，而是一个在现代性面前消失中的故乡。所以，沈从文的还乡游记呈现出一个悖论式的结构：

一方面，故乡是安魂之所，是美丽的代言词，是疗救心灵的温床：

> 望着汤汤的流水，我心中好像忽然彻悟了一点人生，同时又好像从这条河上，新得到了一点智慧。的的确确，这河水过去给我的是"知识"，如今给我的却是"智慧"。山头一抹淡淡的午后阳光感动我，水底各色圆如棋子的石头也感动我。我心中似乎毫无渣滓，透明烛照，对万汇百物，对拉船人与小小船只，皆那么爱着，十分温暖地爱着！

---

① 王德威：《写实主义小说的虚构》，上海：复旦大学出版社，2011，第 274 页。

我的感情早已融入这第二故乡一切光景声色里了。我仿佛很渺小很
谦卑。①

　　故乡山水之间的"智慧"让代表现代性的"知识"黯然失色，在生命的完
整面前是天地自然的生生不息，而现代性的理性在此退却。从而，一个被"五
四"新文化的启蒙理想召唤而远赴京城的"乡下人"就如此完成了一次知识分
子主体的建构路线，这个主体，最先是被现代性规划的，引领的，驱动的，然
而现在，又回到了这天地之间的悲哀与生机中，回到了沈从文一生执着追求的
人性诗学中来，所以，有人认为：沈从文"所谓的'人性'，便不是某种抽象的
普遍的属性，不是某种固定的东西，他所谓的'人性的自觉''人性重建'等
等，讲的也便不是人的'主体'意识的重建，而是说人所体现的那个'天地运
行，生生不息'的力量，那个人在天地、自然之中的生命的力量，不要限制住，
不要用各种各样的现代规范把它给搞死了"。② 正是因为如此，沈从文回乡旅途
中的所遇所闻会呈现一个相当温和美好的维度，以至于好与坏都不再那么重要。
"小地方的光、色、习惯、观念，人的好处同坏处，凡接触到它时，无一不使你
十分感动。便是那点愚蠢，狡猾，也仿佛使你城市中人非原谅他们不可。不是
有人常常问到我们如何就会写小说吗？倘若许我真真实实的来答复，我真想说：
'你到湘西去旅行一年就好了。'"（《第三张》）
　　然而，另一方面，沈从文又在给故乡的美与神秘进行祛魅。故乡湘西作为
沈从文一种安顿生命的宁馨之所在，作为一种健康人性形式的范本，作为能唤
起民族伟力的楚文化的摇篮这样一个浪漫的精神家园，在另一个维度上又被他
以现代性的方式祛魅了。在《凤凰》与《桃源与沅州》等作品中，他又展现出
另一个湘西形象来。他将"放蛊"理解为民间社会处理恩怨关系的一种方式，
又用精神病学和人类学知识解释"落洞女"的传说，他分析所谓的"蛊婆"其
实"根本上就并无如此特别能力蛊人致命。这种妇人是一个悲剧的主角，因为
她有点隐性的疯狂，致疯的原因又是穷苦而寂寞"。在一种现代知识的观照下，
被称为湘西三大谜之一的放蛊其实并不神秘，而只是与妇女在传统社会的婚姻
选择也就是性权利上的不平等有关，与"地方习惯是女子在性行为方面的极端

　　① 沈从文：《一九三四年一月十八》，《沈从文全集》第 11 卷，太原：北岳文艺出版社，
2002，第 252 页。
　　② 张新颖、刘志荣：《实感经验与文学形式》，上海：复旦大学出版社，2013，第 32 页。

压制，成为最高的道德"这一畸形的文化制度有关，同时，与女性的经期、女性的性幻觉有关。而从科学的角度看，沈从文也能得出治愈的结论："最当的治疗是结婚，一种正常美满的婚姻，必然可以把女子从这种可怜的生活中救出。"在此，沈从文的文化批判力度毫无掩藏，和其他篇章中揭露的湘西百姓疾苦与官僚之恶一样，这样的故乡同样也是沈从文还乡途中遇见的故乡。

正是因为旅行本身的亲历性，才更加触发了知识分子与故乡的距离感："今天更冷，应当落大雪了，可是雪总落不下来。南方天气我疏远得太久了，如今看来同看一本新书一样，处处不像习惯所能忍受的样子，我若到这些地方长住下去，性格一定沉郁得很了。"（《鸭窠围清晨》）北迁的沈从文不可能再南归。还乡者充满悖论的叙述模式暴露了现代性语境中知识分子内心的身份焦虑，面对一个不可能真正回去的"故乡"，知识分子永远处在一种分裂与弥合之间的矛盾结构中。这也是现代还乡区别于传统还乡的地方，那就是，现代性的语境下，对故乡回归更多意义上是精神性的，是持续建构的，是不可完成的。王德威理解这样一种以"书简""散记"或者断片为形式的游记散文的文体所蕴含的"一种零余和散落的美学……余落的意象有着隐喻的功效，暗示出总体原应有的样子，以及总体的消失或不可企及"。"沈从文的'散记'毕竟无法再拼合完好无缺的整体。沈从文愈是努力地想要从庞杂的当下事物中离析出往昔的珍贵线索，他就愈加强烈地感受到零余和散落的悲哀……或许都优美有趣，但也都提醒我们'散记'本身的不完整性。随之而来的是一种失落感——黄金时代的缺失，纯真、秩序、充沛意义的缺失。这两种趋势构成自相悖反的逻辑，召唤又摈绝了'桃花源'的向往。"① 还乡者对于美的看护与建构只能是一场现代性碎片化体验过后的精神想象。这样一种关于美的建构，无法修复流动的现代性中那种偶然、稍纵即逝、快速以及无可依托、无处还家的碎片感，无法满足人们对总体性失落之后的价值虚空。当然，也正为此，还乡者对于现代性的反思和批判价值也由此彰显。

同时，现代还乡者的焦虑，同样显示出现代价值对于传统价值的复杂处理方式，现代性的流动性使得它与传统之间并非彻底的对立，对于传统的精神皈依指向显示出现代性的未完成、未凝固、未统一性。也就是说，对自身的不满足与反思本身就是现代性的一种重要品格。还乡，本身就是一种与传统的对话方式，这是一种现代性的反思方式。"现代价值观都普遍存在，它超越了所有旧

---

① 王德威：《写实主义小说的虚构》，上海：复旦大学出版社，2011，第280页。

有的界限。这一现代性的进步（或曰"现代化"）恰恰取决于它的不稳定性和不真实性。对现代人而言，现实和真实在别的地方才能找到：在别的历史时期，在别的文化中，在较单纯和较简单的生活方式中。换句话说，现代人对'自然'的关注，他们的怀旧心理和对真实的寻求，并不只是一种无害的不经意，或者颓废，也不只是对被破坏的文化和逝去时代的依恋，更是现代性的征服精神的构成要素，是统一意识的基础。"① 概言之，还乡者的焦虑本身就是一种现代性的反思精神。

---

① ［美］麦肯奈尔：《旅游者：休闲阶层新论》，晓萍等译，桂林：广西师范大学出版社，2008，第 3 页。

第九章

旅行意象与游记散文的时空体验

　　旅行是一种携带了生活经验与感知方式的时空移动。传统社会结构语境下，情感经验与社会感知方式相对稳固，传统旅行诗文中表述的所谓异乡与故乡之间，更大程度上是一种地理相隔和情感生疏，而并非一种文化价值的断裂，这种相隔与生疏通过时间或者其他方式是可以弥合的，"误把他乡作故乡"，异乡与故乡之间可以发生转换。与传统旅行相关的文艺作品中，南飞的雁、远眺的楼台、孤帆、扁舟、夕阳以及其他各种映射着旅行者心迹与情感的自然景致，跃然纸上，充分显现了物我同一的古典美学结构里，人对一种完整文化品格和稳定生命结构的守护与平衡。无论是肝肠寸断的思念，还是悲愤交加的孤寂，以及百转千回后的淡泊，都能昭示传统知识分子与文化之间细密相关的精神联系。

　　但是，现代社会的文化断裂与价值崩散导致了不稳定、碎片化的社会关系与社会经验，旅行的经验被变迁的时代深深重构，不仅造就了异乡的陌生感，更使得返回故乡变得不可能。社会学家曼威·柯司特用"流动的空间"的概念描述了现代社会的碎片化本质，他认为，现代社会不再如传统社会那样层级分明而中心稳固，"社会并非由顺从结构性支配的被动主体所组成"。社会价值、文化认同以及人生的生活体验，不断在分离，走向地方化，"人们生活在地方里，而权力经由流动来统治"。传统的社会意义蒸发，"在流动空间重新建构的逻辑里，被稀释与扩散，而这种逻辑的轮廓、起源和最终意图，即使对许多整合入这个交换网络的实体而言，也是无从知悉的"。① 这样一个流动的空间里的生命体验是多变的，快速的以及边缘化的。"在不稳定时代，（文化）机会结构中偶然性更多决定了人们的选择。"② 在这个意义上，不仅传统诗文中构筑旅行

---

　　① 　[美] 曼威·柯司特：《流动空间中社会意义的重建》，夏铸九、王志弘编译《空间的文化形式与社会理论读本》，台北：明文书局有限公司，1994，第369页。

　　② 　[美] 约翰·R. 霍尔、玛丽·乔·尼兹：《文化：社会学的视野》，周晓虹等译，北京：商务印书馆，2002，第361页。

体验的文化语境改变了，那种传递、表达旅行体验的审美意象也自然发生了改变。"任何社会变革都会通过其中人与物关系的变化而昭显出来。"① 那些在旅行途中欣赏、感受和审思过的人与物，就不再仅仅是一种被看的生活对象，而是一种能显现社会变迁的文化对象和审美意象。"物质产品只有在被赋予了某种意义时才能成为文化的一个方面。"② 出现在现代游记散文中的那些新的意象，不仅成为现代社会环境中的重要构建物，而且也是新的社会实践、社会进程以及社会关系的表征物，同时也在向人们不断呈现新的世界景象以及对世界的感知方式。

第一节　火车与轮船：快与慢交替的碎片感

《周易正义》这样阐释"旅"的社会意义："旅者，客寄之名，羁旅之称；失其本居，而寄他方，谓之为旅。"③ 旅游的本义就在于离开常驻之地，意味着旅行者的空间位移，完成这一位移固然可以通过身体的践行，交通工具更是一个不容忽视的旅行凭借物。旅游离不开交通工具的支撑，交通工具是旅行文化的物质基础。从字义上看，旅游的"游"既可从水，作"游"，也可从足，作"遊"，暗含着水陆交通对于旅行的物质性阈限。"中国的封建社会长达 2000 多年，旅行的发展与交通状况和馆驿的发展是分不开的。"④ 中国历史上的旅行工具在陆上主要有马、马车、牛、驴以及人力的轿子，同时，自春秋战国开始就有水路交通的记载，封建统治者为统治需要，修建舟船，开凿运河，十分重视漕运体系的完善顺达。这些都为古代的旅行准备了良好的物质条件。许慎在《说文解字》中指出："舟，船也。古者共鼓货狄，刳木为舟，剡木为楫，以济不通。"⑤ 作为古代旅行最重要的工具，"舟"的功能即"济不通"。对于现代旅游来说，交通工具是整个旅游系统的连接线，食宿住行以及景点游览与交通工具缝合成一个密闭的系统，"既要有交通路线通达、交通工具输送，又要有交通

---

① ［德］梅内纳·威内斯：《令人着迷的物》，孟悦、罗钢《物质文化读本》，北京：北京大学出版社，2008，第 486 页。
② ［美］约翰·R. 霍尔、玛丽·乔·尼兹：《文化：社会学的视野》，周晓虹等译，北京：商务印书馆，2002，第 335 页。
③ 黄寿祺、张善文：《周易译注》，上海：上海古籍出版社，2004，第 431 页。
④ 邹树梅：《旅游史话》，天津：百花文艺出版社，2005，第 44 页。
⑤ 许慎：《说文解字》，北京：中华书局，1983 年，162 页。

路线、交通活动将所有旅游内容串连起来，设计出一个较优化的旅游计划。可以说，没有交通即没有旅游"。① 从传统到现代，交通工具作为旅行文化中最基础的物质条件，不仅仅构成了旅行活动经验与意义的根源，同时，这些工具出现在旅行的文艺作品中，其再现的意义也会超出它们作为工具本身，"不仅仅表达为观念、符号与规则体系，不只是与社会形成镜像化的反映、表现或意义刺激的关系，还能以互动的和再生产的方式构建着各种全新的社会形态"。② 换言之，交通工具既是构成旅行文化的物质基础，也蕴藏着旅行文化的精神内涵与社会意义，从古至今，都构成旅行文艺作品中不可忽略的一道审美风景线。

在中国传统诗文中，作为旅行生活不可或缺的工具，舟船成为一个十分典型的文学意象。早在《诗经》中，舟船就已经出现，"泛彼柏舟，亦泛其流。耿耿不寐，如有隐忧。微我无酒，以敖以游"（《诗经·邶风·柏舟》）。舟船的大小与快慢，以及在一定季节中的行进形态，与古代知识分子的心态、胸怀与情志紧密联系在一起。要么承载着一份沉重坚毅的理想，"细草微风岸，危樯独夜舟。星垂平野阔，月涌大江流。名岂文章著，官应老病休。飘飘何所似？天地一沙鸥"（杜甫《旅夜书怀》）；要么表达一份超然出世的逍遥，"南湖秋水夜无烟，耐可乘流直上天？且就洞庭赊月色，将船买酒白云边"（李白《游洞庭》）；要么是一种离乡的忧伤，"朝云横度，辘辘车声如水去。白草黄沙，月照孤村三两家。飞鸿过也，万结愁肠无昼夜。渐近燕山，回首乡关归路难"（蒋兴祖《减字木兰花·题雄州驿》）；要么是生命的孤怀独往，"驾一叶之扁舟，举匏樽以相属；寄蜉蝣与天地，渺沧海之一粟。哀吾生之须臾，羡长江之无穷"（苏轼《前赤壁赋》）。有学者将古代的舟船意象总结为漂泊之舟、离情之舟、超俗之舟、仕宦之舟、乘兴之舟等等，认为"人类发明创造了舟，不但用它来作交通工具，并且赋予它以灵性，在它身上注入了动荡、漂泊、超俗、渺小、无所依靠但又能载重济川的新鲜血液，以至于它浑身散发着人性美的光辉。舟的独特品性使它成了负载人类情感与理想的心灵之舟，而从世俗走向艺术，从功用走向审美"。③ 换言之，舟船成为古代行旅文学中的一个重要意象，也是中国古代知识分子身份命运的重要符码，是传统文化结构内生命体悟与情感表达的重要寄托。只不过，随着现代交通工具的发明以及背后深度的社会结构变迁，这一载体，这一传统的感知方式和意象形态遭到了十分猛烈的修改。

---

① 孙有望、李云清：《论旅游交通与交通旅游》，《上海铁道大学学报》1999 年第 10 期。
② 徐敏：《现代性事物》，北京：北京大学出版社，2011，第 69 页。
③ 肖乃菲：《古典诗词中的舟船意象》，《四川教育学院学报》2000 年第 1 期。

毫无疑问，现代交通工具的发明和普及是西方现代性的重要成就。火车、轮船、汽车取代传统的马车、帆船、轿子的结果，既是物的进步，是人类生产方式和生产力的杰出成就，缩短了地理距离，通畅了货物流通，刺激了社会的生产与消费，同时也是人的进步，拓展了活动范围，便捷了出行途径，增长了人生见识，加速了社会交流等等。在一定程度上，现代交通工具是整体社会生产体系、交换与交流体系的集中承载物，也是社会关系形态和生活方式变化的重要策动性要素。同时，西方社会的殖民拓展也是以先进强大的交通工具作为物质后盾的，借助于现代交通工具的构架，全世界都被纳入西方现代性的体系模式中来。在西方领土扩张与政治压迫的历史上，铁路的铺设、海港的开埠以及与之相连的火车的轰鸣与轮船的烟囱，在相关文学和影视作品中屡见不鲜。显然，因为现代交通的发达，整个现代社会的流动性特征更加鲜明。

对于中国来说，晚清以降，中国觉醒过来的能人志士最先敏感于西方交通器物的先进，李鸿章对西方列强有一个重要的研判："轮船电报之速，瞬息千里，军器机事之精，工力百倍，炮弹所到无坚不摧，水陆关隘不足限制，又为数千年未有之强敌。"[1] 铁路与轮船以及汽车更是作为西方文明的重要标志性符码，成为中国现代性竞相追赶的对象。洋务运动、保路运动等等，这些都是近现代史上与交通工具息息相关的现代性事件。"现代交通工具是现代中国文化中的多重符码，也是现代中国社会与时代变迁的重要道具。这种多重意义的代码与道具，既包括其自身的美学、文化、政治与经济内涵，也包括以现代交通工具为代表的中国现代性。……有关交通发展仍然是当代中国从微观家庭到宏观国家政治经济战略的核心构件。"[2]

李欧梵曾经以交通工具的改变来描述上海的社会变迁，他说："30年代的上海早已是一个现代都会（虽然还需要被进一步现代化），一个电车、巴士、汽车和人力车的都市，20年代早期，城里还有马车……到30年代，马车迅速消失了。"[3] 现代交通工具的普及是现代城市成型的基础，也是现代中国人对现代生活的一种想象方式，与之相比，没有现代交通触及的地域被看成是落后的和封闭的。郁达夫曾描述过自己少年时代的故乡，"自富阳到杭州，陆路驿程九十里，水道一百里；三十多年前头，非但汽车路没有，就是钱塘江里的小火轮，也是没有的。那时候到杭州去一趟，乡下人叫充军，以为杭州是和新疆伊犁一

---

① 李鸿章：《筹议海防折》，《李鸿章全集》第2册卷24，海口：海南出版社，1997，第825页。

② 徐敏：《现代性事物》，北京：北京大学出版社，2011，第112页。

③ 李欧梵：《上海摩登》，北京：北京大学出版社，2001，第44页。

样的远，非犯下流罪，是可以不去的极边"（《远一程，再远一程》）。而离开乡土，奔向现代都市，坐上现代交通工具，意味着一种新生活的开始。丰子恺曾在一篇散文中讲述 1920、1930 年代对于搭乘火车的向往与激动。"那时我买了车票，热烈地盼望车子快到。上了车，总要拣个靠窗的好位置坐。因此可以眺望窗外旋转不息的远景，瞬息万变的近景，和大大小小的车站。""我看见同车的旅客个个同我一样地愉快，仿佛个个是无目的地在那里享受乘火车的新生活的。"① 在现代中国语境下，乘坐火车、轮船一度是现代中国人奔向一个理想未来或者享受一种美好生活的标志。

媒介学者麦克卢汉在媒介与社会的关系问题上有一个重要的观点，"任何媒介（即人的任何延伸）对个人和社会的任何影响，都是由于新的尺度产生的；我们的任何一种延伸（或曰任何一种新的技术），都要在我们的事物中引进一种新的尺度"。② 因此，以火车、轮船为代表的现代交通媒介的发明并非单单是工业革命一次新技术的产物，它更意味着新的生活方式和新的社会关系以及相关的文化价值观念的产生。梁启超曾经感叹："铁路一成，而数万年来鸿荒黑暗之天地，遂放大光明。至是而此数千里之荒原，不十年间，而千数之大村落、百数之大都市，弹指涌现。"③ 铁路以势如破竹的方式影响一个国家和民族现代文明的走向，而随之而来的是，以铁路为代表的现代交通工具牵连着复杂的现代文化，影响着人们感受世界的方式。

一个马背上的旅行者，一个扁舟上的旅行者，与一个火车上与轮船上的旅行者的景观感知、时空意识以及旅途境遇等等是不可能一致的。"在交通闭塞之古代，确有行路难之感。自轮舟火车通行以来，越重洋、跨大原，竟成易事。欧美之人好远行异地，华人喜株守故乡，民性民智之区别，于是乎见矣。晚近华人之爱旅行者，日益增多，凡舟车所及之地，旅行反为乐事焉。"④ 旅行工具的变化不仅改变了旅行者跨越时空的速度与节奏，更改变了人们日常的生活习惯和节奏，改变了人们对旅行本身的情绪感知。现代交通工具强化了现代人对空间、速度以及社会流动性的感知经验，正如伯曼所说，"现代的男男女女试图

---

① 丰子恺：《丰子恺散文》，长春：吉林文史出版社，2002，第 132 页。
② ［加］埃里克·麦克卢汉等：《麦克卢汉精粹》，何道宽译，南京：南京大学出版社，2000，第 226 页。
③ 梁启超：《新大陆游记》，长沙：湖南人民出版社，1981，第 117 页。
④ 屠哲隐：《从上海到哈尔滨》，《旅行杂志》第二卷春季号，1928 年。

成为现代化的客体与主体，试图掌握现代改造为自己的家的一切尝试"。① 现代交通工具实际上成为一种文化形式，与现代性问题结合在一起的文化形式。通过游记散文的文学转化，现代交通工具在旅行中的意义，一方面是一种崭新的社会时空观念的介入，"新式交通工具改变了人们生活中的时间节奏和对时间距离的感知"，② 意味着一种不同于传统社会的生活方式的出现；另一方面则是，现代人心灵世界中那种快速、短暂以及不确定性体验得以更鲜明地彰显。问题的复杂之处在于，由于中国现代性进程的不平衡性，现代游记散文中的交通工具往往呈现出传统与现代相交织的特点。

　　沈从文的《湘行散记》中专门有一篇《常德的船》写的是湘西沅水里的船，作者夜宿常德码头，描写和比较了常德、泸溪、麻阳、洪江、铜仁等地船只的工艺与特点，"在有公路以前，这种小小船只实为沅水流域交通利器"。显然这也是在缅怀一种前现代的生活方式。周作人的《乌篷船》详细介绍了这种江南传统水乡风情的旅具的构造，同时也将乌篷船与乡土文化语境的旅行方式紧密相连，"你如坐船出去，可是不能像坐电车的那样性急，立刻盼望走到……你坐在船上，应该是游山的态度，看看四周物色，随处可见的山，岸旁的乌柏，河边的红蓼和白萍，渔舍，各式各样的桥，困倦的时候睡在舱中拿出随笔来看，或者冲一碗清茶喝喝"。周作人的《乌篷船》以一种传统士大夫的怀乡心态描述了故乡传统的交通工具，事实上，更多的现代知识分子同样以敏锐的直觉捕捉到了以"快"为特征的现代旅行区别于以"慢"与"静"为特征的传统旅行方式。比如柯灵对富春江的旅行记忆，"我生长在水乡，水使我感到亲切……富春江早就给我许多幻想……江山旅游，最理想的，应坐木船，浮家泛宅，不计时日，迎晓风，送夕阳，看明月……自然，在这样动荡的时代，这只是一种遐想。这次到富春江，从杭州出发，行程只有一天，早去晚回，雇的是一艘小火轮"（《桐庐行》）。这里同样以一种乡愁式的缅怀表达了对乡土文化中慢的旅行生活的回味，同时感叹快的现代催迫。而朱自清的游记名篇《桨声灯影里的秦淮河》一方面以一种传统知识分子的心态缅怀历史，另一方面则充满了一种现代知识分子反思社会的忧虑。这篇著名的游记以1923年秦淮河里的游船为重要书写对象，从利涉桥到大中桥，从夕阳方下到素月依人，详细描述了这种古已有之的游船的精美绝伦以及与河水、烟霭相得益彰的景致，同时通过对《桃花扇》

---

① ［美］马歇尔·伯曼：《一切坚固的东西都烟消云散了——现代性体验》，许大建等译，北京：商务印书馆，2003，第1页。

② 丁贤勇：《新式交通与社会变迁》，北京：中国社会科学出版社，2007，第31页。

《板桥杂记》的回味，"我们终于恍然秦淮河的船所以雅丽过于他处，而又有奇异的吸引力的，实在是许多历史的影像使然了"。然而，在华灯映水、灯月交融、摇曳多姿的历史艳迹与绚丽夜景之外，作者更是直面了现实的残酷，面对载着歌妓前来讨生意的茶舫，作者一方面反思了道德律在歌妓这个职业面前的脆弱与虚伪，另一方面又以平等的心对歌妓卖相卖艺的悲屈生活表达了同情，同时由此也一度引发了靡靡之音中展开的灵与肉的冲突。在朱自清笔下，秦淮河的船不仅仅是一个古典情色的文化符号，同时也是现代社会阶级等级区分的载体，同时，又是知识分子理性与感性欲望之间的对立空间。这种基于交通与社会阶层之间暗含的社会变化，在朱自清1924年的一次回乡途中，有了更深刻的感知，作者首先认为20世纪的中国是传统与现代的混合，"有了'物质文明'的汽油船，却又有'精神文明'的航船"，作者常年受困于火车轮船的急迫，想坐一会儿慢的"航船"，领略传统旅行生活的趣味，但一到航船上，发现船上都是小商人和小市民，而传统的士大夫知识分子"到哪里去了呢？这不消说得，都到了轮船里去了！士大夫虽也擎着大旗拥护精神文明，但千虑不免一失，竟为那物质文明的孙儿"。① 作者的这份感叹，是出于处在社会转型旋涡中的人生活方式的巨大改变。

伯曼在评价波德莱尔的文学成就时有一个判断，那就是现代作家的一个重要品质就是能把握住现代生活的无序性。"假如他投身于现代世界的日常生活运动的混乱——新的交通是这种生活的一个基本标志——他就能够为艺术利用这种生活。"而现代艺术的魅力正是"产生于车流之中，要出于其无序的能量，出于其中不断的危险和可怕，出于至今为止还活着的那个人不稳定的自尊和兴奋"。② 现代交通工具之于现代社会的无序感、碎片感与不确定性既是一种生活的表象或者社会的乱象，也是这种乱象之下心灵体验层面的分裂、无奈与失衡之感。茅盾在《海防风景》中即记录了一次从香港前往越南的海上旅行，一路所见，充分感受到"上等舱"与"黑房子"的阶级差异。谢冰莹在《湘鄂道上》即以一次去往长沙的火车之行为实录，作者为国家前途深深忧虑，在她眼里，所在的这节车厢也是乌烟瘴气，令人迷乱。先是一个爱唠叨的老太太无休止地询问，过岳州后，又见到富绅太太及其随从一上车即咒骂驱赶已经安坐的乡下太婆。太婆与这些"帝国主义的爪牙"之间发生的争执，使作者不堪于民

---

① 朱自清：《航船中的文明》，《朱自清散文集》，北京：西苑出版社，2006，第28页。
② ［美］马歇尔·伯曼：《一切坚固的东西都烟消云散了——现代性体验》，徐大建等译，北京：商务印书馆，2003，第206页。

族的苦难，而"下起此后永远不坐火车的决心来"。这一情形在丰子恺的《车厢社会》中也有过十分细致的记录，作者看到抢占座位的人为占据座位装腔作势、信口雌黄的丑恶嘴脸，以及买了票却只能倚靠在车厢衔接处的小贩的背影，还有抱小孩的妇女站在卫生间的门口，不断地经受来往乘客和查票者的责骂与鄙视，作者深感花同样的钱，买同样的票，却在车厢里享受不平等的待遇，感叹现代人道德沦丧的可鄙与悲凉，"凡人间社会里所有的现状，在车厢社会中都有其缩图。故我们乘火车不必看书，但把车厢看作人间世的模型，足够消遣了"。在这里，火车车厢里的座位，实际上成为社会道德区分以及社会阶级属性区分的一个重要标志。

波德里亚这样看待工具技术与生活之间的紧密联系："铁路带来的'信息'，并非它运送的煤炭或旅客，而是一种世界观、一种新的结合状态，等等。"[①] 近代知识分子黄遵宪曾在一首《今别离》的古体诗中描述了对以机器为动力的现代轮船区别于传统舟船的生活体验："别肠转如轮，一刻既万周。眼见双轮驰，益增中心忧。古亦有山川，古亦有车舟。车舟载离别，行止犹自由。今日舟与车，并力生离愁。明知须臾景，不许稍绸缪。钟声一及时，顷刻不少留。虽有万钧柁，动如绕指柔。岂无打头风？亦不畏石尤。送者未及返，君在天尽头。望影倏不见，烟波杳悠悠。去矣一何速？归定留滞不。所愿君归时，快乘轻气球。"在这首诗里面，传统意义上的舟船尽管也会有"轻舟已过万重山"式的飞快，但是和"一刻既万周"的现代轮船相比，是不可同日而语的，"送者未及返，君在天尽头"，深深表达了社会生活的时空观念被现代交通彻底改变的感慨。

郁达夫曾经较为深刻地表达过旅行者乘坐现代交通工具时那种飞驰的体验对于现代人生命感观的改变："走过江浙交界的界碑瞬间，与过国道正中途太湖湖上有许多妨碍交通的木牌坊立着的一刹那，大家的心里，也莫名其妙的起了一种感慨，这是人类当自以为把'无限'征服了的时候，必然地要起来的一种感慨。"这种无限的感触指向哪里呢，在郁达夫看来，正是空间与时间的无限浩渺，映照了天地人生宇宙的细微。为了反抗这种细微与弱小的意识，人类发明了各种边界，以显示出人在一定距离内的可主宰性，只不过，倏忽而过的交通工具，彻底撕裂着人类自作聪明的幻觉。在郁达夫看来，假以飞速的现代交通工具，使得传统意义上的空间边界与时间刻度变得毫无意义，进而，人在流动

---

① ［法］让·波德里亚：《消费社会》，刘成富等译，南京：南京大学出版社，2000，第132页。

的宇宙与社会中，个体的生命实际上是渺小、微弱与短暂的。"国界省界县界等等，就是人类凭了浅薄的头脑，想把无限的空间来加以限制的一种小玩意儿。"（《国道飞车》）在现代性创造的快捷体验面前，空间与时间意识彻底被颠覆。

快的现代性修改了人们审美的经验，颠覆了古典静默凝望的审美空间。"时间把什么都变了，有了汽车转眼可以百里，'古道西风瘦马'的趣味算完了……野店是诗意的，然而今日的野店成了时代头顶上残留的一条辫子了。"（《野店》）刘呐鸥以"快"和"摇动"来描述火车上的旅行体验："人们是坐在速度的上面的。原野飞过了。小河飞过了。茅舍，石桥，柳树，一切的风景都只在眼睛中占了片刻的存在就消灭了。但是，这里，在燃青手中展开的一份油味新鲜的报纸上的罗马的兵士一样的活字却静静地，在从车窗射进了的早上的阳光中，跟着车辆的舒服的动摇，震动着。"（《风景》）车厢内相对静止与车窗外疾驰而过稍纵即逝的风景形成一种空间对照，列车这种快的感知在徐志摩那里也描述过："匆匆匆！催催催！一卷烟，一片山，几点云影，一道水，一条桥，一支橹声，一林松，一丛竹……催催催！是车轮还是光阴？催老了秋容，催老了人生。"（《沪杭车中》）快速的体验，意味着一种不一样的生活节奏，同时也传递出一种时光留不住、人生易老的人生感悟，由此，对快的现代性体验也会产生一种对快节奏的反抗，从而显示出旅行的现代性意义。

在另一个维度上，我们可以看到，交通工具也会成为人们摆脱现代性模式化围困的一种解救工具，与现代生活充满妥协、压抑和僵硬的状态相比，飞驰的交通工具让人有一种生命自由得以释放的快感，正如德波顿所发觉的那样，波德莱尔传记中的书写一直伴随着码头、港口、车站、火车、轮船以及旅馆的房间等等这些意象，甚至于在这些场所的不断转换中波德莱尔显出一种超越于家的愉悦感，对于诗人来说，巴黎的"单调狭窄"让他急切地想离开，这种急切甚至到了"因为想离开而离开"的程度，在他心里，"旅行到一个港口或火车站，在那里，他能听到内心的呐喊：列车，让我和你同行！轮船，带我离开这里！带我走，到远方。此地，土俱是泪！"① 现代交通工具成为反抗现代性的方式。交通工具所带来的疾驰体验、瞬间的美感，以及偶然的际遇传递出现代性的另一面向。这既是交通工具带来的审美体验，更意味着现代生活本身的短暂与偶然的特质。

波德莱尔对现代交通工具的嗜爱显示出他对现代性的独特体验，艾略特敏

---

① ［英］阿兰·德波顿：《旅行的艺术》，南治国等译，上海：上海译文出版社，2012，第34页。

锐地将波德莱尔与旅行的现代性问题结合在一起，他较早觉悟了现代性语境下旅游和旅行工具本身的美感意义，将波德莱尔视为"创造了一种新型的浪漫乡愁"的人物，他的抒情指向"'告别之诗和候车室之诗'。或许，我们还可以加上'加油站之诗'和'机场'之诗"。① 也就是说，正是因为这种"快"与"摇动"的现代交通工具的体验，强化了人们对现代生活不确定的感受。对以观光为主要特征的现代游客来说，节奏的瞬间与暂时是一种重要的体验形态，"观光客，包括了所有的流动性的旅客，在性质上而书，观光客是暂时性的"。② 这种暂时性并非只是作为游客的身份本身，更可能延及现代生活的全部，并随时直击生命深处充满碎片化与不确定性的孤独感。比如徐志摩《印度洋上的秋思》，就是随着航船的前行，感受大洋的辽阔，而升腾起对生命的感悟："一面将自己一部分的情感，看入自然界的现象，一面拿着纸笔，痴望着月彩，想从她明洁的辉光里，看出今夜地面上秋思的痕迹，希冀他们在我心里，凝成高洁情绪的菁华。因为她光明的捷足，今夜遍走天涯，人间的恩怨，哪一件不经过她的慧眼呢?"在船的漂游中，将一个容易感伤的心托付给空茫的海天月色中。行游中的心是敏感、思绪万千、游移不定和无所附着的，"像琴弦一样——人生最微妙的情绪，戟震生命所蕴藏高洁名贵创现的冲动。有时在心理状态之前，或于同时，撼动躯体组织，使感觉血液中突起冰流之冰流，嗅神经难禁之酸辛，内藏汹涌之跳动，泪线之骤热与润湿"。不断行进的轮船和看不到海岸线的旅程，一起营造了一种生命如寄的飘零之感。与传统诗文中的孤荒体验相比，基于现代交通工具旅行中的孤独，是一种在人为的、社会化的、组织性的现代生活架构下的个体反思，指向生命的碎片与流动性。

第二节　旅馆与站台：过渡性场所的孤独停驻

与交通工具一样，旅馆、码头、站台等等这些存在，既是现代旅游业兴起不可或缺的物质条件，也是现代游记散文中出现频率极高的文学意象，它们组成了现代旅行文化极为重要也极具特色的一部分，同时，这些特殊的地点，在文学书写中呈现出来的见闻以及内心体验，从某种意义上来说，也是现代个体

---

① ［英］艾略特：《波德莱尔》，《现代教育与古典文学》，李赋宁等译，上海：上海译文出版社，2012，第198页。

② 陈思伦等：《观光学概论》，台北："国立"空中大学出版社，1995，第7页。

在流动的现代性中真实的生命状况。

　　毫无疑问，旅行与旅馆之间自古就紧密联系在一起，传统封建社会，既有服务于统治阶级的馆驿，也有民间大众化的客栈、旅店、旅社乃至乡村茅店和寺观等。在中国传统旅行文化中，旅馆、渡口、长亭都是与旅行活动紧密相关的物质条件。传统的旅馆，既有民间层面的茅店、山（村）居，也有统治阶级秩序建构中的馆驿。这些都成为古代旅行文艺的典型意象。写山居茅店的有"明月别枝惊鹊，清风半夜鸣蝉。稻花香里说丰年，听取蛙声一片。七八个星天外，两三点雨山前。旧时茅店社林边，路转溪桥忽见"（辛弃疾《西江月·夜行黄沙道中》）；写长亭的有"田园不事来游宦，故国谁教尔别离？独倚关亭还把酒，一年春尽送春时"（杜牧《春尽途中》）；写渡口的有"骤雨初歇。都门帐饮无绪，留恋处，兰舟催发。执手相看泪眼，竟无语凝噎"（柳永《雨霖铃》）。而更多的是与馆驿相关的诗文创作。"馆"是接纳宾客的住宿休息场所，"驿"就是驿站，馆驿为封建社会各地传送公文者和来往过路的官员提供暂时歇住或换马的场所。馆驿作为统治阶级的服务工具由来已久，在周代礼制中就有这种以行人掌邦国传遽之事的馆驿设施："凡宾客、会同、师役，掌其道路之委积。凡国野之道，十里有庐，庐有饮食；三十里有宿，宿有路室，路室有委；五十里有市，市有候馆，候馆有积。"（《周礼·地官·遗人》）因此，可以这么认为："馆驿是中国史上很早便出现的用于公职公务的政府建筑。"[①] 在此意义上，馆驿就成为古代官僚朋客之间觥筹唱和的社交场所，从而使得相当一批关于馆驿的诗文创作是与宴会相关的，比如唐代独孤及的这首《东平蓬莱驿夜宴平卢杨判官醉后赠别姚太守置酒留宴》："驿楼涨海壖，秋月寒城边。相见自不足，况逢主人贤。夜清酒浓人如玉，一斗何啻直十千。木兰为樽金为杯，江南急管卢女弦。齐童如花解郢曲，起舞激楚歌采莲。"

　　与传统意义上的旅行呈现的情感形式相契合，旅馆、渡口、长亭进入到旅行文艺中，会呈现为如下几种意象书写方式，一是背井离乡或者国破家亡的旅途中对家、亲人和故人乃至故国的思念，比如"草合离宫转夕晖，孤云飘泊复何依？山河风景元无异，城郭人民半已非。满地芦花和我老，旧家燕子傍谁飞？从今别却江南路，化作啼鹃带血归"（文天祥《金陵驿》）；二是被放逐的孤旅途中对壮志未酬的遗憾与痛苦，比如"孤驿荒山与虎邻，更堪风雪暗南津。羁游如此真无策，独立凄然默怆神"（陆游《新安驿》）；三是流年似水、时光飞逝的感叹，比如"山馆吟馀山月斜，东风摇曳拂窗华。岂知驱马无闲日，长在

---

　　① 邹树梅：《旅游史话》，天津：百花文艺出版社，2005，第45页。

他人后到家。孤剑向谁开壮节，流年催我自堪嗟。灯前结束又前去，晓出石林啼乱鸦"（罗邺《春山山馆旅怀》）；四是与故友的送别之离愁，比如"今夜清尊对客，明夜孤帆水驿，依旧照离忧。但恐同王粲，相对永登楼"（苏辙《水调歌头》）。尽管也会有一种脱离官宦之牢笼的闲适，比如"达人心自适，旅舍当闲居。不出来时径，重看读了书。晚山岚色近，斜日树阴疏。尽是忘言客，听君诵子虚"（姚伦《过章秀才洛阳客舍》），然而，作为一种迎来送往的场所，馆驿、渡口包括长亭这些入诗文的意象，更多地还是表达一种孤旅与苦旅的惆怅与悲痛，是一种"邮亭寄人世，人世寄邮亭"（杜牧《重题绝句》）的零落的感伤，和"终年唯旅舍，只似已无家"（许棠《旅怀》）的孤独。

晚清以降，因服务对象的需求以及服务方式的差异，中西合璧的大旅馆、大饭店以及纯西式宾馆酒店开始在中国城市涌现，直接推动了现代旅游业的发展。"中西合璧的宾馆饭店在都市中崛起，证明市场经营的需要。这不仅有助于旅行事业的发展，而且提高了现代旅行的层次。"① 鸦片战争后中国国门被打开，西方列强在中国土地上开始兴建现代化的宾馆，引入现代旅游服务管理模式。辛亥革命后，民族资本介入旅馆服务业，较早觉醒起来的国人已经认识到宾馆饭店等服务设施在旅游行业中的重要性。旅游事业的经营者们已然看到，游客是否光顾很大程度上在于交通是否便利，而一旦下榻于此，停留时日的长短，又取决于对食宿等物质条件的满意与否。"食宿供应之能否符合游客之需要，可以其容额（量）及程度（质）两点定之。容额不足，事实上不能招致大量游客，而程度不足，则游客感觉不舒，亦势无长期逗留之可能。"② 这些物质准备、观念解放和制度普及，为现代知识分子的旅行创造了有利的条件。

问题在于，旅馆，包括站台和码头，这些既不同于旅行的出发地（比如家），也不属于旅行的目的地（比如景点）的空间地点，其进入文学艺术的方式以及它们所呈现出来的审美意涵是十分特别的。作为旅行服务而兴起的这些空间场所，其文学审美价值正在于它呈现出一种过渡性场所的文化意义。换言之，在游记散文中，旅馆、站台、码头的功能，并非只是一个衔接家与景点、乡村与城市之间的联结中介，更在于透过它作为过渡性场所在现代社会中的服务功能，我们能清晰地看到一幅属于现代的社会关系、人间万象以及生命状态。由此，旅馆、站台以及码头的社会公共性、空间过渡性、临时性，必然是现代游记散文中极富时代特色的文学景观。

---

① 王淑良等：《中国现代旅游史》，南京：东南大学出版社，2005，第 8 页。
② 佘贵棠：《游览事业之理论与实际》，上海：中国旅行社，1944，第 164 页。

事实上，本雅明在波德莱尔的文学作品中发现了旅行与现代建筑之间的相恰关系。在本雅明看来，波德莱尔诗学中的那种流动、易逝和瞬间的现代性体验，以及游荡不居的生命态度，与巴黎街头的建筑格局的特殊性存在必然的关联："如果没有拱廊街，游荡就不可能显得那么重要……街道成了游手好闲者的居所。他靠在房屋外的墙壁上，就像一般的市民在家中的四壁里一样安然自得。对他来说，闪闪发光的珐琅商业招牌至少是墙壁上的点缀装饰，不亚于有产者客厅里挂的一幅油画。墙壁就是他垫笔记本的书桌；书报亭是他的图书馆；咖啡馆的阶梯成了他工作之余向家里俯视的阳台。"① 拱廊街的特殊之处在于它区别于固定的家与有特定仪式感的场所，作为一种过渡性的公共空间而存在，打破了等级森严的礼节约束，充满了随意和流动，现代人的社会关系在本雅明看来正是充满了波德莱尔式的游荡，人们不再凝附于固定的中心，而是以一种碎片化的方式融汇于流动的人群中。这样一种体验固然是孤独和陌生的。这样一种游荡，何尝不是现代旅行文化的一种重要本质呢？其所隐喻的现代社会关系正如西美尔所认知的："看得见而听不见的人比听得见而看不见的人，心情要混乱得多……大城市里的交通工具显示出看到别人要比听到别人无比重要得多……现代交通让涉及人与人之间一切感性关系的绝大部分，……把人际的这种关系交由纯粹的视觉感欢去处理。"② 这种经由现代空间所呈现出来的社会关系莫不是冷漠、陌生以及难以逾越的距离感。

旅馆、站台以及码头等等，在旅途中，作为过渡性的场所，与现代社会碎片化、流动性与瞬间体验是紧密联系在一起的。过渡的意义指向事物持续变化的一种过程性的状态，正因为此，过渡空间意味着流动与使用上的暂时性。从另一个角度来看，这些过渡性空间的意义就在于对社会边界的逾越。所谓边界，并非封闭和限定，正如海德格尔所说，"边界不是某种东西的停止，而是如同希腊人的认识，边界是某种东西在此出现"。③ 过渡性空间的魅力，就在于它的开放性与创造性，在于使经过它、体验它的人不再局限于它原来所归属的空间，尽管它不提供永恒的归属意义，但是它逾越边界暂时性的自由不断地吸引着那些困境中的现代人。散文家庞培对旅馆的文化精神有过这样的阐释："旅馆所接纳的不仅有爱情的逃亡，更为常见的是家园的逃亡、个人白日梦的逃亡。是理

---

① ［德］本雅明：《发达资本主义时代的抒情诗人》，张旭东等译，上海：三联书店，1989，第54~55页。

② ［德］西美尔：《社会学——关于社会化形式的研究》，林荣远译，北京：华夏出版社，2002，第487页。

③ ［德］海德格尔：《建·居·思》，孙周兴译，上海：三联书店，1996，第20页。

想的逃亡，幻灭的逃亡——人类善恶的逃亡！它永远构成对我们日常生活小规模的反叛。甚至是对我们个人私下里注定了的一种命运遐想的颠覆、变更！旅馆这一事物的人文内含似乎注定了要跟人类小小的、秘密的密谋、策反相联系。它提供一种契机：在别处。它贡献一种慰藉：陌生。它建立一种秩序：在路上……几乎全世界一切旅馆的最佳格言——是诗人兰波提供的——生活在别处！"① 旅馆作为旅行极为重要的场所的意义正是在于它契合了旅行自身的文化精神，即对常规生活模式的叛逆，对固定轨道管制的逾越，对日常生活充满着逃亡、超越，在一种流动性开放性的持续探索中寻找生命的意义。

与之相连的是，这种反叛与颠覆，既带来一种冲破束缚的快感与自由，同时也意味着一种精神的孤立。在这些过渡性场所中，个体不可能获得一劳永逸的安顿和永恒的归属，更多的是对现代生活稍纵即逝的感叹，比如师陀在《行旅》中感受的："人们是从一个客店到另一个客店，假如还需要别的题辞，我便说——小资产阶级的乐土，但是人们乃是乘了偶然的机缘从这里经过。"旅馆的存在隐喻着现代人的命运，无法附着，充满偶然和暂时。对于码头港口，师陀同样能感受那种飘零游荡的孤立："港口好像一个心脏，它仍旧活动着：水手，妓女，脚夫，造船场。也许是心理作用，这些活动在我们看来似乎含着一种不安。我们不能回去，也不得前进，自然谁也不喜欢一个礼拜两个礼拜的，没有希望的站岸上远远地望着混浊的海湾，就这样在一个充满了海味腥臭的小镇上住下去。"②

旅馆、站台以及码头等公共过渡性场所，实际上意味着没有任何人可以对其行使管辖权，人来人往，每一个人不过是暂时地占有和使用。它创造一种公众共享的归属感，因为在这里不同的人、天南地北南来北往的人、陌生的人与熟悉的人，可以交换见闻、沟通情感，不同的区域、身份、阶级和情感的人们，在这里可以呈现不一样的生活姿态，这些可以提供暂时停留与休憩的场所，成为人间百态、世间万象的镜像空间，展览着现代社会不同的命运和生活。

巴金的《汉口短简》中描述，作者暂住的旅馆成为朋友们聚会的场所，在一个战乱的时代，青年们以会友的方式，谈论武汉抗日，谈论国家的未来，有时候二三个，有时候五六个挤作一团，将旅馆俨然变成一个公共空间。"我住的旅馆并不在租界里，但是附近的店铺到晚上还是灯烛辉煌。……不能相信四小

① 庞培：《旅馆——异乡人的床榻》，北京：中国文联出版社，2002，第 128 页。
② 师陀：《上海手札·鲁宾逊的风》，《师陀全集》第 5 卷，郑州：河南大学出版社，2004，第 184 页。

时汽车路程以外的激烈战争。"又比如茅盾1932年游历北方各省，在《"战时景气"的宠儿——宝鸡》中描述过宝鸡招待所的贵气，弹簧双人床、沙发衣橱一应俱全，而且不仅顾客不嫌贵，常来住的客人还不少，这全是仰仗于国难之际宝鸡特殊的枢纽位置，涌现了不少投机倒把的商人，比如一位其貌不扬穿牛皮大衣、青马裤、戴獭皮帽的旅客，人脉通达军商政各界，要什么汽油、轮胎、钢板等紧缺物资他都能手眼通天给弄来。而围绕着这些旅馆，更是有一群风来雨往依赖暴发户和客商生存的卖艺卖身的女子，世间种种乱象凑在一处，作者不禁感叹"宝鸡，这是一个不可思议的地方！""宝鸡这地方就有这样不可思议的'魔术家'！"

瞿秋白在《饿乡纪程》中有一次对济南车站的描写。他看到候车室内寥寥几人，几个戴金丝眼镜、穿玄色马褂的"小老爷"在座椅上抽烟，悠闲地看着《总统报》，而与之相对照的是，月台上却挤满了做苦力的、推车的、受了灾的、拖儿带女、背着麻布包衣衫褴褛的人，为了省钱只能站在风中等候。作者怀着救国的梦想远行，见到此情此景，"其时是初秋的清早，北地已经天高风紧，和蔼可亲的朝日，虽然含笑安慰我们一班行色匆匆的旅客，我却觉得寒风飕飕有些冷意"。站台上停留着不同命运、不同来历、不同人生期许的人，呈现着这个民族难以预料的时代方向，作者的同情与忧虑溢于言表。

对于沈从文来说，1934年回乡探亲的一次旅行，让这位漂泊于现代都市的游子有着更为充沛的情感来回味故乡的一切。沅水、酉水沿岸的码头对于沈从文个人而言，是人生跨越的起点，这里正是他奔向理想与未来的出发之处。"我第一次离乡背井，随了那一群肩扛刀枪向外发展的武士为生存而战斗，就停顿到这个码头上。这地方每一条街，每一处衙署，每一间商店，每一个城洞里做小生意的小担子，还如何在我睡梦里占据一个位置！这个河码头在十六年前教育我，给我明白了多少人事，帮助我作过多少幻想，如今却又轮到它来为我温习那个业已消逝的童年梦境来了。"（《湘行散记》）正因为如此，阔别16年的人生体验，让沈从文更能读懂湘西在社会变迁的语境下生命的温热与残酷。沈从文游记里的湘西码头，一方面，是湘西社会万象流变的现实窗口，比如《一个传奇的本事》对常德码头的记载，常德毗邻洞庭湖和长江，一度是沅水流域最重要的码头，是湘西接通全国的水上必经通道，"地方人事自然也就相当复杂……这些人怎么使用他们各不相同各有个性的水上工具，按照祖传的行规，祖传的禁忌，挣扎生活并生儿育女，我都非常清楚"。又如《辰河小船上的水手》对浦市码头的记录，这里曾经是湘西油加工、木材、纱、布匹、盐以及水银、朱砂、苎麻、洋厂杂货等等生活生产物资的集散地，码头上经常云集着大货船和应接不暇的南北客商，以及商户衬托出湘西"小南京"的繁华，当时的盛景历历在目："街市尽头河下游为一长潭，河上游为一小滩，每当黄昏薄暮，落日沉入大地，天上暮云为落日余晖所烘炙，剩余一片深紫时，大帮货船从上而下，摇船人泊船近岸，在充满了薄雾的河面，浮荡的催橹歌声，又正是一种如何壮丽稀有的歌声！"不过这种曾经的繁荣而今已全然衰败了。码头上船多半已破损，商户零落，来往的船客再无昔日的熙攘。这一切也正是发生在沈从文离开湘西的这十多年。正是码头上这些物是人非今夕两重天的改变，让作者感叹命运的无由和时光的无情。"我有点忧郁，有点寂寞。黑暗河面起了快乐的橹歌。河中心一只商船正想靠码头停泊，歌声在黑暗中流动，从歌声里我俨然彻悟了什么。我明白'我不应当翻阅历史，温习历史'。在历史前面，谁人能够不感惆怅？"（《老伴》）沈从文在变迁的社会世相面前感叹的是故乡在进入现代性流动的节奏后常与变、静与动的模糊。

从另一方面，沈从文又通过在码头上的听闻，介入区别于都市的另一种生活形式，以提取其文学理想中的"人性"，从而获得一种人生的思考，来完成对现代社会的反思。这里最有名的当然是《湘行散记》中《一个多情水手和一个多情妇人》，写的是回乡途经的码头上一对露水鸳鸯的故事。男的是常年在险滩急流中来往搏命的水手，女的是码头的吊脚楼上被抽烟土的老兵霸占又逼去卖身的妓女，他们的命运都是身不由己，一个被沉水操控，一个被无情的老兵丈夫操控，却能在一夜的恩爱中找到彼此相知相属的存在感。水手在同伴的咒骂催促下离开吊脚楼，转身又将与"我"交换到的苹果送给楼上的妇人，而妇人呢，也是有情有义，频频不舍，隔着楼台许下"我等你十天，你有良心，你就来"的诺言。作者目睹耳闻了这一切，"在沉默中感受命运与人生的一丝无奈"。他深感自己无法给予小妇人更多什么东西，也无法继续赠予水手多余的钱财物什，同时也感到他们的情感、欲望和与之相关的悲欢离合一样地"神圣"，"我不配用钱或别的方法渗进他们命运里去，扰乱他们生活上那一分应有的哀乐"。这样一种神圣的体会是出于对生命的裸裎、直率与真挚的赞叹，而这一切，是沈从文游荡都市多年所不曾常见的生命形式。对于现代都市来说，这显然是一种"别处"的生活。

对另一种生活的呈现是现代游记散文常见的叙事特点。通过在他乡的倾听，来展示一种区别于自己熟悉的日常生活的传奇般的故事，来体现旅行的陌生化效果。比如徐志摩的《巴黎的鳞爪》，在对巴黎的感叹之中，就把从旅馆只相会9 小时的异国妇人的身世奇闻录嵌入文本。妇人美丽聪慧，17 岁奉父母之命嫁给英国绅士，四年无爱的婚姻之后，妇人解除婚约返回巴黎，爱上巴黎求学的菲律宾少年，疯狂地抛弃家庭跟随少年来到东方，不料不容于东方的新家庭，再次遭弃，富贵一生的她依靠做保姆谋生。再次回到巴黎后，父亲已亡故。作者在此将天堂般繁华与地狱般虚莽的巴黎与女子遇人不淑曲折多戕的沉浮命运同构于一体，感叹"她是在人生的急流里转着的一张萍叶，我见着了它，掬在手里把玩了一晌，依旧交还给它的命运，任它飘流去"，让人感受到生命的轻与重，感受到命运的无由、人生的无常，感受到现代社会人情的冷漠。艾芜在他的《瞎子客店》中也是这样的叙事方式，通过与房东的交流，了解到一个家族过去悲苦曲折的命运，了解到一种异样的人生，同样也感受到苦难与厄运面前一种坚韧的生命形式。德伯顿在描述"宾馆的房间同样为我们提供了摆脱定势思维的机会。躺在旅馆的床上……我们可以忘却之前的一切劳顿，品味自己曾经的辉煌和遭遇过的落寞……这四处陌生的环境使得我们不得不换一种方式来思考自己的生活"，"在流动景观的刺激下，那些原本容易停顿的内心求索可以不断深进"。① 这正是过渡性空间所带来的审美效果，超脱了秩序化日常生活的桎梏之后，能够以较为放松和自由的心境来倾听另一种生命方式，无论这些故事是理想的、奇异的还是令人同情的，都能传奇一般地，以对照的方式进入作者内心，来反思固有的生活方式，以此获得旅行的生命价值。

无可否认的是，旅馆、站台和码头这些过渡性场所，一方面充满了一种不受管辖、不受拘束的自由，在这个时候，奔忙疲惫的心灵可以暂时获得休憩。巴金 1942 年游历西南时在贵州一家旅馆中体会到，在一个绿树天井、彩色楼阁、棕色的书桌配置的洁净空间里，丝毫感受不到战火的困扰，反而暂时能看到鹰飞过，鸟语频频，夜晚的星星明亮而静谧，"为了这样的夜，我宁愿舍弃我的睡眠。离开天，再来看地、看人。"（《贵州短简》）码头的意义也在于此，能够给予那些在现代命运中不断挣扎的人一个暂时性的停靠。如沈从文所体会的，"但沿河因为有了这些楼房，长年与流水斗争的水手，寄身船中枯闷成疾的旅行者，以及其他过路人，却有了落脚处了。这些人的疲劳与寂寞是从这些房子中可以一律解除的"（《鸭窠围的夜》）。尽管，这些疲劳与寂寞的解除是暂时的。

另一方面，旅馆、站台和码头这些过渡性场所的体验又充满了一种无可归属、无法寄托的孤独感。"我们切身感受到旅行是漂泊，并非在乘车、移动之

---

① ［英］阿兰·德波顿：《旅行的艺术》，南治国等译，上海：上海译文出版社，2012，第59～64 页。

时，而恰恰是在栖身旅店之时。"① 这种孤独感来自异地的陌生，更来自对现代社会人与人之间心灵相隔的陌生。比如郁达夫的《感伤的行旅》中，在江南的旅馆里，一边是月暗星繁的秋夜，街上闪耀着黄苍颓荡的电灯光，喧阗的街道上拥挤着陌生的人群和流动的汽车，而另一边，是旅馆内墙壁相隔的异样世界。"最触动我这感伤的行旅者的哀思的，却是在同一家旅舍之内，从前后左右的宏壮的房间里发出来的娇艳的肉声，及伴奏着的悲凉的弦索之音。屋顶上飞下来的一阵两阵的比西班牙舞乐里的皮鼓铜琶更野噪的锣鼓响乐，也未始不足以打断我这愁人秋夜的客中孤独。"作者在此浮想联翩，同时陷入国家受难、街头的喧腾以及隔壁的快活，悲凉的弦音相混杂的异样情境中，找不到个体认同的任何依据，油然而生一种被社会抛弃、与时代远远相隔的陌生和孤独。这样一种陌生与孤独在战乱频仍的年代的旅途中是常见的。战乱让更多不同来处的旅人汇集于他乡，旅馆的暂时相聚无法让彼此结成稳固的情感依属关系。异乡陌生的环境与旅人同胞们之间脆弱的相识，一旦遇到突然的变动，常常让人处于一种无法应对的境地。比如巴金 1939 年途经梧州时在旅馆中所体验到的，空袭来临，"这景象倒使我感到惊愕了。我们在这里是陌生的旅客，不知道应该怎样办"，惊涛骇浪、风云诡秘的时局变化让人无所适从。再比如，徐志摩在新加坡的一次旅行时，感受那种在异国陌生的都市中的无所适从，"一个人耽在旅舍里看雨，够多凄凉。上街不知向那儿转，一只熟脸都看不见，话都说不通，天又快黑，胡湿的地，你上那儿去？"偶闻隔壁有人清唱关于梅龙镇和唐明皇的京戏，戏里戏外，相见欢与生离别的孤单交织于内心。"雨后的天黑得更快，黑影一幕幕的直盖下来，麻雀儿都回家了。干什么好呢？有什么可干的？这叫做孤单的况味。这叫做闷。"（《浓得化不开》）人生忽如寄，旅人在旅馆中的命运写照正如旅馆本身所隐喻的作为一个过渡性场所的暂时性、流动性，永远不可能为现代个体提供一种稳固的、恒定的精神皈依。

德伯顿在《旅行的艺术》中通过分析霍珀的作品发现，那些离开家乡旅行外出的人，在旅馆的床边写信读信，在旅馆的大堂捧书默读，那些旅人若有所思的表情呈现出的是孤独的主题。"他们可能刚刚与某人道别，或者刚刚被离弃；他们四海流浪，无依无靠，寻找工作、性和友伴。总是在漆黑一片的夜晚看着空无一物的窗外，人们可以体会到他们行走在乡村广阔的旷野或者某个城

---

① ［日］三木清：《论旅行》，赖勤芳编《休闲美学读本》，北京：北京大学出版社，2011，第 26 页。

市陌生的街道时的孤独与恐惧。"① 旅馆的现代性意义在此呈现为，脱离共同体的束缚之后，人在碎片化的时间与空间中的孤独、陌生与恐惧。流动的现代性不再为人提供安宁与可靠的意义保证。现代人在生活中的命运也在寂寥的旅馆中得以映现。

---

① ［英］阿兰·德波顿：《旅行的艺术》，南治国等译，上海：上海译文出版社，2012，第54页。

结　语

　　澳大利亚学者费约翰在描述和分析 20 世纪中国社会全面转型的过程时，使用了一个与"启蒙"相类似的词："唤醒"，在他的理解中，所谓"唤醒"，其内涵首先指向国人对"民族地位"的一种自觉，同时也包括"流行时尚与品味的变迁、对个人身份和生活意义的好奇心的增长、卷入对殖民主义种族偏见的令人烦扰的评判，以及日益加速的商业化和工业化所带来的累积性的后果"。①在这一描述中，基于启蒙或者唤醒的文化意识形态，现代中国的现代性的展开，是一个层次丰富、形式复杂、形态多样、矛盾也多重的实践过程。这样一种观察视域，也是我们考察现代游记散文的一种基本方式，那就是，在一个复杂的社会场域中，将旅行与现代性的多维性紧密联系在一起，试图呈现旅行书写的文化意味、历史蕴藉和审美诉求。

　　我们需要特别指出的是，我们将西方现代性理论引入到对现代游记散文的研究，并非是强行"削"中国本土之"足"，来"适"西方理论之"履"，而是以现代性理论提供一个观照中国问题的框架，以中国旅行文学的独特经验，来阐释中国现代性自身的特点，不是附和西方现代性的话语模式，而是意在为现代性的话语模式提供一个鲜活的中国样本。事实上，晚清以降，特别是"五四"新文化运动以来，就算最为保守的知识分子，也不可能绕开外来文化对个人知识模式和文化观念的影响。中国现代性的展开，必然会有源自深厚历史传统中的文化动力，甚至会延伸出源自本土的意识与外来文化相激烈对抗的问题，但是，这些问题并不意味中国问题可以逃脱现代性的全球观照而自说自话。正如有学者指出的那样，"本土主义与现代性并不相悖，本土主义的崛起恰恰是为了

---

① ［澳］费约翰：《唤醒中国：国民革命中的政治、文化与阶级》，李恭忠译，北京：三联书店，2004，第 6 页。

更好地探索一条通往现代性的可靠道路。只要存在着社会模式和社会理想的差异……本土主义与全球一体化也就会形成冲突"。① 而事实上，正是这种冲突，显示出任何关于现代性品格的描述，都是充满建构性的，而不是本质主义的。

正如一些学者已经展开的研究，旅行与现代性的结缘，可以追溯到晚清，出于一种强烈的政治目的，不仅这一时期的游记以海外游记为主，更为重要的是，以王韬、郭嵩焘、薛福成等等为代表的晚清大臣的欧美之旅，他们留下的大量的游记散文，"文学性相对减弱，主要内容从猎奇向政论逐渐演变，形式以日记为主"。② 这一游记特点，服务于晚清统治者"师夷长技以制夷"的政治目的，为古老中国打开了世界的大门。同时，现代旅行与古代的旅行传统存在着根本性的差异，也发生在晚清时期。对于知识分子来说，是一种"成立人格"向分裂人格的转变。③ 晚清文学的一个重要的特点就是游记小说的不断涌现，这些小说，伴随着一个民族对世界的新奇想象、自我认知的需求和个人成长的渴望，这一观念渗透到游记小说的叙事结构中，其对中国文学的现代转向的价值正在被越来越多的学者所认可。

我们将1919年以来的游记散文作为研究对象，一方面考虑到游记散文在这一时期获得前所未有的繁荣，超越了晚清游记的政论性的单一品格，无论在审美内蕴，还是承载的文化主题上，都呈现出极其丰富的特点，更有益于我们从中剖析中国现代性的特殊症候。另一方面考虑到散文自由、灵活、随意的特点，对于表达社会转型时期总体性文化价值崩溃的历史感悟，比起意在建构和穿透时代主题的小说，更具有文体优势。现代中国散文的卓越成就为游记创作的发展准备了良好文学环境。现代中国的作家，几乎人人都写散文，几乎人人都有关于异地旅行生活的记述，游记散文更容易以一种细碎的方式和边缘化的角度，为我们呈现现代中国文化变迁和社会突变中的某些动人细节、心态特征和生命状态。

我们可以看到，现代游记散文不再只是一种对自然山水或个人隐逸或宇宙天地式的观照，也不单单是面对历史人文遗址的一种忆古叹今和追怀述志，当然，也不是简单地对受益于社会公共服务的发展而进行的生活放松与娱乐休闲

① 蒋述卓：《论本土主义与全球一体化的冲突与融合》，《广东社会科学》1997年第4期。
② 李岚：《行旅体验与文化想象》，博士学位论文，华中师范大学，2007。
③ 唐宏峰：《旅行的现代性》，北京：北京师范大学出版社，2011，第4页。

的想象。现代中国的游记散文创作，早已溢出文学创作本身，而成为一种复杂的文化行为。现代中国的历史，是一部知识分子在兵荒马乱的时代奔走呼告的旅行史。他们穿梭于历史与现实的记忆中，漂泊于异域与祖国的遥望空间中，徘徊在城市与乡土的错乱时间里，也纠缠在不同意识形态的阵营阵地之间。正是伴随着旅行活动的展开，现代中国人不断经历着思维方式的打开，文化场域的多元化，生活方式的相互观照等方面的变化，更遑论基于旅行带来的社会视野的上扩下延、政治立场的转变以及复杂的生命体验，这些，都深深投射在游记散文的文本中。概言之，旅行活动，很大意义上就是知识分子追求现代性的一种社会实践活动，而游记散文就是对这一行为的文学投射和文化表征。正是在此意义上，通过游记散文来呈现中国现代性的复杂品格，就显得十分具有典型而独具魅力的特点。

美国学者柯克·登顿对中国现代性问题的复杂性与特殊性有过这样的阐述，他认为西方文学现代性的特质在于表达对资本主义技术文明、工业经济以及资产阶级价值观念的否定，而中国现代性的展开是伴随着对西方历史现代性的膜拜和吸收。"历史现代性在中国的缓慢到来，以及复兴中国已经失去了的文化辉煌的困扰，阻碍了作为历史现代性对抗因素的文学现代性的出现。因此，与西方相反，文学现代性被纳入了更加宏伟、更为中心的历史现代性目标。"① 基于民族建构和革命需要的目标，文学现代性被纳入历史现代性的逻辑当中，一度成为宣传的工具。这是特定的历史语境赋予中国文学现代性的特殊使命。离开整个 20 世纪中国社会的现代性进程，是无法讨论现代中国文学现代性的问题的。王一川提醒我们，"文学现代学要处理如何以新的现代汉语形式去创造和确证现代人的生存体验的问题。这意味着把现代性文学纳入整个中国文化的现代性进程去考察，发现现代性文学与现代性文化的密切联系"。② 作为现代文学品类的游记散文，其现代性品格的呈现无法脱离中国社会现代性进程的复杂性。

正是由于社会现代性与文学现代性在中国语境下的这一基本特点，我们从现代游记散文中看到的往往是一系列充满悖论的结构关系。现代游记既是现代知识分子基于个性的解放，来表达一种现代生活方式愉悦的享受，成为一种闲

---

① Kirk, A. Denton, *Modern Chinese Literary Thought*：*Writings on Literature* 1893-1945（Stanford：Stanford University Press, 1996）, p. 59.

② 王一川：《现代性文学：中国文学的新传统》，《文学评论》1998 年第 2 期。

适美学的范本，甚至成为知识分子关于现代审美人格建构的重要实践方式，但同时，它也不由自主地纳入民族国家话语建构中，成为战时语境下国族意识强化和民族情感动员的工具，特别是革命的激进方式，又迅速消解了旅行原本的那种自适性，既改变了知识分子的旅行方向和旅行方式，又从根本上改造了知识分子的精神结构。现代游记一方面继承古典游记拥抱自然的传统，在自然山水中试图建构出一种释放人本真力量的美感体验，以看护新文化启蒙运动对个体价值的尊重，在某种程度上也会流露出一种"舞雩风流"与"濠梁闲趣"式的传统士大夫文人的趣味，另一方面，现代游记又无可避免地介入一种柄谷行人所谓的"风景之发现"① 中。现代意识的觉醒，使得主客观的对立日趋明显，从自然变为人们眼中风景，必然要经过旅行者主体的筛选，旅行者的文化立场、政治诉求、宗教想象特别因为海外旅行创造的异域视角，都会影响现代风景的观看。旅行，既是一种个人生命的展开，也是一种知识建构和社会关系的表达。

　　另外，我们对游记散文的文化社会学的考察，并不意味着从游记散文的文本中生吞活剥出关于历史、社会、经济以及政治方面的知识和讯息，也并不意味着要忽略游记散文作为一种文学创作的审美特征，我们基于一种现代性的观照视野，目的正在于发掘所有关于游记散文的文体特点和审美内涵，如何映射在现代知识分子的生命体验中，以旅行的独特方式，来显现出他们在这样一个文化变迁与社会转型的历史节点，具有怎样复杂的文化心态、民族意识、政治选择等等。

　　最后，也是必须注意到的，"五四"以降知识分子应对现代性问题的时刻，正是处在西方现代性已逐渐暴露出各种弊端的时刻，这使得中国现代性的展开方式，是一个探索与反思、建构与批判、认同与抗拒同时并行的过程。对于处在落后地位的民族国家，迫切地拥抱现代性的建构性力量与深切地体验到现代性的异化后果，这是无法避免的共存的文化现实。正如我们从现代游记散文中所看到的那样，旅行既是对一种生活方式的向往，同时，又意味着对一种已经模式化的生活的逃离。借助于现代文明的发展，旅行优化了我们对生活的快悦体验，同时又强化了一种无所依附的流动性的心灵状态的生成。

　　对于现代中国来说，现代性至今都可以称为一项未竟之工程，现代性敞开

----

① 　［日］柄谷行人：《日本现代文学的起源》，赵京华译，上海：三联书店，2003，第 8 页。

的各种丰富可能性，还需要通过更为具体的文化实践来夯实。特别是处在一种后现代语境、消费主义甚至互联网虚拟世界强烈渗透的今天，旅行的意义附带了更为复杂的主题，正如费勇在他的行走笔记中描述的那样，"在路上，是生命中一种宿命的状态。因而，走是一种随时随地的动作，包含着生命底层的渴望、挣扎、喜悦、痛苦"。① 基于此，旅行永无止境，现代性的问题层出不穷，对现代文化生活的思考也不会停止，对于游记散文的研究也必将继续深入。

---

① 费勇：《零度出走》，广州：广东旅游出版社，2003，第 2 页。

参考文献

著作部分

中文著作

1. 俞元桂：《中国现代散文史》，济南：山东文艺出版社，1997

2. 傅德岷：《中国现代散文发展史》，成都：四川教育出版社，1997

3. 章必功：《中国旅游史》，昆明：云南人民出版社，1992

4. 郑焱：《中国旅游发展史》，长沙：湖南教育出版社，2000

5. 王淑良、张天来：《中国旅游史（近现代部分）》，北京：旅游教育出版社，1999

6. 贾鸿雁：《中国游记文献研究》，南京：东南大学出版社，2005

7. 彭兆荣：《旅游人类学》，北京：民族出版社，2004

8. 张晓萍等：《民族旅游的人类学透视》，昆明：云南大学出版社，2005

9. 李天元：《旅游学概论》，天津：南开大学出版社，2003

10. 杨慧、陈志明、张展鸿：《旅游、人类学与中国社会》，昆明：云南大学出版社，2001

11. 谢贵安、华国梁：《旅游文化学》，北京：高等教育出版社，1999

12. 张文：《旅游与文化》，北京：旅游教育出版社，2001

13. 吴晓萍：《民族旅游的社会学研究》，贵阳：贵州民族出版社，2003

14. 蔡丰明：《上海都市民俗》，上海：学林出版社，2001

15. 谢彦君：《旅游体验研究》，天津：南开大学出版社，2005

16. 龚鹏程：《游的精神文化史论》，石家庄：河北教育出版社，2001

17. 郭少棠：《旅行：跨文化想像》，北京：北京大学出版社，2005

18. 梅新林、俞樟华：《中国游记文学史》，上海：学林出版社，2004

19. 周海波：《现代传媒视野中的中国现代文学》，北京：中华书局，2008

20. 马永强：《文化传播与现代中国文学》，合肥：安徽大学出版社，2003

21. 刘德谦：《中国旅游文学新论》，北京：中国旅游出版社，1998

22. 费勇：《零度出走》，广州：广东旅游出版社，2003

23. 李一鸣：《中国现代游记散文整体性研究》，济南：山东人民出版社，2013

24. 罗志田：《权势转移：近代中国的思想、社会与学术》，武汉：湖北教育出版社，1999

25. 陈剑晖：《中国现当代散文的诗学建构》，南昌：江西高校出版社，2004

26. 熊月之：《西学东渐与晚清社会》，上海：上海人民出版社，1994

27. 杜松柏：《中国近代文人生存状态与小说研究》，成都：电子科技大学出版社，2010

28. 喻大翔：《现代中文散文十五讲》，上海：同济大学出版社，2008

29. 童庆炳：《文体与文体的创造》，昆明：云南人民出版社，1994

30. 史华慈等：《近代中国思想人物论：自由主义》，台北：台湾时报文化出版公司，1980

31. 张灏：《梁启超与中国思想的过渡》，南京：江苏人民出版社，1993

32. 夏铸九、王志弘编译：《空间的文化形式与社会理论读本》，台北：明文书局有限公司，1994

33. 胡太春：《中国近代新闻思想史》，太原：山西人民出版社，1987

34. 宋应离：《中国期刊发展史》，郑州：河南大学出版社，2000

35. 蒋述卓：《城市的想象与呈现：城市文学的文化审视》，北京：中国社会科学出版社，2003

36. 蔡勇美、郭文雄：《都市社会学》，台北：巨流图书公司，1984

37. 罗岗：《帝国、都市与现代性》，南京：江苏人民出版社，2006

38. 孙逊、杨剑龙：《都市空间与文化想象》，上海：三联书店，2008

39. 杨剑龙：《上海文化与上海文学》，上海：上海人民出版社，2007

40. 张鸿声：《都市文化与中国现代都市小说》，郑州：河南大学出版社，1997

41. 高力克：《求索现代性》，杭州：浙江大学出版社，1999

42. 薛毅：《西方都市文化研究读本》，南宁：广西师范大学出版社，2008

43. 陈立旭：《都市文化与都市精神：中外城市文化比较》，南京：东南大学出版社，2002

44. 李泽厚：《中国近代思想史论》，北京：生活·读书·新知三联书店，

2008

45. 许纪霖、罗岗等：《城市的记忆：上海文化的多元历史传统》，上海：上海书店出版社，2011

46. 许纪霖：《中国现代化史第一卷（1800—1949）》，上海：三联书店，1995

47. 包亚明：《现代性与都市文化理论》，上海：上海社会科学院出版社，2008

48. 包亚明：《游荡者的权力：消费社会与都市文化研究》，北京：中国人民大学出版社，2004

49. 程光炜：《都市文化与中国现当代文学》，北京：人民文学出版社，2005

50. 夏晓虹等：《文学语言与文章体式：从晚清到五四》，合肥：安徽教育出版社，2005

51. 王宏图：《都市叙事与欲望书写》，桂林：广西师范大学出版社，2005

52. 张仲礼：《近代上海城市研究》，上海：上海人民出版社，1990

53. 张丽华：《现代中国"短篇小说"的兴起：以文类形构为视角》，北京：北京大学出版社，2011

54. 刘佛丁：《中国近代经济发展史》，北京：高等教育出版社，1999

55. 忻平：《从上海发现历史——现代化进程中的上海人及其社会生活》，上海：上海人民出版社，1996

56. 陈来成：《休闲学》，广州：中山大学出版社，2009

57. 赖勤芳：《休闲美学读本》，北京：北京大学出版社，2011

58. 孙林叶：《休闲理论与实践》，北京：知识产权出版社，2010

59. 张建：《休闲都市论》，上海：东方出版中心，2009

60. 乐黛云、张辉：《文化传递与文学形象》，北京：北京大学出版社，1999

61. 周小仪：《唯美主义与消费文化》，北京：北京大学出版社，2002

62. 金耀基：《从传统到现代》，北京：中国人民大学出版社，1999

63. 罗荣渠：《现代化新论》，北京：北京大学出版社，1997

64. 唐小兵：《再解读：大众文艺与意识形态》，北京：北京大学出版社，2007

65. 周宪：《文化现代性读本》，南京：南京大学出版社，2012

66. 周宪：《文化现代性与美学问题》，北京：中国人民大学出版社，2005

67. 周宪：《审美现代性批判》，北京：商务印书馆，2005

68. 王一川：《中国现代性体验的发生》，北京：北京师范大学出版社，2001

69. 刘小枫：《现代性社会理论绪论》，上海：三联书店，1998

70. 余虹：《革命·审美·解构——20世纪中国文学理论的现代性与后现代性》，桂林：广西师范大学出版社，2001

71. 孟华：《比较文学形象学》，北京：北京大学出版社，2001

72. 宋剑华：《现代性与中国文学》，济南：山东教育出版社，1999

73. 俞兆平：《现代性与五四文学思潮》，厦门：厦门大学出版社，2002

74. 杨春时、俞兆平：《现代性与20世纪中国文学思潮》，桂林：广西师范大学出版社，2005

75. 温奉桥：《现代性与20世纪中国文学》，青岛：中国海洋大学出版社，2004

76. 衣俊卿：《现代性的维度》，北京：中央编译出版社，2011

77. 资中筠：《启蒙与中国社会转型》，北京：社会科学文献出版社，2011

78. 许纪霖：《当代中国的启蒙与反启蒙》，北京：社会科学文献出版社，2011

79. 贡华南：《现代性与国民意识》，上海：上海辞书出版社，2012

80. 陆汉文：《现代性与生活世界的变迁：20世纪二三十年代中国城市居民日常生活的社会学研究》，北京：社会科学文献出版社，2005

81. 许纪霖：《现代性的多元反思》，南京：江苏人民出版社，2008

82. 寇鹏程：《中国审美现代性研究》，上海：三联书店，2009

83. 杨联芬：《晚清至五四：中国文学现代性的发生》，北京：北京大学出版社，2003

84. 高瑞泉：《现代性视野中的思潮与观念》，上海：上海古籍出版社，2010

85. 吴励生：《思想中国——现代性民族国家重构的前沿问题》，北京：商务印书馆，2011

86. 徐敏：《现代性事物》，北京：北京大学出版社，2011

87. 苏智良：《上海：城市变迁、文明演进与现代性》，上海：上海人民出版社，2011

88. 陈乐：《现代性的文学叙事》，杭州：浙江大学出版社，2008

89. 张德明：《现代性及其不满——中国现代文学的张力结构》，银川：宁夏人民出版社，2007

90. 顾红亮、刘晓虹：《想象个人：中国个人观的现代转型》，上海：上海古籍出版社，2006

91. 杨国荣：《现代化过程的人文向度》，上海：上海古籍出版社，2006

92. 周春发：《旅游现代性与社区变迁》，北京：社会科学文献出版社，2012

93. 陈戎女：《西美尔与现代性》，上海：上海书店出版社，2006

94. 高瑞泉：《中国现代精神传统：中国的现代性观念谱系》，上海：上海古籍出版社，2005

95. 陈佑松：《主体性与中国文学现代性的缘起》，北京：中国社会科学出版社，2010

96. 李自芬：《现代性体验与身份认同：中国现代小说的身体叙事研究》，成都：巴蜀书社，2009

97. 池子华：《流民问题与社会控制》，南宁：广西人民出版社，2001

98. 赵英兰：《民国生活掠影》，沈阳：沈阳出版社，2002

99. 杨小辉：《近代中国知识阶层的转型》，上海：上海社会科学院出版社，2011

100. 余英时：《现代危机与思想人物》，北京：生活·读书·新知三联书店，2005

101. 余英时：《中国文化的重建》，北京：中信出版社，2011

102. 余英时：《士与中国文化》，上海：上海人民出版社，2003

103. 陈建华：《革命与形式——茅盾早期小说的现代性展开》，上海：复旦大学出版社，2007

104. 李茂增：《现代性与小说形式——以卢卡奇、本雅明、巴赫金为中心》，上海：东方出版中心，2008

105. 彭兆荣：《人类学仪式的理论与实践》，北京：民族出版社，2007

106. 石元康：《从中国文化到现代性：典范转移》，北京：生活·读书·新知三联书店，2007

107. 黄曼君：《中国 20 世纪文学现代品格论》，武汉：武汉大学出版社，2007

108. 廖炳惠：《关键词 200：文学与批评研究的通用词汇编》，南京：江苏教育出版社，2006

109. 邹树梅：《旅游史话》，天津：百花文艺出版社，2005

110. 马力：《中国现代风景散文史》，北京：中国社会科学出版社，2011

111. 余光中：《从徐霞客到梵谷》：台北：九歌出版社有限公司，1994

112. 王跃等：《五四：文化的阐释与评价——西方学者论五四》，太原：山

西人民出版社，1989

　　113.［美］林毓生：《中国意识的危机："五四"时期激烈的反传统主义》，穆善培译，贵阳：贵州人民出版社，1986

　　114.［美］李欧梵：《上海摩登：一种新都市文化在中国（1930—1945）》，毛尖译，香港：牛津大学出版社，2000

　　115.［美］李欧梵：《未完成的现代性》，北京：北京大学出版社，2005

　　116.［美］李欧梵：《现代性的追求》，上海：三联书店，2000

　　117.［美］李欧梵：《中国现代文学与现代性十讲》，上海：复旦大学出版社，2002

　　118.［美］王德威：《想象中国的方法》，上海：三联书店，1998

　　119.［美］王德威：《抒情传统与中国现代性》，北京：生活·读书·新知三联书店，2010

　　120.［美］刘禾：《跨语际实践：文学、民族文化与被译介的现代性（中国，1900—1937）》，上海：三联书店，2008

　　121.［美］杜维明：《对话与创新》，桂林：广西师范大学出版社，2005

　　122.［美］成中英：《中国文化的现代化与世界化》，北京：中国和平出版社，1988

　　123.［美］费正清：《剑桥中国晚清史（1800—1911）》（上、下），北京：中国社会科学出版社，1985

　　124.［澳］费约翰：《唤醒中国：国民革命中的政治、文化与阶级》，李恭忠等译，北京：生活·读书·新知三联书店，2004

　　125.［德］顾彬：《关于"异"的研究》，北京：北京大学出版社，1997

　　126.［美］戴安娜·克兰：《文化生产：媒体与都市艺术》，赵国新译，南京：译林出版社，2001

　　127.［匈］阿格尼丝·赫勒：《现代性理论》，李瑞华译，北京：商务印书馆，2005

　　128.［英］尼古拉斯·加汉姆：《解放·传媒·现代性：关于传媒和社会理论的讨论》，李岚译，北京：新华出版社，2005

　　129.［英］弗格森：《市民社会史》，北京：中国政法大学出版社，2003

　　130.［德］哈贝马斯：《公共领域的结构转型》，曹卫东等译，上海：学林出版社，1999

　　131.［加］查尔斯·泰勒：《自我的根源：现代认同的形成》，韩震等译，南京：译林出版社，2001

132. ［美］马歇尔·伯曼：《一切坚固的东西都烟消云散了——现代性体验》，徐大建等译，北京：商务印书馆，2003

133. ［法］布尔迪厄：《文化资本与社会炼金术》，包亚明译，上海：上海人民出版社，1997

134. ［法］伊夫·瓦岱：《文学与现代性》，田庆生译，北京：北京大学出版社，2001

135. ［法］齐格蒙特·鲍曼：《立法者与阐释者：论现代性、后现代性与知识分子》，洪涛译，上海：上海人民出版社，2000

136. ［法］齐格蒙特·鲍曼：《流动的现代性》，欧阳景根译，上海：三联书店，2002

137. ［法］齐格蒙特·鲍曼：《现代性与矛盾性》，邵迎生译，北京：商务印书馆，2003

138. ［英］安东尼·吉登斯，《现代性与自我认同》，赵旭东等译，上海：三联书店，1998

139. ［英］安东尼·吉登斯：《现代性的后果》，田禾译，南京：译林出版社，2000

140. ［美］爱德华·W. 萨义德：《文化与帝国主义》，李琨译，北京：生活·读书·新知三联书店，2004

141. ［美］爱德华·W. 萨义德：《东方学》，王宇根译，上海：三联书店，1999

142. ［美］爱德华·W. 萨义德：《知识分子论》，单德兴译，北京：生活·读书·新知三联书店，2002

143. ［美］詹明信：《晚期资本主义的文化逻辑》，陈清侨等译，北京：生活·读书·新知三联书店，2003

144. ［美］詹姆斯·施密特编：《启蒙运动与现代性：18 世纪与 20 世纪的对话》，徐向东、卢华萍译，上海：上海人民出版社，2005

145. ［德］马克斯·韦伯：《新教伦理与资本主义精神》，于晓等译，上海：三联书店，1987

146. ［美］本尼迪克特·安德森：《想象的共同体——民族主义的起源与散布》，吴叡人译，上海：上海人民出版社，2005

147. ［美］戴维·哈维：《后现代的状况——对文化变迁之缘起的研究》，阎嘉译，北京：商务印书馆，2004

148. ［加］马歇尔·麦克卢汉：《人的延伸——媒介通论》，向道宽译，成

都：四川人民出版社，1992

149. ［美］斯蒂文·小约翰：《传播理论》，陈德民等译，北京：中国社会科学出版社，1999

150. ［美］沃纳·赛弗林、小詹姆斯·坦卡德：《传播理论起源、方法与应用》，郭镇之等译，北京：华夏出版社，2000

151. ［法］大卫·哈维：《巴黎城记：现代性之都的诞生》，黄煜文译，桂林：广西师范大学出版社，2010

152. ［德］本雅明：《发达资本主义时代的抒情诗人》，王才勇译，南京：江苏人民出版社，2005

153. ［法］罗兰·巴特：《神话——大众文化诠释》，许蔷蔷等译，上海：上海人民出版社，1999

154. ［英］汤林森：《文化帝国主义》，冯建三译，上海：上海人民出版社，1999

155. ［美］丹尼尔·贝尔：《资本主义文化矛盾》，赵一凡等译，上海：三联书店，1989

156. ［美］杰罗姆·B. 格里德尔：《知识分子与现代中国》，单正平译，天津：南开大学出版社，2002

157. ［美］马泰·卡林内斯库：《现代性的五副面孔》，顾爱彬等译，北京：商务印书馆，2004

158. ［美］吉尔伯特·罗兹曼：《中国的现代化》，上海：上海人民出版社，1989

159. ［美］维拉·施瓦支：《中国的启蒙运动：知识分子与五四遗产》，李国英等译，太原：山西人民出版社，1989

160. ［英］吉尔伯特：《后殖民理论：语境实践政治》，陈仲丹译，南京：南京大学出版社，2001

161. ［英］吉尔伯特：《后殖民批评》，杨乃乔等译，北京：北京大学出版社，2001

162. ［美］萨姆瓦等：《跨文化传通》，陈南等译，上海：三联书店，1988

163. ［美］柯文：《在传统与现代性之间——王韬与晚清改革》，雷颐等译，南京：江苏人民出版社，2016

164. ［英］拉雷恩：《意识形态与文化身份：现代性和第三世界的在场》，戴从容译，上海：上海教育出版社，2005

165. ［日］近藤邦康：《救亡与传统：五四思想形成之内在逻辑》，丁晓强

等译，太原：山西人民出版社，1988

166. ［美］史景迁：《文化类同与文化利用》，廖世奇等译，北京：北京大学出版社，1990

167. ［美］周策纵：《五四运动：现代中国的思想革命》，周子平等译，南京：江苏人民出版社，1996

168. ［美］约瑟夫·阿·勒文森：《梁启超与中国近代思想》，刘伟等译，成都：四川人民出版社，1986

169. ［德］齐奥尔格·西美尔：《时尚的哲学》，费勇等译，北京：文化艺术出版社，2001

170. ［挪］拉斯·史文德森：《时尚的哲学》，李漫译，北京：北京大学出版社，2010

171. ［美］若昂·德让：《时尚的精髓》，杨冀译，上海：三联书店，2012

172. ［英］迈克·费瑟斯通：《消费文化与后现代主义》，刘精明译，南京：译林出版社，2000

173. ［英］罗杰克：《休闲理论原理与实践》，张凌云译，北京：中国旅游出版社，2010

174. ［澳］维尔：《休闲和旅游供给》，李天元等译，北京：中国旅游出版社，2010

175. ［美］克里斯多夫·爱丁顿、陈彼得：《休闲：一种转变的力量》，李一译，杭州：浙江大学出版社，2009

176. ［美］约翰·R. 凯里：《解读休闲》，曹志建等译，重庆：重庆大学出版社，2011

177. ［美］凡勃伦：《有闲阶级论》，蔡受百译，北京：商务印书馆，2005

178. ［美］丹尼逊·纳什：《旅游人类学》，宗晓莲译，昆明：云南大学出版社，2004

179. ［法］罗贝尔·朗卡尔：《旅游和旅行社会学》，陈立春译，北京：商务印书馆，1997

180. ［美］瓦伦·L. 史密斯：《东道主与游客》，张晓萍、何昌邑等译，昆明：云南大学出版社，2002

181. ［英］尤瑞：《游客凝视》，杨慧等译，桂林：广西师范大学出版社，2009

182. ［美］威廉·瑟厄波德：《全球旅游新论》，张广瑞等译，北京：中国旅游出版社，2001

183. ［法］白吉尔:《上海史:走向现代之路》,王菊、赵念国译,上海:上海社会科学院出版社,2005

184. ［法］白吉尔:《中国资产阶级的黄金时代》,张富强等译,上海:上海人民出版社,1994

185. ［美］许倬云:《中国文化与世界文化》,贵阳:贵州人民出版社,1991

186. ［美］杜赞奇:《从民族国家拯救历史:民族主义话语与中国现代史研究》,王宪明译,北京:社会科学文献出版社,2003

187. ［美］玛里琳·艾维:《消逝的话语:现代性、幻想、日本》,牟学苑、油小丽译,南京:江苏人民出版社,2012

188. ［美］詹姆逊:《语言的牢笼:马克思主义与形式》,钱佼汝、李自修译,南昌:百花洲文艺出版社,1995

189. ［英］丹尼·卡瓦拉罗:《文化理论关键词》,张卫东等译,南京:江苏人民出版社,2006

190. ［法］阿诺尔德·范热内普:《过渡礼仪》,张举文译,北京:商务印书馆,2010

191. ［英］特纳:《象征之林》,赵玉燕等译,北京:商务印书馆,2012

192. ［俄］巴赫金:《文艺学中的形式主义方法》,李辉凡等译,桂林:漓江出版社,1989

193. ［捷］雅罗斯拉夫·普实克:《普实克中国现代文学论文集》,李燕乔译,长沙:湖南文艺出版社,1987

194. ［挪］贺美德、鲁纳编著:《"自我"中国:现代中国社会中个体的崛起》,许烨芳等译,上海:上海译文出版社,2011

195. ［美］托马斯·古德尔、杰弗瑞·戈比:《人类思想史中的休闲》,成素梅等译,昆明:云南人民出版社,2000

196. ［美］卢汉超:《霓虹灯外——20 世纪初日常生活中的上海》,段炼等译,上海:上海古籍出版社,2004

197. ［英］阿兰·德波顿:《旅行的艺术》,南治国等译,上海:上海译文出版社,2012

198. ［瑞］弗朗西斯·约斯特:《比较文学导论》,廖鸿钧等译,长沙:湖南文艺出版社,1988

英文著作

1. Apostolopolous, Yiorgos, Stella Leivadi and Andrew Yiannakis (eds.), *The Sociology of Tourism: Theoretical and Empirical Investigations* (London: Routledge, 1996).

2. Boorstin, D., *The Image: A Guide to Pseudo-events in America* (New York: Harper & Row, 1964).

3. Borocz, Jozsef, *Leisure, Migration: A Sociological Study on Tourism* (New York: Pergamon, 1996).

4. Shinji Yamashita, Kadir H. Din, J. S. Eades, *Tourism and Cultural Development in Asia and Oceania* (Penerbit University Kebangsaan Malaysia, 1997).

5. J. R. Brent Ritchie, Charles R. Goeldner, *Travel, Tourism, and Hospitality Research* (New York: John Wiley & Sons, Inc, 1994).

6. Nelson Graburn, et al., *Secular Ritual: A General Theory of Tourism* (London: Cognizant Communications, 2001).

7. A. V. Gennep, et al., *The Rites of Passage* (The University of Chicago Press, 1960).

8. Nancy Louise Frey, *Pilgrim Stories—on and off the Road to Santiago* (University of California Press, 1998).

9. Dean MacCannell, *The Tourist—A New Theory of the Leisure Class* (New York: Schocken Books Inc, 1989).

10. Jafar Jafari, *Encyclopedia of Tourism* (London and New York: Routledge, Taylor & Francis Group, 2000).

11. Erve Chambers, *Native Tours—The Anthropology of Travel and Tourism* (Waveland Press, Inc, 2000).

12. Dann, Graham, *The Tourist as a Metaphor of the Social World* (Wallingford: CAB, 2002).

13. Peter Burns, Andrew Holden, *Tourism: A New Perspective* (Prentice Hall, 1995).

论文部分

中文论文

1. 曹国新、宋修建:《旅游的发生、发展及其本质——一种基于发生学的考察》,《华东师范大学学报》2004 年第 3 期

2. 黄卓才:《略论游记的写作特点》,《暨南学报》1982 年第 4 期

3. 杨剑龙:《论现代游记创作中的真实性》,《广东社会科学》2007 年第 6 期

4. 杨保林:《旅行文学三题》,《中南大学学报》2010 年第 6 期

5. 谢纳:《现代空间重构与文化空间想象》,《文学评论》2010 年第 1 期

6. 王兵:《跨文化研究:旅游学术研究的新理念》,《旅游学刊》2005 年第 4 期

7. 陈涛:《旅游文学:现代的理论阐释》,《西南民族学院学报》2000 年第 1 期

8. 丁晓原:《媒体,作为中国散文现代转型的生态》,《江海学刊》2006 年第 1 期

9. 包晓玲:《中国现代旅外游记的文化心态》,《西南民族大学学报》2004 年 5 期

10. 黄宏:《从古代游记散文看中西旅游文化的差异》,《东南大学学报》2005 年第 1 期

11. 皋新、沈新林:《古代游记发展初探》,《苏州大学学报》1998 年第 4 期

12. 贾鸿雁:《民国时期游记图书的出版》,《广西社会科学》2006 年第 1 期

13. 梅新林、崔小敬:《游记文体之辨》,《文学评论》2005 年第 6 期

14. 乐黛云:《跨文化、跨学科文学研究的当前意义》,《社会科学》2004 年第 8 期

15. 马惠玲:《现代游记语篇叙述者参与类型析论》,《江淮论坛》2003 年第 4 期

16. 马惠玲:《试论现代游记语篇的描写功能及其实现》,《沈阳师范大学学报》2005 年第 5 期

17. 梅新林、崔小敬:《由"游"而"记"的审美熔铸——中国游记文学发生论》,《学术月刊》2000 年第 10 期

18. 马丽卿:《旅游心理机制的文化学剖析》,《学海》2005 年第 4 期

19. 沈义贞:《论当代游记散文的流变与转换》,《文学评论》2002 年 6 期

20. 王晓秋：《晚清中国人走向世界的一次盛举》，《北京大学学报》2001 年第 3 期

21. 刘水平：《媒介方式与文化现代性》，《宁夏社会科学》2006 年第 5 期

22. 尹德翔：《跨文化旅行研究对游记文学研究的启迪》，《中国图书评论》2005 年第 11 期

23. 王兆胜：《论 20 世纪中国纪游散文》，《海南师范学院学报》2001 年第 4 期

24. 赵牧：《启蒙、革命及现代性：被终结的话语》，《华东师范大学学报》2010 年第 2 期

25. 王立群：《游记的文体要素与游记文体的形成》，《文学评论》2005 年第 3 期

26. 代迅：《跨语际旅行："文化霸权"的话语实践》，《学习与探索》2005 年第 5 期

27. 许宗元：《沈从文新论——沈从文与旅游文化》，《江淮论坛》2003 年第 6 期

28. 张涛甫：《中国知识分子的现代转型》，《复旦学报》2004 年第 2 期

29. 张月：《观看与想像——关于形象学和异国形象》，《郑州大学学报》2002 年第 3 期

30. 王岩峰：《试论中国现代散文的文体变异》，《山东社会科学》2005 年第 5 期

31. 宋剑华：《文体变革与现代散文的迅速崛起》，《学术研究》2004 年第 1 期

32. 朱平：《晚清域外游记中的观念演变》，《齐鲁学刊》2008 年第 6 期

33. 唐宏峰：《帝国之眼：近代旅行与主体的生成》，《中国图书评论》2010 年第 9 期

34. 徐治平：《旅游散文的类型及审美功能》，《广西民族学院学报》1999 年第 4 期

35. 陈美霞：《当代台湾旅行文学论述》，《华侨大学学报》2009 年第 2 期

36. 陈晓明：《现代性与文学研究的新视野》，《文学评论》2002 年第 6 期

37. 张德明：《英国旅行文学与现代性的展开》，《汉语言文学研究》2012 第 2 期

38. 王伊洛、张金岭：《关于游的后现代话语》，《东岳论丛》2004 年第 3 期

39. 赵静蓉：《作为一个美学问题的现代怀旧》，《福建论坛》2003 年第 1 期

40. 赵静蓉：《在传统失落的世界里重返家园——论现代性视域下的怀旧情结》，《文艺理论与批评》2004 年第 4 期

41. 周宪：《旅行者的眼光与现代性体验》，《社会科学战线》2000 年第 6 期

42. 周宪：《现代性与视觉文化中的旅游凝视》，《天津社会科学》2008 年第 1 期

43. 左晓斯、李钰：《现代性、逃避主义与后现代旅游》，《思想战线》2009 年第 5 期

44. 李泽才：《现代性条件下的大众旅游》，《苏州大学学报》2006 年第 1 期

45. 彭兆荣：《"东道主"与"游客"：一种现代性悖论的危险》，《思想战线》2002 年第 6 期

46. 蒋斌、蒲蕾：《论旅游的社会功能与实质：现代性危机的应对方式》，《湖北社会科学》2009 年第 5 期

47. 张德明：《旅行文学、乌托邦叙事与空间表征》，《国外文学》2010 年第 3 期

48. 张德明：《旅行文献集成与空间身份建构》，《杭州师范大学学报》2010 年第 12 期

49. 张鹏：《从"生活空间"到"文学空间"——"空间理论"：作为文学批评方法》，《盐城师范学院学报》2008 年第 2 期

50. 杨春时：《论中国现代性》，《厦门大学学报》2009 年第 2 期

51. 杨春时、宋剑华：《论二十世纪中国文学的近代性》，《学术月刊》1996 年第 6 期

52. 宋剑华：《五四文学精神资源新论》，《中国社会科学》2006 年第 1 期

53. 宋剑华：《"误读"西方与 20 世纪中国文学的"现代性"》，《文学评论》2003 年第 6 期

54. 宋剑华：《现代性的困惑、焦虑与质疑——三维视角中的中国现代文学史论》，《南京大学学报》2005 年第 3 期

55. 张法：《中国现代性以来思想史上的五大观念》，《学术月刊》2008 年第 6 期

56. 金耀基：《论中国的"现代化"与"现代性"》，《北京大学学报》1996 年第 1 期

57. 王宁：《旅游、现代性与"好恶交织"——旅游社会学的理论探索》，《社会学研究》1999 年第 6 期

58. 王一川：《现代性文学：中国文学的新传统》，《文学评论》1998 年第

2 期

59. 王一川：《大众媒介与审美现代性的生成》，《学术论坛》2004 年第 2 期

60. 王一川：《晚清：中国文学现代性的发生时段》，《江苏社会科学》2003 年第 2 期

61. 王一川：《王韬——中国最早的现代性问题思想家》，《南京大学学报》1999 年第 3 期

62. 徐萍：《现代传媒与中国文学现代性的生成》，《齐鲁学刊》2008 年第 12 期

63. 海阔：《中国现代性重估：传媒视野的现代性价值》，《理论与现代化》2008 年第 5 期

64. 郑坚：《传媒、现代性与中产阶层主体性——大众传媒的中产阶层叙事研究》，《中国文学研究》2010 年第 1 期

65. 韩晗：《都市文明、大众传媒与文艺消费的现代性发生——以 1920～1930 年代期刊生产模式为核心的史料考察》，《出版广角》2011 年第 6 期

66. 李仲广：《与休闲比较视野下的旅游》，《旅游学刊》2006 年第 9 期

67. 蔡敏、余晓：《书刊文化：生产、传播及其现代性》，《西南民族大学学报》2006 年第 1 期

68. 金颖若：《试论中国旅游文学的含义和范围》，《贵州民族学院学报》1997 年第 2 期

69. 郑焱：《旅游的定义与中国古代旅游的起源》，《湖南师范大学学报》1999 年第 4 期

70. 秦剑蓝：《"流动"的旅行者和"想象"的乌托邦》，《云梦学刊》2006 年第 2 期

71. 蒋述卓：《论本土主义与全球一体化的冲突与融合》，《广东社会科学》1997 年第 4 期

72. 张颐武：《闲适文化潮批判》，《文艺争鸣》1993 年第 5 期

73. 朱德发、张光芒：《五四文学文体新论》，《中国社会科学》1999 年第 5 期

74. 南帆：《历史与语言：文学形式的四个层面》，《文艺争鸣》2007 年第 11 期

75. 王学谦：《社会现代性与文学现代性》，《文艺争鸣》2000 年第 5 期

76. ［新加坡］孔新人：《"游记"的历史分型》，《中国文学研究》2007 年第 3 期

77. ［英］格雷厄姆·默多克：《以媒体为中介的现代性：传媒与当代生活》，《学术月刊》2006 年第 2 期

78. ［美］纳尔逊·格雷本：《旅游、现代性与怀旧》，《民族艺术研究》2003 年第 5 期

79. ［德］鲁道夫·瓦格纳：《进入全球想象图景：上海的〈点石斋画报〉》，《中国学术》2001 年第 4 期

中文学位论文

1. 徐慧琴：《20 世纪中国游记散文研究》，博士学位论文，兰州大学，2006 年 3 月

2. 李一鸣：《中国现代游记散文研究》，博士学位论文，华中师范大学，2010 年 5 月

3. 禹建湘：《现代性症候的乡土想像》，博士学位论文，华中师范大学，2007 年

4. 李岚：《行旅体验与文化想象》，博士学位论文，华中师范大学，2007 年 4 月

5. 李明媚：《旅游与宗教研究》，博士学位论文，东北财经大学，2011 年 5 月

6. 赵方杜：《身体规训：中国现代性进程中的国家权力与身体》，博士学位论文，南开大学，2010 年 5 月

7. 王孟图：《中国现代浪漫主义文学的历史探源》，博士学位论文，福建师范大学，2013 年

8. 黄芳：《中国第一本旅行类刊物——〈旅行杂志〉研究》，博士学位论文，湖南师范大学，2005 年 3 月

9. 易伟新：《近代中国第一家旅行社——中国旅行社述论》，博士学位论文，湖南师范大学，2003 年 6 月

10. 胡景敏：《现代知识者的忧思之旅》，博士学位论文，中国社会科学院研究生院，2010 年

11. 杨厚均：《革命历史图景与民族国家想象》，博士学位论文，华中师范大学，2004 年 5 月

12. 李海英：《地方性知识与现代抒情精神》，博士学位论文，河南大学，2013 年 5 月

13. 刘一秀：《传统与现代的纠结》，博士学位论文，吉林大学，2012 年 5 月

14. 王亚丽：《边缘书写与文化认同》，博士学位论文，陕西师范大学，

2012 年 5 月

　　15. 符云云：《晚清域外游记研究》，硕士学位论文，暨南大学，2007 年 4 月

　　16. 魏薇：《东西文化论战、乡村建设与近代中国知识分子转型》，硕士学位论文，贵州大学，2009 年 5 月

　　17. 王松毅：《现当代游记创作中的家园情结》，硕士学位论文，山东师范大学，2010 年 5 月

　　18. 沈雪明：《贬谪文化现象与古今游记文学》，硕士学位论文，福建师范大学，2006 年 4 月

　　19. 李思瑾：《知识分子的转型与中国现代域外游记》，硕士学位论文，河南大学，2012 年 5 月

　　20. 余婷婷：《1912—1932 年中国游记研究》，硕士学位论文，华侨大学，2006 年 4 月

　　21. 王娟侠：《山水游记缘起论》，硕士学位论文，陕西师范大学，2005 年 3 月

　　22. 沈辉：《后殖民翻译研究视角观照下的文化身份建构》，硕士学位论文，浙江工商大学，2011 年

　　23. 段清：《海外旅行与中国近代知识分子文化心理的塑形》，硕士学位论文，青海师范大学，2011 年 3 月

　　24. 金碧莲：《晚清域外游记中的西方印象》，硕士学位论文，苏州大学，2011 年 5 月

　　25. 夏柏秋：《"越界"带来的"想象"——对〈新大陆游记〉文化价值的检讨》，硕士学位论文，清华大学，2005 年 3 月

　　26. 王卓：《文化的西游》，硕士学位论文，苏州大学，2011 年 4 月

　　27. 谢春江：《论融儒道精神于一体的唐朝文人旅游》，硕士学位论文，湘潭大学，2004 年 3 月

　　28. 朱志刚：《在时光中游走——二十世纪八十年代以来中国旅游文学研究》，硕士学位论文，暨南大学，2004 年 4 月

　　29. 郭巍：《〈良友〉画报研究》，硕士学位论文，吉林大学，2009 年 3 月

　　30. 张琰：《〈良友〉与 20 世纪二、三十年代上海的时尚想象》，硕士学位论文，上海社会科学院，2007 年 6 月

　　31. 陶惠娟：《〈东方杂志〉与民国教育》，硕士学位论文，山东师范大学，2011 年 6 月

　　32. 张光涛：《五四运动对知识分子革命转变的影响研究》，硕士学位论文，

浙江农林大学，2012 年 6 月

33. 卓敏：《丁玲镜像中的"现代中国"》，硕士学位论文，北京大学，2012 年 4 月

34. 石伟：《现代传媒视野下的〈新青年〉与中国现代文学生产》，硕士学位论文，青岛大学，2006 年 4 月

35. 胥明义：《晚清欧美游记研究》，硕士学位论文，苏州大学，2004 年

36. 齐秋生：《走向现代的都市女性形象——从〈良友〉画报看 20 世纪 30 年代的上海都市女性》，硕士学位论文，暨南大学，2004 年 5 月

37. 任俊经：《瞿秋白游记中的苏俄形象研究》，硕士学位论文，山西大学，2010 年 5 月

38. 张颖：《论余光中的诗性散文》，硕士学位论文，苏州大学，2008 年 6 月

39. 刘景松：《新华纪游文学的现代意义》，硕士学位论文，厦门大学，2001 年 3 月

40. 马守芹：《"风景"的发现：近代铁路旅行风潮与国族建构（1923—1937）》，硕士学位论文，南京大学，2013 年 5 月

41. 付瑞超：《旅游者自我建构研究》，硕士学位论文，东北财经大学，2011 年 4 月

英文论文

1. Burns, Peter and Andrew Holden, "Who is a Tourist：A Conceptual Clarification", *Sociological Review* 22 (1974).

2. Nelson Graburn, "The Anthropology of Tourism," *Annals of Tourism Research*, Vol. 10, No. 1 (1983).

3. Dennison Nash, Valene L. Smith, "Anthropology and Tourism," *Annals of Tourism Research*, Vol. 18, No. 1 (1991).

4. Erick Cohen, "*A Phenomenology of Tourist Experiences*," *Sociology*, Vol. 13, No. 2 (1979).

5. Mathieu Deflem, "Ritual, Anti-Structure, and Religion：A Discussion of Victor Turner's Processual Symbolic Analysis," *Journal for the Scientific Study of Religion*, Vol. 30, No. 1 (1991).

6. Amanda Stronza, "Anthropology of Tourism：Forging New Ground for Ecotourism and Other Alternatives," *Annual Review of Anthropology*, Vol. 30 (2001).

7. Bryan Pfaffenberger, "Serious Pilgrims and Frivolous Tourists," *Annals of*

Tourism Research, Vol. 10 (1983).

8. Adrian Franklin, Mike Crang, *Tourist Studies*, Vol. 1 (1) (2001) (London: Sage Publications).

9. Dennison Nash, et al., "Tourism as an Anthropological Subject," *Current Anthropology*, Vol. 22, No. 5 (1981).

10. Dean MacCannell, "Staged Authenticity: Arrangements of Social Space in Tourism Settings," *American Journal of Sociology* (1973).

11. Nelson H. H. Graburn, "Tourism as Ritual: A General Theory of Tourism," in Valene Smith and Maryann Brent (eds.), *Hosts and Guests Revisited: Tourism Issues of the 21st Century* (London: Cognizant Communications, 2001).

12. Nelson Graburn, "Tourism and Prostitution," *Annals of Tourism Research*, Vol. 10 (1983).

13. Mao Jian, *New Sensations in Shanghai Literature and Cinema in the 1930s and 1940s*, Doctoral Dissertation, The Hong Kong University of Science and Technology, 2002.

14. Wang Ning, "Rethinking Authenticity in Tourism Experience," *Annals of Tourism Research*, 2002.

15. Bauman, Zygmunt, "Fran Pilgrim till Turist" (From Pilgrim to Tourist), *Moderna Tider*, September, 1994.

16. Brown, Graham, "Tourism and Symbolic Consumption," in Peter Johnson and Barry Thomas (eds.), *Choice and Demand in Tourism* (London: Mansell, 1992).

后　记

常言说四十不惑，我却没有彻然了悟的感觉。

记得 2003 年的时候，我和友人徒步登上泰山，完全沉浸在一种生命跃动的热力中，不知疲倦，充满新鲜。十年后，在贵州梵净山，我和朋友放弃坐缆车下山，选择了步行那条近 8000 级的台阶，中途一度迷失在漫天云雾当中，中间雷雨大作，我们全身湿透，和所有人断开联络，最后一步步抵达目的地。有人说，旅行的魅力正在于，"作为一种存在状态的路上所包含的生命秘密"。我深以为然。当我们避开旅行团队的定制路线，纯粹地为行走而行走时，旅途中的所有一切，充满未知和不确定，所有的际遇，都将是人生的一种领受。

以旅行书写作为选题，最初的兴趣正来自这样一种探知"秘密"的好奇。特别是在 20 世纪的前三十年，当这个民族和国家不可能在封闭于一时、一处和一个古老陈旧的文化襁褓中时，旅行对于生活的意义何在，对于文化的意义何在，对于人生命体验的意义何在，正是这些问题最先撬动了我的思索。我有限的阅读不断地告诉我，1919 年到 1949 年这三十年现代知识分子的旅行，既不同于那种带着恒定价值观和稳定的文化情怀的古典式的旅行，无论这种旅行是壮游、悠游还是苦旅，也不同于晚清以来，那种背负着明显政治色彩和调研考察性质的旅行。当然，与 1949 年后户籍制度制约下的有条件的旅行更是区别甚远。在这三十年中，旅行成为一种常态的生活方式。"异"，作为一种地理存在，也作为一种政治和社会存在，还作为一种文化存在、生活与生命形式的存在，进入到知识分子的体验视野中。异地的生活经验、异域的文化景观、异乡的生命困境，不同程度地进入现代作家们的文学书写中，影响着知识分子的精神建构与情感诉求。从某种意义上而言，现代文学的创作史，就是现代旅行的展开史。

　　书稿的写作，本身就是一场曲折回环的旅行过程。无数次在框架上推倒重来，无数次在材料取舍上反反复复。我常年固定静止的生活方式和我所研究的流动的现代旅行之间充满着令人哑笑的悖论。不过，如果说阅读的移行与精神的游动也算作是一种旅行方式的话，那么，对现代名家数百篇游记作品的翻阅，与对中西方学者关于旅行文化的见解的把握，则无异于一场百感交集的思想旅行。太多新异的文学景观、情感冲突、文化碰撞和思想悖论，被我遇见、领受。我就像西天取经路上的那只猴子，九九八十一难，不同的妖怪不同的困境，一点点去降服，冲决堆山般资料的围困，克服个人的懒惰和拖延症。图书馆窗口前的木棉花，红了又碧绿，绿了又落红，不断地周旋，终于熬到了停笔时。我没有功德圆满的快悦，但是，完成如此一场牵动肉眼与大脑的旅行，我没有于兵荒马乱的追索中溃败，念及于此，倒有几分侥幸。

　　感谢我的博士生导师费勇教授。是他2003年出版的《零度出走》直接引发了我对旅行文化的好奇，他这本随笔集中闪动的自由的节奏和令人拍案的睿见，无数次激励着我去浩瀚的书页中寻觅旅行赋予现代人的苦与乐。他将深邃的思考和那些星辰般的感性鲜亮的主题融合于一体，知性而不坚硬，温润而不流散。他是旅行炙热的迷恋者，也是冷峻的思考者，他洞察现代旅行的文化意义，捕捉到这个无根时代的生命形式。他如同20世纪上半叶的那位本雅明，游走于1980、1990年代中国都市的街巷，用汉语书写着现代社会绮丽而羸弱的生存密码。之后，他以记忆的方式写过江南，又以亲历的方式做《行走》，他是电视人，也是出版人，更是文化创意大师，他总是说他在路上，他自由穿行于学术与创作、纯文学与时尚文化、佛禅与世俗之间，他带给我的人生启悟，实在太多太多。

　　感谢张建永教授。是他书写的《走马欧洲》、美国行纪以及太多穿行湘西山川与村落的笔记，模山范水，千里驰行，纵享天地神奇，浇灌胸中块垒，特别是数百篇微信朋友圈日志结集而成的《行走的树》，让我对自然充满好奇，对文化充满敬仰，对异域充满想象。从本科到硕士，一直在他门下悉心问学，他面对世界焕发出来的生命意志与人格魅力，一直在驱策着我成长。于我而言，他既是严师也是慈父。他身上传递而来的精神馈赠，将影响我一生。

　　感谢蒋述卓老师对我的细致关怀。他在繁复的公务之外始终能保持对学术前沿的敏锐把握，他广阔的视野、严密的逻辑和亲和质朴的学术表达方式，让

　　我更加敬畏也更加执着于学术。很多个苦闷的日子，给老师发去轻轻的问候，都能得到郑重的回应。他的这份平易，让我在求学路上不敢有丝毫懈怠。

　　感谢湖南师范大学的赵炎秋老师，吉首大学的简德彬、田茂军、刘泰然、陈文敏等教授，他们对我学术上的启悟和提携，让我避开了求索路上许许多多的暗礁与险坑。

　　感谢暨南大学文学院诸位教授，给予我太多无私的指引。感谢暨梅、鹃薇、绍元、张简、乐伟等朋友的支持，很多所得正来自平时与他们开放的争论。也感谢诗丽、媛滢、芬芳、若菲等费门学子以及暨大 11 级文艺学班里的同窗，文健的勤奋，东明的成熟，汤琼的大气，淳端、珊珊的御姐范，还有林琳、日红、慧慧们的热情，暨南三年，有他们，广州才如此可爱。

　　感谢我的家人。俯首问学，除了涉猎了知识，最大的收获就是在 2012 年中鹤和 2017 年呦呦的降临。感谢命运的恩宠，让我以平凡的资质领受如此丰硕。常年埋于书堆，扎身工作，对家庭照应微薄，他们做出了太多的牺牲，而我又无从补偿。默念在心，只有无尽的感恩和愧疚。

　　我出生在长沙的茶乡小镇金井，长大后在长桥的县一中寄宿念高中，19 岁西行 500 公里负笈湘西，在吉首大学求学。而后辗转张家界、广州，再返回吉首。2017 年我离开吉首大学，返回故乡，进入湖南财政经济学院人文与艺术学院。回望四十年，我也是经历了寻梦、漂泊、寄寓与还乡的人生行旅。对湘西、对吉首大学，我怀着永恒的感恩与眷恋。而长沙，是我梦萦魂牵终于安顿的家。感谢肖湘愚书记、刘长庚校长以及刘寒波、赵鹤平等领导对我的关怀。感谢同事郭青老师对作家旅行活动图览制作的鼎力支持。人文与艺术学院开启了我全新的生命征程，这里有一大批年轻的同事，与我并肩而行。

　　费老师说，从出发的那一刻开始，已经注定成可以改变的，回归或漂泊，即将发生或不可能发生，所有的悬念都在你的脚步里，在星空下回荡。好吧，人生如旅，所有平淡与惊异、曲折与辽阔，所有悲与欢，我们风雨兼程，且行且迎领，且寻且珍重。

林铁

2020 年 12 月